WILLIAM A. OWENS

Schwarze Meuterei

Buch

Der Sklavenhandel, der sich seit Beginn des 19. Jahrhunderts entwickelt hatte, steht in voller Blüte. Nicht nur weiße Menschenhändler, auch skrupellose afrikanische Häuptlinge profitieren von dem einträglichen Geschäft. Auch der Stamm der Mendi bleibt von diesen verbrecherischen Machenschaften nicht verschont: Erbarmungslos werden Männer und Frauen verschleppt, verdammt zu lebenslanger Gefangenschaft. Im Juli 1839 aber ereignet sich auf dem blutgetränkten Seeweg zwischen Afrika und den Antillen ein spektakulärer Befreiungsschlag: Mit dem todesmutigen Cinqué als ihrem Anführer gelingt den Schwarzen an Bord des legendären Sklavenschiffes »Amistad« ein siegreicher Aufstand, und nach einem Kampf auf Leben und Tod übernehmen die Meuterer das Kommando.

Als wenige Wochen später an der Küste von Long Island ein gespenstisches Schiff gesichtet wird, ahnt noch niemand, welch tiefgreifende Ereignisse bevorstehen. Denn das weitere Los der Rebellen sollte eine hitzige Debatte von enormer politischer Brisanz auslösen, die die gesamte Nation bewegte: Es kommt erstmals zu einem beinahe zwei Jahre währenden Kampf um die Bürgerrechte in den amerikanischen Gerichtssälen, der schließlich mit einem spektakulären Urteil endet: Freispruch für Cinqué und seine Leute! Doch als der afrikanische Häuptling und Held seines Volkes in die Heimat zurückkehrt, wendet sich das Blatt auf merkwürdige Weise.

Cinqué – auch er ein Brudermörder?

Autor

William A. Owens studierte Geisteswissenschaften, promovierte 1941 an der Universität von Iowa und unterrichtete danach in Austin an der University of Texas. Nach dem Zweiten Weltkrieg absolvierte Owens ein Literaturstudium an der Columbia University in New York, wo ihn eine glänzende akademische Karriere erwartete. Für seine zahlreichen Publikationen wurde er vielfach mit Preisen ausgezeichnet. Owens lebte bis zu seinem Tod in New York.

WILLIAM A. OWENS

SCHWARZE MEUTEREI

Deutsch von Xaver Engelhard

GOLDMANN

Die amerikanische Originalausgabe erschien unter dem Titel
»Black Mutiny« bei Pilgram Press, Philadelphia/Boston

Umwelthinweis:
Alle bedruckten Materialien dieses Taschenbuches
sind chlorfrei und umweltschonend.
Das Papier enthält Recycling-Anteile

Der Goldmann Verlag
ist ein Unternehmen der Verlagsgruppe Bertelsmann

Deutsche Erstveröffentlichung 2/98

Umschlaggestaltung: Design Team München
Umschlagfoto: DreamWorks SKG
Satz: deutsch-türkischer fotosatz, Berlin
Druck: Elsnerdruck, Berlin
Verlagsnummer: 44081
Redaktion: Andrea Längst
CN · Herstellung: Heidrun Nawrot
Printed in Germany
ISBN 3-442-44081-5

1 3 5 7 9 10 8 6 4 2

Für E. E. Rhodes
voll Dankbarkeit und Anerkennung

DER AFRIKANISCHE HÄUPTLING

In Ketten in der Fremde stand er,
Ein Mann von riesiger Statur,
Umringt von einer Menschenmenge,
Die kam, als sie von ihm erfuhr –
Die dunklen Augen auf den Grund gerichtet –
Sein Blick so ernst, die Glieder voller Kraft,
Stumm gafften sie ihn an
Wie einen *Löwen* in Gefangenschaft.

Beherzt hatte der Häuptling gekämpft – umsonst,
Er war ein Gefangener jetzt;
Doch ein Stolz, den kein Schicksal je bricht,
Stand ihm im Gesicht bis zuletzt.
Und die Brust, sie war dunkel und breit und narbenbesät,
Sie zeigt' ihn als Krieger tapfer und rein;
Ein Prinz war er einst in der Heimat gewesen;
Er konnte unmöglich ein Sklave sein.

– William Cullen Bryant

Inhalt

Vorwort

Die Geschichte der *Amistad* ist eines jener seltenen Ereignisse, in denen sich durch eine ungewöhnliche und geheimnisvolle Kombination von Umständen die Geschichte der Menschheit zusammenschließt, einen Moment lang in einem gemeinsamen Strom fließt und dann eine neue Richtung einschlägt. Einen kurzen Augenblick lang war die Aufmerksamkeit der wichtigsten Nationen der westlichen Welt auf 35 (oder 39, oder waren es 41?) Schwarze eines unbekannten Stamms aus Äquatorialafrika gerichtet. Sie standen vor der Frage: Was ist ein Mensch? Die Sklaverei war die schändliche Institution, die einen Sturm moralischer Entrüstung entfachte, und das Sklavenschiff befand sich im Zentrum dieses Sturms. Wie immer bei solchen Ereignissen, die eine große Wahrheit anschaulich werden lassen, sind die Menschen und Dinge, um die es in diesem Drama geht, auf fast schon skandalöse Weise typisch: Da gab es die verwirrten und mißhandelten Menschen vom Stamm der Mendi, die nur in ihre Heimat zurückkehren wollten. Und es gab die Mörder aus vielen Ländern, die durch schreckliche Verbrechen an wehrlosen Menschen reich wurden. Da waren Beamte in den höchsten Ämtern der großen Hauptstädte der Welt, die eben die Prinzipien verrieten, die sie zu verteidigen geschworen hatten. Und da waren die parteiischen Massen, die das Drama in der parteiischen Presse verfolgten. Und schließlich diejenigen, die Unsterblichkeit erlangten, indem sie alles einem hehren Anliegen opferten. Gerade in diesen schmutzigen und ruhmvollen Details eines solchen

Ereignisses bricht die soziale Struktur auf, und das Wesen des Menschen und der große Streit um Gut und Böse wird für einen kurzen Augenblick von der Geschichte erfaßt.

In Amerika hat keine Einrichtung außer der American Missionary Society, die aus dem Geschehen um die *Amistad* hervorging, ihren Ursprung in einem derart dramatischen Ereignis. Die Geschichte der *Amistad* ist einer der großen zeitgenössischen Mythen des amerikanischen Volkes. Dieser Mythos wäre viel leichter zu ertragen, wenn er nicht historisch belegbar wäre, sondern seinen Ursprung in der Imagination urzeitlicher Menschen hätte. Aber er ist eben historisch belegbar, und daher müssen wir mit seiner skandalösen Historizität fertig werden. Seine Heroen sind normale Sterbliche, und die Bösen sind nicht völlig böse.

Die Wirkung dieses Dramas beruht auf dem symbolischen Charakter seiner Hauptfiguren und den heroischen Dimensionen der Inszenierung. Schauplatz des ersten Akts ist der Teil des Atlantiks, der als Middle Passage bekannt ist und sich von der Westküste Äquatorialafrikas bis zu den Antillen in der Karibik erstreckt. In dieser gemäßigten Zone des Ozeans, die bezeichnenderweise zwischen dem Nord- und dem Südatlantik liegt, entwickelte sich ein internationaler Menschenhandel, der in finanzieller Hinsicht enorm profitabel war, nach moralischen Prinzipien jedoch eine geradezu monströse Tragödie voll menschlichem Leiden darstellte. In diesem Akt werden wir mit den Mendis selbst vertraut gemacht, die dem Drama seinen Zusammenhalt geben. Wir begegnen den internationalen Verbrechern in Person der Sklavenhändler, und im Hintergrund erkennen wir die afrikanischen Häuptlinge und Stammesfunktionäre, die vom Verkauf ihrer eigenen Leute profitieren. Wie einfach ließ sich doch das Verbrechen der Sklaverei bei den afrikanischen Stämmen in die Strukturen sozialer Kontrolle einpassen. Auf der karibischen Seite der Middle Passage dehnt sich die Intrige aus, und die Verzweiflung wächst, je näher die afrikanischen Opfer der lebenslangen Einkerkerung in der legalen Institution der Sklaverei kommen.

Schauplatz des zweiten Akts des Dramas ist das Schiff, das dem Mythos seinen Namen gibt: La Amistad. Es gibt im Verlauf der menschlichen Geschichte wenig, das in seiner Ironie schmerzhafter wäre als der Name dieses Schiffs, eines schönen, schwarzen, flach gebauten Schoners, der auf Geschwindigkeit und Manövrierfähigkeit ausgelegt war, dessen Decks zum Schauplatz des mit primitiven Waffen geführten Kampfs zwischen den Entführern und den verzweifelten und gefesselten Schwarzen wurde und durch dessen Speigatten das rote Blut der Weißen floß, den schwarzen Rumpf hinab ins blaue Meer der Karibik. Man kann sich nur wundern, welcher geheime Dramatiker dafür gesorgt hat, daß gerade dieses Schiff »Freundschaft« hieß. Im Todeskampf zwischen Schwarzen und Weißen schält sich allmählich die Figur des Cinqué als Anführer der Mendi heraus.

Der dritte Akt spielt in den Gerichtssälen der amerikanischen Demokratie – den Gerichtssälen, in denen letztlich in jeder geordneten Gesellschaft die großen Fragen der Moral und Gerechtigkeit entschieden werden. Hier wurden vor den Augen der ganzen Welt die verwickelten Fäden der Moral vorsichtig entwirrt und sorgfältig zu einem Gewebe annäherungsweiser Gerechtigkeit umgearbeitet. Dieser Akt beginnt in den unteren Gerichten Connecticuts und endet vor dem höchsten Gericht des Landes. Es wird bald klar, daß es in dieser Auseinandersetzung nicht um konkurrierende Ansprüche auf eine Ladung unbestimmter Nationalität ging. Der Fall wird vielmehr Teil der damals im ganzen Land geführten Debatte darüber, was ein Mensch ist. Im Supreme Court, dem Obersten Bundesgericht der Vereinigten Staaten, wurde aus der Sache schließlich »der Prozeß zweier Präsidenten«, denn John Quincy Adams ergriff die Partei der Mendis und Präsident Martin Van Buren die der Südstaatler. Und in eben diesem Akt treten die christlichen Gegner der Sklaverei als eine zu allem entschlossene Organisation auf.

Im vierten Akt erscheint ein weiteres Schiff, und eigentlich wäre die Bühne jetzt bereit gewesen für die Auflösung des Dramas. Die Geschichte weicht aber von nun an vom Drehbuch ab, und was eine Auflösung hätte sein sollen, entwickelt sich eher zu einer Demaskierung. Das zweite Schiff ist die *Gentleman*, die vom Mendi-Komitee bereitgestellt worden war und die Mendis und ein paar Missionare zurück nach Afrika bringen sollte, wo sie sich auf »den großartigen Marsch zur Bekehrung der Welt« machen würden. Die Reise der *Gentleman* ist für den Mythos von genauso zentraler Bedeutung wie die der *Amistad*. Hier lösten sich während der Einsamkeit der langen Seereise, die teilweise durch dieselbe blutgetränkte Middle Passage führte, die Stereotypen auf, und das menschliche Wesen sowohl der Weißen als auch der Schwarzen kam mit einer grausamen Nacktheit zum Vorschein, die keiner der Beteiligten ertrug. Cinqué hatte angenommen, seine Entlassung und die Rückkehr in die Heimat bedeuteten, daß er wieder der Anführer war. Der weiße Missionar war jedoch der Ansicht, daß er selbst bei diesem Unternehmen das Kommando innehatte. Der Machtkampf auf der *Gentleman* war nicht so blutig wie die Schlacht auf der *Amistad*, aber er war genauso grausam.

Die Reise der *Gentleman* mit ihrer weißen und schwarzen Menschenfracht fand statt, nachdem die Rechte der Mendis von unseren Gerichten festgelegt worden waren, und sie ist daher mit den gegenwärtigen Auseinandersetzungen vergleichbar, die sich in unserem Land im Anschluß an die Bürgerrechtsbewegung ergeben haben. Nachdem die Frage nach den Rechten beantwortet worden ist und der Anspruch auf Gleichheit allmählich überall anerkannt zu werden scheint, kann jetzt der Kampf um die politische und wirtschaftliche Macht ausgetragen werden. Es erweist sich, daß die gesetzliche Gleichstellung der Rassen nicht das Ende eines alten, sondern der Beginn eines neuen Konflikts ist oder besser gesagt: die Fortführung der seit ewigen Zeiten andauernden Konflikte, aber jetzt eben mit voller Beteiligung der Schwarzen.

Als die *Gentleman* nach einer Reise der Selbsterfahrung in Afrika anlegte, waren die Mendis so außer sich vor Freude darüber, ihre Heimat wiederzusehen, daß die dünne Schicht weißer kultureller Annäherung mit einem Schlag wegplatzte und die weißen Missionare sich plötzlich genauso einsam fühlten, wie es die Mendis in New York gewesen waren. Cinqué entdeckte, daß sein Stamm durch Bürgerkriegs-Fehden stark dezimiert worden war, und wurde in seiner Enttäuschung zum Lieferanten des Sklavenhandels.

Jetzt, da den Schwarzen volle Bürgerrechte gewährt worden sind, ist die Mutlosigkeit der schwarzen Führer angesichts der Gefahren, die diese Gleichheit mit sich bringt, genauso enttäuschend wie die tief verwurzelten Vorurteile der weißen Verfechter der Rassentrennung. Die weißen Dilettanten in der Bürgerrechtsbewegung haben ebenfalls den Mut verloren und sich entweder in sichere Entfernung zurückgezogen oder sich den schwarzen Rassisten angeschlossen, denen sie, soweit es ihre Hautfarbe erlaubt, in den Dschungel der Apartheid folgen. Dort geben sie die auf tragische Weise lächerliche Figur des von Schuldgefühlen geplagten Weißen ab, der an die rassische Überlegenheit der Schwarzen glaubt.

Die einzig mögliche Auflösung dieses Dramas ist eine eschatologische, und ihre verschwommenen Umrisse lassen sich, Glauben vorausgesetzt, im Hintergrund der Bühne erkennen. Jetzt, da allen Rassen dieselben Bürgerrechte zuerkannt worden sind und aller Zugang zu den Institutionen garantiert worden ist, durch die sich unsere Demokratie selbst gestaltet, können wir gemeinsam den alten Kampf gegen die Feinde des Menschen führen. Krieg, Armut, Unwissenheit und Krankheit sind nicht an Rasse, Glauben oder Nationalität gebunden, und wenn wir sie gemeinsam mit allen Menschen bekämpfen, werden wir das finden, was uns als Menschen gemeinsam ist. Und eben hier ist die American Missionary Association tätig, die still inmitten des Lärms der »wahren Gläubigen« arbeitet und vorsichtig einen Weg durch die turbulente Middle Passage sucht von dort, wo wir sind, nach dort, wo wir sein sollten.

Wesley A. Hotchkiss
Generalsekretär
American Missionary Association
United Church Board for Homeland Ministries

Der geheimnisvolle Schoner

Seit Tagen lag ein schwarzer, lang und niedrig gebauter Schoner vor der Küste New Jerseys und Long Islands. Seine Linien waren scharf geschnitten, seine Haltung stolz, aber die Stürme und die Zeit hatten ihre Spuren hinterlassen – die Marsrah fehlte, die Segel hingen in Fetzen, der Kupferbeschlag des Rumpfs war mit Muscheln und Algen übersät. Manchmal war die spanische Flagge gehißt, meistens jedoch gar keine. Tagsüber fuhr er nach Osten und streckte den Bug mit dem vergoldeten Adler der aufgehenden Sonne entgegen, nachts trieb er wie ein Wrack umher oder kreuzte unentschlossen nach Norden und Westen. Die Menschen an den Stränden beobachteten ihn und spannten die Musketen, um die Piraten abzuwehren, sobald sie landen würden. Von vorbeifahrenden Schiffen aus riefen Matrosen zu dem Schoner hinüber und setzten voll Angst alle verfügbaren Segel, sobald sie die Decks voll wilder, ausgehungerter Schwarzer sahen, die Entermesser und Musketen schwenkten. Die Schiffe, die dem Schoner zu nahe kamen, wurden mit schlecht gezieltem Musketenfeuer bestrichen.

Gerüchte breiteten sich in Windeseile entlang der Küste aus und wurden schauriger, je öfter sie wiederholt wurden, da jeder etwas hinzuerfand, und schließlich verbreiteten auch die Journalisten, deren Phantasie von der Aura des Geheimnisvollen und Gefährlichen angeregt wurde, die Geschichte. Manche behaupteten, es seien Piraten, die Küstenschiffe und Hafenstädte ausplündern wollten. Andere schworen, es handle sich um den Fliegenden Holländer, der durch die sieben Meere kreuzt. Andere vermuteten ganz richtig, daß man es mit dem spanischen Sklaventransporter zu tun habe, auf dem die Schwarzen gemeutert und Kapitän und Mannschaft getötet hatten. Eine entsprechende Nachricht hatte sie aus Nuevitas auf Kuba erreicht – die Nachricht, daß 26 Weiße den schwarzen Kannibalen an Bord eines Küstenseglers zum Opfer gefallen waren.

Die Rufe »Piraten!«, »Meuterer!«, »Mörder!« hallten von Boston bis Baltimore in allen Dörfern und Städten der Küste wider. Die Menschen, die von den Gerüchten erregt und in Angst versetzt wurden, verlangten, vor den Meuterern auf dem Schoner beschützt zu werden. Auf dem Navy-Stützpunkt in Boston und bei den Zollbeamten entlang der Küste trafen aufgeregte Meldungen ein. Man bedrängte Präsident Van Buren im Weißen Haus und überschwemmte sein Büro mit Briefen, in denen die Festnahme der schwarzen Piraten gefordert wurde.

Patrouillenschiffe liefen entlang der Küste aus: der Kutter *Gallatin* aus Bombay Hook, die *Wave* aus New York, die *Vigilante* aus Newport und die *Rush* aus New London. Die noch kaum erprobte Dampf-Fregatte *Fulton* heizte die Kessel an und machte sich auf eine Verfolgung, die hoffnungslos war, denn sie konnte immer nur Kohle für vierzig Stunden Fahrt bunkern. Obwohl ein Dutzend Schiffe nach ihm suchte, kam und ging der geheimnisvolle Schoner wie ein Geisterschiff und tauchte vor Sandy Hook, Fire Island und Montauk Point auf.

Sein Kapitän war ein Afrikaner namens Cinqué, der zurück zur Sklavenküste wollte, wo der Schoner vor kurzem verkauft worden war, aber der Weg, den Schiff und Kapitän zurückgelegt hatten, war verschlungener, als man sich vorstellen kann, und die Wirkung, die ihr Erscheinen auf die Institution der Sklaverei haben würde, sollte größer sein, als sich mit Worten ermessen läßt. Schon bald würde der Name Cinqué in aller Munde sein: Cinqué, der Pirat, Cinqué, der Meuterer, Cinqué, der afrikanische Häuptling, Cinqué, die bloße Schachfigur im Streit zweier Lager, die sich erbarmungslos auf einen Bruderkrieg zubewegten ... Und auf der ganzen Welt erzählten die Sklavereigegner die Geschichte von Cinqués Reise von Freiheit zu Freiheit, einer Reise, die in dem Dorf Mani im Land der Mendis an der Westküste Afrikas begann und endete ...

I

Die Sklavenhandlung in Afrika

Die Gefangenen lagen wie ein schwarzer Teppich vor der Tür des Lagerhauses. Sie waren an den Knöcheln gefesselt und trugen Halseisen. Eine Kette, die mit Vorhängeschlössern an den Eisenkragen befestigt war, band einen an den anderen ... Menschen und Ketten, Ketten und Menschen, das Gewebe der Sklaverei. Schwarze Wachen, die mit Musketen und aus Seekuh-Leder gefertigten Peitschen bewaffnet waren, standen über ihnen. Ein Stück entfernt, am Rand einer gelben Lagune, wandte ihnen ein schwarzer Prinz in einer blauen Robe den Rücken zu und betrachtete voll Interesse die Inseln und Gebäude von Don Pedros Sklavenhandlung.

Mit einer Ausnahme lagen die Gefangenen auf dem feuchten Boden ausgestreckt und erholten sich von ihrem Marsch durch den Dschungel. Vor einer Stunde waren sie über die Lagune zu der Insel gebracht worden, auf der das Lagerhaus stand, eine Stunde, seit sie ihre müden, gefesselten Leiber aus den wackligen Einbäumen geschleppt hatten, und eine Stunde, seit Prinz Birmaja einen Kroo losgeschickt hatte, um Don Pedro sagen zu lassen, daß er, König Shiarkas Sohn, weitere Gefangene gebracht habe, um ihren geschäftlichen Vereinbarungen zu genügen.

Mit der Ausnahme Cinqués lagen die Gefangenen, die jeglichen Widerstandsgeist verloren hatten, reglos da. Cinqué hatte sich ein wenig aufgerichtet und saß jetzt gegen einen seiner Mitgefangenen gelehnt am Boden. Er war noch immer gewillt, sich auf Verhandlungen, Bitten und Versprechen einzulassen, wenn nur Birmaja ihm die Ketten abnehmen und ihn in das Dorf seines Vaters zurückkehren lassen würde.

»Prinz Birmaja!« rief Cinqué zu dem blaugewandeten Rücken hinüber.

Aber Birmaja drehte sich nicht um. Cinqué erinnerte sich an Zeiten, da Birmaja froh gewesen war, seinen Rufen Folge zu leisten – damals, als Birmaja und er noch miteinander Handel getrieben hatten und er bei Birmaja Reis und Früchte gegen Baumwolltuch und Tabak eingetauscht hatte.

»Prinz Birmaja«, rief er noch einmal. »Diese Schulden, die ich bei dir habe ...«

Er redete langsam, denn Birmaja, der zum Volk der Vey gehörte, verstand die Sprache der Mendi nur schlecht. Birmaja reagierte nicht, aber die Wachen entrollten ihre Peitschen.

Wie schon oft während der letzten Tage wagte Cinqué es noch einmal, eine sofortige Begleichung seiner Schulden anzubieten. Es war ein ehrenwerter Handel gewesen, und er hatte bereits zwei Drittel der Gesamtsumme beglichen. Den Rest würde er gleich nach der Reisernte zahlen. Er war bereit, die fünffache Summe aufzuwenden, nur um der Sklaverei zu entkommen und nicht auf einer kubanischen Zuckerrohrplantage weit entfernt von seiner Heimat, seiner Frau und seinen Kindern zu enden.

»Ich biete dir das Fünffache!«

Diesmal streifte die Wache Cinqués Schulter mit dem Peitschenende. Birmaja drehte sich nicht um. Er sah zu, wie Don Pedro in einem Einbaum näher kam.

Das Boot lief auf dem Schlamm am Rand der Insel auf, und Don Pedro, der wie ein Pflanzer weiße Baumwollkleidung und einen breitkrempigen Hut trug, kletterte an Land. Ihm folgte ein Hund dicht auf den Fersen, der beim Anblick der fremden Schwarzen knurrte und die Zähne fletschte, ein Hund, wie ihn Cinqué sich schon oft für sein eigenes Dorf gewünscht hatte. Aber Cinqué starrte auf Don Pedro, den ersten Weißen, den er zu Gesicht bekam, und studierte den schlanken Körper und das sonnengebräunte Gesicht. Er spürte die Grausamkeit, die hinter den dunklen Augen lauerte, und die Verschlagenheit, wegen der der Name dieses Mannes selbst bei Stämmen weit in den Bergen des Landesinneren gefürchtet war.

Der Kroo-Mann, der sein Boot gepaddelt hatte, sprang nach ihm an Land. Er war einer derer, die die Gefangenen auf die Insel gebracht hatten.

»Prinz Birmaja«, sagte der Kroo-Mann zu Don Pedro.

»Prinz Birmaja«, wiederholte der Spanier und zeigte typische Herablassung, mit der ein weißer Sklavenhändler einem eingeborenen Prinzen und Handelspartner begegnet.

»Don Pedro«, erwiderte Birmaja den Gruß.

Die beiden Männer, der tadellos gekleidete Spanier und der herausgeputzte Schwarze, gingen aufeinander zu und ließen gemäß afrikanischem Brauch die Finger knacken. Daß sie einander vorgestellt worden waren, war eine reine Formalität. Seit Monaten schon lieferte Don Pedro König Shiarka und Prinz Birmaja Gewehre und Schießpulver und hatte es ihnen damit ermöglicht, die rivalisierenden Stämme zu unterwerfen und zu Herrschern des mächtigsten Volks zwischen dem Gallinas und dem Landesinneren zu werden, die von den anderen Stämmen Tribut fordern konnten.

»Zwölf schwarze Mann«, sagte Birmaja zu Don Pedro in gebrochenem Englisch.

Don Pedro sah sich die Schwarzen mit geschultem Auge des Händlers an. Sein Blick ruhte kurz auf Cinqué, dessen junger Körper wegen des Brauchs seines Stammes, alle Waren auf dem Kopf zu tragen, kräftig und gerade gewachsen war. Er musterte die bronzefarbene Haut und die blitzenden

Augen, die ein sicherer Hinweis darauf waren, daß sich unter Cinqués Vorfahren einige Berber befanden. Er würde einen guten Hausdiener für irgendeinen spanischen Don auf Kuba abgeben. Er würde 1000 Dollar auf dem Markt in Havanna bringen. Und in New Orleans noch mehr.

»Ein Häuptling?« fragte Don Pedro.

»Sohn eines Dorfältesten – aus dem Dorf Mani«, antwortete Birmaja. »Ich habe ihn wegen der Schulden, die er bei mir hat, mitgebracht.«

Mani. Dieses Wort rief in Cinqué die Erinnerung an das Dorf mit seinen kegelförmigen Hütten und Reisfeldern wach, von denen er gerade zurückkehrte, als er entführt wurde. Zum ersten Mal zweifelt er an der Macht des Fetischs, den der Medizinmann am Rand der Felder aufgestellt hatte, um die Arbeiter vor bösen Geistern zu schützen. Der Medizinmann hatte versprochen, daß der Zauber stark genug wäre, um jeden Eindringling zusammenschrumpfen und sterben zu lassen. Cinqué betrachtete Birmaja, der fett, schwarz und gesund war, und wußte, daß kein Fetisch ihm etwas anhaben konnte.

»Wie viel?« fragte Don Pedro.

Ohne die Antwort abzuwarten, gab er dem Kroo-Mann das Zeichen, Rum und Gläser aus dem Lagerhaus zu holen, den guten Qualitätsrum, den Don Pedro selbst trank, und nicht das verwässerte Gesöff aus den großen Fässern, das für den Tausch gegen Sklaven reserviert war. Er wußte, daß Bimaja wie die anderen schwarzen Händler auch die Weißen verachtete, die knickrig mit ihrem Alkohol waren. Er nahm dem schwarzen Jungen die beiden Weingläser ab, gab eins an Birmaja weiter und schenkte selbst ein. Er war erfreut über die kräftigen, gesunden Körper der neuen Gefangenen. Sie würden ihm bei jedem Händler einen hübschen Batzen Geld einbringen, vor allem jetzt, da der Sklavenhandel wegen der Engländer so riskant war. Mit solch einem guten Kauf vor Augen konnte er es sich leisten, großzügig zu Birmaja zu sein.

Es war schon spät, und plötzlich zog Regen auf. Weder Don Pedro noch Birmaja waren in Stimmung, wegen des Preises zu feilschen. Sie wurden sich schnell einig, und Cinqué sah zu, wie Don Pedro die Kaurimuscheln hinzählte und die schwarzen Jungen ein Faß Rum und einen Packen Tabak holten, und er beobachtete, wie erfreut Birmaja über den Anblick der Ballen blauen und roten Tuchs war. Es war ein guter Tag für Birmaja. Er hatte so viel bekommen, wie seine Wachen gerade noch schleppen konnten – für jeden Gefangenen zehnmal so viel, wie Cinqué ihm geschuldet hatte.

Nachdem der Handel abgeschlossen war, gehörten Cinqué und die anderen Gefangenen gemäß den Regeln des afrikanischen Sklavenhandels Don Pedro. Keiner fragte, wieso Birmaja hatte behaupten dürfen, sie zu besitzen. Don Pedro erteilte den Kroo-Männern einen Befehl. Die Wachen ließen ihre Peitschen knallen, und die Gefangenen schleppten sich langsam in das Boot. Es war aus dem Stamm eines großen Kapokbaums gehauen und bot allen Platz. Die Kroo-Männer paddelten den Einbaum geübt zu einer Insel, an deren einen Seite der Gallinas entlangfloß und an deren anderen sich die Dünung des Atlantiks brach. Auf ihrer Reise zu dieser Insel bekamen die Gefangenen den größten Teil von Don Pedro Blancos Sklavenhandlung zu Gesicht.

Der Gallinas, der von den spanischen Händlern zu Ehren der Hühnerschwärme in und um die Eingeborenenhütten so genannt worden war, fließt zuerst träge durch einen Küstensumpf und weitet sich dann zu einer Lagune aus, bevor er auf die Ozeandünung stößt. Er wirbelt auf seinem kurzen Weg Schlick auf, verwandelt ihn in gelben Schlamm und schwemmt ihn in die See. Die Flut spült den Schlamm zurück, so daß sich eine Sandbank gebildet hat, die den Zugang zur Lagune versperrt und das Einlaufen von der Seeseite her erschwert, wodurch sie vor räuberischen Sklavenhändlern geschützt ist. Zudem hat sich der Schlick in den Mangrovenwurzeln verfangen, was zur Bildung von Hunderten kleiner, schilfbedeckter Inseln in der Lagune geführt hat.

An diesem Ort namens Lomboko gründete Don Pedro seinen Handelsstützpunkt und knüpfte Verbindungen nach Boston, Havanna und Rio. Als er im April 1839 Cinqué kaufte, war er dort schon seit 15 Jahren tätig und hatte Gefängnisse für die Sklaven, Lagerhäuser und Wohngebäude gebaut, Freundschaft mit eingeborenen Häuptlingen und Händlern geschlossen und Stammesfehden angezettelt, damit er die Gefangenen beider Parteien kaufen und die Sklavenschiffe beliefern konnte, die an seiner Niederlassung anlegten. Überhaupt nutzte er seinen scharfen Verstand dazu, sich im Handel mit Schwarzen ein Vermögen zu verdienen, wobei sich die Welt verblüfft fragte, warum sich ein gebildeter Weißer dazu entschlossen hatte, sein Leben zwischen den Eingeborenen im Dschungel zu verbringen. Er baute seinen Handel aus, bis er fast eine Million Dollar im Jahr verdiente, und seine Schuldverschreibungen galten in Havanna, London, Madrid, Paris so viel wie Gold …

Auf einer großen Insel nahe dem Laguneneingang standen die Lagerhäuser, in denen er Rum aus Boston, Tabak aus Havanna, Baumwolltuch aus Manchester, Gewehre und Pulver bester englischer Fertigung und ebenfalls aus England stammende, aber auf Umwegen importierte Ketten, Fesseln und Schlösser für die Sklaven aufbewahrte. Auf einer anderen Insel näher zum Festland hin stand ein einzelnes Gebäude, das Wohnhaus seiner Schwester, einer kultivierten spanischen Dame, die ihre Geburtsstadt Malaga verlassen hatte, um bei ihrem Bruder in Äquatorialafrika zu wohnen. Außer den Frauen, die sie bedienten, gab es kaum

Schwarze, die sie zu sehen bekamen, aber die Geschichten über ihre helle Haut und den Gott, den sie anbetete, waren bis weit ins Landesinnere gedrungen und hatten ihr eine geheimnisvolle und undurchsichtige Aura verliehen. Die Eingeborenen schworen, daß die vergoldete Figur, die sie in ihrem Zimmer anbetete, Don Pedro vor dem *gris-gris* der afrikanischen Medizinmänner bewahre.

An einer geschützten Stelle ein Stück weiter flußaufwärts befand sich Don Pedros Harem – eine mit kleinen Hütten übersäte Insel, in denen schwarze Frauen, schön wie Ebenholz in Menschengestalt, mit ihren Mischlingskindern lebten. Die Mädchen, die er für sich behielt, statt sie nach Havanna zu schicken, hatten in der Tat Glück. Wie ein afrikanischer Häuptling gewährte er seinen Frauen ein Leben in Luxus, und er beschützte sie eifersüchtig. Einmal erschoß er einen Schwarzen, den er in seinem Harem erwischt hatte.

Näher zum Ozean hin befanden sich die teilweise direkt in der Brandung gelegenen Inseln, auf denen Don Pedro seine Barracoons, die Sklavengefängnisse, errichtet hatte, die jetzt mit Schwarzen für die Sklavenschiffe aus Havanna gefüllt waren, Schiffe, die kommen und wieder verschwinden mußten, bevor die Stürme der Regenzeit ausbrachen, und es dabei immer riskierten, von der britischen Sklavenpatrouille gestellt zu werden.

Hoch über der Sklavenhandlung saßen die Wachtposten wie Fischadler auf Stangen und in Bäumen, jeder in seinem kleinen Nest, vor Regen und Sonne geschützt, und machten eifrig von ihren Ferngläsern Gebrauch. Sie warteten nur darauf, »Segel ahoi!« zu brüllen, sollte ein Schiff am Horizont auftauchen, oder die Musketenschüsse der aus dem Dschungel ankommenden Sklavenkarawanen zu beantworten.

Über ganz Lomboko lag der Gestank brackigen Wassers und verrottenden Dschungels und der ungesunde Geruch von Mangroven …

Die Kroo-Männer fuhren mit dem Einbaum zu einer Insel, auf der die Palisaden des Barracoon fast bis zum Wasser reichten. Auf der einen Seite flackerte ein Feuer unter riesigen Kesseln. Schwarze Jungen, die wie böse Medizinmänner wirkten, rührten mit langen Stöcken in den Töpfen. Es war ein »Teufelsort« trotz des süßlichen Geruchs nach Reis, der in Palmöl kochte.

Cinqué und die anderen Gefangenen mußten aus dem Einbaum aussteigen und schlüpften durch eine nur einen Spalt weit geöffnete Tür in einen großen Raum, in dem fast hundert Schwarze herumliefen oder in Ketten am Boden lagen. Auf Befehl des spanischen Wachmanns nahm der Bootsführer ihnen die Ketten ab. Er würde diese mit nach Geduma zurücknehmen und erneut benutzen, wenn er eine frische Ladung Sklaven durch den Dschungel trieb.

Als den Gefangenen die Ketten abgenommen worden waren, brachten ihnen schwarze Jungen Bananenblätter mit in Palmöl gekochtem Reis. Sie aßen hungrig und ließen das Öl von Fingern und Kinn tropfen. Dann warfen sie die Bananenblätter auf den mit Abfall übersäten Boden.

Nachdem er gegessen hatte, ging Cinqué zwischen den Gefangenen umher, redete mit ihnen und fragte sie, woher sie kamen und wie lange sie schon gefangen waren. Viele, mit denen er sprach, trugen das Zeichen des Stamms der Mendi – eine Reihe blauer Narben, die fast einen Zentimeter lang waren und sich von der Nasenspitze über die Stirn bis zum Haaransatz zogen. Keiner von ihnen war aus Mani, aber sie waren eng verwandt und sprachen eine Sprache, die er verstand. Ihre Geschichten waren die uralten Geschichten der Sklaverei. Don Pedro hatte die eingeborenen Händler wissen lassen, daß er Sklaven brauche, um die Schiffe zu füllen, solange noch Trockenzeit herrschte. Die schwarzen Händler hatten mit der Lieferung dieser Männer geantwortet, die, wie Cinqué, auf der Straße entführt, bei Nacht aus ihren Dörfern geraubt, von gierigen Verwandten verkauft oder auf irgendeine andere heimtückische Weise ihrer Freiheit beraubt worden waren. Sie waren ein elender, entmutigter Haufen, der in dem Barracoon auf den Tag wartete, da er auf ein Sklavenschiff geschafft werden würde.

Am Rand entdeckte Cinqué einen Mann im Alter seines Vaters, der abwechselnd redete, moslemische Verse betete oder sang und gelegentlich seine Ketten hochhob, um auf seine Schande hinzuweisen.

»Zu alt, viel zu alt«, antwortete er auf Cinqués Frage.

Er hatte beim letzten Tauschhandel keinen Käufer gefunden, denn er war auch den Sklavenhändlern zu alt. Er würde wieder und wieder zurückbleiben, bis Don Pedro zu der Überzeugung gelangte, daß mit ihm kein Gewinn mehr zu machen war. Dann würde man ihm den Schädel einschlagen und ihn in den Gallinas werfen.

»La. Elaha Ella Allah-Mohammed Rasoul Allah«, betete der alte Mann und verbeugte sich nach Osten.

Seine Gebete waren laut, aber nicht lauter als die der heidnischen Mendis, die Ngil-li anriefen, den Fetisch ihres Volkes. Aber Cinqué betete nicht. Er hatte dem Fetisch vertraut, und der Fetisch hatte ihn enttäuscht. Hätte der Fetisch was getaugt, wäre Cinqué jetzt zu Hause in Mani.

Cinqué, der trotz seiner Verzweiflung nicht betete, sah sich nach einer Fluchtmöglichkeit um. Der Blicke der Wachtposten durchaus bewußt, ging er an den Wänden entlang und versuchte, eine schwache Stelle zu entdecken, durch die er nach draußen gelangen könnte. Aber der Barracoon war für Gefangene wie ihn gebaut worden. Die Wände bestanden aus Baumstämmen, die tief in das weiche Erdreich gerammt waren – zu tief, als daß Cinqué hätte hoffen können, sich einen Weg nach draußen zu graben. Sie ragten hoch in die Luft, und ihre polierte Oberfläche war zu glatt, um daran hochzuklettern. Sie verloren sich in einem

Strohdach, das Sonne und Regen abhielt. Cinqué mußte sich eingestehen, daß dies ein stabileres und besseres Gebäude war als die, die er von zu Hause kannte, und daß es gar nicht so ungemütlich war, wenn man davon absah, daß es mit Sklaven vollgestopft war und nach deren schmutzigen Leibern stank.

Cinqué wurde auf das Gespräch zweier Gefangener aufmerksam, die an der Seite am Boden hockten. Ihr Blick war grimmig und ihre Haltung trotzig. Sie redeten voll Verachtung über Gefangene, die sich bei den Wachen der Kroo zusätzliche Essensrationen erschmeichelten. Cinqué sprach die beiden an und fand heraus, daß sie dachten wie er – sie waren entschlossen, dem schrecklichen Leben auf einer kubanischen Zuckerrohrplantage zu entkommen, und sie wollten lieber sterben als in Ketten leben. Es waren Kimbo und Grabo, beide Mendis, aber von einem anderen Stamm als Cinqué. Kimbo, der viel zu grimmig für seinen Namen aussah, der »Grille« bedeutet, war so alt und so groß wie Cinqué, hatte aber einen Schnurrbart und ein paar lange, verdrehte Haare am Kinn, was unter Mendis ein seltener Anblick war. Neben den beiden wirkte Grabo wie ein Zwerg: Er war ungefähr einsfünfzig groß, aber mit seiner flachen Nase, den hohen Wangenknochen, gelben Augen und den kalkweißen Zähnen, die wie die eines Hais spitz zuliefen, war er der furchteinflößendste von ihnen.

»Wie geht es dir?« fragten sie einander.

Die Nacht legte sich wie eine Decke über alles, und der Barracoon war ein Abgrund aus Schwärze, der lediglich durch die aufleuchtenden Blitze des nahenden Gewitters erhellt wurde. Ein Schauer ging herab und erfüllte den Barracoon mit der Kühle der Regenzeit.

Die meisten der Gefangenen lagen auf dem Boden ausgestreckt und schliefen. Cinqué und seine neuen Gefährten krochen Zentimeter für Zentimeter an der Wand des Barracoons entlang, betasteten die Stämme, gruben mit den Händen in der Erde und suchten in der Wand nach einer Lücke. Sie begannen nahe dem Eingang, und bevor sie wieder zum Eingang zurückgekommen waren, war die Nacht schon halb vorbei. Am Eingang standen Don Pedros Kroo-Männer mit ihren Gewehren bereit, um jeden Gefangenen zu erschießen, der zum Wasser zu gelangen versuchte.

»Geht wer raus, stirbt er«, warnte der Wachtposten Cinqué.

Diese Kroo-Männer waren für Don Pedro nützlich, und sie waren ihm treu ergeben, solange er sie mit Essen, Rum und Tabak versorgte. Sie und ihre Angehörigen blieben von der Sklaverei verschont, weil sie für den Sklavenhändler arbeiteten und zum unerläßlichen Bestandteil des Handels an der Sklavenküste geworden waren. Sie waren starke Männer und gut geeignet, die Schwarzen aus dem Busch einzuschüchtern und gefügig zu machen. Und ankerten die Sklavenschiffe in der Mündung des Gallinas, konnte man sich darauf verlassen, daß die Kroo-Männer die Sklaven mit ihren Einbäumen sicher durch die rauhe Brandung brachten.

Cinqué gab für diese Nacht die Hoffnung auf und legte sich mit dem Kopf zum Eingang gewandt neben die anderen beiden auf den Boden. Er versuchte zu schlafen, aber seine Gedanken kehrten hartnäckig wie sirrende Fliegen zu seiner Frau und den Kindern zurück. Wenn er es nur geahnt hätte und vorsichtiger gewesen wäre! Wenn er nur nicht auf die Worte des Medizinmannes gehört hätte!

Er war eines Tages früh am Morgen aufgestanden und hatte seine schlafende Frau mit den drei Kindern neben ihr auf dem Bambusbett zurückgelassen. Er band sich einen Lendenschurz um und warf sich eine blaue Baumwollrobe über die Schultern. Als ältester Sohn seines Vaters, der in der Poro-Geheimgesellschaft zum nächsten Stammeshäuptling ausgebildet worden war, war es seine Aufgabe, die Arbeiter auf die Felder zu führen, ihnen gut zuzureden und sie zu loben. Die Regenzeit, die Saison, um Reis zu pflanzen, würde bald anbrechen, und bis dahin mußten die Felder bestellt sein. Einen halben Monat lang war der Himmel tagsüber bedeckt gewesen, und es hatte plötzliche Gewitter gegeben, vor denen die Arbeiter Schutz suchten. Bald würden die schweren Regenfälle des Mai durch die Felder und den Dschungel peitschen. Mit einem Messer an der Hüfte und einem Speer in der Hand kroch Cinqué aus dem Haus in das Dämmerlicht des Morgens.

Groß und aufrecht ging er zwischen der Ansammlung grasgedeckter Hütten hindurch, die jetzt von Morgengeräuschen belebt wurden. Seine Gedanken galten den Schulden, die er bei Birmaja hatte. An seinen Fingern zählte er die Säcke Reis, die Hühner und Perlhühner auf, die er brauchen würde, um die Schuld zu begleichen und weitere Waren für den Handel zu kaufen.

In Gedanken ganz mit dem Pflanzen und Handeln beschäftigt, erreichte Cinqué das Dorfzentrum und das Haus seines Vaters, um das die übrigen Häuser wie Heuhaufen herumstanden. Der alte Mann schlief noch, aber seine Frauen kochten schon eifrig über einem offenen Feuer in der Küche außerhalb des Hauses. Cinqué ignorierte die Frauen und nahm sich einen Reisklumpen und eine gekochte Banane aus den Töpfen.

»Bato!« rief er.

Bato, der zweite Sohn des Häuptlings, kam aus dem Haus, wo er mit seinem Vater zusammenlebte, da er noch unverheiratet war. Er nahm sich Essen aus den Töpfen und rannte hinter Cinqué her, der schon den Pfad zu den Feldern entlangmarschierte. Am Dorfrand holte er Cinqué ein. Die beiden Brüder ließen zur Begrüßung die Finger knacken, gingen nebeneinander her und unterhielten sich über den

Reis, den sie würden anpflanzen müssen, um Birmaja ihre Schulden zurückzuzahlen. Ihnen folgten Gruppen von Arbeitern, Männer und Frauen in Lendenschurz, die Messer, Stöcke und Speere trugen, um die Erde umzugraben. Sie wurden vom Medizinmann begleitet, der seine Fetischbündel dabei hatte. Sie durchquerten die Felder, die im Jahr zuvor bepflanzt worden waren, und kamen zu einer neuen Fläche, die sie während der Trockenzeit abgebrannt hatten. Hier machten sie sich daran, die schwarze Erde mit ihren groben Werkzeugen zu bearbeiten, während Cinqué zwischen ihnen umherging und darauf achtete, daß sich keiner vor der Arbeit drückte und daß der Boden richtig aufgebrochen wurde. Mit der Miene eines Manns, der fest an seine Berufung glaubt, befestigte der Medizinmann seine Fetischbündel an den Pfosten, die rund um das Feld herum aufgestellt worden waren.

Für die Arbeiter war es eine glückliche Zeit. Die Frauen freuten sich auf die Wochen, da sie knöcheltief im Wasser waten würden, um in dem neuen, fruchtbaren Boden Reis zu pflanzen. Die Männer freuten sich auf das Ende der Pflanzsaison und die langen Tage der Muße, an denen sie Zeit für die Jagd und den Tauschhandel haben würden. Alle dachten an die Tage des Pflanzens und die Nächte, während deren sie auf den Fruchtbarkeits-Festen tanzen und singen würden. War die Saison ertragreich genug, würden sie ihre Feiern mit Tabak und Rum aus Gallinas anreichern.

Als es so spät war, daß sein Vater sicher schon aufgestanden war, verließ Cinqué die Arbeiter auf den Feldern und kehrte den Pfad entlang zum Dorf zurück, um seinen Vater über den Fortgang der Arbeiten zu unterrichten. Der alte Mann war von den Jahren gebeugt und zu schwach, um jeden Tag das Pflanzen und Ernten zu überwachen. Trotzdem war er immer noch bei klarem Verstand und streng und gerecht bei den Palavern, dem Dorfgericht. Die Entfernung betrug nicht mehr als fünf Kilometer, und Cinqué schlug ein gemächliches Tempo an.

Auf einer bewaldeten Wegstrecke sprangen plötzlich drei Männer aus dem Busch und warfen ihn zu Boden. An ihren Tätowierungen und Worten erkannte er sie als Mitglieder des Stammes der Vey. Cinqué setzte sich heftig zur Wehr und rief nach Bato. Aber die drei Männer preßten ihn zu Boden, nahmen ihm sein Messer weg und fesselten seine Hände mit Bambusruten.

Er wußte, was das bedeutete. Birmaja hatte wegen der Schulden die Geduld verloren oder sah einfach eine bessere Gewinnchance darin, ihn gegen Rum und Tabak zu verkaufen. Sie machten ihm durch Zeichen klar, daß er ihnen in den Wald folgen sollte. Er wußte, wenn er dies tat, würden ihn seine Leute nicht mehr retten können und er wäre dann bald Teil einer Karawane zu den Sklavenhandlungen. Er kämpfte verzweifelt, schrie und wollte seine Leute alarmieren, aber der Anführer zerrte mit seinem ganzen Gewicht an den Bambusriemen, und Cinqué fiel mit dem Gesicht voran in den Dreck. Der Anführer zog ihn wieder auf die Füße und schleppte ihn in den Busch, während die beiden anderen ihn von hinten schlugen und schubsten. Schon bald waren sie im dichten Dschungel verschwunden. Nur ein paar wenige Spuren auf dem Weg, nur ein paar abgeknickte Farnblätter zeigten, wie erbittert der Kampf gewesen war. Als der Dschungel sich um sie herum schloß, wußte Cinqué, daß weiterer Widerstand zwecklos und Flucht unmöglich war und daß er seine Leute nicht würde warnen können. Es blieb ihm nichts anderes übrig, als zu gehorchen und sich zu Birmajas Dorf führen zu lassen.

Zwei Tage lang folgten sie undeutlichen Pfaden, zuerst am Rande von Feldern und Dörfern entlang und dann durch einen dunklen Dschungel, in dem Palmenblätter den Himmel verbargen. Gegen Abend kamen sie nach Geduma, wo

Cinqué einst als freier Mann und willkommener Händler zu Gast gewesen war. Diesmal wurde ihm nicht erlaubt, das Dorf zu betreten. Statt dessen wurde er zum Besucherhaus gebracht, einer Hütte am Waldrand, in der jeder, der vorbeikam, übernachten durfte. Hier lagen schon andere gefesselt und zusammengekettet und warteten auf den Marsch nach Gallinas. Die Männer zerschnitten Cinqués Bambusriemen, nahmen sich seine blaue Baumwollrobe und befestigten einen Eisenkragen um seinen Hals. Dann ketteten sie ihn an die Gruppe wartender Gefangener.

Von Birmajas Dorf bis zur Küste war es eine Reise von zwei Tagen, wenn man schnell ging und sich nur wenig ausruhte. Birmaja und seine Wachen, die sich unbehindert bewegen konnten, schlugen ein Tempo an, das fast einem Trab glich – ein Tempo, das die gefesselten Männer nur schwer durchhalten konnten. Sie stolperten voran und sahen oft die Steine und Zweige nicht, an denen sie ihre Füße wund stießen. Weder Birmaja noch die Wachen zeigten Mitleid. Schon bald würde man die Sklaven nicht mehr loswerden, denn die Sklavenschiffe besuchten diesen Teil der afrikanischen Küste während der Regenzeit nur selten. Und die Sklavenhändler achteten darauf, daß sie nicht auf überfüllten Barracoons sitzenblieben.

Cinqué beobachtete, wie sich die Landschaft vom Hochland, wo man Ackerbau treiben konnte, zum sumpfdurchsetzten Küstenwald hin veränderte. Am Ende des zweiten Tags erreichten sie das Ufer des Gallinas, wo sie von Don Pedros Ausguck begrüßt wurden …

»Segel ahoi! Segel ahoi!«

Cinqué wurde von den Schreien des Ausgucks geweckt. Andere Wachtposten nahmen seinen Ruf an, und schon bald machten sie einen solchen Lärm, wie ihn Cinqué noch nie zuvor, nicht einmal bei den Tänzen anläßlich der Beschneidungs-Riten, gehört hatte. Er drängte sich zum Eingang und schob sich so weit, wie es die Wachen zuließen, an den Pfeilern der Palisade vorbei nach draußen. Hinter der schlammigen Lagune, jenseits der Brecher, weit am Horizont entdeckte er einen Schoner unter vollen Segeln, die in der tropischen Mittagssonne weiß glänzten.

Ein Gefangener neben Cinqué sprach die Kroo-Männer in der Sprache der Mendi an. Sie verstanden ihn nicht. Er versuchte es mit holperigem Englisch. Die Wachen antworteten ihm rasch. Cinqué, der über ihre Worte verblüfft war, schob sich näher an den Mann heran, der Mendi sprach, sich aber den Wachen auch auf englisch verständlich machen konnte.

»Massa holt Sklaven?« fragte der Mann.

Der eine der Kroo-Männer zuckte mit den Achseln. Es konnte ein Sklavenschiff sein, es konnte aber auch eine britische Patrouille sein, die nach Sklavenschiffen suchte.

»Massa Portugiese? Spanisch? Amerikanisch?«

Woher sollten sie das wissen? Das Schiff war noch zu weit weg, um die Flagge zu erkennen.

Cinqué sprach den Mann an und fragte ihn nach seinem Namen.

»Burnah.«

Wo hatte er Englisch gelernt?

Burnah antwortete, daß er als Dienstbote für englische Händler an der Küste zwischen Liberia und Sierra Leone gearbeitet hatte, wo es Häuser gab, die zehnmal so groß wie Don Pedros Lagerschuppen waren. Die Engländer hatten ihm ihre Sprache beigebracht, damit er ihnen besser dienen konnte. Aber die Engländer hatten keine Sklaven. Alle Schwarzen in Sierra Leone waren frei. Burnah war in sein Dorf zurückgekehrt, um dort die Regenzeit zu verbringen, und war von Sklavenhändlern gefangen worden.

Cinqué maß ihn mit Blicken. Er war kleiner als Cinqué

und ein paar Jahre älter. Er hatte die breite, flache Nase des Stamms, der mit dem Cinqués nur entfernt verwandt war. Er hatte ein häßliches Gesicht und schielte. Aber er war ein Mendi, und er sprach Englisch. Er konnte Cinqué als Mund und Ohr dienen … und auch als Lehrer. Und er war kräftig … falls es mal zu einem Kampf kommen sollte.

Innerhalb einer Stunde war das Schiff nah genug herangekommen, damit man die Flagge sehen konnte.

»Massa Portugiese!« Das konnte für Cinqué nur eines bedeuten: Sie würden an das Sklavenschiff verkauft werden. Man würde sie nach Kuba transportieren. Er schaute auf die Lagune, wo die Kroo-Männer, die so tief in ihren Kanus hockten, daß sie im Wasser zu treten schienen, hastig paddelten und eine kleine Flotte zusammenzogen, um die Gefangenen zu dem Schoner zu schaffen.

Schwarze Jungen kamen mit Scheren und Rasiermessern. Sie schoren die Gefangenen kahl und ließen gelockte, schwarze Wolle auf den Boden des Barracoons herabregnen. Ohne Seife oder Rasierschaum entfernten sie die spärlichen Bärte der Männer.

Am Nachmittag lag das Sklavenschiff gerade außerhalb der Brandungslinie vor Anker und sah für die Schwarzen im Barracoon wie ein wunderbar freier Vogel aus. Ein Boot wurde ausgesetzt, ein breites, flaches Boot, das im Vergleich zu den Kanus der Eingeborenen schwer aussah. Es fuhr dicht am Ufer vorbei, und Cinqué konnte erkennen, daß ein weißer Mann von sechs weißen Seeleuten gerudert wurde. Bei ihrem Anblick dachte sich Cinqué, daß alle Weißen wie Don Pedro aussahen.

»Massa Spanier«, erklärte der Kroo-Mann Burnah und deutete auf die Gestalt, die stolz im Bug des Boots stand. »Er schon da.«

Kroo-Männer folgten ihm in den langen Eingeborenenkanus über die Lagune hinweg, lachten und sangen und sahen schon die Extraration Rum und Tabak voraus, die sie bekommen würden, wenn Don Pedro die Sklaven verkauft hatte, die sich in seinen Barracoons drängten.

Das Boot fuhr zu der Insel weiter, auf der Don Pedros Lagerhäuser standen. Cinqué konnte es nicht mehr sehen, aber er hörte die aufgeregten Schreie der Kroo-Männer. Die Gefangenen waren nicht weniger aufgeregt als die Kroo, aber ihre Aufregung bestand aus Furcht und Entsetzen sowie Wut und Haß auf die Sklavenhändler, die schwarzen wie die weißen. Sie waren Gefangene, sie sollten als Sklaven verkauft werden, sie sollten über die weiten Wasser hinweg verschickt werden. Was sie hinter diesen erwartete, konnten sie nur raten. Harte Arbeit, Elend, der Tod in einem fremden Land warteten auf sie ... falls sie die Middle Passage überhaupt überlebten.

Und trotzdem brachten einige von ihnen auf Veranlassung der Kroo-Männer ein »Viva Havanna« zustande, als Don Pedro mit dem Spanier aus dem Boot zum Barracoon kam. »Don Pablo Àlvarez« nannte er ihn. Don Pablo Àlvarez, Repräsentant des Hauses Martínez, Sklavenhändler in Cadiz und Havanna – in Boston genauso wie in New Orleans und Galveston als Spezialist für Rum, Molasse und Schwarze bekannt.

»Verschwenden wir keine Zeit mit Gefeilsche!« rief Don Pablo. »Wir müssen die Ladung aufnehmen und verschwinden, bevor die herumstreunenden Briten hier auftauchen.«

»Dann sind die Verluste der Martínez wohl sehr hoch?« fragte Don Pedro.

»In der Tat. Von vier Schiffen, die Richtung Havanna segeln, gehen drei ans Meer oder die Briten verloren. Jeden Monat kommandieren sie mehr Schiffe zur Afrikapatrouille ab. Sierra Leone ist überfüllt von Sklaven, die von der Mixed Commission, der Gemischten Kommission, freigelassen worden sind ...«

»Das stimmt«, bestätigte Burnah Cinqué. Er hatte selbst viele Sklavenschiffe gesehen, die von der Royal Navy als Prisen nach Sierra Leone gebracht worden waren. Er hatte mit Schwarzen gesprochen, die von den Sklavenschiffen heruntergeholt worden waren. Viele hatten sich in Sierra Leone niedergelassen und die Gebräuche und die Sprache der Engländer erlernt. Andere waren losgezogen, um in ihre Heimat im Landesinneren zurückzukehren.

Als er von den britischen Schiffen hörte, die Schwarze befreiten und sie wieder nach Hause schickten, begann Cinqué von einem anderen Weg in die Freiheit zu träumen. Falls er es nicht vermeiden konnte, verkauft zu werden – was jetzt sehr wahrscheinlich schien –, dann erwischten ihn vielleicht die Engländer. Voll Dankbarkeit sehnte er sich nach jenen fremden Leuten, die für die Schwarzen wieder alles in Ordnung brachten.

Ein Kroo-Mann ging den beiden Weißen im Barracoon voraus. Mit seinen nackten Füßen stieß er die niedergeschlagen am Boden kauernden Gefangenen an, damit sie aufstanden und sich von Don Pablo inspizieren ließen. Die Gefangenen erhoben sich und streckten Arme und Beine aus. Während Don Pedro zurück trat, untersuchte Don Pablo die Gefangenen, ließ seine Hände rasch über ihre Körper gleiten und versuchte festzustellen, ob sie Fieber hatten, an irgendwelchen Krankheiten litten oder gedunsene Leiber aufwiesen, wie es manchmal der Fall war, wenn den Sklaven Drogen verabreicht wurden, um mit ihnen einen guten Preis zu erzielen. Cinqué stahl sich in den hinteren Teil des Barracoons und wunderte sich über die Bereitschaft, mit der einige der Gefangenen sich der Inspektion durch den Spanier unterwarfen. Freuten sie sich etwa auf die Sklaverei? Hingen sie nicht an ihrer Freiheit? Glaubten sie, die Dinge, die sie auf der anderen Seite des Wassers sehen würden, wären den Preis wert, den sie würden zahlen müssen?

Als die Spanier zu Cinqué kamen, drehte er sein Gesicht voll Verachtung zur Seite, damit er sie nicht ansehen mußte, und weigerte sich, aufzustehen, als der Kroo-Mann ihn mit den Zehenspitzen anstieß. Sein kräftiger Körper und sein mutiges, strenges Aussehen gefielen sowohl dem Käufer als auch dem Verkäufer der Sklaven. Don Pedro erwartete einen guten Preis. Aber Cinqué weigerte sich, sich zur Untersuchung zu erheben. Die beiden Weißen schrien auf spanisch, der Kroo-Mann bediente sich eines bruchstückhaften Englischs. Sie traten und stießen ihn. Er weigerte sich trotzdem.

Blaß vor Wut wandte sich Don Pedro an einen Kroo-Mann, der in der Nähe stand, und riß ihm die Seekuh-Peitsche aus der Hand. Mit aller Kraft schlug er Cinqué auf die Schultern. Cinqué war entschlossen, sich vor dem weißen Mann und den eigenen Leuten keine Schwäche anmerken zu lassen, nahm seine Kräfte zusammen, ertrug den Hieb, ohne zu zucken, und weigerte sich standhaft, die Spanier anzusehen oder ihren Befehlen zu gehorchen. Die Verachtung machte Don Pedro rasend, und immer wieder schlug er zu, bis auf Cinqués Schultern lange Wunden aufgerissen waren und Blut auf den Lendenschurz tropfte. Trotzdem gab Cinqué nicht nach. Er wußte, Don Pedro war wütend genug, um ihn zu töten, würde das aber nicht tun, weil ihm ein Toter kein Geld mehr brachte.

Cinqué ertrug die Hiebe und wich kaum zurück, aber trotz seiner Tapferkeit traten ihm Tränen in die Augen. Er versuchte, es mit den Händen zu verbergen, und schämte sich, daß ein Weißer sah, wie sehr er litt.

Nach einer Ewigkeit hörte Don Pedro endlich mit den Schlägen auf und gab dem Kroo-Mann die Peitsche zurück. Cinqué weigerte sich noch immer aufzustehen. Don Pablo beugte sich zu ihm hinab und befühlte kurz Haut, Muskeln und Puls. Er war offensichtlich zufrieden und sprach mit

Don Pedro. Cinqué hörte die Worte zwar, mit denen er vom Besitz des einen Spaniers in den des anderen überging, konnte sie aber nicht verstehen.

Nachdem die Spanier zu den anderen Barracoons gegangen waren, lag Cinqué auf dem Boden und preßte das Gesicht gegen den kühlen Boden. In seinem eigenen Dorf war Mord das schlimmste Verbrechen, und er hatte als Sohn des Häuptlings in der Geheimgesellschaft geschworen, alle Mörder zu bestrafen. Aber jetzt dröhnten in seinem Kopf ungewohnte Worte zum Takt seines Pulsschlags: »Töte, töte, töte die Weißen!«

Burnah, Grabo und Kimbo hockten neben ihm auf den Hacken und versuchten, seine Schmerzen zu lindern. Sie erbettelten von den Wachen Reis und Wasser und brachten ihm beides. Burnah erzählte von den Engländern und versuchte, in ihm die Hoffnung zu wecken, daß die Engländer sie retten würden. Als die Dunkelheit kam, lag der Schoner immer noch am Eingang zur Lagune vor Anker, und die Gefangenen hockten unter der Bewachung der Kroo zusammengekauert am Boden ohne zu wissen, welche Schrecken sie an Bord des Sklavenschiffs erwarteten.

Bei Tagesanbruch waren die Bootsführer der Kroo wieder in den Barracoons. Diesmal hatten sie Eisenkragen und Ketten dabei. Sie befestigten die Kragen schnell an den Hälsen der Gefangenen. Dann schlossen sie diese mittels der Ketten zu Fünfer-Gruppen zusammen. Cinqué, Grabo, Kimbo und Burnah, die alle beieinander hockten, wurden mit einem fünften Jungen, den Cinqué zuvor nie gesehen hatte, an eine Kette gehängt. Burnah redete mit dem Wachtposten, aber der konnte ihm wenig sagen, außer daß die Gefangenen doppelte Rationen erhalten würden, bevor sie an Bord des Sklavenschiffs gebracht wurden. Während sie redeten, brachten schwarze Jungen Töpfe voll Reis, gingen mit diesen herum, und die Gefangenen bedienten sich mit den Händen.

Nach Sonnenaufgang führte ein Wachtposten Cinqués Gruppe aus dem Barracoon zu einem Einbaum, der am sumpfigen Ufer der Insel wartete. Zwei Kroo-Männer saßen in dem Boot. Zehn Gefangene wurden gezwungen, hineinzuklettern und sich mit den Gesichtern Richtung See hinzusetzen. Cinqué hielt die Kette von der zerschundenen Schulter weg, konnte aber nichts gegen die Sonne tun, die in seinen Wunden brannte. Die Kroo-Männer zogen die Paddel hervor, und der Einbaum schoß in die Lagune hinaus mit Kurs auf den Schoner, der jetzt hoch im ruhigen Wasser lag. Um sie herum waren noch andere Boote. Cinqué zählte zwanzig ... alle mit Gefangenen für den Schoner beladen. In den ersten Booten waren die Männer, in den letzten die Frauen und Kinder. Ihnen folgte das Beiboot des Schoners mit Don Pablo, der in seinem sauberen weißen Baumwollanzug erfrischt und ausgeruht wirkte.

Als sie schon ein gutes Stück außerhalb der Lagune waren und durch die kabbelige Dünung schnitten, wurden sie von den wilden Schreien eines Ausgucks auf der Insel aufgeschreckt. Der erneute Ruf »Segel ahoi!« ließ sie nach draußen zum Horizont blicken. Dort konnten sie die Segel und Umrisse eines Kriegsschiffs erkennen. Don Pablo schrie die Kroo-Männer an. Es war nicht notwendig. Sie hatten schon zu paddeln aufgehört und ließen die Boote treiben, während alle Augen seewärts gerichtet waren.

Don Pablo legte die Hände trichterförmig um den Mund und rief Befehle zu dem Sklavenschiff hinüber, das immer noch zu weit entfernt lag, als daß man ihn an Bord hätte hören können. Wie Affen rannten die Matrosen über die Decks und kletterten in die Takelage. Bald stand der Schoner unter vollen Segeln, und Don Pablo sah, wie der Anker gelichtet wurde.

»Englischer Massa! Englischer Massa!« riefen die Kroo-Männer einander zu, als das Kriegsschiff näher gekommen war.

»Englischer Massa!« Diese Worte breiteten sich wie ein Buschfeuer in Cinqués Hirn aus. Es gab wieder Hoffnung – Hoffnung, die er schon fast verloren hatte. Die Engländer würden sie fangen. Sie würden sie nach Sierra Leone bringen. Dann könnte er nach Hause gehen ... zurück nach Mani. Er sah Burnah an und jubelte: »Englischer Massa!«

Das Kriegsschiff näherte sich dem Schoner mit stetigem Tempo. Das Sklavenschiff, dessen Segel sich jetzt blähten, entfernte sich und ließ zweihundert Schwarze, die als seine Ladung gedacht gewesen waren, und Don Pablo mit seinen sechs Ruderern zurück, die aufgeregt auf spanisch diskutierten. Don Pablo schrie in den Wind und wußte, sein Schreien war nutzlos, denn der Schoner konnte dem Kriegsschiff unmöglich entkommen oder es in einem Gefecht besiegen.

»Die Briten!« schrie Don Pablo. »Mutter Gottes ... verflucht seien die Wilberforces und die Methodisten ...«

Ein schwerer Donner kam über das Wasser, ein Donner lauter als tausend Musketen, und Cinqué konnte Rauch von dem Kriegsschiff aufsteigen sehen. Das Feuer wurde von dem Schoner nicht erwidert. Das Kriegsschiff, das jetzt in Rufweite war, feuerte erneut, und der Schoner begann, die Segel zu streichen. Während Don Pablo zusah, wie ihm ein Vermögen entglitt, drehte das Kriegsschiff neben dem Schoner bei. Ein Boot voll britischer Matrosen wurde ausgesetzt, entschlossen, gegen die Spanier zu kämpfen.

»Die *Buzzard*!« riefen die Spanier einander zu. »Es muß die *Buzzard* sein!«

H.M.S. Buzzard ... das gefürchtetste Schiff in der Sklavenpatrouille Ihrer Majestät. Sie hatte den Schoner erwischt, aber dessen Ladung verpaßt.

Don Pablo rief den Kroo-Männern ein Kommando zu, worauf sie mit ihren Einbäumen wieder Kurs auf die Lagune nahmen, durch die Brandung schnitten und vor den verhaßten Briten zurückwichen, die kein Recht hatten, Don Pedros Barracoons zu betreten, kein Recht gemäß den Verträgen zwischen Spanien und England.

Als er wieder in dem Barracoon war, starrte Cinqué auf die See hinaus und sah zu, wie die beiden Schiffe Richtung Sierra Leone verschwanden und zu kleinen Flecken am Horizont wurden. Das Kriegsschiff war zu früh gekommen. Nur ein paar Minuten noch, und sie wären auf dem Schoner gewesen. Dann hätten die Briten auch Cinqué erwischt, und er wäre jetzt auf dem Weg nach Sierra Leone gewesen.

Ihm wurden die Ketten wieder abgenommen, aber das erleichterte nicht die Bürde seines Herzens. Er war immer noch ein Gefangener. Eine weitere Chance, zu entkommen, war vorübergegangen.

II

Die Middle Passage

Donner und peitschender Regen; eine Nacht so kalt, daß die Gefangenen sich dicht aneinander drängten, um Wärme zu finden; nackte Haut an nackter Haut. Und plötzlich waren die Wolken am Himmel verschwunden, und die Sonne heizte den Dschungel zu einem Dampfbad auf – es schien allmählich, als wäre der Schoner mit den flatternden weißen Segeln eine Befreiung aus dem Barracoon.

Als der Ruf »Segel ahoi!« erneut erschallte, wiederholten die Schwarzen, die gerade ihren Morgenreis und ihr Wasser erhalten hatten, den Schrei des Ausgucks. Einige lachten und sagten zu den Wachtposten »Viva Havanna!«

»Massa Portugiese«, behaupteten die Kroo-Männer, als der Schoner außerhalb der Lagune ankerte.

Ein Boot voll Weißer legte vom Schoner ab und wurde in der Lagune von einer Flottille der Kroo empfangen, die lachten und sangen. Diesmal würde es bestimmt Extrarationen geben.

Noch bevor es Mittag wurde, hatten die Wachen die Gefangenen angekettet und in die Einbäume getrieben. Cinqué hatte es geschafft, bei Burnah zu bleiben – aber diesmal zusammen mit drei Fremden. Er wußte nicht, was mit Kimbo und Grabo passiert war. Er hatte gesehen, wie sie von zwei Wachen weggeführt worden waren, von denen der eine den breitkrempigen Hut eines Missionars getragen hatte.

Die Kanus überquerten die Lagune und steuerten in die Brandung. Der Wellengang war so heftig, daß einem übel werden konnte. Die Kroo-Männer lenzten ständig, indem sie das Wasser mit den nackten Füßen über Bord spritzten. Zwei Boote voll Spanier folgten ihnen in geringem Abstand. Don Pablo stand in einem von ihnen und erteilte den Männern an den Riemen Kommandos. Ein drittes Boot, das von Kroo-Männern gerudert wurde, transportierte Don Pedro Blanco, dessen Baumwollanzug weiß und dessen Rede voll schmutziger Flüche war, mit denen er seine Kroo-Männer bedachte. Wie hundert schwarze Pfeile schossen die Kanus, von denen viele mit Frauen und Kindern beladen waren, durch die Brandung. Cinqué und Burnah schätzten, daß es insgesamt mehr als 700 Schwarze waren, mehr als im ganzen Dorf Mani.

Die Kanus näherten sich einander, trennten sich, kamen wieder zusammen, und die Kroo waren ständig bemüht, sie über Wasser zu halten.

Als er die Gesichter in einem Kanu betrachtete, das sich ihnen näherte, schrie Cinqué plötzlich: »Bato!«

»Cinqué!« rief Bato zurück. Sie zerrten an ihren Ketten, schrien sich die Lunge aus dem Leib und baten um Neuigkeiten über den anderen und die zu Hause, aber ihre Worte gingen im Dröhnen der Brandung unter. Die Wellen rissen ihre Boote wieder auseinander.

Bato war ebenfalls entführt worden. Neue Ängste überkamen Cinqué mit rasender Geschwindigkeit. Jetzt war keiner mehr zu Hause, um nach seinem Vater zu sehen oder seine Frau und die Kinder zu beschützen. Vor Schmerz entfuhr ihm unwillkürlich ein Schrei. Vielleicht waren auch seine Frau und die Kinder gefangen worden – vielleicht waren sie in einem Kanu in seiner Nähe. Wie von Sinnen rief er ihre Namen, bis ein Kroo-Mann ihm mit dem Paddel auf den Schädel schlug. Er hielt den Mund geschlossen und die Augen offen, als sie sich dem Sklavenschiff näherten.

Der Schoner war ein Zweimaster, ein scharf geschnittenes Sklavenschiff, das für hohe Geschwindigkeiten ausgelegt war – damit es den britischen Kriegsschiffen entkommen konnte. Es war ein Schoner vom Typ Baltimore, ein Typ, der in Baltimore für den Sklavenhandel gebaut und ausgerüstet wurde. Cinqué sah den Namen, der auf den Bug gepinselt war, und hörte die Spanier und die Kroo-Männer *Tecora* sagen. Und er sah die Flagge, die am Mast flatterte.

»Massa Portugiese«, versicherte ihm Burnah.

Im Bug standen lauter Weiße, die alle so schlank und braungebrannt waren wie Don Pedro. Mitschiffs lehnte der Kapitän mit seinem gewaltigen Körper an der Reling, ließ sein rotes Haar und sein rotes Gesicht von der Sonne bescheinen und wirkte auf Cinqué wie der Teufel in Gestalt eines Weißen.

»Americano«, behaupteten die Spanier.

Don Pablos Boot ging längsseits, und er rief dem Kapitän und der Mannschaft Kommandos auf spanisch zu. Portugiesisches Schiff, amerikanischer Kapitän, spanische Mannschaft. Selbst dem scharfsinnigsten britischen Richter der Mixed Commission wäre es schwergefallen, festzustellen, welche Nation hier zuständig war.

Cinqué befand sich am einen Ende der Kette, und Burnah war direkt neben ihm befestigt. Als der Einbaum unter die Strickleiter gezogen wurde, blieb ihm nichts anderes übrig, als mit den Händen nach den Seilen zu greifen. Langsam und vorsichtig kletterte er an den schwankenden Tauen nach oben, und das Gewicht der Männer, die hinter ihm kamen, zerrte an ihm, und Trauer und Furcht lasteten schwer auf seinem Gemüt. Wohin war sein Traum von Freiheit verschwunden?

Auf Deck wurden sie zu einer anderen Gruppe Gefangener getrieben – Männer, Frauen, Kinder –, wo sie mit Salzwasser, das durch einen Schlauch gepumpt wurde, abgespritzt wurden. Ein spanischer Matrose schnitt ihnen mit einem Messer die Lendenschurze ab und warf sie über Bord.

Selbst in so kleinen Kleidungsstücken konnten Krankheitserreger nisten. Wie die anderen war Cinqué jetzt nackt. Wie die anderen versuchte er, seine Blöße mit den Händen zu bedecken. Schwarze Sklaven, die zum Schiff gehörten, schubsten ihn nach vorn, und er spürte, wie das Seewasser auf seine Haut spritzte und in den Wunden brannte, die Don Pedros Peitsche hinterlassen hatte.

Auf dem Achterdeck brodelte über Holzfeuern Reis in riesigen Töpfen, um die sich schwarze Köche kümmerten, die wie das Wachpersonal des Schiffs schon lange im Sklavenhandel arbeiteten. Jeder Gefangene wurde zu ihnen geführt und erhielt eine Handvoll weichen, gekochten Reis. Cinqué versuchte, ihn zu essen, schaffte es aber nicht, denn vor lauter Wut stak ihm ein Klumpen im Hals.

Der Schoner, der sogar die Versammlungshalle in Mani an Länge übertraf, war schwarz vor Menschen. Das Vorder- und Achterdeck quollen beinahe über. Cinqué betrachtete die Gefangenen, die man vor ihm an Deck gebracht hatte und die jetzt alle, Männer wie Frauen, nackt und jeweils zu zweit an Handgelenken und Knöcheln aneinander gekettet waren. Manche weinten, manchte stöhnten, manche lagen mit offenen Augen und Mündern apathisch in der Sonne. Die spanischen Matrosen, die zwischen ihnen umhergingen, zeigten sich so wenig bekümmert, als hätten sie es mit Schweinen oder Rindern zu tun.

Ein Aufseher stieß Cinqué auf eine Luke zu. Bevor dieser jedoch in die finstere Nacht hinabstieg, warf er noch einen letzten, flüchtigen Blick auf Afrika, den Gallinas und Don Pedros Sklavenlager. Dann tauchte er in den überwältigenden Gestank des Sklavendecks ein, das schon mit Schwarzen überfüllt war.

Cinqué und die, die ihm an der Kette folgten, mußten sich tief bücken, denn das Deck war bloß einen Meter zwanzig hoch. Die anderen Gefangenen lagen schon dicht nebeneinander. Ein spanischer Matrose mit einer Laterne in der Hand wies den fünf Männern eine Ecke zu und gab ihnen mit Zeichen zu verstehen, daß sie sich hinlegen sollten. Sie drehten die Halseisen zurecht, knieten sich hin und streckten sich vorsichtig auf dem Deck aus. Der Matrose trat gegen ihre Füße, bis sie sich der Reihe schon liegender Männer angeschlossen hatten. Cinqués Kopf drückte gegen die Hüfte eines anderen. Burnah lag auf der einen Seite, auf der anderen ein Junge von nicht mehr als 15 Jahren. Der Matrose ging weg, und Cinqué hatte den Schlafplatz erhalten, den er während der ganzen Reise nicht verlassen würde, und lag auf dem Rücken, die Beine stark angewinkelt, die Arme neben sich.

»Wohin Massa mich bringen?« fragte Burnah den Matrosen.

Der Matrose antwortete nicht. Er fuhr mit seiner Arbeit fort, brachte weitere Sklaven auf das Deck und stopfte sie zu den anderen. Aber die Gefangenen riefen »Kuba!«, und ihr verzweifelter Klageschrei übertönte das Weinen und die Trauergesänge. Hinter ihnen lag Afrika: Heimat und Freiheit. Vor ihnen? Kuba oder Schlimmeres.

Das einzige Licht drang durch ein Gitter, dessen Schlitze zu schmal waren, um eine Hand hindurchzustecken. Cinqué konnte erkennen, ob es Tag oder Nacht war, aber nicht, welche Farbe der Himmel hatte. Die Männer um ihn herum waren schwarze Schatten inmitten schwarzer Dunkelheit.

»Wie können sie Menschen so behandeln?« fragte er Burnah.

»Wir sind keine Menschen«, antwortete Burnah. »Wir sind Tiere – für sie sind wir nichts als Affen.«

Einen Moment lang stellte sich Cinqué Birmaja vor, wie er unter den mächtigen Einfluß der Fetische dahinsiechte. Aber das war unmöglich. Birmaja saß ungefährdet in Geduma und genoß Rum und Tabak.

»Für uns besteht keine Hoffnung, falls das Schiff sinkt«, sagte Burnah.

»Es ist besser zu ertrinken, als ein Sklave auf einer Zuckerrohrplantage zu sein«, erwiderte Cinqué verbittert.

Bald hörten sie das Gebälk knarzen und wußten, daß das Sklavenschiff sich auf den Weg gemacht hatte. Cinqué und Burnah und die Männer um sie herum – einige Mendis, einige von Stämmen weit im Landesinneren – unterhielten sich über ihre Heimat und die Freunde, die sie in Afrika zurückließen.

Cinqué lauschte auf das Donnern britischer Kanonen und hoffte, das Kriegsschiff, das schon einmal gekommen war, möge noch ein zweites Mal auftauchen ...

Dämmer und Dunkelheit, Dämmer und Dunkelheit – die Tagen kamen und gingen, jeder schlimmer als der vorhergegangene. Cinqué zählte zehn Tage an seinen Fingern und geriet dann, vom Hunger geschwächt, durcheinander. Zweimal am Tag kam ein spanischer Matrose in Begleitung eines schwarzen Jungen zum Sklavendeck, leuchtete mit einer Blendlaterne umher und brachte Töpfe voll Reis ohne Öl. Ein Topf enthielt genug Essen für zehn Mann. Wenn er vor sie hingestellt worden war, nahmen die Gefangenen mühsam eine halb sitzende Position ein und kämpften ohne Rücksicht auf die Mendi-Etikette, die nur das Essen mit Daumen und Zeigefinger erlaubten, gierig um ihre Portionen. Nachdem sie gegessen hatten, hielt der schwarze Junge jedem einen Blechbecher Wasser hin. Als Burnah einmal aus Versehen den Becher umstieß und das Wasser verschüttete, schlug ihn der Matrose mit der neunschwänzigen Katze.

»Willst du auf der Überfahrt verdursten?« fragte er wütend.

Während sich die Reise hinzog, wurden die Rationen derart klein, daß die Mägen schrumpften und die Gefangenen Schwierigkeiten hatten, das Essen überhaupt hinunterzuwürgen. Der Gestank ihrer Körper war stärker als jedes Verlangen nach Nahrung. Manchmal langte ein Mann in den Topf und begann im gleichen Moment zu würgen. Einige wurden zu krank, um überhaupt was zu essen. Weigerten sie sich, wurden sie von dem spanischen Soldaten gepeitscht und gezwungen, zu essen, was in manchen Fällen dazu führte, daß sie sich und ihre Leidensgenossen vollkotzten.

Nachts, wenn es kein Gitter mehr gab, an das er den Blick hätte heften können, ließ Cinqué die Gedanken nach Mani schweifen und die Erinnerung an das Essen alles andere beiseite schieben. Die Seekrankheit der ersten Tage war einem ständigen Schmerz in den Eingeweiden gewichen. Um die Hungergefühle zu betäuben, dachte er an die Feste in Mani. Eines von diesen stand wie eine Vision vor seinen Augen – das Fest anläßlich seiner Aufnahme in die Poro-Geheimgesellschaft …

Er war dreizehn und hatte das Alter erreicht, in dem ausgewählten Jungen des Dorfs die Geheimnisse des Stammes und der Sexualität offenbart wurden. Es war ein großer Tag für den Stamm, als Cinqué, der älteste Sohn des Häuptlings, in den Poro-Wald ging, um seine Ausdauer zu testen. Es herrschte Regenzeit, und die beiden Gruppen von Jungen – die einen erhielten eine religiöse Ausbildung, die anderen wurden in den Stammesgebräuchen unterwiesen – lebten mit ihren Lehrern, alten, respektierten Männern, in einem Verschlag ohne Dach, der weit vom Dorf entfernt stand, damit die Frauen ihre Geheimnisse nicht belauschen konnten.

In seiner Gruppe mußte sich Cinqué sowohl durch das Auswendiglernen der Stammesgesetze und der Systeme von Belohnung und Bestrafung als auch in Spielen und akrobatischen Turnübungen auszeichnen. Er kam nach seinem Vater, nahm diese Dinge ernst und gab sich viel Mühe. Man hatte ihm erlaubt, beim Palaver neben seinem Vater zu sitzen. Er hatte zugehört, wie sein Vater die Gesetze aufgesagt hatte. Jetzt war für ihn die Zeit gekommen, die Gesetze auswendig zu lernen. Er verspürte die Verpflichtung, seinem Volk ein ebenso guter Richter zu werden, wie sein Vater es war.

Während der langen Wochen mußten die Jungen kalte Nächte, nasse Haut und Hunger ertragen. Dann kam die Trockenperiode, die Zeit der Initiation für die, die den Test bestanden hatten. Die religiöse Gruppe, die, denen die Geheimnisse der Fetische und Zaubertränke offenbart worden waren, wurde zuerst geprüft. Dann kamen die Jungen dran, die in den Sitten und Gebräuchen unterwiesen worden waren, und vor der versammelten Gruppe sagte Cinqué ohne zu stocken die Gesetze seines Volkes auf.

Der letzte Test bestand darin, Essen zu sammeln und ihnen selbst zu Ehren ein Fest zu feiern. Erst danach würde man ihnen erlauben, den Poro-Wald zu verlassen und ins Poro-Haus zur Initiation zu gehen. Für dieses Fest konnten sie sich Tiere und Früchte aus dem Dschungel besorgen oder sie im Dorf stehlen, solange sie es vermieden, von den Frauen entdeckt zu werden. Im Schutze der Dunkelheit führte Cinqué eine Gruppe zum Dorf. Sie schlichen von Hütte zu Hütte und stahlen Hühner, bis sie genug hatten für ein großes Festessen. Gut gelaunt kochten sie in Tontöpfen Hühner mit Reis und füllten sich dann die mageren Bäuche. Es war das erste Essen nach langem Hungern, und sie aßen, bis sie benommen umfielen …

Nach dem Festessen warteten die Männer der Geheimgesellschaft, also die, die bereits initiiert waren und jetzt das Dorf leiteten, im Poro-Haus darauf, daß ihnen die neuen Kandidaten vorgestellt wurden. Sie würden sich über eine zweite, nicht mehr ernst gemeinte Prüfung amüsieren, die vom *Wuja* abgehalten wurde, dem geschickt verkleideten Pförtner der Poro-Geheimgesellschaft, und jedem Kandidaten applaudieren, der den Wuja in einem gestellten Ringkampf überwand.

Als Cinqué, der Tabakblätter zur Bezahlung in der Hand hielt, sich dem Eingang näherte, hörte er den Lärm der Tom-Toms, Geschrei und die Lieder der Geheimgesellschaft. Der *Wuja* trat ihm mit seiner seltsam grinsenden Maske entgegen.

»Wer ist da?« fragte er.

»Cinqué.«

»Kannst du Wasser in einem Korb holen?«

»Ja.«

Die Trommeln schlugen schneller, und der Gesang wurde zum Geheul.

»Kannst du einen Berg auf deinen Schultern tragen?«

»Ja.«

Noch schneller schlugen die Tom-Toms, noch lauter wurde das Geheul. Cinqué begann sich zu fürchten. Das war anders, als es damals im *Poro*-Haus gewesen war. Der *Wuja* bedrohte ihn und wollte ihn mit kräftigen Armen packen. Das war nicht der gespielte Ringkampf, den man bei der Initiation zu überstehen hatte.

Der *Wuja*, dessen Maske eine verzerrte Grimasse war, streckte die Arme aus und schrie:

»Kannst du den Weißen töten?«

Auf dem Sklavendeck zerrte Cinqué an seinen Ketten und krümmte sich neben Burnah. Was wurde da von ihm verlangt? Konnte er morden? Es war eine Parodie auf den *Wuja*. Hatte er nicht geschworen, nie zu töten ... und im Palaver die Mörder zu bestrafen?

Aber der *Wuja* rückte näher.

»Kannst du den Weißen töten?«

Der *Wuja* war nicht mehr der *Wuja*. Er hatte das Gesicht von Don Pedro Blanco, und er hielt eine neunschwänzige Katze in der erhobenen Hand, um ihm damit die Schulter zu peitschen.

»Ja«, schrie Cinqué, und seine Hände rissen an dem Eisenkragen, der ihn fesselte …

Cinqué erwachte mitten in einem Sturm aus seinem Delirium. Eine Böe preßte den Geruch der See in das Sklavendeck und belebte die verschwitzten, stinkenden Gefangenen.

»Zwei Tage«, sagte ihm Burnah.

Zwei Tage lang hatte der Sturm geblasen, das Schiff hin und her geworfen, in der Takelage geheult und alle seine Opfer, vom Kapitän bis zum Sklavenkind, gefoltert. Die Gefangenen, die dicht gedrängt auf dem bloßen Deck lagen und sich nicht abstützen konnten, rollten von einer Seite zur anderen und scheuerten die ausgehungerten Leiber auf dem Holz auf. Die Ketten an ihren Hand- und Fußgelenken schnitten Wunden ins Fleisch, die sich rasch entzündeten.

Während des Sturms kamen die spanischen Matrosen nicht auf das Sklavendeck. Sie waren vollends damit beschäftigt, gegen den Wind zu kämpfen. Nur die Schiffssklaven kamen und brachten Essen und Wasser und trugen die Fäkalien hinaus. Die Gefangenen bettelten um Hilfe und erinnerten daran, daß sie alle Brüder mit der gleichen Hautfarbe waren. Aber die Schwarzen vom Schiff waren schon zu lange aus Afrika fort … und zu lange die Diener ihrer spanischen Herren.

Dann am dritten Tag war der Sturm vorbei, und die Gefangenen lagen still und waren dankbar für diese Pause, die ihren zerschlagenen Gliedern gewährt wurde.

Der Junge neben Cinqué war schon vor dem Sturm krank gewesen. Durch das Schaukeln des Schoners wurde er immer schwächer und schwächer, und seine Stimme verkam zu einem Flüstern. Seine Körperausscheidungen verdreckten das Deck und sorgten für einen unerträglichen Gestank. Das Schiff bewegte sich jetzt ohne Schwierigkeiten mit dem sanften Schaukeln einer Wiege voran, aber die Schmerzen des Jungen wurden nicht gelindert.

Bei der Morgenfütterung weigerte er sich, die Hand in den Reistopf zu strecken. Der schwarze Schiffssklave schlug ihn. Er zuckte unter dem Schlag kaum zusammen. Der Schiffssklave beleuchtete mit der Blendlaterne seinen Unterleib und schüttelte sich plötzlich vor Angst.

»Rote Ruhr«, flüsterte er mit ängstlicher Stimme so laut, daß Burnah und Cinqué ihn verstehen konnten.

Die rote Ruhr. Die gefürchtete Krankheit der Sklavenschiffe. Der schwarze Schiffssklave war die Middle Passage schon oft genug entlanggesegelt, um zu wissen, was das für die Sklaven an Bord und die Profite in Havanna bedeutete. Er ließ den Reistopf zurück und rannte nach oben an Deck.

Nachdem er gegangen war, berührte Cinqué den Körper des Jungen und wußte, daß kein Leben mehr in ihm war. Er flüsterte mit Burnah. Die Worte gingen rasch zwischen ihnen hin und her und lösten ein allgemeines Kettenrasseln und gellendes Schreien aus. Einige der Gefangenen begannen, mit den Händen auf das Deck zu trommeln. Zusammengekettete Männer kämpften miteinander, um näher an das bißchen Licht zu kommen, das durch das Gitter drang.

Wieder Lichter, und Don Pablo Alvarez und der amerikanische Kapitän tauchten gebückt in Begleitung eines spanischen Matrosen und des Schiffssklaven in dem niedrigen Laderaum auf. Der Amerikaner ließ sich auf den Hacken nieder. Zum ersten Mal seit dem Gallinas bekam Cinqué sie wieder zu sehen. Die einzige Veränderung war, daß sie sich jetzt Taschentücher vor die Gesichter hielten.

Der Schiffssklave deutete auf den reglosen Körper, und

Don Pablo beleuchtete ihn mit der Lampe. Er erkannte, daß er tot war, ließ das Licht hin und her wandern und sah sich die anderen Gefangenen an, deren nasse, schwarze Gesichter und weiße Augen ihn aus der Finsternis heraus anstarrten. Don Pablo war wie ein Bauer, der bei seinem Vieh plötzlich eine Seuche entdeckt hat. Er rief dem Matrosen Worte zu, die scharf wie Messer waren.

»*Si, Señor*«, antwortete der Matrose auf alle Befehle.

Don Pablo und der Kapitän verließen gebückt das Sklavendeck. Dann gab der Matrose den Gefangenen durch Zeichen zu verstehen, daß man sie an die frische Luft bringen würde. Er machte Cinqués und Burnahs Ketten los und befahl ihnen, den toten Jungen nach oben zu bringen. Sie waren das Stehen nicht mehr gewöhnt und krochen halb, als sie den ausgezehrten, leichten Leichnam den Niedergang hoch an Deck schleppten.

Der Kapitän und Don Pablo warteten nahe der Hauptluke. Spanische Matrosen lungerten in der warmen Sonne herum. Die Schiffssklaven beäugten mißtrauisch den toten Gefangenen. Cinqué sah dankbar zur Sonne hoch, mußte jedoch die Augen vor ihrer Helligkeit sofort schließen.

Angeführt von dem Matrosen trugen Cinqué und Burnah den Leichnam zum Bug und legten ihn dort auf eine bloße Planke. Ohne jede Zeremonie kippte der Matrose die Planke hoch, und der Leichnam rutschte ins Wasser. Cinqué beneidete ihn. Tod, Begräbnis auf See – alles war einem Leben an Bord eines Sklavenschiffs vorzuziehen. Er sah, wie der Kapitän und Don Pablo unbekümmert plauderten. »Den Weißen töten?« Er ließ die Hände hängen und wandte sich ab.

Alle Gefangenen von Cinqués Deck wurden an das Tageslicht gebracht, blinzelten und beschatteten die Augen mit den Händen. Cinqué sah sich nach Bato um, konnte ihn aber nicht entdecken. Er fragte sich, ob Bato auch über die

Planke ins schäumende Wasser gerutscht war – der stille, sanfte Bato. Cinqué blickte dorthin zurück, wo der Junge im Wasser gelandet war, und sah Haifischflossen durch die Wasseroberfläche schneiden. Kein Frieden – nicht einmal im Tod.

Die Gefangenen wurden zusammengetrieben und mit Salzwasser abgespritzt, bis sie wieder sauber waren. Dann ging Don Pablo mit einem Taschentuch vor dem Mund zwischen ihnen umher und untersuchte sie auf Anzeichen von Fieber und Ruhr. Er sah sich die Haut an, die auf dem Deck wundgescheuert worden war, und die Einschnitte, die die Ketten an Hand- und Fußgelenken hinterlassen hatten. Wegen des Geruchs nach eitrigem Fleisch hielt er sich die ganze Zeit die Nase zu und begab sich wieder auf sichere Distanz zu den Gefangenen, während er den spanischen Matrosen Befehle erteilte.

Ein Matrose brachte ein Becken voll Essig und ein Horn Schießpulver. Don Pablo rührte das Schießpulver in den Essig, bis sich eine leichte Paste bildete. Diese schmierten die Matrosen auf die offenen Wunden und benutzten die Peitsche, damit die Gefangenen stillstanden und den heftig brennenden Schmerz ertrugen.

Dann wurden die Gefangenen an einem Kessel mit einer brodelnden Flüssigkeit vorbeigeführt, und jeder erhielt einen Becher salzige Suppe – auf einem Sklavenschiff das einzige Mittel gegen Durchfall. Cinqué trank und ging dann so weit nach vorn, wie es die weißen Matrosen erlaubten. Von dort konnte er den Teil sehen, in den die Frauen und Kinder zum Luftschnappen gebracht worden waren. Die meisten Frauen hockten auf Deck und versuchten, ihre Blößen zu bedecken. Manche summten für ihre Kinder Lieder, andere unterhielten sich leise oder saßen da und starrten nach hinten aufs Meer hinaus, hinaus auf die weite Strecke, die sie durchquert hatten. Einige von ihnen waren hochschwanger und würden ihre Kinder im Sklavendeck zur Welt bringen. Aber Cinqués Frau und Kinder waren nicht unter ihnen. Waren sie vielleicht doch nicht gefangen worden?

Den Gefangenen wurde erlaubt, den ganzen Tag über in der Sonne zu liegen. Ihre Lebensgeister kehrten langsam zurück, und bald unterhielten sie sich leise. Cinqué hörte ihren Geschichten aus der Heimat und ihren düsteren Prognosen für die Zukunft zu, beteiligte sich aber nicht an ihren Gesprächen. Er hatte mehr als genug mit der Frage zu tun, die der *Wuja* gestellt hatte. Er saß da und betrachtete die untergehende Sonne. Das Schiff segelte nach Westen – genau nach Westen. Hinter ihm lag Afrika, vor ihm Kuba. Er fragte sich, wohin ihn seine Füße noch tragen würden, bevor er damit wieder afrikanischen Boden betrat.

Um die Epidemie zu bekämpfen, die jetzt in den Sklavendecks wütete, ließ Don Pablo die Gefangenen an Deck bleiben, solange es Tageslicht gab. Tag für Tag saß Cinqué da, starrte über das gewellte, grüne Wasser und hielt nach einem Segel Ausschau. Eines Tages setzte sich Burnah zu ihm und unterrichtete ihn in den Worten der Engländer und in ihren Sitten.

»Werden die Engländer kommen?« fragte Cinqué.

»Es ist besser, wenn sie nicht kommen.«

»Warum?« fragte Cinqué überrascht.

Burnah hatte mit den Schiffssklaven geredet. Die Befehle der spanischen Matrosen waren ganz deutlich. Falls ein englisches Schiff am Horizont auftauchte, sollten sie die Gefangenen an Deck treiben und über Bord werfen. Wenn sie Zeit hatten, sollten sie sie mit Eisen beschweren. Wenn nicht – nun, die Haie würden die Beweise für einen Sklaventransport sowieso vernichten, und zwar bevor die Engländer ihnen zu Hilfe kommen konnten. Cinqué dachte an die Haie, die das Schiff umkreisten, und hoffte jetzt regelrecht, Kuba zu erreichen. Von Kuba konnte er vielleicht entkommen, den Haien nicht.

Burnah erzählte ihm von einer alten schwarzen Frau, die er in Sierra Leone gesehen hatte. Als kleines Kind war sie nach Havanna verschleppt und einer spanischen Doña als Dienerin verkauft worden. Vierzig Jahre lang befand sich ihr Körper auf Kuba und ihr Herz in Afrika, vierzig Jahre lang arbeitete sie und sparte, um ihre Freiheit und die Überfahrt nach Afrika zu bezahlen. Als sie alt und gebeugt war, kehrte sie nach Sierra Leone zurück, streichelte die afrikanische Erde mit der Hand und segnete sie im Namen des Christengottes ihrer Doña. Dann ging sie ins Landesinnere, um ihr Lebensende bei ihrem Volk zu verbringen.

Sicherlich könnte er Afrika genauso treu bleiben wie diese Frau, dachte sich Cinqué. Ganz egal, wie lang es dauerte, er durfte die Hoffnung nicht verlieren, seine Frau und Kinder wiederzufinden …

Tag für Tag segelten sie, durch Sturm und Windstille und durch Tage, an denen es so heiß war, daß die Decks Blasen warfen und die Räume der Sklaven zu Gluthöllen wurden. Cinqué versuchte nicht mehr, über die Zeit Buch zu führen, schätzte jedoch, daß sie bereits seit fast zwei Monaten unterwegs waren … Zeit genug für den Reis in Mani, kniehoch zu wachsen und Körner zu bilden.

Noch mehr Gefangene starben, und ihre Leichen rutschten nackt von der Planke ins Meer. Ein Rudel Haie folgte dem Schoner inzwischen Tag und Nacht, die großen Rückenflossen schnitten durchs Wasser, und die schrecklichen Mäuler öffneten sich, um die über Bord geworfenen Leichen zu zerreißen.

Krankheit und Hunger ließen die Lebenden gleichgültig und matt werden. Jeder, der über die Planke rutschte, hinterließ den anderen den Platz, den er eingenommen hatte, aber die meisten waren zu geschwächt und zu müde, dankbar dafür zu sein. Don Pablo, der über die Zahl der Toten und die Verringerung der Gewinnspanne in große Sorge geraten war, setzte sich für die Gesundheit seiner Fracht ein.

Ladung. »*Bultos de efectos*« wurden sie in den Papieren der Sklavenschiffe genannt. »Ballenware ... Stoffrollen.« Worte, die den Kubanern helfen sollten, die Briten zu täuschen. Keine Ladung Stoffballen hätte Don Pablo den reichen Gewinn bescheren können, den er sich von der Ladung der *Tecora* versprach.

Er ließ mehr Essen und mehr Wasser austeilen, er befahl den Gefangenen, Arme und Beine zu bewegen, bis sie sie wieder gebrauchen konnten. Er gab ihnen billiges Fischöl zum Einreiben, damit ihre Haut hell glänzte. Der polierte Ebenholzton war für einen Sklavenhändler die schönste aller Hautfarben.

Cinqué war für die Stunden an Deck dankbar. Er beobachtete den Kurs. Tag für Tag stand die Sonne am Morgen hinter ihnen und am Nachmittag vor ihnen. Nach Westen ... sie segelten ständig nach Westen ...

Eines Morgens blies der Wind einen neuen Geruch durch das Gitter – den süßen Geruch nach Land. Als die Gefangenen an Deck gebracht wurden, konnte Cinqué den Unterschied im Grün des Wassers sehen und spürte die Aufregung, die sich an Bord breitmachte. Die Reise durch die Middle Passage würde bald zu Ende sein. Die Herren genauso wie die Sklaven fühlten den Zauber des nahenden Landes. Für die Herren bedeutete es volle Taschen und die Freuden Havannas, für die Gefangenen Befreiung aus dem Alptraum der Sklavendecks.

Die Matrosen waren nicht minder aufgeregt, aber trotzdem vorsichtig. Wer konnte schon wissen, ob nicht ein britisches Kriegsschiff den Schoner erwartete, während er sich dem sicheren Kuba näherte? Viele Schiffe waren noch aufgegriffen worden, als das Land schon in Sichtweite war – und den ganzen Weg nach Sierra Leone zurückgebracht worden, wo sie konfisziert und die Schwarzen freigelassen wurden. Viele Sklavenhändler hatten erleben müssen, wie ihnen ihre Reichtümer entglitten, als die Festung Morro schon fast zu sehen war.

Don Pablo machte einen Rundgang zwischen den Gefangenen und ging dann zum Kapitän, der mittschiffs wartete.

»Ist alles bereit?« fragte er.

»Aye. Die Männer halten die amerikanische Flagge zum Hissen bereit, falls wir sie brauchen sollten. Ich habe hier Schiffspapiere, die Konsul Trist blanko unterschrieben hat. Reiseziel und die richtige Ladung können noch eingetragen werden, falls das Schiff geentert zu werden droht. Ich zumindest bin zuversichtlich …«

Als ein Befürworter der Sklaverei hatte Nicholas P. Trist, der amerikanische Konsul in Havanna und Ehemann von Thomas Jeffersons Enkeltochter, es den Sklavenhändlern auf diese Weise sehr einfach gemacht, ein Schiff unter amerikanischer statt portugiesischer Flagge segeln zu lassen. Gab es Schwierigkeiten, wurden einfach ein paar Lücken ausgefüllt und die alten Papiere mit Gewichten beschwert über Bord geworfen, und schon war für die Sklavenhändler alles in Ordnung. Die Vereinigten Staaten hatten bereits einen Krieg geführt, weil ihre Schiffe von ausländischen Marineschiffen aufgebracht worden waren, und sie wachten eifersüchtig über ihre Rechte, selbst wenn die Ladung der Schiffe aus schwarzen Gefangenen bestand. Der Konsul, der in Thomas Jeffersons Anwaltskanzlei ausgebildet worden war, half mit seiner Unterschrift gewissenlosen Kapitänen, sich zu tarnen.

»Was ist mit den spanischen Schiffen?« fragte der Kapitän.

»Da gibt es keine Probleme. Ihre Katholische Majestät wird das Haus Martínez schon um des eigenen Profits willen schützen. In Havanna sagt man, daß es ihre lohnendste Investition ist ...«

1817 hatte die britische Regierung Spanien 400 000 Pfund gezahlt, damit zwischen den beiden Ländern ein Vertrag zustande kam, mit dem der Sklavenhandel unterbunden werden sollte. Dieser Vertrag wurde 1820 wirksam. Ferdinand VII. hatte sich ziemlich gewissenhaft an diesen Vertrag gehalten, aber nach seinem Tod wurde Königin Christina, eine Kokotte, die er in Neapel geheiratet hatte, Regentin. Sie tat öffentlich kund, den Vertrag erfüllen zu wollen, und ließ dem Generalgouverneur von Kuba umfangreiche Anweisungen zukommen, in denen sie zum Kampf gegen die Sklavenhändler aufrief. Gleichzeitig aber schickte sie privat einen Gesandten los, der dafür sorgen sollte, daß sie vom Sklavenhandel profitierte. Don Pablo wußte, wieviel er dem Generalgouverneur pro Kopf zahlen mußte, damit er seine Gefangenen in Kuba an Land bringen durfte: zehn Dollar in amerikanischem Silber.

Don Pablo rief nach einem spanischen Matrosen.

»Sperr die Gefangenen unter Deck! Laß sie dort unten, bis wir sicher in Havanna liegen!«

Die Gefangenen, satt und verschmiert vom Fischöl, verbrachten die Wartezeit unter Deck, wo sie redeten, lachten und sangen. Sie begannen allmählich, die Middle Passage zu vergessen. Es gab sicher interessante Sachen auf Kuba zu sehen. Als die Matrosen über ihnen endlich »Land ahoi!« schrien, brachen die Gefangenen auf den Sklavendecks in ein »Viva Havanna!« aus.

An diesem Tag bekamen sie in der Abenddämmerung zu essen. Dann wurden sie wie zu Anfang aneinander gekettet, immer fünf Mann zusammen. Als die undurchdringliche Dunkelheit der Tropen sich um sie herum ausgebreitet hatte, wurden sie an Deck geführt, damit sie sofort von Bord gebracht werden konnten, sobald der Schoner angelegt hatte.

Cinqué fand sich auf Deck nahe dem Bug wieder. Neben ihm standen die schwarzen Schiffsjungen und hinter ihnen die weißen Matrosen. Neben ihm unterhielt sich Burnah mit den Schiffsjungen, die jetzt, da die Reise vorbei war, freundlich zu ihm waren. Cinqué wünschte sich stärker denn je, daß er Englisch sprechen könnte, daß er die Worte verstehen könnte, die Burnah und die schwarzen Jungen austauschten. So wie die Dinge lagen, erhielt er von Burnah nur auf die Hälfte seiner Fragen eine Antwort.

Die *Tecora* näherte sich dem Hafen von Havanna und glitt in den Gewässern, die nach Einbruch der Dunkelheit für Schiffe gesperrt waren, wie ein Geist durch die Nacht. Der Kapitän hatte das Steuer übernommen, neben ihm Don Pablo bereit, um zur Stelle zu sein, falls man ihnen die Durchfahrt sollte verweigern wollen, und um den Männern des Generalgouverneurs seinen Tribut zu entrichten.

»Ahoi!« Der Ruf kam von einem Hafenkutter, dessen Umrisse sich schwach vor den Lichtern Havannas abzeichneten. »Wer da?«

»La Tecora«, antwortete Don Pablo. Dann erläuterte er, daß sie *»bultos de efectos«* für das Haus Martínez geladen hätten.

»Bueno«, antwortete der Mann, der gerufen hatte. *»Pase.«*

Die Rufe der Besatzung gingen hin und her, als die *Tecora* an der Festung Morro vorbeikam, deren mächtige Umrisse sich dunkel gegen den Sternenhimmel abzeichneten. Die Matrosen erledigten ihre Aufgaben schnell und unter Gelächter, während der Schoner durch die schmale Einfahrt schlüpfte und, noch immer ohne Lotsen, in den Hafen gelangte, der sich vor ihnen wie ein Kleeblatt ausbreitete. Sie lachten, als sie an einem britischen Kriegsschiff vorbei kamen ... und dann an einem amerikanischen. Im Hafen Havannas befanden sie sich in Sicherheit und hatten die Angst der offenen See vergessen.

Die *Tecora* glitt durch den Hafen und ankerte vor einem Dorf nahe Havanna an einem Kai, das schon seit langem von den Sklavenhändlern benutzt wurde. Der Kapitän steuerte sie bis dicht ans Ufer und befahl dann, das Fallreep herunterzulassen.

Die noch immer mit Halseisen und Ketten gefesselten Gefangenen wurden das Fallreep hinabgeführt und durch ein dunkles Dorf zu einer grasgedeckten Hütte getrieben. Sie ähnelte stark den Barracoons, die sie an der Mündung des Gallinas zurückgelassen hatten. Hier wurden sie inmitten brennender Ölfackeln von einem Haufen Spanier erwartet, bewaffneten Wachen mit Gewehren und Pistolen.

»*Bozales*«, sagten die Spanier zueinander. *Bozales*, das waren Schwarze, die man auch noch nach Unterzeichnung des Vertrags von 1820 aus Afrika verschleppt hatte.

III

Der Sklavenmarkt auf Kuba

Der Morgen auf Kuba ... ein Morgen voll hellem Sonnenlicht und süßen Gerüchen ... ein erholsamer Morgen, nachdem man endlich wieder auf einem Boden geschlafen hatte, der nicht hin und her schaukelte ... ein Morgen der Hoffnung, jetzt, da die Middle Passage überstanden war.

Cinqué erwachte mit Tagesanbruch und streckte sich, während er erstaunt feststellte, daß er gegen niemanden anders stieß und daß der Eisenkragen von seinem Hals entfernt worden war. Er setzte sich auf und betrachtete die Gefangenen, die auf dem Boden lagen und an der Stelle schliefen, an der sie am Abend zuvor hingefallen waren, wie betäubt nach dem schweren Essen. Er berührte Burnah leicht.

»Mein Freund«, sagte er. »Wir werden nach meinem Bruder suchen.«

Die beiden Männer taten ein paar Schritte und stellten fest, daß sie mit ihren Fußfesseln ganz gut zurecht kamen, in ihnen aber sicher nicht würden fortlaufen können, selbst wenn die Wachen am Eingang vor sich hin dösten.

Sie gingen zwischen den Menschen umher, die ausgestreckt oder zusammengerollt auf der Erde lagen. Es waren alles Männer, denn die Frauen und Kinder waren, als sie von Bord gingen, leise irgendwo andershin gebracht worden.

Er hatte sich schon die meisten der zweihundert Männer in dem Verschlag angesehen, als er endlich Bato fand, der schwach und krank in einer Ecke lag. Als Cinqué sein ausgemergeltes und eingefallenes Gesicht sah, fragte er sich, wo Bato die Kraft und den Willen hergenommen hatte, die rote Ruhr zu überstehen. Er staunte über die Tätowierungen auf Batos Brust und Rücken, die jetzt, da er bis auf die Knochen abgemagert war, deutlich hervortraten. Voll Verbitterung dachte er an den Bato in Mani, fett und glücklich, von den Frauen seines Vaters verwöhnt.

»Bato«, sagte Cinqué zu ihm, kniete sich hin und berührte sanft sein Gesicht. »Bato … Bruder?«

Bato hörte die vertraute Stimme und setzte sich auf.

»Cinqué!« rief er. »Cinqué … wir sind weit weg von Mani.«

Er stützte sich auf Cinqués Knie und rappelte sich auf. Die beiden Brüder ließen dann den Sitten entsprechend zur Begrüßung die Finger knacken. Zu Hause in Mani, einem Land, in dem nur schwache Männer Emotionen verrieten, war es für sie schon schwierig gewesen, einander ihre Zuneigung zu zeigen, aber hier in Kuba, umringt von Fremden und von spanischen Wachen beobachtet, war es noch um vieles schwieriger.

Als er hörte, daß sein Bruder am Abend zu schwach gewesen war, um sich zu den Reistöpfen zu schleppen, brachte Cinqué ihm von dem Essen, das übrig geblieben war. Bato aß zuerst langsam, dann gierig, und seinem gehetzten Blick ließ sich noch immer die Furcht vor dem Verhungern ablesen. Nachdem er die letzten Reisbrocken in den Mund gestopft hatte, setzten sich die beiden Brüder auf den Boden und redeten über Mani, ihren Vater und ihr Volk, den Reis, den sie nicht mehr hatten pflanzen können, und das Erntefest, das ohne sie stattfinden mußte. Sie beklagten verbittert Birmajas Niedertracht, und Bato erzählte, wie er gefangen worden war.

Er war mit Arbeitern auf dem Weg von den Feldern zurück zum Dorf gewesen, als sie von Männern der Vey überfallen wurden. Da sie unbewaffnet waren, rannten die

Arbeiter davon. Bato wurde gefangengenommen, aber erst, nachdem es ihm gelungen war, jemanden nach Mani zu schicken, der die anderen Dorfbewohner vor Birmaja warnte.

»Unser Vater?« fragte Cinqué.

»Er wird in Sicherheit sein.«

»Meine Frau? Meine Kinder?«

»Sie sind auch in Sicherheit. Birmaja hat nur aus dem Hinterhalt heraus Gefangene gemacht. Er hat nicht den Mut, ein ganzes Dorf offen anzugreifen.«

Cinqué verspürte ein wenig Erleichterung, trotzdem war er mehr denn je entschlossen, nach Mani zurückzukehren. Er fragte sich, wie lange er als Sklave würde arbeiten müssen, bis er für seine Freiheit und die Schiffspassage zahlen konnte – falls es keinen kürzeren Weg gab.

Während sie sich unterhielten, brachten kreolische Sklaven Kessel voll Essen herein – so viel, wie sie im Land der Mendi sonst nur an Feiertagen zu Gesicht bekommen hatten. Die Kreolen brachten Reis, gekochte Bohnen und gekochte Kartoffeln. Einer trug eine reife Bananenstaude über der Schulter. Sie stellten das Essen ab und verließen den Barracoon. Die Gefangenen drängten sich gierig um die Kessel und schaufelten das Essen mit den bloßen Händen in sich hinein. Cinqué sah ihnen zu, während er den spanischen Wachen einen Blick zuwarf, doch denen schien es egal zu sein, wieviel sie in sich hineinstopften. Als sie satt waren, waren die Kessel noch immer nicht leer. Bananenschalen lagen achtlos weggeworfen auf dem Boden und wären einen Tag zuvor noch gierig verschlungen worden. Sogar Bato, der das Ende einer Banane mit Zunge und Lippen zermatschte, sah nicht mehr hungrig aus.

Dann brachten die Sklaven Fässer mit frischem Wasser herein. Für jeden Gefangenen gab es genug, um zu trinken und sich zu waschen. Sie tranken dankbar und begossen sich sparsam und vorsichtig mit Wasser, denn sie erinnerten sich an ihren Durst auf der *Tecora*. Ein Kreole brachte einen Krug mit neuem Öl und goß jedem etwas davon in die hohle Hand. Sie schmierten sich damit von Kopf bis Fuß ein, und ihre Haut glänzte wieder wie poliertes Ebenholz. Nachdem sie gegessen, gebadet und sich eingefettet hatten, begannen sie allmählich, die Schrecken der Middle Passage zu vergessen. Sie unterhielten sich und lachten zusammen – alle außer Cinqué, der sie gehässig daran erinnerte, daß es für dieses Geschenk der Weißen sicher einen Grund gab.

Die kreolischen Sklaven bewegten sich ganz ungezwungen unter den Gefangenen. Cinqué und Burnah versuchten, ein Gespräch mit ihnen zu beginnen.

»Woher kommst du?« fragte Cinqué auf mendi.

Doch sie schüttelten die Köpfe zum Zeichen dafür, daß sie ihn nicht verstanden, und antworteten auf spanisch. Die meisten von ihnen waren zwar in Afrika geboren worden, lebten aber schon lange auf Kuba – so lange, daß sie sich wie kubanische Arbeiter kleideten und Spanisch sprachen. Sie erinnerten sich nur mit Schwierigkeiten an ein paar afrikanische Dialekte, und keiner von ihnen sprach Mendi. In gebrochenem Englisch und mit Zeichen fragte Burnah sie, wie es sei, als Sklave auf Kuba zu arbeiten.

»*Bueno*«, antworteten sie in der Sprache ihrer spanischen Herren. »*Me gusta mucho.*«

Es war schon zu lange her, seit sie ihre Heimat und ihre Freiheit verloren hatten. Sie bemühten sich eifrig, diesen nackten Buschmännern von den Wundern zu berichten, die es in Havanna zu sehen gab.

Nächte, warme schwarze Nächte, während derer im Dorf Gitarren und Gesang zu hören waren und die spanischen Wachen und die kreolischen Sklaven Liebeslieder sangen. Die Gefangenen, mit Essen vollgestopft, ausgeruht, stimmten ihre eigenen Weisen an. Mit tonlosen Stimmen sangen sie die Lieder der Mendi und klopften dazu in langsamem Rhythmus auf den Boden. Wären nicht die Fußfesseln und die Wachen um sie herum gewesen, hätten sie vergessen können, daß sie Gefangene auf Kuba waren. Und die kreolischen Sklaven sagten, es sei ein angenehmes, ein fettes Land ...

Dieser Gedanke ließ in ihren Köpfen einige Fragen aufkommen. Sie erinnerten sich an ihre alte Befürchtung, daß die Weißen sie nach Kuba verschleppten, um sie dort zu verspeisen, und äußerten flüsternd die Vermutung, daß dies jetzt vielleicht die Periode des Mästens sei. Sobald sie fett waren, würden die Weißen sie wie Schweine schlachten und auffressen. Dieses Gerücht ließ die Gruppe erschaudern. Ihr glücklicher Gesang brach ab. Menschenfleisch zu essen war in ihrem Stamm verboten, aber sie konnten sich alle an die Geschichten erinnern, die aus dem Landesinneren zu ihnen drangen – Geschichten über Gefangene, die gemästet, im Verlauf eines Rituals getötet und schließlich als geröstete Braten bei einem Festschmaus verzehrt wurden.

Einige versuchten, nichts mehr zu essen, aber die Versuchung war nach der langen Zeit des Hungerns zu groß. Die Tage vergingen ruhig, und schon bald langten sie wieder kräftig zu, betasteten grinsend das Fleisch der anderen und neckten die Fettesten. Cinqué, der mager und muskulös war, patschte Burnah auf den runden Bauch.

»Dich werden sie als ersten fressen«, sagte er und wunderte sich über das herzhafte Gelächter.

Die Haut der Gefangenen hatte wieder einen glänzend schwarzen oder weichen, dunkelbraunen Farbton angenommen, und ihre Körper wurden glatt und geschmeidig. Es gab kein Anzeichen von Ruhr mehr. Bato, der zu den Schwächsten gehört hatte, balgte sich mit den anderen um das Essen und übte mit ihnen akrobatische Kunststücke.

Eines Morgens brachten die kreolischen Sklaven jedem

einen neuen Lendenschurz. Die Afrikaner banden sie sich zwar um, waren jetzt aber so lange an ihre Nacktheit gewöhnt, daß sie ihre neue Bekleidung verlegen betrachteten.

»Wohin ihr uns bringen?« fragte Burnah die kreolischen Sklaven.

Sie wußten es nicht, begannen jedoch über die Art von Arbeit Witze zu reißen, die Buschnegern zugewiesen wurde.

Dann kamen spanische Wachen, legten ihnen Eisenkragen um die Hälse und befestigten diese an Ketten – jeweils zwanzig Gefangene in einer Gruppe. Sie nahmen ihnen die Fußfesseln ab und führten sie in Zweierreihen aus dem Barracoon. Sie marschierten an dem Dorf vorbei und umrundeten die Mauern Havannas, und die Afrikaner, die ihre Ängste für den Augenblick vergessen hatten, unterhielten sich aufgeregt über die Wunder, die vor ihnen ausgebreitet lagen. Cinqué begutachtete jedes Haus, jede Straßenabzweigung, jedes Gebüsch aus tropischen Sträuchern und suchte nach Fluchtwegen. Viele Orte wirkten einladend, doch er wurde, als sie wie ein Sträflingstrupp daran vorbeimarschierten, immer wieder von dem Eisenkragen um seinen Hals und von den klirrenden Ketten unsanft in die Wirklichkeit zurückgeholt.

Die Marschkolonne bog auf eine breite Landstraße ein, den Paseo Militar, der von Havanna zum Landsitz des Generalgouverneurs führte. General Tacón, der in der Öffentlichkeit den Sklavenhandel verurteilt und insgeheim ein Vermögen an ihm verdient hatte, war gerade abgesetzt worden. Generalgouveneur Espeleta hatte das Amt als sein Nachfolger übernommen, und die Sklavenhändler fanden in ihm einen weiteren Freund, einen, der sich auch in der Öffentlichkeit toleranter als General Tacón gab. Sie erfuhren, daß sie jetzt von Amts wegen den Verkauf von Sklaven »während der Messe, vor der Kirchentür« ankündigen durften.

Auf dem Paseo Militar drängten sich die Kutschen, die zum Landsitz des Generalgouverneurs fuhren oder von dort kamen. Eine von ihnen glänzte schwarz und prunkvoll und wurde von großen, weißen Pferden gezogen. In ihr saßen zwei prächtig gekleidete spanische Damen, deren Gesichter von schwarzen Spitzen-Mantillas vor der Sonne und den Blicken des gemeinen Volks geschützt wurden. Schwarze Lakaien in roten, goldbetreßten Jacken musterten verächtlich die Gefangenen, die sich in Ketten voranschleppten. Die Gefangenen, denen die Münder offen standen, erwiderten die Blicke voll Bewunderung. In keinem Königreich Afrikas hatten sie je solche Pracht gesehen.

»Wenn ich Sklave bin, werde ich so einer sein«, prahlten sie untereinander und vergaßen, daß sie vielleicht zu den Sklaven gehören würden, die in den Feldern neben der Straße oder in den neuen Parkanlagen arbeiteten.

Als der Palast, der blendend weiß über den verschiedenen Rot- und Blautönen der gewöhnlichen Häuser emporragte, direkt vor ihnen lag, bogen die Gefangenen vom Paseo ab und wurden in einen Barracoon getrieben, der größer als alle war, die sie bisher gesehen hatten. Es war wie ein Festtag in Afrika. Hunderte von Schwarzen – mehr Frauen und Kinder als Männer – gingen auf dem großen Hof umher oder versammelten sich entlang der einen Seite bei den Feuern, über denen gekocht wurde.

Dieser knapp außerhalb der Mauern Havannas und direkt unter den Fenstern der Quinta de Los Molinos, des Palasts des Generalgouverneurs, gelegene Barracoon gehörte zu einem Misericordia genannten Markt – ein vertrauter Name im kubanischen Sklavenhandel –, auf dem gezeigt werden sollte, wie vorteilhaft es für die Afrikaner war, zu kubanischen Sklaven zu werden. Es war ein Gehege mit Wänden aus tief ins Erdreich gerammten Baumstämmen. Es gab weder einen Boden noch ein Dach. Am meisten ähnelte diese

Anlage einem Pferch, in dem Vieh ausgestellt werden soll. Es gab sogar Sitzplätze für die weißen Zuschauer, auf denen sie einen Drink genießen und den drolligen Wilden aus Afrika zusehen konnten.

Die Gefangenen der *Tecora* wurden zu den anderen getrieben, die sie in einem Dutzend afrikanische Sprachen willkommen hießen. Ihre Halseisen und Ketten wurden entfernt und durch Fußfesseln ersetzt. Die Neuankömmlinge staunten über den Anblick, der sich ihnen bot. Sie warteten stumm, ohne zu wissen, worauf. Würden sie weiterleben und arbeiten oder von den Weißen geschlachtet und aufgefressen werden? Sie kannten den Namen dieses Ortes nicht und spürten nichts von dem Mitleid, das er verhöhnte. Trotzdem tröstete es sie ein wenig, daß unter den Schwarzen auch die Frauen und Kinder von der *Tecora* waren. Cinqué entdeckte Kimbo, und sie unterhielten sich über das, was sie gesehen hatten, seit sie die Sklavenhandlung am Gallinas verlassen hatten.

Unter den kreolischen Sklaven, die Essen und Wasser brachten, entdeckte Cinqué einen alten Mann, der die Narben der Mendi auf der Stirn trug.

»Mendi?« fragte Cinqué.

»Mendi«, antwortete der alte Mann, und sie begrüßten einander höflich und ließen die Finger knacken.

Dieser Alte war als Kind aus Afrika verschleppt worden und hatte den größten Teil seines Lebens auf Kuba verbracht, wo er als Sklave für das Haus Martínez arbeitete. Seit vielen Jahren bediente er in Misericordia die Sklaven, die dort auf ihrem Weg zu den spanischen Haciendas Rast machten. Er sprach voll Stolz von Don Pedro Martínez, von dessen Schiffen, von den Barracoons in Havanna, Matanzas und Santiago. Er prahlte mit Don Pedros Reichtum und Macht und wiederholte die Geschichten, die er von Weißen und Schwarzen in Havanna gehört hatte. Es stimmte allerdings, daß Don Pedro mehr Einfluß als der Generalgouverneur hatte – und daß die Mutter des verstorbenen Königs von Spanien seine Freundin und Beschützerin war.

Cinqué fragte sich, wie der alte Mann voll Stolz von dem Weißen reden konnte, der ihn als Sklaven hielt.

»Wann gehst du nach Mendi zurück?« fragte er.

»Niemals. Ich bin hier zu Hause. In Mendi habe ich nichts mehr.«

Der Alte ging weiter, teilte mit einer Schöpfkelle Wasser an Martínez' Gefangene aus und sorgte damit dafür, daß in Misericordia alles reibungslos ablief.

Dieser Barracoon war ein Demonstrationsobjekt, mit dessen Hilfe die Kubaner den Sklavenhandel rechtfertigen wollten. Er war mit Absicht neben dem neuen Paseo Militar errichtet worden, wo täglich viele Menschen – Spanier, kreolische Sklaven und *emancipados,* also Schwarze, die von der Mixed Commission freigelassen und zu Ausbildungszwecken vertraglich an Weiße gebunden worden waren – vorbeigingen, und er stand allen Weißen offen, die ihn sehen wollten. Die Zuschauertribüne war überdacht und bequem, aber weit genug vom Gestank der Sklavengrube entfernt. Die meisten Zuschauer drängten sich dort während der Nachmittagsfütterung, nach der es auf Veranlassung der Wärter immer einige Vorführungen der Gefangenen gab.

Die Männer trugen Lendenschurze, die Frauen hatten sich bunte Baumwollstoffe um den Körper gewickelt. Die Männer wurden oft gezwungen, zur Unterhaltung der Zuschauer zu boxen oder zu ringen. Doch als Cinqué an der Reihe war, weigerte er sich, die Spanier zum Lachen zu bringen, und ertrug lieber den Hieb der Peitsche, die so geschickt eingesetzt wurde, daß keine Narben zurückblieben.

Don Pablo Àlvarez, der die Verbindung zwischen der Sklavenhandlung am Gallinas und den Sklavendecks der

Tecora gebildet hatte, hatte die Gefangenen auch in Misericordia noch in seiner Gewalt. Wie ein kubanischer Pflanzer gekleidet überwachte er in Begleitung eines grün livrierten Sklaven seine Aufseher und unterhielt sich dabei mit den Zuschauern, denen er im Plauderton von den Stämmen und Sitten der Sklavenküste berichtete. Seine Assistenten waren Señor Riera und Señor Grassi, beide durchaus darin geübt, *bozales*, die frisch aus Afrika eingetroffenen Sklaven, zu bändigen.

»Zeigt uns einen Tanz der Mendi!« befahl Don Pablo dem Señor Grassi.

Während einer der Schwarzen einen Stammestanz für die weißen Zuschauer organisierte, lief Cinqué wie ein eingesperrter Tiger an den Wänden des Barracoons entlang und suchte nach einer Fluchtmöglichkeit. Die Flucht in Kuba wäre immer noch besser gewesen, als verkauft zu werden und dann bis ans Lebensende auf einer Zuckerrohrplantage arbeiten zu müssen. Falls er frei kam, ging er vielleicht als *emancipado* durch und konnte auf einem Sklavenschiff anheuern, um nach Afrika zurückzukehren. Aber er konnte kein Schlupfloch finden, und als er in die Nähe des Eingangs kam, trieben ihn die spanischen Wachen in die Mitte der Arena zurück, wo er zwischen den wirbelnden Tänzern verschwand.

Ein gemieteter *volante* rollte den Paseo Militar entlang, dessen hohe Räder über die Pflastersteine hüpften und ratterten. Der Kutscher, ein kreolischer Sklave, saß rittlings auf dem Pony und schlug es mit dem Stock, bis es trabte. Der einzige Reisende war ein Engländer, Dr. Richard Madden, Mitglied der Mixed Commission in Havanna, ein Mann, der mit der Sklaverei auf der ganzen Welt vertraut war und sie mit dem Eifer eines Wilberforce bekämpfte. Dieser Eifer hatte ihn erst nach Freetown in Sierra Leone geführt und jetzt nach Havanna, wo es am dringendsten war, daß etwas gegen dieses Übel Sklaverei unternommen wurde.

Er war so erschöpft wie das Pony, das ihn zog. Seit Wochen stritt er sich mit Generalgouverneur Espeleta, diskutierte mit ihm den Vertrag von 1820 und versuchte, ihm zu beweisen, daß die 400 000 Pfund, die England an Spanien gezahlt hatte, die Verluste der spanischen Staatsbürger mehr als ausgeglichen hatten. Er lenkte die Aufmerksamkeit des Generalgouverneurs auf die sechs Barracoons in der Nähe Havannas, vor allem den in Misericordia, und wies ihn darauf hin, wie problemlos die Sklavenschiffe im Hafen von Havanna ihre Ladung löschen konnten. Espeleta antwortete ihm, indem er ihm eine Anweisung zeigte, die Ihre Majestät, die erlauchte Regentin, ihrem Kolonialministerium auf die Beschwerde der Regierung Ihrer britischen Majestät hin, daß heimlich schwarze Sklaven eingeführt worden seien, hatte erteilen lassen.

»Ihre Majestät«, übersetzte Espeleta, »hat größtes Interesse an der Sicherheit und dem Wohlstand der ehrbaren Bewohner jener reichen Kolonie und ist von der dringenden Notwendigkeit überzeugt, einem Mißbrauch ein Ende zu bereiten, der Übel der schlimmsten Sorte begünstigen mag, und es hat Ihr daher gefallen, Eurer Exzellenz aufzutragen, mit dem größtmöglichen Eifer alle notwendigen Maßnahmen in die Wege zu leiten, die geeignet sind, diesen bedauerlichen Schmuggel zu unterbinden, ferner, die Autoritäten vor Ort dazu anzuhalten, daß sie die, die in diese schändlichen Transaktionen verwickelt sind, mit Nachdruck verfolgen, und schließlich, die Täter vor ein sachverständiges Gericht zu bringen, damit sie exemplarisch bestraft werden.«

Der Spanier beobachtete den Engländer scharf.

»Ich kann den Befehlen Ihrer erlauchten Majestät nur Folge leisten.«

Dr. Madden wußte, daß es zwecklos war, beim Generalgouverneur weiter zu protestieren. Es gab in Havanna und in den höchsten Regierungskreisen Madrids zuviel Falschheit und zu viele Leute, die vom Sklavenhandel profitierten.

An diesem Morgen hatte er sich an eine Person gewandt, die ihm unter Umständen hätte helfen können: Nicholas P. Trist, den Konsul der Vereinigten Staaten in Havanna. Er wußte, daß sich Trist, um innerhalb der Vereinigten Staaten das Territorium zu vergrößern, auf dem die Sklavenhaltung erlaubt war, für die Annexion von Texas stark machte und ihr so bald wie möglich die Annexion Kubas folgen lassen wollte. Dr. Madden wußte auch, daß die Chancen, hier Hilfe zu finden, gering waren.

Konsul Trist empfing ihn kühl, hörte ihm voll Ungeduld zu und bestritt dann, daß seine Regierung in dieser Angelegenheit irgendwelche Verantwortung trage.

»Ich weiß, daß täglich *bozales* aus Afrika hier eintreffen«, sagte Dr. Madden. »Aber die Mixed Commission ist in diesem Fall hilflos. Und die Spanier weichen dem Problem aus. Wir können legal nur eingreifen, wenn unsere britischen Schiffe die Sklaventransporter auf hoher See aufbringen.«

»Dann sorgen Sie dafür, daß Ihre Schiffe wachsamer sind«, empfahl Konsul Trist. Er erhob sich, streckte die Hand aus und wünschte dem anderen einen »Guten Morgen«.

»Ich werde mich an Präsident Van Buren wenden ...«

»Der Präsident ist mit unserer Handlungsweise bestens vertraut.«

Dr. Madden war äußerst niedergeschlagen, als er das amerikanische Konsulat verließ. Er war jetzt auf dem Weg nach Misericordia, um erneut mit eigenen Augen den schrecklichen Menschenhandel zu beobachten und seine Entschlossenheit, für die Schwarzen zu kämpfen, zu erneuern. Wie oft schon hatte er während seiner Monate in Havanna diese Reise unternommen.

Señor Grassi sah, wie sich Dr. Madden dem Eingang näherte.

»*Don Escrúpulo*«, sagte er zu Señor Riera. »Das englische Gewissen ist mal wieder hier, um sich einzumischen. Warum müssen sie nur immer ein Gewissen haben?«

»Die Alten haben eins. Vielleicht wegen der eigenen Sünden. Aber die Jungen? Ich glaube nicht.«

Dr. Madden sprach mit Señor Riera und dann mit Señor Grassi und erinnerte sich dabei an ihren jeweiligen Rang und die höflichen Grußformeln im Spanischen. Dann nahm er nahe den beiden Spaniern auf der Zuschauertribüne Platz.

»Ich sehe, Sie haben noch mehr *bozales* erhalten«, stellte Dr. Madden fest.

»Vielleicht ist ja ein Schiff durch Ihre Blockade geschlüpft, Señor«, erwiderte Señor Riera. »Aber es stimmt, wir haben hier viele Sklaven. Würden Sie gerne einen Tanz der Mendi von der Sklavenküste sehen?«

»Ich kenne die Sklavenküste«, antwortete Dr. Madden verärgert.

»Geht es den Schwarzen hier nicht besser als in Afrika? Hier haben sie Nahrung und Kleidung und erfreuen sich noch dazu der Segnungen des Christentums ...«

»Dort haben sie ihre Freiheit.«

»Freiheit hat im Tausch gegen die Vorteile der Zivilisation nicht viel Wert.«

»Welche Vorteile? Auf dem Weg hierher bin ich auf der Alameda an den Pfählen vorbeigekommen, an denen die öffentlichen Auspeitschungen stattfinden. Meine Ohren sind immer noch von den gellenden Schreien und dem mitleiderregenden Winseln der Sklaven betäubt, die von ihren Herren dorthin zur Bestrafung geschickt worden sind. Welche Vorteile? Dieser Markt in Misericordia, wo sie weiterverkauft werden, damit sie ohne Frauen und ein Zuhause ein Leben lang auf den Feldern schuften? Welche Vorteile ...«

»Señor«, unterbrach ihn Señor Riera leichthin. »Ihr Engländer seid alle gleich – Sie verschwenden Ihre Gefühle an schwarze Wilde ... Schauen Sie, die Mendis tanzen!«

In der Arena tanzten fünfzig Schwarze halbherzig mit niedergeschlagenen Augen und sahen nicht zu dem einen Weißen auf, der gewillt war, ihnen zu helfen.

Nach dieser Demütigung warf Dr. Madden einen letzten Blick auf die eingepferchten Afrikaner, verbeugte sich vor den beiden Spaniern und schritt zu seinem *volante*. Als er wieder zu Hause war, notierte er diese Begegnung sorgfältig in seinem Tagebuch.

Am 26. Juni 1839, gemäß dem Kalender der Weißen, kam Don Pablo mit einem jungen Spanier, der wie ein Dandy gekleidet war, zum Barracoon. Señor Riera und Señor Grassi gesellten sich zu ihnen. Die spanischen Wachen verbeugten sich ehrerbietig vor dem Neuankömmling.

Sie nannten den Fremden Señor Ruiz. Manchmal rief Don Pablo ihn bei seinem Kosenamen Pepe.

Cinqué spürte sofort, daß dieser Mann ein Sklavenhändler war. Die Zeit war gekommen, da die Afrikaner an den Besitzer einer Zuckerrohrplantage verkauft werden sollten.

Ruiz ging in Begleitung der anderen Spanier in dem Barracoon zwischen den am Boden liegenden oder hockenden Afrikanern auf und ab. Er erregte ihren Zorn, indem er sie mit dem unverschämten Blick eines Käufers von Hühnern oder Schweinen taxierte. Als er vor Cinqué stehenblieb, bemerkte er den kräftigen Körper, die guten Zähne und das intelligente Gesicht. Er befühlte Cinqués Puls. Cinqué erinnerte sich, wie er von Don Pedro ausgepeitscht worden war, und blieb zitternd stehen. Zusätzlich wählte Señor Ruiz Kimbo, Grabo, Bato und Burnah aus. Danach entschied er sich für einen Mann, der Cinqué fremd war. Er hieß Konoma – ein Schwarzer aus dem Kongo, der grimmiger wirkte als die Mendis. Seine Schneidezähne waren wie Stoßzähne nach außen gepreßt und zugefeilt worden, seine Lippen waren dick, sein Mund stand vor. Seine Stirn war mit einem einfachen Muster und seine Nasenflügel mit diagonalen Strichen tätowiert. Die Spanier lachten herzhaft, als Ruiz sich für ihn entschied.

Bald hatte Señor Ruiz 60 Mann zusammen. Er ließ sie alle Kleidung, auch die neuen Lendenschurze, ablegen und sich in einer Reihe aufstellen. Dann ging er wie ein Pferdehändler an den Männern vorüber, die verschämt die Köpfe gesenkt hielten und mit den Händen ihre Blöße bedeckten. Er rief ihnen Befehle auf spanisch zu. Sie verstanden bloß das Wort »Señor« und sahen ihn verwirrt an. Er zog mit den Fingern ihre Lider nach oben und suchte nach Anzeichen für Entzündungen oder Erblindung. Dann klopfte er ihre Zähne mit dem Zeigefinger wie mit einem Hammer ab, um zu sehen, ob sie gesund waren. Er riß ihre Hände zur Seite und untersuchte sie genauestens auf Geschlechtskrankheiten, wobei er sich nicht im mindesten darum scherte, daß er damit ihr Schamgefühl verletzte. Er zwang sie, sich vor ihm zu bücken, und begutachtete sie von hinten. Er zwickte und pikte sie mit steifem Daumen und Zeigefinger und prüfte sie auf alle Defekte, die sie daran hindern mochten, gute Arbeitstiere abzugeben. Und während der ganzen Zeit führte er seine schnelle und scherzhafte Unterhaltung mit Don Pablo und dessen Aufsehern fort.

Von den sechzig Männern wählte er 49, von denen keiner älter als dreißig war. Die anderen schob er zur Seite. Auf einen Befehl von Señor Riera kamen die Wachen mit Ketten und Halseisen. Diesmal wurden die Gefangenen in Zehnergruppen zusammengeschlossen. Cinqué sah sich die vier Reihen gefesselter Männer an, die nebeneinander in dem Barracoon standen. Er entdeckte unter ihnen Bato und Burnah, Kimbo und Grabo. »Mein Bruder! Meine Freunde!« sagte er zu ihnen und tröstete sich, so weit es ging, mit dem Gedanken, daß diese ihn, welche Reise auch immer vor ihnen liegen mochte, ein Stück weit begleiten würden.

Die gefesselten Männer standen mit den Gesichtern zum Tor des Barracoon. Die anderen Mendis von der *Tecora*, die sich so nah, wie sie es wagten, herandrängten, begannen zu weinen. Die Frauen und Kinder schluchzten und stimmten dann ein Wehklagen an.

Grabo, beherrscht und äußerlich ungerührt, gebot ihnen mit erhobener Hand Einhalt. »Meine Leute«, rief er, »wir kommen alle aus demselben, weit entfernten Land. Es ist ein gutes Land, das Land der Mendi in Afrika. Dort haben wir Freunde. Von ihnen haben wir uns für immer getrennt. Jetzt ist es für uns an der Zeit, auch hier voneinander Abschied zu nehmen. Ich sage euch Lebewohl.«

Die anderen stimmten ein Trauerlied an. Kimbo hielt die Tränen zurück, erzählte ihnen mit leiser Stimme von ihrem schönen Land in Afrika und versuchte, sie mit der Erinnerung an die Heimat zu trösten.

Als Cinqué so viele von ihnen in Tränen ausbrechen sah, weinte er mit ihnen und schrie verbittert: »Meine Brüder, wir sind krank und leiden wegen des weißen Manns. Jetzt werden wir von ihm auseinandergerissen. Was können wir tun ...«

Seine Worte veranlaßten die Männer, an ihren Ketten zu zerren. Frauen und Kinder eilten zu ihnen und bettelten darum, mitgenommen zu werden. Als ihr Murren immer bedrohlicher zu werden schien, rückten jedoch die Wachtposten mit erhobenen Gewehren näher.

Señor Ruiz unterschrieb einige Papiere und übergab Ruiz das Gold, 450 Dollar für jeden Afrikaner. Dann ging er mit den Papieren in der Hand zu den Gefangenen. Das Dokument war ein *traspaso* für 49 *ladinos*, die auf dem Weg nach

Puerto Principe auf Kuba waren, wo sie auf dem Markt von Don Saturnino Carrias an den höchsten Bieter verkauft werden würden. Dank der Papiere waren die Schwarzen, die zehn Tage zuvor als *bozales* an Land gebracht worden waren, jetzt dem Gesetz nach *ladinos,* also Schwarze, die sich schon in Kuba aufgehalten hatten, bevor der Vertrag von 1820 in Kraft trat. Diese Umklassifizierung hatte zehn Dollar gekostet, und das Geld war an den Generalgouverneur und seine Bevollmächtigten gegangen.

Señor Ruiz stand zwischen den Gefangenen und dem Eingangstor. Er ließ die anderen Mendis in den hinteren Teil des Barracoons treiben, um ihr Wehklagen zum Verstummen zu bringen. Cinqué stand an der Spitze der ersten Reihe, Burnah rechts hinter ihm. Riuz stellte sich vor sie.

»José«, las er aus dem Paß vor. Cinqué verstand ihn nicht. Ein kreolischer Sklave redete mit Burnah auf englisch. Dann erklärte Burnah es Cinqué. Er sollte einen neuen Namen erhalten – José. Die Aufseher hatten ihn schon als »Cinqué« angeredet, was eine bloße Annäherung an seinen Mendi-Namen war.

»José Cinqué«, verkündete Señor Ruiz lachend.

Dann schritt Señor Ruiz die Reihe von Männern ab, taufte sie »Manuel«, »Estanislao«, »Frederico«, »Gabriel« und so weiter, bis die 49 Namen in den Papieren zu den 49 gefesselten Schwarzen paßten. Jetzt war alles legal. Die Sklaven waren vollkommen vor den lästigen Engländern geschützt.

Unter den Blicken der Zuschauer erhielten die Gefangenen zu essen und die Erlaubnis, die Lendenschurze wieder umzulegen. Dann, als es dunkel wurde, führte man sie von den klagenden Afrikanern im Barracoon fort. Halb trieb man sie, halb zog man sie den Paseo Militar hinab und über die Straßen und Plätze des alten Havanna zu den Kaianlagen im finsteren Schatten der Festung Morro. Von Zeit zu

Zeit blickte Cinqué zu den weißen wie schwarzen Gesichtern entlang der schwach beleuchteten Straßen auf. Er sah sie an, bat stumm um Hilfe, ja sogar Mitleid, doch sie starrten ihn nur an oder traten zur Seite, um die traurige Karawane durchzulassen. Der Anblick zusammengeketteter Menschen war in den Straßen etwas viel zu Gewöhnliches, als daß er die Passanten noch berührt hätte. Für die Weißen war es etwas ganz Natürliches – und für die Schwarzen auch, denn genauso waren die meisten von ihnen in Havanna angekommen.

Vom Kai marschierten sie in Einerreihe an Bord eines Schoners, und während sie auf Deck standen, erstattete Señor Ruiz Kapitän Ramón Ferrer, dem Schiffseigner, Bericht. Im schwachen Licht der Deckslaternen konnte Cinqué sehen, daß Kapitän Ferrer wie Don Pedro Blanco aussah, nur fetter und schwabbeliger. Neben Kapitän Ferrer stand ein junger Mulatte. Cinqué und Burnah betrachteten die häßliche Mischung aus spanischem und afrikanischem Blut und waren sich augenblicklich einig, daß sie ihm mißtrauten. An der afrikanischen Küste genügte schon ein einziger Tropfen weißen Bluts dazu, daß sich ein Schwarzer von den anderen Schwarzen absonderte und ihnen mit der Überheblichkeit der Weißen begegnete. Ein Schwarzer würde niemals einem Mulatten vertrauen. Ein kreolischer Sklavenjunge, der zwar schwarz war, sich aber in den Gebräuchen der Spanier gut auskannte, begann, sich mit dem Mulatten zu unterhalten.

Inzwischen war eine neue Gruppe auf Deck angekommen – noch ein Spanier, ein älterer Mann mit vier weiteren Gefangenen, drei kleinen Mädchen und einem Jungen.

»Señor Montes«, stellte sich der Mann Kapitän Ferrer und Señor Ruiz vor.

Die Gefangenen durften nur kurz an Deck bleiben. Selbst wenn man sie länger dort hätte bleiben lassen, hätten sie nicht den Namen *Amistad* lesen können, der auf den Bug gepinselt stand, oder die Ironie begriffen, die in diesem spanischen Wort für »Freundschaft« lag. Es war zu dunkel, um die scharfgeschnittenen Linien des Schiffs zu betrachten oder den vergoldeten Adler zu bewundern, das Symbol der Freiheit, das es stolz trug. Falls die Spanier die Ironie bemerkten, ließen sie es sich jedenfalls nicht anmerken. Sie waren ganz davon in Anspruch genommen, ihr Gepäck zu verstauen.

Señor Ruiz und Señor Montes, denen man die Furcht vor ihren Schützlingen deutlich ansah, trieben die Gefangenen in ein Sklavenabteil unter Deck und befestigten die langen Ketten an Ringbolzen. Dann fesselten sie Fuß- und Handgelenke mit zusätzlichen Eisen und überließen es Antonio, dem kreolischen Sklaven, ihnen dabei zu helfen, sich für die Nacht einzurichten.

»Woher du kommen?« fragte Burnah Antonio.

Er war als Kind in Sierra Leone entführt, auf einem Sklaventransporter nach Kuba gebracht und im Haus von Don Saturnino Carrias großgezogen worden. Zuerst dachten sie, er würde ihnen helfen, denn schließlich stammte er wie sie aus Afrika und sprach Spanisch, gebrochenes Englisch und mehrere afrikanische Sprachen. Aber sie begannen, ihm zu mißtrauen, als offenbar wurde, daß er die Weißen mochte und sich den *bozales* überlegen glaubte. Genauso gut hätten sie einen Weißen um Hilfe bitten können.

Das Sklavendeck war keine neue Erfahrung. Sie waren an die niedrige Decke gewöhnt, an die Enge, die schlechte Luft und den Gestank. Nachdem die Laternen entfernt worden waren, legten sie sich vorsichtig hin und suchten eine bequeme Position auf den bloßen Planken.

Als es in dem Verschlag dunkel wurde, begannen die Kinder zu weinen. Sie waren nicht festgekettet oder gefesselt, und man hatte sie als letzte nach unten gebracht, wo sie jetzt nahe der Leiter kauerten. Cinqué, der sich an seine Kinder zu Hause erinnerte, sprach leise auf mendi zu ihnen. Drei von ihnen antworteten. Mit Hilfe der anderen Erwachsenen machte er Platz, damit sie sich neben ihn auf den Boden legen konnten.

»Wie heißt ihr?« fragte er sie.

»Marghru.«

»Teme.«

»Ka-le.«

Der letzte Name war der des Jungen. Sie waren Mendi, die auf der *Tecora* nach Kuba gebracht worden waren.

Das dritte Mädchen, Kene, stammte aus dem Kongo und verstand nichts von dem, was man ihr sagte.

Sanft wie eine Mutter redete Cinqué mit den Kindern, bis sie zu weinen aufgehört hatten und eingeschlafen waren.

Dann unterhielten sich Cinqué und Burnah in der Dunkelheit des Sklavendecks, wo sie vor den neugierigen Augen und Ohren Antonios sicher waren, darüber, wie sie der Gefangenschaft entkommen könnten. Wären sie nicht angekettet gewesen, sie hätten bloß über Bord zu springen brauchen und wären frei gewesen. Falls Waffen an Bord waren, konnten sie sich den Weg freikämpfen. Es mußte eine Möglichkeit geben, und sie zerbrachen sich den Kopf auf der Suche nach ihr.

IV

»Töte die Weißen!«

Tageslicht, das durch ein schmales Gitter über dem Sklavendeck fällt, Hafendüfte, die von der Landbrise herübergetragen werden, der Schoner, der in geschützten Wassern sanft hin und her schaukelt ... Cinqué, der mit dem Schlafen an der Reihe gewesen war, wachte auf und sah, daß Kimbo und Grabo wie verabredet Wache hielten. Auf dieser Reise sollte ständig nach einer Unaufmerksamkeit der Weißen Ausschau gehalten werden.

»Segeln wir schon?« fragte er.

Sie versicherten ihm, daß der Schoner immer noch am Kai vertäut lag. Das einzige Geräusch, das sie aufgeschreckt hatte, war der Gesang der spanischen Matrosen gewesen, die betrunken von einer Nacht in Havanna zurückkehrten.

Jetzt herrschte rege Betriebsamkeit an Deck, und es roch nach Essen. Die Gefangenen erhoben und streckten sich, als sie Metall klirren und Stimmengewirr hörten.

Die Luke des Sklavendecks wurde geöffnet, und zwei weiße Matrosen stiegen die Leiter hinab, wobei sie mit Laternen in der Dunkelheit umherleuchteten. Sie redeten miteinander auf spanisch und riefen den Gefangenen *comida* zu. Die Afrikaner verstanden nicht und blieben stumm. Dann traten die Matrosen zwischen sie. Sie hoben die Kette, an die Cinqués Halseisen angeschlossen war. Während sie laut zählten, machten sie zehn Schwarze von der Kette los und trieben sie so schnell, wie es die Fußfesseln erlaubten, die Leiter hoch an Deck. Sie ließen Cinqué vorangehen, in dem sie offenbar den naturgemäßen Anführer der Gefangenen erkannt hatten.

An Deck holten die Afrikaner tief Luft und starrten nach Havanna hinüber, das vor ihnen ausgebreitet lag und dessen weiße Mauern und rote Dächer im grellen Sonnenlicht glänzten. Cinqué sah Weiße, die auf den Kais und Straßen umhergingen – frei. Er zählte 50 schwarze Dockarbeiter – auch frei, oder wenigstens nicht in Ketten. Sie trugen weder Eisenkragen noch Fußfesseln. Plötzlich fühlte er brennenden Neid in sich aufsteigen. Er blickte rasch an der Bordwand des Schoners hinab und wurde regelrecht von dem Gedanken überwältigt, daß er mit einem einzigen Sprung genauso frei wie die anderen sein könnte.

Doch bevor er den Gedanken in die Tat umsetzen konnte, schoben die Matrosen ihn und die anderen zu dem Teil des Decks, wo das Essen in Kupferkesseln kochte, die auf einem Rahmen aus Ziegelsteinen standen. Dort stellte der Mulatte, den sie am Abend zuvor auf dem Deck gesehen hatten, Näpfe voll Reis und gekochten Kartoffeln vor sie hin. Die Matrosen nannten diesen Mestizen Celestino. Celestino Ferrer, Mulattensklave des Kapitäns. Cinqué betrachtete sein Gesicht genauer und dachte sich, daß er vom Kapitän mehr angenommen hatte als nur den Namen. In ihm waren ohne Zweifel die schlimmsten Züge eines weißen Mannes und einer schwarzen Frau verschmolzen …

Die Gefangenen hockten auf dem Deck und aßen mit den Händen aus ihren Gefäßen. Nachdem sie die ihnen zugeteilten Portionen aufgegessen hatten, wurden sie von den Matrosen zu einem anderen Teil des Decks geführt, wo Wasserfässer festgetäut standen. Einer der Matrosen, der Vicente hieß, füllte einen Zinnbecher und gab ihn den Schwarzen. Der andere, Jacinto Verdagne, stand mit einer Muskete Wache. Er war ein junger Mann, kaum mehr als ein Kind, und hatte die blauesten Augen und die rötlichste Gesichtsfarbe, die die Afrikaner je gesehen hatten. »*El Rojo*« nannten die Spanier ihn, »der Rote«, und im Kontrast zu der dunklen Haut und dem schwarzen Haar seines Gefährten Vicente wirkte er tatsächlich rot.

Man ließ die Gefangenen eine halbe Stunde lang auf dem Deck hin und her marschieren. Cinqué sah sich das Schiff genauso sorgfältig an, wie er den Kurs und die Segelmanöver auf der *Tecora* beobachtet hatte. Obwohl er nichts von Schiffen verstand, sah er, daß die *Amistad* ein schmucker Schoner war und gut für den Transport von Sklaven in den kubanischen Küstengewässern ausgerüstet war. Sie war viel kleiner als die *Tecora*, ein flinker Klipper, und ihr Deck war schwarz gestrichen, der Rumpf grün, und die Wasserlinie war mit einem weißen Streifen markiert. Im Glanz der Sonne konnte Cinqué die Silhouette des vergoldeten Adlers über ihrem Bug gut erkennen.

Gelächter stieg aus der Luke des Sklavendecks empor, und kurz darauf tauchten die vier Kinder und Antonio auf. Marghru und Ka-le führten sie an, lachten frisch wie der Morgen, scheinbar unbeeindruckt von der Nacht, die sie auf dem Sklavendeck verbracht hatten. Als sie Cinqué entdeckten, rannten Ka-le und Marghru zu ihm, umtanzten ihn und nannten ihn ihren lieben Vater. Antonio führte sie weg, gab ihnen Essen und Wasser und erlaubte ihnen dann, auf dem Schoner herumzurennen.

»Bring uns nach Havanna«, baten sie Cinqué. Er lachte bitter und deutete auf seine gefesselten Füße. Dann brachten ihn die spanischen Matrosen wieder nach unten. Niedergeschlagen folgten ihm die Kinder aus dem Sonnenlicht in den üblen Gestank des Sklavendecks.

Cinqué war wieder mit dem Schlafen dran, aber die Aufregung über ihnen drang bis zum Sklavendeck hinab. Sie hörten, wie der Kapitän seinen Männern Befehle erteilte. Sie hörten Fetzen von Seemannsliedern, die von Antworten auf die Kommandos des Kapitäns und hastigen, heftigen Flüchen unterbrochen wurden. Dann verrieten ihnen die knarzenden Balken, daß der Schoner sich bewegte.

Antonio kam zum Sklavendeck, um nachzusehen, ob Ruhe herrschte und alles in Ordnung war.

»Wohin ihr uns bringen?« fragte ihn Burnah.

Er schüttelte den Kopf wie jemand, der viel weiß, es aber vorzieht, nichts zu verraten. Cinqué mißtraute diesem kreolischen Sklaven Antonio Gonzales, dem es viel zu leicht fiel, die Spanier nachzuahmen und der ihre Sprache zu gut beherrschte, mehr und mehr. Sein Herz und seine Seele gehörten seinen Herren.

»Die Sonne Kubas hat deine Haut nicht weißer gemacht«, sagte Cinqué zu ihm, worauf Antonio nur mit den Achseln zuckte und zum Kapitän zurückging.

Als die Sonne tief im Westen stand, wurden die Gefangenen wieder in Zehnergruppen an Deck gebracht, wo sie zu essen und zu trinken erhielten. Cinqué sah, daß der Schoner seine Position deutlich verändert hatte. Sie hatten den Hafen fast durchquert und steuerten den schmalen Stengel des Kleeblatts an. Während er auf Deck stand, kamen sie an vielen Schiffen vorbei – spanischen Handelsschiffen, einem amerikanischen und einem britischen Kriegsschiff.

»Englischer Massa«, stellte Burnah fest.

Cinqué sehnte sich auf das englische Schiff hinüber. Wenn sie Bescheid wüßten, würden sie ihm helfen. Aber er hatte keine Möglichkeit, ihnen mitzuteilen, daß er gerade aus Afrika verschleppt worden war – daß er eine Frau und Kinder hatte, die um ihn trauerten.

Einen Moment lang hatte Cinqué Hoffnung, als ein anderes Schiff sich ihnen bis auf Rufweite näherte. Aber seine Hoffnung schwand rasch, als er hörte, daß der Kapitän spanisch sprach. Es war das Wachboot *Geraldino*. Der Kapitän kam an Bord der *Amistad*, wo ihn Kapitän Ferrer mit seinen Papieren empfing. Der Kapitän der *Geraldino* begutachtete die Papiere, warf kaum mehr als einen flüchtigen Blick auf die Schwarzen, die an das Deck gekettet waren, und stempelte die Urkunden. Alles in Ordnung. Die *Amistad* war mit einer Ladung Waren und 52 *ladinos* auf dem Weg nach Puerto Principe. Er ließ den Schoner weiterfahren und bemerkte weder an der Besatzung noch an der Ladung irgendwas Ungewöhnliches.

Als sie in der Nähe der Festung Morro waren, wurden alle Gefangenen an Deck gebracht, da der Schoner zu weit draußen war, als daß einer von ihnen versuchen würde, durch einen Sprung von Bord zu entkommen. Sie sahen, wie ein Boot unterhalb der Klippen ablegte und kurz darauf längsseits ging. Eine Leiter wurde hinabgeworfen, und zwei spanische Beamte kamen an Bord, zwei Wichtigtuer, die so anmaßend wie die Häuptlinge der Vey auftraten. Kapitän Ferrer, José Ruiz und Pedro Montes erwarteten sie an Deck. Die Beamten sahen schnell und nachlässig die Schiffspapiere durch. Sie warfen einen Blick auf die *traspasos*, die für die Gefangenen ausgestellt worden waren.

»49 *ladinos*« stand in dem einen *traspaso*. »Vier *ladinos*« im anderen.

Im *traspaso* der kleinen Mädchen wurden diese *ladino*-Frauen genannt, eine falsche Angabe, die die Beamten nicht weiter kümmerte. Sie wurden auch als Passagiere der Regierung ausgegeben – eine zusätzliche Vorsichtsmaßnahme für den Fall, daß der Schoner von einem britischen Schiff aufgebracht werden sollte.

Vicente ließ die Gefangenen sich auf dem Deck der Reihe nach aufstellen, wo einer der Beamten sie zählte und leise die Namen murmelte, die im *traspaso* standen. Dann stempelte er die Papiere mit »Ausgelaufen 27. Juni 1839« und gab sie an Kapitän Ferrer zurück. Alles in Ordnung. Kapitän Ferrer gab ihnen Geld für ihre Mühen, und sie stiegen die Leiter wieder hinunter. Die *Amistad* hatte jetzt endgültig alle Kontrollen passiert und konnte ihre Reise fortsetzen.

Als sie die Festung Morro hinter sich gelassen hatten, gingen sie die Nacht über vor Anker. Der Schoner schaukelte sanft wie eine Wiege, und die Gefangenen schliefen mit vollen Bäuchen – alle außer denen, die sich mit Cinqué bei der Wache abwechselten. Der Kapitän und die Mannschaft an Deck waren zufrieden und von zehn schönen Tagen in Havanna gesättigt. In ein oder zwei Monaten würden sie für eine weitere Ladung Sklaven und einen weiteren Besuch Havannas zurück sein. Der nächste Morgen war früh genug, um loszusegeln. Die Entfernung nach Guanaja, dem Hafen von Puerto Principe, betrug nicht mehr als 500 Kilometer – eine Strecke, die Kapitän Ferrer in zwei Tagen und einer Nacht zurückzulegen hoffte, in drei Tagen maximal.

Als Cinqué am nächsten Morgen erwachte, verrieten ihm das knarrende Gebälk und das Rollen des Schoners, daß sie schon unterwegs waren. »Seit Tagesanbruch«, sagte Burnah.

Antonio trieb sie an Deck, wo sie zu essen bekamen und sich bewegen sollten. Sie waren schon weit von Havanna entfernt, und die Küste Kubas lag wie eine niedrige Sandbank zu ihrer Rechten. Der Schoner segelte zu diesem Zeitpunkt direkt nach Osten, in die Sonne hinein, nach Afrika. Cinqué merkte sich den Kurs und zählte die Spanier.

Kapitän Ferrer, der mittleren Alters war und trotz seines Säbels und seiner Pistole weich und liebenswürdig wirkte, stand am Ruder. Vicente und Jacinto arbeiteten an Deck und folgten Kapitän Ferrers Kommandos. Ruiz und Montes ruhten sich in ihren Kabinen aus. Das waren die Weißen, die ihnen gegenüber standen. Und von ihnen allen würden sich nur die beiden Matrosen richtig zur Wehr setzen, falls es zu einer Meuterei kommen sollte.

Ansonsten gab es nur noch zwei weitere Besatzungsmitglieder an Bord: Celestino und Antonio, und keiner von beiden konnte es mit Cinqué aufnehmen. Celestino war damit beschäftigt, Essen zu kochen, und wurde darin von Kimbo und Fuleh unterstützt, deren Fußfesseln vorübergehend entfernt und an die Reling in der Nähe der Kessel gehängt worden waren. Antonio trieb sich beim Kapitän herum, um jederzeit für ihn Botengänge erledigen zu können. Wer würde schon Angst vor diesen beiden haben? dachte sich Cinqué.

Cinqué ging nach unten, als er wieder mit dem Schlafen dran war, und sprach leise mit Grabo und Burnah.

»Wir sind 49 gegen sieben«, sagte er ihnen. »Ohne Ketten wären wir die Stärkeren.«

Ohne Ketten ... der Gedanke ließ Cinqué keine Ruhe mehr.

Ihre Erholungspause hatte ein Ende, als der Schoner zu stampfen begann. Trotz ihrer Ketten rollten sie von einer Seite des kahlen Verschlags zur anderen, stießen gegeneinander und scheuerten sich die Haut auf den Planken wund. »Sturm ... Wind«, riefen sie einander zu.

Als Antonio sie am späten Nachmittag wieder an Deck brachte, war der Himmel grell blau, und der Schoner kämpfte gegen einen kräftigen Gegenwind an. Er war schon auf die offene See hinausgetrieben, viel weiter, als es mit diesem Küstensegler ratsam war. Die Küste Kubas war nicht mehr in Sicht. So weit das Auge reichte, waren nur schaumgekrönte Wellen zu sehen, die über eine grüne See heranrollten.

Cinqué konnte an Kapitän Ferrers Gesicht ablesen, wie besorgt er war, und auch in der Art, wie Ruiz und Montes in der Nähe des Ruderhauses warteten, lag eine gewisse Beunruhigung. Burnah erwischte Antonio ein wenig abseits und erfuhr das ganze Ausmaß der Sorgen. Bei der Geschwindigkeit, mit der sie im Moment vorankamen, konnte die Reise vier oder fünf Tage oder noch länger dauern. Manche Schiffe hatten fünfzehn Tage von Havanna nach Guanaja gebraucht. Die *Amistad* hatte nicht genug Lebensmittel und Wasser für die Sklaven dabei, um so lange auf See zu bleiben.

»Ihr werdet schon noch sehen«, sagte er zu Burnah.

Als es Essenszeit war, entdeckten die Gefangenen, daß ihre Rationen gekürzt worden waren. Statt Kessel voll Essen vor sie hinzustellen, reichte Celestino jedem von ihnen zwei gekochte Kartoffeln. Dann gab er jedem eine halbe, ungekochte Gemüsebanane. Als sie die Hände ausstreckten, um mehr zu kriegen, schüttelte er den Kopf und deutete auf den Kapitän. Als sie an dem Wasserfaß vorbeimarschierten, gab Vicente jedem von ihnen einen halben Becher Wasser – kaum genug, um unter der sengenden Tropensonne die Kehle zu benetzen.

Sie kamen nur langsam voran, und der Kampf gegen den Gegenwind war ermüdend. Da die Hitze unter Deck unerträglich war, erlaubte Kapitän Ferrer allen Gefangenen, an Deck zu bleiben und sich so gut es eben ging in dem heißen Wind zu erfrischen, der aus einem brennenden Himmel herabwehte. Kapitän Ferrer hielt sich im Schatten eines Segels auf und ließ den Wind über seinen Körper streichen, der von der Hüfte aufwärts nackt war. Celestino schwitzte über den brodelnden Töpfen, während Vicente und Jacinto auf den an Deck festgezurrten Ballen und Kisten voll Waren lagen und sich bereithielten, um auf das Kommando des Kapitäns sofort aufzuspringen, sollte der Wind nachlassen oder drehen.

Antonio kam nur mit einem Paar weißer Hosen bekleidet an Deck. Als Vicente und Jacinto ihn sahen, erhoben sie sich. Sie packten ihn und zerrten ihn zu der Feuerstelle aus Ziegelsteinen.

»Du vergißt, daß du ein Sklave bist«, riefen sie.

»Nein ...«

»Wir werden dich daran erinnern.« Entsetzt sah Antonio, wie sie Celestinos Feuerhaken erhitzten, bis er rot glühte. Während Vicente ihn festhielt, brannte ihm Jacinto, dessen blaue Augen blitzten, ein »F« auf die Schulter und markierte ihn so in der Manier der kubanischen Plantagenbesitzer als Kapitän Ferrers Sklaven.

Als das Eisen seine Haut berührte, schrie Antonio auf und bettelte um Hilfe, aber niemand schritt ein. Kapitän Ferrer lachte, als hätte er einem witzigen Streich beigewohnt. Ruiz und Montes, die wegen des Lärms an Deck gekommen waren, sahen ungerührt zu. Celestino nahm gelassen den Feuerhaken wieder entgegen und schürte damit das Feuer unter dem Kessel mit den Kartoffeln. Die Gefangenen, die fürchteten, als nächste dran zu sein, zogen sich so weit wie möglich von dem Schauplatz zurück. Sie haßten Antonio, haßten ihn und mißtrauten ihm, aber sie hätten ihm geholfen, wenn sie sich getraut hätten. Er war schwarz und mußte leiden.

»Ave Maria ... heilige Mutter.« Antonio betete die Gebete, die ihm seine spanischen Herren beigebracht hatten.

Die Matrosen rieben seine Wunde mit Schießpulver, Palmöl und Essig ein, damit sie heilte, aber eine deutlich sichtbare Narbe hinterließ. Wohin Antonio auch ging, man würde wissen, daß er ein Sklave war. Als die Matrosen ihn losließen, schlich er unter Deck.

Die spanischen Matrosen, die sich noch immer über ihren Witz amüsierten, wandten sich jetzt den Gefangenen zu und ketteten sie unter Deck fest.

Noch immer von dem erfüllt, was Antonio widerfahren war, und ängstlicher denn je kauerten die Gefangenen in der Hitze des Sklavendecks dicht beieinander. Mendi oder Kongo, sie waren alle schwarz, und das schreckliche

Schicksal, das sie auf das Schiff verschlagen hatte, hatte sie zusammengeschweißt. Sie spürten das Elend der anderen, unterhielten sich über ihre Verzweiflung und schürten damit ihren Haß auf die Weißen. Den größten Teil der Nacht über unterhielten sie sich flüsternd über die Grausamkeiten, die sie beobachtet hatten, seit sie versklavt worden waren. Cinqué war dabei der Wortführer. Der wilde Haß, den er für Don Pedro Blanco verspürte, hatte sich verzehnfacht. Seine Stimme erhob sich über ihr Gemurmel, und er versprach, die Weißen zu töten – falls die anderen ihm helfen würden.

Wieder ein Morgen, und der Wind bläst immer noch kräftig aus einem heißen Himmel herab. Die Gefangenen kamen mit mürrischen Gesichtern an Deck. Wieder gab ihnen Celestino zwei kleine gekochte Kartoffeln und eine halbe, rohe Gemüsebanane. Vicente schenkte jedem soviel Wasser ein, wie in ein halbes Kuhhorn paßt. Sie baten um mehr Essen und mehr Wasser. Jacinto und Vicente hoben die Peitschen und deuteten auf das entzündete »F« auf Antonios Schulter.

Ruiz fürchtete, daß er in der Hitze des Sklavendecks einen Teil seines Gewinns einbüßen würde, und trieb daher mit Jacinto die Gefangenen zu der Pumpe, wo er sie mit Salzwasser abspritzte. Einige von ihnen, die schon halb verrückt waren vor Durst, tranken von dem Wasser und wurden vor Durst rasend – es marterte sie der entsetzliche Durst jener, die Seewasser trinken.

»Ich hole mir Wasser«, verkündete Fuleh trotzig.

Er war stärker und mutiger als alle – außer Cinqué – und entging Celestinos Blick lang genug, um zu dem Wasserfaß zu gelangen und einen Becher voll zu stehlen. Doch er wurde von Jacinto und Vicente erwischt, die Celestino und Antonio zuriefen, ihn festzuhalten, und während Ruiz und Kapitän Ferrer zusahen, peitschten sie ihn mit der neunschwänzigen Katze auf den Rücken. Die Peitsche schnitt lange Furchen in seine Haut. Er ertrug es mit zusammengebissenen Zähnen und brennenden Augen.

Nachdem sie ihn ausgepeitscht hatten, bis sie erschöpft waren, behandelten die Matrosen seine Wunden, indem sie sie mit Salz, Schießpulver und Rum einrieben. Nachdem er die Schläge klaglos ertragen hatte, schrie er gequält auf, als die Mixtur auf sein wundes Fleisch geschmiert wurde. Und er schrie weiter, bis sie ihn unter Deck warfen und an das Schott ketteten.

Die Sonne versank wie ein Feuerball in einem Flammenmeer. Jacinto trieb alle Gefangenen in das stinkende und dampfende Sklavendeck hinab. Fuleh beschrieb die Schmerzen, die er litt. Die einzige Hilfe, der einzige Trost für ihn waren die Rachedrohungen, zu denen Cinqué sie angestiftet hatte. Irgendwo würden ihnen ihre Ketten abgenommen werden, irgendwann würden sie, so das Schicksal es zuließ, Fulehs Schulden in vollem Maß zurückzahlen.

Aber die Matrosen hatten sich in dieser Nacht noch nicht genug amüsiert und noch nicht genug Frust an Fuleh ausgelassen. Immer wieder – fünfmal insgesamt – schleppten sie ihn an Deck, um ihn auszupeitschen. Schließlich lag er in dem Verschlag und konnte sich nicht mehr bewegen, umgeben von Schwarzen, deren Empörung keine Grenzen mehr kannte und die voll ohnmächtiger Wut auf die Planken hämmerten.

Wieder ein Tag mit heftigem Wind und starkem Wellengang, wieder ein Tag, an dem die Weißen, die ihre Wut nicht an den Wellen und dem Wind auslassen konnten, die hilflosen Gefangenen bestraften. Mit oder ohne Entschuldigung peitschten sie Kimbo, Pieh, Moru und Foone. Das Sklavendeck war eine Hölle, in der erstickende Hitze herrschte, aber die Gefangenen baten darum, unten bleiben zu dürfen. Dort war es für Jacinto und Vicente schwieriger, die Peitsche zu schwingen.

Am Morgen des vierten Tags blies der Wind immer noch dem Schoner entgegen, dem Kapitän war es jedoch gelungen, das Schiff näher an Kuba heran zu manövrieren. Kapitän Ferrer, der offensichtlich müde und beunruhigt war, erlaubte Señor Montes, ihn am Steuer abzulösen. Montes, selbst vier Jahre lang Kapitän eines Schiffs, kannte sich in den karibischen Gewässern aus und teilte die Sorgen des Kapitäns.

Die Gefangenen nahmen ihre Wasser- und Essensrationen entgegen und verharrten dann in der Nähe der Kessel, um mit Celestino zu sprechen. Er war zwar Mulatte und nicht vertrauenswürdig, doch wen gab es sonst, der ihre Fragen hätte beantworten können? Sie behalfen sich mit den Fingern und Burnahs gebrochenem Englisch und achteten sorgfältig darauf, daß er sie auch verstand.

Dann fragte Burnah: »Was wird der weiße Mann mit uns tun?«

Celestino lachte spöttisch. Dann gab er ihnen mittels der Hände zu verstehen, daß man ihnen, sobald sie in Puerto Principe ankamen, die Kehlen durchschneiden, sie in kleine Stücke schneiden und für die Spanier einpökeln werde. Er deutete zuerst auf ein paar Fleischfässer an Deck, dann auf ein Faß, das leer war.

»Das Faß wird man mit euch füllen«, sagte er ihnen.

Celestino fuhr sich mit dem Messer über die Kehle. »Die Weißen werden euch fressen, wenn ihr in Puerto Principe ankommt.«

Sein Witz war für die Afrikaner nicht lustig. Seit dem ersten Tag ihrer Gefangenschaft hatten sie gefürchtet, daß die Weißen sie fressen würden. Jetzt würden sich ihre Befürchtungen bewahrheiten. Sicher hatte Celestino gesehen, wie andere Afrikaner den Spaniern als Festschmaus gedient hatten.

Cinqué, Burnah und Kimbo drängten sich an Deck dicht

zusammen und besprachen, wie sie verhindern könnten, daß ihnen so etwas Schreckliches widerfuhr.

»Wir müssen kämpfen!« beschlossen sie.

Sie blickten auf die rauhe, grüne See. Es war sogar besser, über Bord zu springen und im Wasser zu sterben, als von den Weißen aufgefressen zu werden. Noch besser wäre es, wenn sie es bis zum kubanischen Ufer schaffen würden, das dicht über dem Horizont lag. Es mußte eine Möglichkeit geben, die Fußfesseln loszuwerden ...

Der Himmel, vier Tage lang intensiv blau, war jetzt schwarz vor Wolken, die vom Sturmwind zerfetzt wurden. Regen fiel in kurzen Schauern und wehte dann über die unruhige See davon. Der Schoner, der für diesen Seegang nicht gebaut war, wurde von Wind und Wellen wie ein Stück Treibholz umhergeworfen.

Die Gefangenen, die nachmittags zum Essen nach oben gekommen waren, liefen über das schaukelnde Deck, waren für den kühlenden Regen dankbar und spürten, wie die angespannte Disziplin an Bord nachließ. Kapitän Ferrer stand am Ruder, denn er traute niemandem sonst in diesem Sturm. Jacinto und Vicente arbeiteten in der Takelage. Celestino rührte in den Kesseln. Antonio brachte Ruiz und Montes das Essen unter Deck.

Beim Herumgehen auf Deck fand Cinqué zwischen zwei Planken einen losen Nagel. Er holte ihn mit den Fingern hervor und versteckte ihn rasch in der Armbeuge. Er sah sich verstohlen um, ob ihn jemand beobachtet hatte. Als er niemanden entdeckte, wandte er sich der See zu und atmete in tiefen Zügen den Sturm ein ...

Vicente brachte die Gefangenen auf das Sklavendeck zurück und sperrte sie für die Nacht ein. Wie brave Kinder lagen sie auf dem Boden und ließen ihn die Ketten an den Halseisen festmachen. Ein aufmerksamerer Mann als er hätte vielleicht die Wut gespürt, die unter ihrem scheinbaren Gehorsam glomm.

Kurz nach Einbruch der Dunkelheit war der Sturm vorüber. Der Schoner arbeitete nicht mehr so heftig und wurde ein wenig von der kubanischen Küste geschützt, die kaum noch zehn Kilometer entfernt war. Kapitän Ferrer schien in seinem Kampf mit den Elementen die Oberhand behalten zu haben.

Im Sklavendeck weinten die Kinder und baten um *yam-yam.*

»Ruhig«, flüsterte Cinqué ihnen zu. »Bald werden wir zu essen haben. Bald wird es viel *yam-yam* geben.«

Er unterhielt sich leise mit Burnah, Kimbo, Bato und Grabo und berührte sie mit dem Nagel, den er in der Armbeuge versteckt hatte. Er sprach von Meuterei. Er würde sich von seinen Ketten befreien. Er würde den Kapitän und seine Mannschaft töten. Er würde das Schiff und das ganze Essen in seinen Besitz bringen. Irgendwie würden sie nach Hause nach Afrika zurückkehren. Und sie, die stärksten der Gefangenen, stimmten ihm zu und boten an, ihm mit Rat und Tat zur Seite zu stehen.

Dann wurden alle anderen Gefangenen in die Beratungen, die leise auf mendi abgehalten wurden, miteingeschlossen. Ihre Diskussionen waren nicht geheim – sogar die Kinder durften zuhören –, aber es wurde darauf geachtet, daß Antonio nichts mitbekam. Sklave des weißen Mannes, der er war, würde er ihre Pläne Kapitän Ferrer verraten. Und dann würden Jacinto und Vicente mit ihren Peitschen kommen und ihnen wieder Gehorsam einprügeln.

»Das, was mit uns geschehen ist, gefällt uns nicht«, stellte Kin-na fest. Kin-na, der bisher immer seine Meinung zurückgehalten hatte. Kin-na, der jung und kräftig war und ein intelligentes Gesicht hatte.

Seine Worte sorgten für Unruhe. Aus dem Gemurmel

wurde aufgeregtes Rufen. Die Kinder vergaßen, nach *yam-yam* zu verlangen.

»Was sollen wir tun?« fragte Kin-na.

»Ich werde nachdenken«, antwortete Cinqué, um Zeit zu gewinnen, »und werde es euch dann mitteilen.«

Während sie warteten, knackten Cinqué und Grabo mit Hilfe des Nagels die Schlösser an Cinqués Fuß- und Handgelenken und befreiten ihn von den Ketten und schließlich auch von dem Halseisen. Als die anderen bemerkten, daß er sich ohne Ketten frei zwischen ihnen bewegte, umklammerten sie ihn und bettelten, daß er sie in die Freiheit führe. Mit seiner Hilfe warfen sie sich in die Kette und zerbrachen die Schlösser an den Ringbolzen. Dann drängten sie sich in der Dunkelheit dicht an ihn.

»Jetzt werde ich es euch sagen«, verkündete Cinqué. »Wenn wir nichts unternehmen, werden wir getötet. Wenn wir sowieso von den Weißen getötet und gegessen werden, können wir es ebenso gut riskieren, für unsere Freiheit zu sterben.«

»Was sollen wir tun?« wollten sie wissen.

»Wir werden den Kapitän töten!« antwortete er ihnen.

»Und den Koch!«

»Und die Matrosen!«

»Und Antonio!«

Sie nannten diese Namen, die der Haß wie Explosionen hervorplatzen ließ, so schnell sie konnten.

»Wir werden sie alle töten«, stimmte Cinqué zu. »Aber zuerst müssen wir die Ketten loswerden. Dann werden wir nach Messern und Musketen suchen.«

Fieberhaft und geräuschlos arbeiteten sie in der Finsternis daran, sich zu befreien. Einige Arme und Hände waren so abgemagert, daß Cinqué die Schellen von ihnen abstreifen konnte. Die Schlösser an den Füßen öffnete er mit seinen geschickten Fingern. Als sie die Fesseln los waren, massierten sie Arme und Beine, um sie einsatzbereit zu machen. Sie bewegten sich lautlos, und die Kinder unterdrückten ihr Weinen.

Gegen Mitternacht waren alle frei. Cinqué wählte die unter ihnen aus, die er am besten für den gefährlichen Kampf geeignet hielt, und führte sie zum Laderaum, wo sie die Kisten und Ballen öffneten, bis sie einige Zuckerrohrmesser fanden, die mit ihnen mitgegeben worden waren, damit sie Werkzeuge hätten, sobald sie auf der Plantage ankamen. Es waren Messer mit 50 Zentimeter langen Klingen und Metallgriffen. Für ihre Zwecke hätten ihnen keine besseren Waffen in die Hände fallen können.

Sie kehrten zum Sklavendeck zurück, teilten die Waffen aus und schlossen rasch einen Pakt als Meuterer, einen Pakt, der sie auf Leben und Tod aneinander band. Cinqué würde ihren Angriff auf den Kapitän anführen. Grabo, Kimbo, Faa und Maum sollten ihm helfen. Faquanah würde Cinqué beschützen. Fuleh würde ihnen Rückendeckung geben, wobei ihn Seme und Cu-bah unterstützten sollten. Sessi, der Älteste unter ihnen und der einzige, der schon einmal ein Ruder in den Händen gehalten hatten, würde das Steuer übernehmen. Sessi, der in Sierra Leone auf britischen Schiffen gearbeitet hatte, war fröhlich und lachte. Cinqué konnte nur hoffen, daß er während des Kampfs nicht irgendeine Dummheit beging.

Als sie bereit waren, begann Marghru, vor Angst zu weinen. Cinqué blieb stehen, streichelte ihren Kopf. Während er sie tröstete, befahl er Ka-le streng, still zu bleiben und dafür zu sorgen, daß auch von den anderen Kindern nichts zu hören sein würde.

Mit Cinqué an der Spitze krochen sie den Niedergang hoch an Deck. Der Mond war zwischen den Wolken hervorgebrochen, und die Schwarzen wirkten wie seltsame Schatten, die zwischen Fässern und Ausrüstungsgegenständen umherhuschten. Dem Sturm entronnen segelte der Schoner jetzt unter vollen Segeln Richtung Guanaja.

Kapitän Ferrer und Celestino schliefen Seite an Seite auf einer Matratze, auf der sie sich erschöpft vom Sturm ausgestreckt hatten. Der Mond verwandelte ihre Gesichter in eigenartige Masken aus Blässe und Dunkelheit. Cinqué sah die Maske des *Wuja*, das Gesicht von Don Pedro Blanco vor sich. Auspeitschungen, Hunger und die Qualen des Sklavendecks gerannen zu wildem Haß. »Töte den weißen Mann!« verlangte sein Herz mit jedem Schlag. Aber es war noch nicht Zeit zu schreien. Es war besser, diese beiden im Schlaf zu töten. Cinqué und Kimbo krochen vorsichtig voran.

Aber der Krach, den sie im Vordeck gemacht hatten, hatte José Ruiz geweckt. Er eilte gerade rechtzeitig an Deck, um zu entdecken, wie die beiden Schwarzen sich anschlichen und die Messer zum Gemetzel erhoben.

»Nein! Nein!« schrie Ruiz ihnen zu. Er packte ein Ruder und schwenkte es bedrohlich.

Aber Cinqué war nicht mehr zu stoppen. Der ganze Haß, der sich seit dem Tag, da er Mani verlassen hatte, in ihm angestaut hatte, lag in seinem Arm, als er nach dem Kapitän schlug. Er blieb nicht länger stumm, sondern brüllte: »Tötet den weißen Mann!«

Der Kapitän, den der Lärm und das Durcheinander geweckt hatten, wich dem Schlag aus und warf Celestino zwischen sich und Cinqué.

Cinqué brüllte vor Zorn, schlug noch einmal zu und trennte Celestinos Kopf fast vom Körper ab.

»Mord! Meuterei!« schrie Vicente von seinem Platz am Ruder aus. Dann rannten er und Jacinto nach hinten, um dem Gemetzel zu entgehen – sie rannten feige davon und entkamen den Schwarzen, die es vor allem nach dem Blut des Kapitäns gelüstete.

Der Kapitän, der inzwischen aufgesprungen war, schrie nach Antonio.

»Hol etwas Brot und wirf es ihnen hin!« schrie er ihm zu, noch in der Hoffnung, sie besänftigen zu können.

Seine Worte waren für Cinqué und dessen Gefährten ohne Bedeutung und hätten sie auch nicht innehalten lassen, wenn sie sie verstanden hätten. Brot konnte ihre rasende Wut nicht stillen. Rache war besser als ein voller Bauch. Als Ruiz sah, wie wild entschlossen die Afrikaner waren, schoß er an ihnen vorbei unter Deck und rief nach Montes, der ihm folgen und helfen sollte, den Kapitän zu retten.

Kapitän Ferrer setzte sich mit seinem Rapier verzweifelt zur Wehr und verletzte Seme und Cu-bah, die ungeschützt vorwärts gestürmt waren. Inzwischen waren alle Schwarzen an Deck. Die Kinder weinten, und die übrigen rannten umher und schrien wie eine Legion Teufel. Seme und Cu-bah, rasend vor Wut, rannten an Cinqué vorbei. Der Kapitän schlitzte ihnen die bloßen Bäuche auf.

Der Kapitän kämpfte verbissen, doch er hatte keine Chance gegen Cinqué und dessen messerschwingende Gefährten. Kimbo und Grabo erwischten ihn drei- oder viermal. Dann trat Cinqué nach vorn und spaltete ihm mit einem gewaltigen Hieb den Schädel. Der Kapitän fiel nach vorn, und Cinqué packte das Rapier, noch bevor es das Deck berührte. »Tötet den weißen Mann!« rief er wieder, aber die Spannung ließ schon nach.

Dann rannten sie nach hinten, um die spanischen Matrosen zu verfolgen, aber sie waren verschwunden, und Fuleh blieb es verwehrt, sich, wie er geschworen hatte, an ihnen zu rächen.

»Sie werden das Land nicht erreichen – sie sind sicher auf den Grund der See gesunken«, trösteten sie einander. Dann entdeckten sie, daß das Heckboot fehlte. Die Matrosen waren entkommen. Mit dem Boot würden sie über die ruhige See hinweg Kuba bald erreicht haben.

Die Schwarzen eilten wieder nach vorn, wo sie auf Ruiz und Montes stießen. Cinqué rief Ruiz zu, daß sie ihm nichts tun würden und daß er stehenbleiben solle, und das tat er auch. Montes, der sich mit einem Stock und einem Messer bewaffnet hatte, verstand Cinqué nicht und griff ihn an. Faquanah stürzte sich auf Montes und verwundete ihn mit dem Zuckerrohrmesser. Montes bettelte um Gnade und rannte unter Deck. Er versteckte sich, in ein Segel gewickelt, zwischen zwei Fässern. Fuleh entdeckte ihn und wollte ihn töten, aber Kimbo stellte sich zwischen sie. Montes war als Steuermann wichtig. Er blutete stark und war durch die Angst und seine Wunde geschwächt. Er wurde an Deck gebracht, wo man ihn an die Hand von Ruiz fesselte.

Antonio war der einzige, der noch frei war. Nachdem er dem ersten Angriff entkommen war, hatte er sich zwischen den Fässern und Ballen auf Deck versteckt. Cinqué fand ihn dort und zog ihn hervor, um an ihm mit dem Rapier des Kapitäns zu üben.

»Nein, nein«, rief Dama und schritt ein.

Antonio war der einzige Dolmetscher, den sie hatten. Sie mußten sich ihn erst noch zunutze machen. Dann konnte Cinqué ihn in Stücke hacken, wenn er wollte.

Die Schwarzen waren stolz auf ihren Sieg. Die Wut pulsierte noch immer in ihren Adern. Sie versammelten sich auf dem Deck um Ruiz und Montes herum und sehnten sich danach, ihre weißen Opfer leiden zu lassen. Die letzten Wolken waren vorübergezogen, und Sessi hielt den Schoner mühsam auf einem Kurs, der sie immer weiter vom Land weg in die helle, mondbeschienene See hinaus führte.

Cinqué ließ Hand- und Fußfesseln vom Sklavendeck holen. Als Ruiz und Montes das sahen, baten sie winselnd darum, nicht in Ketten gelegt zu werden. Montes weinte wie ein Kind. Aber Cinqué blieb hart, und seine Worte, die Burnah übersetzte, waren deutlich.

»Ihr sagt, Ketten sind für Nigger das Richtige«, erklärte er. »Wenn sie für Nigger das Richtige sind, dann sind sie das auch für Spanier. Probiert sie jetzt mal zwei Tage lang und seht, wie sie euch gefallen! Ihr werdet erfahren, wie es ist, ein Sklave zu sein.«

Montes bettelte darum, daß sein Leben geschont werde. Mit Zeichen, Burnahs Englisch und Antonios Spanisch teilte Cinqué Montes mit, was sie von ihm wollten und unter welchen Bedingungen sie ihn am Leben lassen würden. Sie verlangten, daß er sie nach Sierra Leone zurückbrachte und auf einem Strand nahe ihrer Heimat absetzte.

»Ich kenne den Weg nicht«, antwortete ihnen Montes.

Cinqué und die anderen kannten ihn auch nicht, aber sie wußten die Richtung. Cinqué erinnerte sich an all die Tage, während der sie, nachdem sie Afrika verlassen hatten, von der Sonne fort gesegelt waren. Auf dem Rückweg mußten sie einfach in die Sonne hineinsegeln.

»Nach Osten – segle nach Osten!« lautete der Befehl, den Cinqué ihm durch Burnah und Antonio erteilte.

Wieder schüttelte Montes den Kopf. Als ihm aber Cinqué das Rapier des Kapitäns an die Kehle hielt, erklärte sich Montes bereit, sie nach Sierra Leone zu bringen – falls sie ihm dann erlauben würden, friedlich nach Havanna zurückzukehren. Nachdem sie das Schiff auf einen östlichen Kurs gebracht hatten, ließen sie Ruiz und Montes zur Erholung unter Deck gehen. Die Afrikaner wollten bei ihrem weiteren Tun die Weißen nicht dabei haben.

Die Schwarzen hatten ihr Ziel erreicht. Sie waren frei und im Besitz eines Schiffs, das sie nach Afrika zurückbringen würde. Die *Amistad* gehörte ihnen. Und auch die verbotenen Fleischfässer an Deck, die Wasserfässer und die dem Kapitän und der Besatzung vorbehaltenen Lebensmittelvorräte unter Deck! Sie weinten, schrien und tanzten im Mondlicht und feierten ihre neue Freiheit. Doch Cinqué wußte, daß sie jetzt nicht nachlässig werden durften. Er mußte sie zusammenhalten und seine Autorität beweisen. Er befahl ihnen, ruhig zu sein und das Deck sauber zu machen.

Unter seiner Anleitung schleppten sie die Leichen von Kapitän Ferrer und Celestino zur Reling. Er empfand keinerlei Reue beim Anblick der toten Körper oder darüber, die Gesetze des Poro gebrochen zu haben. Die Afrikaner fluchten, als sie die Leichen hochhoben, und lachten, als diese ins Wasser plumpsten. Sie warfen die beiden Schwarzen, die der Kapitän getötet hatte, hinterher, schmissen sie ohne Gesang oder Ritual, ohne Tränen oder Trauer ins Wasser. Sie hatten schon zuviel Sterben und Leiden miterlebt. Dann wuschen sie das Blut vom Deck.

Danach erlaubte Cinqué ihnen, sich mit dem Essen vollzustopfen, das Celestino in den Kesseln gelassen hatte, und soviel Wasser zu trinken, wie sie wollten.

Cinqué brauchte eine stahlharte Hand, um die Schwarzen zusammenzuhalten – und die hatte er nicht. Die Autorität, über die er während der Meuterei verfügt hatte, ließ nach, sobald die Gefahr vorüber war. Sie waren zu viele, und es war für sie zu einfach, sich an die dunklen Orte des Schoners zurückzuziehen. Sie hatten Blut und Essen zu schmecken bekommen, und jetzt kosteten sie von einer ungewohnten Art von Freiheit. Sie feierten die ganze restliche Nacht hindurch.

Trotz Cinqués Protest plünderten sie die Ladung, brachen die Fässer auf und verstreuten Nahrung und Waren in den Stauräumen und auf Deck. Geschirr, Tücher und Nudeln wurden durcheinandergeworfen. Zuerst suchten sie vor allem nach Essen, aber sie schnappten sich auch Kleidung und Krimskrams. Sie versuchten, die Weißen zu imitieren, und zogen deren Kleider an, ohne sich um Innen oder Außen, Vorn oder Hinten zu scheren. Ihre geschrumpften Mägen vertrugen das Essen nicht, mit dem sie sich vollstopften, und sie kotzten überall hin. Sie fanden Kisten mit verschiedenen Medikamenten und auch Kisten voll Wein und Rosinen. Diese öffneten sie, und sie tranken Wein und Medikamente ohne Unterschied. Bis Tagesanbruch war den meisten von ihnen schlecht von zuviel Essen und Medikamenten. Viele waren betrunken. Trotzdem wollten sie Cinqué nicht gehorchen.

Ihr Aufstand dauerte, bis die Sonne wieder hell über dem ruhigen, grünen Wasser stand. Jetzt, da zwei weitere von ihnen gestorben waren und ein Dutzend bewußtlos auf dem Deck lag, beruhigten sie sich wieder. Alkohol und Übelkeit hatten erreicht, wozu Cinqué die Kraft gefehlt hatte.

Cinqué rief die zusammen, die noch gehen konnten. Er stellte sich mit dem Rapier im Gürtel und der neunschwänzigen Katze in der Hand vor sie hin – Autoritätssymbole, die die Schwarzen verstanden. Er zog ein Paar weiße Hosen an und band sich ein rotes Tuch um den Hals. Dann erklärte er ihnen sorgfältig seine Entschlüsse und Pläne.

Die Dublonen des Kapitäns befanden sich in seinem Besitz und würden dazu benützt werden, sie alle nach Afrika zurückzubringen. Die restlichen Schätze würden aufgeteilt werden, wobei er selbst den kleinsten Anteil erhalten würde. Er würde die Kinder unter seine besondere Obhut nehmen und ihren Anteil verwahren. In allen Angelegenheiten sollte sein Wort absolutes Gesetz sein. Er würde nicht zögern, die Peitsche einzusetzen, falls sich ihm jemand widersetzte. Es gab keine andere Möglichkeit, wenn sie nach Afrika zurückkehren wollten.

Was würden sie tun, wenn man sie wieder fangen sollte? Sie stellten diese Frage ganz nüchtern.

Mit einem Ernst, der aus tiefem Leid geboren war, offenbarte er ihnen sein Herz:

»Wenn der weiße Mann zurückkehrt«, sagte er, »wenn die Gefahr besteht, daß er uns wieder einfängt, werde ich euch alle töten, um euch zu retten. Dann werde ich mich selbst umbringen. Ich will lieber sterben als wieder in Ketten gelegt zu werden. Wenn sie mich zuerst töten, nehmt bitte dieses Messer und rächt mich …«

V

Bei Tag nach Osten

Sessi, den die Karten und die Technik der *Amistad* verwirrten und der nur an kleine Boote in geschützten Gewässern gewöhnt war, hatte in den frühen Morgenstunden einen regelrechten Kampf mit dem Schoner auszustehen. Er nahm Kurs auf den Morgenstern, aber was er auch tat, der Schoner trieb vor dem Wind, entfernte sich immer weiter von Kuba und näherte sich dem Eingang zum Old Bahama Channel.

Cinqué beobachtete mit Erleichterung, wie die kubanische Küste hinter dem Horizont versank. Mit ihr verschwanden auch die Drohung, wieder versklavt zu werden, die Spanier und alles, wofür sie standen. Er deutete auf die Sonne und sagte Sessi, daß er auf sie zuhalten solle.

Unter Cinqués Kommando räumten die Afrikaner die Decks auf und brachten alles in Ordnung. Sie duckten sich jetzt vor ihm und der neunschwänzigen Katze, die er den Spaniern abgenommen hatte. Sie hatten erlebt, wie er sie gnadenlos gegen die einsetzte, die ihm nicht gehorchten. Er wußte, sie hatten nur eine Chance, nach Afrika zurückzukehren, wenn sie auf eiserne Disziplin achteten und eng zusammenarbeiteten. Die meisten der anderen waren seiner Meinung. Die Folgen der Meuterei waren überstanden, das Blut, das bis zum Siedepunkt erhitzt gewesen war, als sie die Weißen töteten, war wieder abgekühlt, und sie waren willens, Cinqué das nötige Vertrauen zu schenken, damit er sie sicher nach Afrika brachte.

Cinqué wies den Männern mehr im Stil eines Dorfhäuptlings als dem eines Kapitäns ihre Aufgaben zu. Sessi wollte weiter als Steuermann arbeiten, und Cinqué würde ihm helfen und von ihm lernen. Foone wurde zum Koch ernannt und bekam drei Gehilfen. Die Kranken wurden an Deck gebracht, wo Bato und Dama sich um sie kümmern sollten. Cinqué behielt die vier Kinder in seiner Obhut.

Foone entfachte die Feuer und kochte Reis und Kartoffeln. Auf der Suche nach mehr Essen brach er die Kisten mit Töpferware auf, die an Deck standen. Da er Teller, Tassen und Untertassen nicht gebrauchen konnte, quollen diese aus ihrer Strohverpackung hervor und wurden Teil des weitverstreuten Mülls. Cinqué kontrollierte die Wasser- und Essensvorräte und teilte sie in Rationen ein. Sie hatten genug Nahrung, um nach Afrika zu gelangen, wenn sie sparsam damit umgingen. Wasser würden sie auf irgendeiner einsamen Insel aufnehmen müssen.

Cinqué erkannte, daß Sessi unfähig war, den Schoner zu steuern, und brachte daher Ruiz und Montes an Deck. Ruiz hatte trotz der Ketten wieder etwas von seiner herablassenden Art zurückgewonnen. Montes, der durch den Blutverlust alt und schwach aussah, zitterte vor den neuen Herren, die vor kurzem erst Sklaven gewesen waren. Die Wunden an Kopf und Arm bereiteten ihm Schmerzen, und auf seinen tief gefurchten Wangen zeigten sich Tränenspuren.

Mit Burnahs Hilfe gab Cinqué Montes zu verstehen, daß er den Schlüssel zu seiner Seekiste haben wolle. Als Montes sich verweigerte, durchsuchten sie seine Taschen und fanden den Schlüssel. Dann zogen sie Montes die blutigen Kleider aus, brachten ihm frische aus seiner Seekiste und befahlen ihm, diese anzuziehen.

Ruiz und Montes baten darum, daß man ihnen die Fesseln abnehme, aber Cinqué, ganz der hochmütige Häuptling, lehnte voll Verachtung ab und antwortete ihnen, sie sollten sich besser daran gewöhnen, Sklaven zu sein.

Cinqué führte Montes zum Steuer. Dort gab er mit Hilfe Burnahs und Antonios erneut Befehle und deutete mit der einen Hand nach Osten und hielt mit der anderen das Rapier dicht unter Montes' Kehle. Es konnte keinen Zweifel daran geben, was Cinqué meinte. Als er sicher war, daß Montes ihn verstanden hatte, nahm er ihm die Fesseln an den Händen ab, nicht aber die an den Füßen. Während Cinqué ihm eifrig zusah, brachte Montes das Schiff in den Wind und ließ es Kurs nach Osten nehmen. Er versuchte, den Afrikanern zu erklären, wie man Segel setzte. Sie befolgten seine Anweisungen so gut wie möglich, aber als sie fertig waren, hingen die Taue schlaff herab, und die Segel flatterten. Obwohl die See ruhig war und der Wind gut, kamen sie kaum voran.

Cinqué übernahm selbst das Steuer und sorgte mit Hilfe der Sonne dafür, daß der Schoner Richtung Afrika fuhr. Es gab auf der weiten Wasserfläche keinen anderen Anhaltspunkt. Er behielt Montes neben sich, erlaubte ihm, sporadisch an Deck zu schlafen, und weckte ihn immer wieder, damit er prüfte, ob sie Kurs hielten und wie die Segel standen. Trotz ihrer Berechnungen und Cinqués stark ausgeprägten Orientierungsvermögens trieb der Schoner fast wie ein Wrack im Old Bahama Channel hin und her.

Am Abend übernahm Montes, der sich von seinen Wunden und seiner Angst etwas erholt hatte, das Ruder. Während er nach Osten steuerte, berechnete er die Entfernung nach Kuba und die Chancen, die *Amistad* zurück in den Hafen von Havanna zu bringen, ohne Cinqués Mißtrauen zu wecken. Weil der Bahama Channel so schmal war, würde er das Schiff fast wenden müssen. Davor hatte er Angst. Seine Wunden waren eine zu schmerzhafte Erinnerung daran, daß die Schwarzen Rache an ihm nehmen würden, sollten sie ihm auf die Schliche kommen. Das Rapier, das Cinqué ihm gegen die Kehle gedrückt hatte, stand ihm ebenfalls noch lebhaft vor Augen. Dann überlegte er, in welchen anderen Häfen sie Zuflucht suchen könnten. Vielleicht auf einer Insel der Bahamas. Aber dort würden sie es riskieren, von einem britischen Patrouillenboot aufgegriffen zu werden.

Dann fielen ihm die Vereinigten Staaten ein. Falls es ihm gelang, den Schoner an die Küste von Florida oder Virginia oder irgendeinem anderen Teil der Südstaaten zu bringen, würde man ihm sicher helfen. Die amerikanischen Sklavenhalter würden ihn sofort retten. Langsam begann ein Plan in seinem Kopf zu reifen. Wenn er die Gelegenheit dazu hatte, immer, wenn Cinqué sich über den Kurs nicht im klaren war, nachts oder bei bewölktem Himmel, würde Montes nach Nordwesten segeln. Vielleicht würde er in der Nähe von Hatteras auf das Festland stoßen, vielleicht sogar noch weiter südlich. Und dann, wenn er Glück hatte …

Montes besprach diesen Plan mit Ruiz, der bereit war, jedes noch so große Risiko einzugehen. Aber während der ersten Nacht hatte Montes Angst, allzu offensichtlich vom Kurs abzuweichen. Sie mußten zuerst durch den Bahama Channel fahren. Außerdem schlief Cinqué kaum, sondern döste wie eine Katze an Deck und schlich sich ebenso katzenhaft in der Dunkelheit immer wieder an Montes heran, um ihn an ihre Abmachung zu erinnern.

Um Mitternacht kam eine heftige Böe von Land her, die den Mond verschwinden ließ und den Schoner durch Wellen trieb, die über das Deck brandeten. Die Afrikaner rannten umher und schrien vor Angst. »Wir werden ertrinken!« riefen sie einander zu.

»Wie wäre es, wenn ihr das Segel da einholt«, schlug Montes vor.

Sie holten Segel ein, bis nur noch das am Vormast übrig war. Dann lavierte Montes nach Westen, um aus dem Zentrum des Sturms herauszukommen. Als der Sturm sich schließlich ganz legte, segelte Montes vor dem Wind und war für diese Gelegenheit dankbar, sich den Vereinigten Staaten zu nähern. Zu allem entschlossen blieb er auf Westkurs und versuchte, so viele Seemeilen wie möglich zurückzulegen.

Cinqué erwachte im Morgengrauen und entdeckte den Kurswechsel. Er rief Grabo und Kimbo, um sich mit ihnen zu beraten.

»Montes lügt«, sagte er ihnen. »Ich traue ihm nicht.«

»Was sollen wir tun?«

»Ich werde ihn töten.«

Mit einem Dolch in der Hand führte Cinqué die beiden anderen zu Montes. Montes fiel auf die Knie und bettelte um sein Leben. Er erinnerte sie daran, daß sie sich in gefährlichen Gewässern befanden. Kein anderer konnte den Schoner retten, falls sie auf Felsen treffen sollten.

Die Entscheidung fiel Cinqué schwer. Er haßte diesen Weißen, der gegen ihn gekämpft und ihn belogen hatte, haßte ihn mehr, als er Don Pedro Blanco gehaßt hatte. Er sah zu Sessi hinüber, der im Angesicht der Gefahr närrisch grinste. Er konnte sich nicht darauf verlassen, daß Sessi den Schoner sicher nach Afrika bringen würde. Langsam steckte er den Dolch weg und deutete nach Osten, bis Montes das Schiff wieder auf Kurs gebracht hatte. Dann übernahm Cinqué das Ruder, aber Angst und Mißtrauen wollten dennoch nicht weichen.

Gegen Mittag waren die Untiefen von Los Roques schwarz und weiß über dem grünen Wasser zu sehen. Kimbo entdeckte sie vom Mastkorb und rief: »Havanna! Ich sehe die Häuser von Havanna!«

Cinqué riß wieder den Dolch hervor und bedrohte damit den Spanier. Montes sank auf die Knie und flehte mit gebrochener Stimme: »Ich schwöre, das sind keine Häuser, sondern Felsen. Wenn ich lüge, kannst du mir die Kehle durchschneiden ...«

Sie ließen den Schoner seinen Kurs beibehalten, bis sie sahen, daß es sich tatsächlich um Felsen handelte. Dann signalisierte Cinqué Montes, daß er die kleine Insel umfahren solle. Montes hatte zumindest einmal die Wahrheit gesagt, aber Cinqué haßte ihn genauso wie zuvor.

Die Sonne stand hoch am Himmel, und das Deck war heiß. Foone hatte den Reis und die Kartoffeln fertig. Cinqué teilte eigenhändig die Portionen aus, gab Montes und Ruiz die gleiche Menge, die die Afrikaner erhielten, und gestand lediglich den Kindern mehr zu. Dann schenkte er Wasser aus und füllte für die Spanier denselben kleinen Becher, den sie für die Schwarzen benutzt hatten. Ruiz und Montes beschwerten sich bitter über ihren Durst.

»Ihr sagt, Niggern genügt ein bißchen Wasser«, antwortete er ihnen. »Wenn ihnen ein bißchen Wasser reicht, reicht es auch euch.«

Abrupt wandte Montes sich wieder seiner Aufgabe am Steuer zu. Wenn sie in diesem Tempo weitersegelten, würden sie die Vereinigten Staaten nie erreichen. Die Wasservorräte konnten schon in einem Tag erschöpft sein, und es bestand keinerlei Hoffnung, schneller voranzukommen. Die unerfahrenen Schwarzen waren keine große Hilfe, wenn es darum ging, Wind und Strömungen zu nutzen. Und Ruiz, der so gerne arbeitete wie ein Dandy, schon zweimal nicht. In Gedanken sah Montes, wie sich die *Amistad* weiter und weiter schleppte, bis die trockenen Kehlen und geschwollenen Zungen im Hitzetod Linderung fanden. Er rief Cinqué und Antonio zu sich.

»Wir haben nur wenig Wasser«, erklärte er ihnen. »Wollt ihr zu einer Insel, auf der es keine Sklaven gibt?«

»Gibt es dort Wasser?«

»Frische, kühle Bäche.«

Cinqué rief eine Gruppe zusammen und erzählte ihnen,

was Montes gesagt hatte. Was die Felsen anging, hatte Montes recht gehabt. Vielleicht verhielt es sich mit dem Wasser ja genauso. Die Weißen verfügten über Wissen, das den Schwarzen vorenthalten geblieben war. Sie stimmten Montes zu, und er nahm Kurs auf Andros Island.

Während des zweiten Tags kam heftiger Sturm auf. Über mehr als 24 Stunden hinweg schüttelte er den Schoner, und Montes konnte nur mit größter Not verhindern, daß sie auf einer der kahlen Sandbänke, denen sie sich näherten, auf Grund liefen. Cinqué nahm Montes alle Fesseln ab und überließ ihm das Kommando. Wenn der Spanier sein eigenes Leben retten wollte, mußte er sie alle retten.

Als der Sturm vorüber war, entdeckten sie, daß die *Amistad* schwer gelitten hatte. Die Toprah war verschwunden, und die Segel hingen in Fetzen herab. Montes wies Cinqué auf die Schäden hin und darauf, daß sie so schnell wie möglich versuchten sollten, an Land zu kommen.

Die Wasservorräte waren jetzt so knapp, daß Cinqué selbst nicht mehr aus den Fässern trank und die anderen zwang, sich ebenfalls an das Seewasser zu halten. Vorsichtig gab er jedem Kind einen halben Becher voll, und die Spanier erhielten die gleiche Menge. Der Durst versengte ihnen die Kehlen, und die Schwarzen wurden schier wahnsinnig, weil sie Seewasser getrunken hatten.

Am Nachmittag des nächsten Tags kam Andros Island in Sicht. Die Afrikaner jubelten beim Anblick der kühlen, grünen Insel. Montes ließ den Anker auswerfen, und Cinqué fuhr mit fünf anderen ans Ufer. In einem klaren Fluß tranken sie sich satt, badeten und begannen, die Fässer zu füllen. Musketenfeuer schreckte sie auf, also rannten sie auf den Strand hinaus. Ein Stück den Strand hinab trieb eine Rauchwolke über den grünen Palmen. Sie rannten mit nur einem Wasserfaß zum Boot zurück und ruderten zur *Amistad*.

Einige Schwarze fuhren in Booten am Strand entlang und feuerten mit Musketen auf sie. Schwarze Sklaven, dachte Cinqué. Es war doch ein Sklavenland, und Montes hatte wieder gelogen! Cinqué befahl seinen Leuten, das Feuer zu erwidern und die Angreifer zu vertreiben. Dann gab er Montes das Kommando, die Segel zu setzen und so schnell wie möglich loszufahren. Die Afrikaner, die nie zuvor ein Gewehr abgefeuert hatten, jagten die Kugeln wild übers Wasser.

Als sie Andros Island sicher hinter sich gelassen hatten, verlangte Cinqué, daß Montes sie zu einer kleineren Insel bringe, auf der keine Menschen wohnten.

Die Musketen mußten nachgeladen werden, und unter den Schwarzen gab es keinen, der das je getan hatte. Sie wollten die Spanier nicht fragen, um deren Position nicht zu stärken. Cinqué beschloß, daß sie ohne ihre Hilfe die Waffen laden würden. Als die Frage aufkam, wieviel Pulver man hineintun müsse, gab es eine laute Debatte.

Konoma entschied den Streit, indem er sagte: »Wenn wenig Pulver kleinen Krach macht, dann macht viel Pulver großen Krach.«

Sie schütteten den Lauf voll Pulver und stopften ein Stück Filz und die Kugel hinterher. Dann traten sie mit den Händen über den Ohren zurück, damit Konoma feuern konnte. Er entblößte grinsend die zugefeilten Stoßzähne, richtete den Lauf auf das Meer und drückte den Abzug. Eine gewaltige Explosion erschütterte den Schoner und warf Konoma auf das Deck. Der Lauf barst, und die Splitter schossen durch Segel und Takelage, während sich die Schwarzen vor Angst auf die Planken warfen.

Entsetzt über die Kraft des Pulvers gingen sie mit dem Horn zu Ruiz und baten ihn, genug für eine einzelne Ladung abzumessen.

Montes erblickte Green Key und nahm Kurs darauf. Die

Insel war klein genug für Cinqués Geschmack und ohne Anzeichen menschlichen Lebens. Cinqué befahl Montes, näher heranzufahren und zu ankern. Sie gingen ohne Schwierigkeiten an Land und füllten die Fässer.

Während sie Wasser holten, bestimmte Montes noch einmal ihre Position. Er wußte, sie waren nicht weit weg von New Providence, und er glaubte, daß man ihm bestimmt helfen würde, wenn es ihm nur gelang, die *Amistad* dorthin zu bringen. Von einem britischen Kriegsschiff aufgegriffen zu werden war immer noch besser, als mit diesen fanatischen Afrikanern weiterzusegeln.

Nachdem sie Wasser aufgenommen hatten und der Durst den Afrikanern nicht länger zusetzte, mühte sich Montes mit der *Amistad* durch die Middle Bight genannte Passage zwischen den Inseln.

Während Cinqué schlief, kam eine von Kwong angeführte Gruppe Schwarzer zu Montes. Antonio begleitete sie als Dolmetscher.

»Wir wollen Frauen«, sagte Kwong. »Wir wollen zu der Insel mit den Schwarzen zurück. Dort finden wir schwarze Frauen.«

Montes studierte die Männer sorgfältig. War dies ein Aufstand? Verlor Cinqué die Macht über die anderen? Er rief Ruiz, und die Männer wiederholten ihre Bitte. Ruiz gab jedem von ihnen ein bißchen Schnupftabak, während er sich mit Montes auf spanisch beratschlagte. Wohin sollte man sie am besten bringen? New Providence bot sich als Lösung an.

»Es gibt Frauen in New Providence«, verriet Montes den Schwarzen. »Viele afrikanische Frauen. Jeder von euch kriegt eine Frau, wenn wir nach New Providence kommen ... Frauen ... Essen ... Tabak ... Rum ...«

Begeistert verlangten sie von ihm, Kurs auf New Providence zu nehmen, während Cinqué in seiner Kabine schlief.

»Wie weit ist es?« fragten sie.

»Ganz nah … eine Stunde, vielleicht zwei.«

Die Afrikaner stopften sich mit Wasser und Essen voll und bezogen an Deck Posten. Sie gaben mit den Leistungen an, die sie als Liebhaber vollbringen würden, sobald sie bei den Frauen waren, und sangen Liebeslieder der Mendi. Und als die Häuser von New Providence sich am Horizont abzeichneten, begannen sie zu rufen und zu tanzen.

Cinqué wurde von ihrem Lärm geweckt und kam an Deck. Als er den Hafen direkt vor ihnen liegen sah, begann er wütend auf Montes einzuschlagen und übernahm das Ruder. Er steuerte das Schiff ein Stück weit aus dem Hafen hinaus, ließ aber in Sichtweite der Stadt Anker werfen, denn er hoffte, auf ein Schiff zu stoßen, von dem sie Lebensmittel würden kaufen können.

Dann ließ er Kwong holen. Als er die ganze Geschichte gehört hatte, nahm er die neunschwänzige Katze und befahl Kwong, vor ihm auf dem Deck niederzuknien. Dann, während die weißen Häuser von New Providence weiter lockten, verabreichte er ihm unter den Augen aller Schwarzen langsam und sorgfältig fünfzig Hiebe auf den Rücken.

Bei Sonnenaufgang ließ Cinqué Montes wieder an Deck bringen. Er befahl dem Spanier, wie Kwong vor ihm auf dem Deck niederzuknien. Mit Burnah und Antonio als Übersetzer stieß er wilde Flüche über Montes aus, weil er die Leute gegen ihn aufgebracht hatte. Dann kam er auf ihre Zukunft zu sprechen. Sie mußten ohne weitere Verzögerung nach Afrika segeln. Sie hatten genug Wasser und genug Lebensmittel für kleine Rationen. Wenn Montes sich nicht an die Befehle hielt, würde er mehr Hiebe erhalten als Kwong.

Sie lichteten den Anker, und Montes steuerte den Schoner durch den Exuma Sund. Am Spätnachmittag kamen sie zu einer Insel, die den Sund vom Atlantik trennte – Long Island, eine Insel, die zu den Bahamas zählt. Hier blieben sie drei Tage lang und ankerten in sicherer Entfernung vom Ufer, und trotzdem nah genug, damit die Männer Wasser an Bord bringen konnten, bis jedes Faß, jede Schüssel, jeder Kessel gefüllt war. Sie sahen niemanden und fanden nichts Eßbares außer tropischen Pflanzen, die nur unzureichender Ersatz für Gemüse waren. Cinqué befahl Ruiz und Montes, unter Deck zu bleiben, und hielt so ihre verführerischen Zungen und ihren Schnupftabak von seinen Leuten fern.

Als sie wieder lossegeln wollten, versuchte Montes Cinqué dazu zu überreden, die Vereinigten Staaten anzusteuern. »Die Schwarzen sind dort frei«, behauptete er. Cinqué hörte ihm zu und wies dann nach Osten über den Atlantik. Schließlich nahmen sie mit Cinqué am Ruder, der die Richtung anhand der aufgehenden Sonne bestimmte, Kurs nach Osten. Aber bereits in der Nacht mußte er den Schoner wieder Montes überlassen.

Auf der offenen See unter einem bewölkten Himmel konnte Montes schließlich auf seinen Plan zurückkommen, nach Nordwesten Richtung Vereinigte Staaten zu steuern. Er behielt seinen Kurs die ganze Nacht hindurch bei, ohne ertappt zu werden, fuhr wieder nach Osten, als es Tag zu werden begann, und nach Osten fuhren sie auch, als Cinqué aus dem Schlaf erwachte. Bei Tag steuerte Cinqué die ganze Zeit nach Nordwesten.

Am nächsten Tag hatten sie Gegenwind, der sie stetig nach Nordosten trieb. Cinqué behielt die Sonne im Auge und versuchte, den Schoner genau nach Osten zu steuern, schaffte es jedoch nicht. Schließlich erkannte er, daß ihnen nichts anderes übrigblieb als zu ankern, bis der Wind sich gelegt hatte.

»Wirf den Anker über Bord!« ließ er Antonio Montes befehlen.

»Das Wasser ist zu tief«, antwortete Montes.

Cinqué wollte ihm nicht glauben. Er vermutete, daß Montes das nur behauptete, damit der Schoner weiter vom Kurs abkam.

»Wirf ihn trotzdem über Bord!« kommandierte er.

Und so ließen sie mitten im Ozean den Anker hinab. Der Schoner wurde weiter abgetrieben. Cinqué gab Montes ein Zeichen, daß er Platz machen solle, und befahl Sessi, das Steuer zu übernehmen. Er wollte selbst herausfinden, ob der Spanier die Wahrheit sagte. Er ging zur Reling, legte seine weiße Hose und den Gürtel mit den Dublonen ab und sprang über Bord.

Er schwamm, wie er es in den Flüssen Afrikas gelernt hatte, und erreichte die Trosse. Dann tauchte er unter Wasser und hangelte sich an ihr hinab. Immer weiter hinab tauchte er, bis seine Hände den Anker berührten. Aber es war kein Meeresgrund zu sehen, ja, das Meer schien endlos tief zu sein. Montes hatte erneut, wie bei den Felsen von Los Roques, recht gehabt. Cinqué ließ die Trosse los und schoß mit berstenden Lungen nach oben zur Wasseroberfläche. Die Afrikaner an der Reling empfingen ihn mit Freudenrufen. Sie hatten gedacht, er würde nie wieder auftauchen, so lange war er unter Wasser gewesen.

Sie ließen ein Seil hinab, und er kletterte an Deck.

»Es gibt keinen Boden«, erklärte er. Dann half er, den Anker einzuholen.

Tage, während der sie nach Osten segelten, Nächte, während der sie nach Nordwesten fuhren – die *Amistad* bewegte sich im Zickzack-Kurs über den Atlantik. Tags steuerte Cinqué unbeirrbar nach Osten. Nachts drehte Montes, der immer noch die verzweifelte Hoffnung hegte, auf ein Kriegsschiff zu stoßen oder irgendeinen Hafen zu erreichen, den Bug so weit nach Westen, wie er es eben wagte. Durch Sonne, Wind und Sturm schleppte sich der Schoner mit verrotteten Segeln, verfaultem Rumpf und immer knapper werdenden Lebensmittelvorräten wie ein Wrack voran. Sechs der Afrikaner wurden unterdessen krank und starben, und die beiden Spanier fürchteten täglich, durch eine Klinge oder in den Tiefen der See den Tod zu finden. Trotzdem hielt Cinqué sie durch schiere Willenskraft und die neunschwänzige Katze, die er immer griffbereit hatte, unter Kontrolle.

Einmal entdeckten sie ein Segel. Cinqué schickte Montes und Ruiz sofort unter Deck und verbot ihnen unter Androhung der Todesstrafe, wieder nach oben zu kommen. Aber das Schiff kam nicht in Rufweite, und die Afrikaner beobachteten mit stumpfen, hoffnungslosen Augen, wie es Richtung Vereinigte Staaten weiterfuhr.

Als Ruiz und Montes wieder an Deck kamen, brachten sie einen Brief mit, in dem sie ihre Namen nannten und ihre Situation beschrieben. Sie lasen ihn Cinqué vor und baten ihn, ihn dem Kapitän des ersten Schiffs zu geben, mit dem sie Kontakt aufnahmen.

Cinqué nahm den Brief entgegen. »In Ordnung«, sagte er den Spaniern, schickte sie wieder unter Deck und rief eine Versammlung der Schwarzen ein.

Er zeigte ihnen den Brief und hörte ihnen zu, wie sie ihr Mißtrauen kundtaten, dem er sich nur zu gerne anschloß. Bei dem Brief handelte es sich vielleicht um einen Fetisch der Spanier.

»Wir haben keinen Brief auf Mendi«, sagte Cinqué. »Ich weiß nicht, was in diesem Brief da drin ist – vielleicht ist da Tod drin. Wir werden also etwas Eisen und Schnur nehmen, an den Brief binden und ihn damit auf dem Meeresgrund versenken.«

Die Afrikaner jubelten erleichtert, als Cinqué den mit Eisen beschwerten Brief in den Atlantik warf …

An einem glühend heißen August-Tag gelangte die *Amistad* in Sichtweite von Long Island. Der Landgeruch und der Anblick des grünen Ufers veranlaßten die Schwarzen, zu lachen und zu singen. Es war sechs Wochen her, seit sie Havanna verlassen, und einen Monat, seit sie das letzte Mal überhaupt Land gesehen hatten. Manchmal stolzierten die Spanier zuversichtlich zwischen ihnen herum, zuversichtlich, daß Montes' Plan funktioniert hatte, an anderen Tagen jedoch kämpften sie bewußt jede Hoffnung nieder. Der Tod stand zu dicht neben ihnen in Gestalt eines afrikanischen Häuptlings.

Die Afrikaner wußten nicht, was sie denken sollten. Sie wußten, dieses Land in ihrer Nähe konnte nicht Afrika sein. Es waren nicht genug Monde verstrichen. Aber sie hatten von Anfang an nicht gewußt, was für Länder zwischen ihnen und Afrika lagen. Sie vermuteten, daß die Spanier sie betrogen hatten, konnten sich aber nicht sicher sein. Sie kamen allmählich zu der Überzeugung, daß Montes sterben mußte, wobei ihnen aber klar war, daß er ihre einzige Hoffnung war, wenn sie Afrika erreichen wollten. Cinqué und Sessi verstanden zu wenig vom Navigieren, um den Schoner sicher nach Hause zu bringen. Sie lehnten nebeneinander an der Reling und starrten nach Long Island hinüber: Die Spanier hofften auf Rettung, die Afrikaner auf frisches Wasser, das sie von dem Salzwasser erlösen würde, auf das sie inzwischen wieder zurückzugreifen gezwungen waren.

Aber Cinqué war noch nicht bereit, in diesem fremden Land Zuflucht zu suchen. Zuerst mußten sie das Ufer erforschen und die Musketen zur Abwehr von Angriffen bereit machen.

Im Verlauf dieses und des nächsten Tags, an dem sie nicht mehr als dreißig Kilometer von Egg Harbor entfernt waren, sahen sie mehrere Schiffe, aber keines kam in Rufweite. Am Morgen des 19. August entdeckten sie dann einen Schoner, auf dessen Bug der Name *Eveline* stand. Als Cinqué sah, daß die *Eveline* längsseits gehen wollte, schickte er Ruiz und Montes unter Deck und befahl Burnah und Antonio, sich neben ihn zu stellen. Er stationierte zwanzig Afrikaner an Deck, die mit Zuckerrohrmessern, derer sie sich zu bedienen wußten, und mit Musketen, deren Gebrauch sie allmählich erlernten, bewaffnet waren. Als die *Eveline* nah genug herangekommen war, rief Burnah so deutlich wie möglich »Wasser!« zu ihr hinüber.

Ein Boot legte von der *Eveline* ab, das von zwei Weißen gerudert wurde. Ein dritter stand aufrecht und wachsam im Bug. Sie kamen längsseits, und Cinqué ließ eine Strickleiter hinab. Zögerlich stieg einer der Weißen an Bord und stand unschlüssig den grimmigen Schwarzen gegenüber, die den Blick keine Sekunde von ihm abwandten.

»Kapitän Sears«, stellte er sich vor. «Aus New Bedford. Auf dem Weg nach Philadelphia. Über Wilmington.«

Er sah nicht wie ein Spanier aus, und er sprach Englisch mit einer Stimme, die die Schwarzen Mut fassen ließ.

»Americano«, flüsterte Antonio Cinqué zu.

Auf dieses Wort hin löste sich die Anspannung der Afrikaner.

»Wo ist euer Kapitän?« fragte Kapitän Sears.

Es dauerte lange, bis seine Frage über Burnah und Antonio zu Cinqué gedrungen und dessen Antwort auf gleichem Wege zurückgekehrt war.

»Unter Deck«, sagte Burnah. »Krank«, fügte er hinzu, nichts sonst. Er brauchte Antonios Hilfe.

»Ein Weißer«, fügte Antonio hinzu. »Zu krank, um zu reden.«

Es war offensichtlich, daß Kapitän Sears den Schwarzen nicht glaubte. Er schritt rasch zur Hauptluke, fand den Weg dorthin aber plötzlich von einem halben Dutzend Afrikaner mit Zuckerrohrmessern und Musketen versperrt.

»Wasser«, wiederholte Burnah, und Cinqué hielt eine Dublone hoch. »Viel Gold«, fügte Burnah hinzu.

Kapitän Sears ließ seine Männer eine Korbflasche voll Wasser an Bord schaffen, für die ihm Cinqué eine Dublone und zwei Piaster gab. Er erklärte ihnen, daß er sie an einen Ort schleppen könne, wo es viel Wasser gab. »Kann man diesem Weißen vertrauen?« fragten sie sich. Er war Amerikaner und sprach Englisch, und sie litten schreckliche Not. Trotz einiger Befürchtungen stimmten sie schließlich seinem Vorschlag zu.

Kapitän Sears kehrte an Bord der *Eveline* zurück, und seine Männer vertäuten sie mit der *Amistad.*

Während ihr Schiff im Schlepp war, nahmen Burnah und Kimbo das Boot der *Amistad* und ließen sich darin von fünf anderen zur *Eveline* rudern. Burnah und Kimbo kletterten an Bord, wo sie von neugierigen weißen Matrosen umringt wurden.

»Was wollt ihr?« fragte Kapitän Sears.

»Essen – für Kapitän«, antwortete Burnah.

Kapitän Sears erklärte ihnen, daß das Abendessen gerade zubereitet wurde und daß er ihrem Kapitän davon etwas schicken würde, sobald es fertig war. Er wollte auch den vier Kindern etwas schicken, die er an Deck gesehen hatte. Dann gab er ihnen noch Äpfel, einen für jedes Kind.

»Habt ihr Schiffspapiere?« fragte er.

Sie verstanden »Papiere« nicht, aber sie nickten bejahend und kehrten auf die *Amistad* zurück. Cinqué empfing sie, um ihren Bericht zu hören. Alles schien in Ordnung. Der Kapitän der *Eveline* wirkte freundlich. Vielleicht bekamen sie von ihm genug Lebensmittel für ihre Reise.

Cinqué, der den Schoner im Schlepp nicht zu manövrieren verstand, ließ Montes das Steuer übernehmen. Daß ein Weißer bei ihnen aufgetaucht war, sorgte an Bord der *Eveline* für Aufregung. Kapitän Sears rief ihm etwas zu. »Im Namen Gottes, retten Sie uns!« antwortete Montes dem Kapitän, dessen Worte er nicht verstanden hatte. Hin und her gingen die Fragen, die die Weißen einander zuriefen. Cinqué begann, mißtrauisch zu werden. Was hatten die beiden Weißen einander wohl zu sagen? Er schickte Montes unter Deck und übernahm wieder selbst das Ruder.

Nach Einbruch der Dunkelheit erhob sich eine leichte Brise, genug, damit die *Amistad* unter eigenen Segeln gut vorankommen konnte. Rasch fällten die Schwarzen eine weitere Entscheidung. Sie würden sich von der *Eveline* Essen und Wasser besorgen und sich auf den Weg machen. Sie hievten das Boot hoch. Sie hißten den Klüver. Kapitän Sears rief wieder zu ihnen hinüber.

»Ihr dürft kein Segel setzen!« schrie er. »Sonst kann ich euch nicht schleppen!«

Sie verstanden ihn nicht und holten den Klüver nicht ein. Kapitän Sears verlangte eine Erklärung. Die einzige Antwort, die er erhielt, waren Burnahs Rufe »Wasser!« und »Segel!«.

Die Schwarzen drängten sich an der zur *Eveline* gelegenen Seite und schwenkten bedrohlich ihre Messer und Musketen. Kapitän Sears befahl seinen Männern, sich gefechtsbereit zu machen, und ließ das Tau kappen. Die beiden Schoner trieben in der Dunkelheit auseinander, und die Laternen der *Eveline* leuchteten bald nur noch schwach über das Wasser.

Cinqué versuchte, Kapitän Sears' Handlungsweise zu verstehen. Sie hatten keinerlei böse Absichten gehabt – nur Essen und Wasser kaufen wollen. Aber die *Eveline* entfernte sich rasch von ihnen. Die Schwarzen hißten ein altes Großsegel und verloren den anderen Schoner bald aus den Augen.

Bei Tagesanbruch entdeckte Cinqué, daß die *Eveline* ungefähr eine Meile leewärts lag. Er befahl seinen Männern, die Messer und Musketen wieder hervorzuholen. Sie mußten damit rechnen, daß dieses seltsame Schiff ihnen doch noch Schwierigkeiten machte. Die *Eveline* kam bis auf Rufweite heran, und Kapitän Sears schrie wieder zu ihnen herüber.

»Wer ist euer Kapitän? Wohin wollt ihr?« verlangte er zu wissen.

Die Antwort war eine Salve und fünf von zittrigen Händen gehaltene Musketen.

Kapitän Sears ließ wenden, und die Afrikaner feuerten noch einmal. Er ließ erneut wenden und rief ihnen zu, daß sie ein Boot herablassen und längsseits kommen sollten, um Wasser zu holen. Sie antworteten mit ihren Musketen. Dann befahl Cinqué aus Furcht vor der *Eveline*, das Vorsegel zu hissen, und die *Amistad* nahm Kurs nach Nordost. Kapitän Sears, der ein Wasserfaß und ein Stück Trosse verloren hatte, machte sich auf den Weg nach Wilmington, wo er dem *Columbian Sentinel* von seinem Treffen mit dem geheimnisvollen schwarzen Schoner berichtete.

Teilweise fuhr, teilweise trieb die *Amistad* mit Cinqué und Montes am Steuer während des ganzen Tags durch die Gewässer vor Long Island. Am Spätnachmittag stießen sie vor Fire Island auf das Lotsenboot *Blossom*. Als sie es entdeckten, befahl Cinqué seinen Männern, sich kampfbereit zu machen. Er und 24 seiner Gefährten bezogen mit ihren Waffen an Deck Stellung. Cinqué zog einen weißen Mantel an, band sich den Gürtel voll Dublonen um die Hüften und hielt Kapitän Ferrers Golduhr in der Hand. Als die Schwarzen ihn sahen, äußerten sie lauthals ihren Beifall. Die Uhr würde ein Fetisch gegen den Geist des Kapitäns sein.

Als sich die *Blossom* bis auf Rufweite genähert hatte, baten Burnah und Antonio um Brot und Wasser. Der Kapitän der *Blossom* brachte sein Schiff längsseits und warf ihnen eine Leine zu. Er deutete auf das zerrissene Tuch der *Amistad*.

»Ich werde euch in Sicherheit schleppen«, bot er ihnen an.

Die Afrikaner, die ihn nicht verstanden, gaben wildes Kriegssgeschrei von sich und schwenkten die Messer. Kinna und Fuleh versuchten, am Tau zur *Blossom* hinüber zu klettern. Deren Kapitän befahl ihnen, zu bleiben, wo sie waren, und ließ dann die Leine kappen.

»Brot! Wasser!« riefen Antonio und Burnah.

Der Kapitän der *Blossom* hörte sie und kam wieder näher. Die Afrikaner beobachteten, wie weiße Matrosen ein Boot herabließen und einen Sack Brot und einen Krug Wasser hineintaten. Dann ruderten fünf Matrosen zur *Amistad*. Cinqué nahm das Brot und das Wasser in Empfang und gab den Matrosen dafür zwei Dublonen.

Ein Matrose kam an Bord und versuchte mit Antonio und Burnah zu reden, konnte deren gebrochenes Englisch aber nicht verstehen.

»Wo ist euer Kapitän?« fragte er.

»Weißer Mann ... krank ... unten«, antwortete Burnah. Diese Worte hatten schon mal gewirkt.

»Wo wollt ihr hin?«

Die Afrikaner versuchten, ihn zu verstehen, umringten ihn und drängelten sich näher heran. Plötzlich durchbrach der Matrose ihren Ring und rannte zur Reling. Er sprang in das Boot und rief »Piraten! Meuterer! ... das kubanische Sklavenschiff ...«

Die weißen Matrosen kletterten eilig an Bord der *Blossom* und waren froh, den Kannibalen entkommen zu sein. Ein anderes Lotsenboot, die *Lafayette*, näherte sich der *Blossom* und drehte bei. »Piraten! Meuterer! Kannibalen!« Diese Worte machten schnell auch bei der anderen Mannschaft die Runde. Cinqué fürchtete, die beiden Schiffe könnten versuchen, die *Amistad* anzugreifen, und befahl seinen Männern, die Musketen abzufeuern. Das Feuer wurde nicht erwidert, vielmehr setzten die Lotsenboote so viel Segel wie möglich und zogen sich zurück.

Cinqué übernahm das Ruder und steuerte nach Osten, und bei Sonnenuntergang, als die Segel der Lotsenboote nur noch Flecken am Horizont waren, hielt er immer noch Ost-Kurs. Während er über das dunkler werdende Wasser blickte, schien sich Afrika immer weiter von ihm zu entfernen: Die beiden Spanier waren gegen ihn, die Afrikaner waren bereit, ihren Traum von der Heimat gegen ein paar Tage Erholung an fremden Gestaden einzutauschen, und überall lauerten feindliche Schiffe.

Trotzdem steuerte er den Schoner nach Osten, solange er das Steuer halten konnte. Als ihn Montes, dessen Verzweiflung nun größer war als die Furcht vor dem Tod, in der Nacht wieder ablöste, brachte er den Schoner auf Kurs Nordwest. Cinqué steuerte einen weiteren Tag nach Osten, und Montes steuerte eine weitere Nacht nach Nordwesten, und zwar genau auf die Spitze von Long Island zu. Hoffnungslosigkeit machte sich auf dem Schoner breit. Die Afrikaner, die sich verzweifelt danach sehnten, endlich an Land zu dürfen, gingen zu offener Rebellion über. Ruiz und Montes stachelten sie mit Hilfe von Antonio zum Aufstand gegen Cinqué.

Am 23. August sichteten sie ein weiteres Lotsenboot, die *Gratitude.* Cinqué versuchte, vor ihr davonzusegeln, konnte aber, da seine Leute langsam und unzuverlässig arbeiteten, nicht genug Segel setzen. Die *Gratitude* kam auf Rufweite heran, und die Afrikaner tanzten aufgeregt auf dem Deck herum. Ruiz und Montes boten Cinqués Zorn die Stirn und rannten nach oben, wo sie sich zwischen die Schwarzen stellten.

»Kapitän Seaman aus New York«, rief der Kapitän der *Gratitude*. »Ich werde euren Schoner in Sicherheit bringen.«

Cinqué blickte erst auf die Spanier, dann die Afrikaner. Er konnte sehen, wie nahe seine Freunde einer Meuterei waren. Seine Herrschaft würde sich nicht mehr lange aufrechterhalten lassen. Wenn er zuließ, daß sie mit anderen Weißen redeten und daß die *Amistad* in Schlepp genommen wurde, würde er vermutlich endgültig die Kontrolle verlieren.

Dann entdeckte er, daß Konoma der Mannschaft der *Gratitude* heimlich Signale gab – Konoma hinterging ihn und bat diese Weißen, ihn zu retten. Es war wieder Zeit, zu kämpfen. Er befahl den Männern, mit den Musketen auf die *Gratitude* zu feuern. Sie zögerten und gehorchten dann schließlich doch. Ein paar vereinzelte Schüsse strichen über die *Gratitude* hinweg – genug, damit Kapitän Seaman sich hastig zurückzog. Dann befahl Cinqué seinen Männern, so viele Segel wie möglich zu setzen.

Während sich die *Amistad* mit Sessi am Steuer von der *Gratitude* zurückzog, rief Cinqué die Schwarzen zu einem Palaver an Deck. Alle Afrikaner sollten Zeugen werden, wie er die neunschwänzige Katze nahm und Konoma auspeitschte, bis ihm das Blut über den Rücken rann. Ihre Augen waren auf Cinqué gerichtet, aber ihre Sympathien galten zum großen Teil Konoma. Wer von ihnen hätte nicht darum gebeten, von diesem höllischen Schiff und vor diesem Teufel in Gestalt eines Stammeshäuptlings gerettet zu werden?

Die ganze nächste Nacht hindurch versuchte Montes, die *Amistad* zur Küste von Long Island zu bringen, aber Cinqué, mit den verängstigten Kimbo und Grabo zur Seite, überwachte ihn. Bei Tagesanbruch hatten sie Montauk Point zwar passiert, waren aber noch in Sichtweite der Landspitze – so nahe dem Ufer, daß sie zwei Häuser sahen, die sich grau gegen den Morgenhimmel abhoben.

Cinqué rief Montes vom Steuer weg und schlug ihm ins Gesicht.

»Weißer Mann lügt«, sagte er und bediente sich des Englisch, das er erlernt hatte. Dann redete er auf mendi – sprach davon, daß Montes ihn die ganze Reise hindurch hintergangen habe. Er hatte sich nicht an den vorgegebenen Kurs gehalten und den Schoner zu fremden Ufern gebracht. In derselben Zeit hätten sie auch Sierra Leone erreichen können. Wäre nicht dieser weiße Mann mit dem Schnurrbart gewesen, wären sie längst in Mani. »Töte den Weißen!« souffl ierte der Wuja. Cinqué schlug Montes noch einmal und zerrte ihn unter Deck.

Dann, während der Schoner nahe der Spitze von Long Island hin und her trieb, hielt Cinqué noch ein Palaver ab, um die Pläne für die weitere Reise darzulegen. Sie würden an Land gehen, sich, egal wo, Wasser und Lebensmittel beschaffen und am nächsten Morgen nach Afrika absegeln.

Obwohl es hellichter Tag war, traute sich Cinqué nicht, mit der *Amistad* vor Anker zu gehen. Er ließ Montes wieder an Deck bringen und erklärte ihm kurz ihre Pläne.

Während alle Afrikaner an Deck blieben, begann Montes, der Ruiz neben sich hatte, den Schoner in den Block Island Sund zu manövrieren, und erklärte Cinqué währenddessen, daß sie dort einen sicheren Ankerplatz finden würden, der von den Häusern aus nicht einsehbar war. Er erwähnte nicht, daß sie nahe der Schiffsroute ankern würden, die von und nach Sag Harbor führte.

Am Spätnachmittag segelten sie langsam an Montauk Point vorbei, und die Afrikaner waren glücklich, daß sie bald an Land gehen würden. Doch plötzlich kam eine starke Brise von See her auf und trieb den Schoner rasch auf die dunkelgrünen Ufer von Gardiners Island zu. Montes bat um mehr Segel, damit der Schoner vor Einbruch der Dunkelheit vor Anker gehen konnte. Die Schwarzen setzten für ihn alle Segel, die es gab, und der Schoner schoß über die schaumgekrönten Wellen hinweg. Montes manövrierte ihn bis dicht ans Ufer. Dann warf er nach einem kurzen Signal an Ruiz das Steuer herum, und zwar so schnell, daß das ganze Schiff erschüttert wurde und die Schwarzen auf das Deck flogen. Aber Cinqué war zu wachsam für ihn. Er sprang zum Ruder, schubste Montes zur Seite und wendete den Schoner, kurz bevor er auf einer weißen Sandbank auflief.

Während Cinqué mit dem Schoner kämpfte, schnappten sich Fuleh und Kimbo Montes und warfen ihn auf das Deck, wo sie mit erhobenen Entermessern über ihm standen und nur darauf warteten, ihm den Kopf abzutrennen. Aber Cinqué befahl ihnen, die Waffen sinken zu lassen. Er hatte andere Pläne für die Bestrafung seines Gegners – erst sollte dieser gemäß den Sitten der Mendi während eines Palavers verurteilt werden.

Cinqué wendete den Schoner noch einmal und ließ vor Culloden Point, wo die Fort Pond Bay etwas Schutz bot, den Anker auswerfen. Er befahl, Montes und Ruiz unter Deck in Ketten zu legen. Dann hielt er eine Versammlung ab und nahm, wie er es in der Geheimgesellschaft gelernt hatte, den Platz des Häuptlings ein. In einer Sache waren sie sich alle einig: Montes sollte sterben. Er hatte versucht, sie alle umzubringen. Auf Mord stand nach dem Mendi-Gesetz die Todesstrafe. Er hätte sie nach Afrika bringen können, hatte es aber nicht getan. Jetzt konnten sie ihm nicht mehr vertrauen. Sie würden sich während der langen Reise nach Sierra Leone auf Cinqué und Sessi verlassen müssen.

Sie wurden sich rasch einig. Am nächsten Tag würden sie Montes töten. Dann würden sie so viel Lebensmittel wie möglich an Bord nehmen und nach Afrika segeln. Ruiz würden sie mitnehmen, um ihn in Sierra Leone als Pfand zu benützen. Montes' Betrug hatte Cinqués Herrschaft wiederhergestellt.

Am nächsten Morgen fuhr eine Gruppe Schwarzer im Boot zum Ufer hinüber und kehrte mit Wasser und Kartoffeln zurück. Sie hatten versucht, durch Tauschhandel an Schweine und Hühner zu kommen, aber die Weißen, die die Schwarzen nackt die Straße entlanglaufen sahen, hatten die Türen vor ihnen verschlossen.

Mittags veranstalteten sie mit den im Süßwasser gekochten Kartoffeln ein Festessen. Dann legten sie sich hin und ruhten sich aus. Nachdem sie sich erholt hatten, brachten sie Montes wieder an Deck. Er war ohne Essen und ohne Wasser eingesperrt gewesen. Er war ein gebrochener, vertrockneter alter Mann, als sie ihn auf das Deck legten und ihm befahlen, sich zur See gewandt hinzuknien. Dann hielten sie in seiner Angelegenheit noch mal ein Palaver ab und freuten sich über jeden neuen Ausdruck der Angst, den es ihnen auf sein Gesicht zu zeichnen gelang. Sie ließen ihn wissen, daß er sterben müsse, und fuhren ihm zur weiteren Erläuterung mit Entermessern über die Kehle. Aber die Zeit war noch nicht gekommen. Sie mußten erst noch den Todestanz aufführen, der nach der Stammestradition bei Sonnenuntergang stattfand.

Als sich die Dunkelheit von den Hügeln Connecticuts über den Sund ausbreitete, begann der Todestanz. Montes kniete in der Mitte des Decks. Auf der einen Seite saß in einiger Entfernung Ruiz und beobachtete das schreckliche Schauspiel, ohne dem alten Mann helfen zu können. Auf der anderen Seite hockten die drei Mädchen, die zwar nicht teilnahmen, aber ebenfalls zusahen mit Augen, die schon alt und matt waren vom vielen Leid und weder Haß noch Mitleid verrieten.

Da es auf der *Amistad* keine Trommeln gab, hämmerten die Schwarzen auf Pfannen oder klatschten mit den Händen auf das Deck und schlugen einen langsamen, hallenden Rhythmus an, der allmählich in das Bewußtsein aller Beteiligten sickerte. Wie es sich zu solch einer feierlichen Gelegenheit gehörte, hatten die Afrikaner die grellsten Kleidungsstücke angezogen, die sie an Bord hatten finden können. Einige hatten sich einfach in bunt bedruckten Kattun gewickelt. Zwei hatten reich mit Spitzen besetzte Mantillas gefunden. Sie banden sie sich als Lendenschurz um und ließen die Fransen hinter sich über das Deck schleifen. Andere hatten Hosen in verschiedenen Farben an, die sie aus den *bultos de efectos* der Spanier gezerrt hatten.

Cinqué, der Meister und Anführer dieser Orgie, war unten herum nackt, trug darüber aber den weißen Mantel und den breitkrempigen Hut eines Pflanzers. Wie bei den anderen klingelten bei jeder seiner Bewegungen die mit spanischen Dublonen besetzten Gürtel und Armbänder.

Als der Rhythmus schneller wurde, tanzte Ka-le, der Junge, einmal um Montes herum, und ihm folgte Konoma mit seinem schrecklichen Kannibalengesicht und seiner Festtagskleidung. Dann begannen die übrigen, mit schlurfenden Schritten den Verurteilten zu umkreisen. Sie stimmten ein Todeslied der Mendi an, heulten und tanzten und hielten die Zuckerrohrmesser über den Kopf ihres Opfers. Manchmal kamen sie näher heran und flüsterten dem alten Mann, der sich inzwischen immer wieder bekreuzigte und seine »Ave Marias« murmelte, vereinzelte Drohungen zu. Manchmal weitete sich der Zirkel, während einzelne Männer wie in Trance dämonengleich umhertanzten. Sie schlugen Montes ins Gesicht, ließen ihre Messer an seiner Kehle vorbeisausen und droschen mit ihren Musketen neben ihm auf das Deck.

Währenddessen sank er tiefer und tiefer in sich zusammen, bis er nur noch ein Haufen schlaffen Fleischs war – und den Tod herbeisehnte oder irgendeinen anderen Ausweg aus dieser Hölle heulender Teufel. Sie tanzten weiter und weiter, bis Connecticut und Long Island in tiefer Dunkelheit lagen.

Dann, als die Zeit des Todes gekommen war, stellte Dama

eine Frage: »Wenn wir ihn hier töten, wird dann nicht sein Geist zurückkommen, um uns zu quälen? Was haben wir für einen Fetisch gegen den Geist eines Weißen?«

Cinqué fand, daß dies eine gute Frage war. Hatte nicht sein eigener Vater mit den Geistern der Toten Probleme gehabt? Was sollten sie tun?

Sie würden Montes am Leben lassen, bis sie auf dem weiten Atlantik vor Untiefen und tückischen Strömungen sicher waren. Dann würden sie ihn in kleine Stücke hacken und an die Haie verfüttern. »Kein Geist kehrt aus dem Bauch eines Hais zurück«, versicherten sie einander.

Als die Tänzer erschöpft waren, führten Fuleh und Kimbo Montes nach unten und ketteten ihn an einen Ringbolzen.

VI

Die Sonne ist gegen uns

Wieder ein Morgen. Der weiße Dunst lichtete sich, stieg über den Sandstränden von Culloden Point und den grünen Feldern von Long Island empor und enthüllte die *Amistad,* ein schwarzes Wrack aus einem unbekannten Ozean, und drei alte graue Häuser, die sich gegen den blauen Himmel abzeichneten. Cinqué beobachtete von seinem Posten auf Deck aus den Sonnenaufgang und freute sich über den Rauch, der aus den Schornsteinen aufstieg, über das Land, das er betrachtete – ein fruchtbares Land mit Rindern, die auf grünen Hügeln grasten, Feldern voll Kartoffeln und reifem Mais. Er schlang einen Gürtel voll Dublonen um die Hüfte. Mit dem Gold würde er die Laderäume und Fässer des Schoners füllen.

Er ließ Kimbo und Grabo die von der Orgie am Abend zuvor noch völlig erschöpften anderen Afrikaner wecken. Dann setzte er den breitkrempigen Pflanzerhut auf und zog weiße Hosen an. Als er bereit war, sich an Land nach Lebensmitteln umzusehen, befahl er, Ruiz und Montes unter Deck zu bringen, und zwar ohne Fesseln, jedoch von einer Wache beaufsichtigt.

Dann nahm er sechs seiner Männer und Antonio, der mit den Gebräuchen der Weißen vertraut war, und kletterte in das große Beiboot. Als sie gerade ablegen wollten, weinte Ka-le und bettelte darum, mit ihnen gehen zu dürfen. Cinqué wollte zuerst nichts davon hören, gab dann aber nach, als Burnah feststellte, daß der Junge einen guten Boten abgeben würde, falls die Gruppen getrennt werden sollten.

Eine seltsamere Gruppe war nie auf Long Island aufgetaucht, um die Einwohner zu erschrecken. Vier der Männer und Ka-le waren splitternackt. Con, den sie mitgenommen hatten, weil er ein starker Lastenträger und an lange Märsche in Afrika gewöhnt war, trug nichts als ein mit feinen Spitzen besetztes Hemd aus Kambrik.

Cinqué ging an Land und schickte, nachdem er ein geschütztes Lorbeergebüsch zum Treffpunkt bestimmt hatte, das Boot zurück, damit noch mehr Männer und eine Ladung leerer Fässer an Land gebracht werden konnten. Sie fanden reife Strandpflaumen, kosteten sie und warfen sie wegen ihres beißend sauren Geschmacks weg. Sie brachen Maiskolben von den Stauden am Wegesrand, gingen weiter und färbten sich die Gesichter mit der Milch aus den weichen Körnern weiß.

Cinqué sandte Kimbo und Con zu einem Haus an der Ostküste von Long Island und ermahnte sie, zum Boot zu fliehen, falls sie von den Weißen angegriffen werden sollten. Sie marschierten durch Felder, die besser bestellt waren als die, die sie in Mani oder sonstwo in Afrika gesehen hatten, und gingen zu einem Haus am Nordufer. Antonio und Burnah, die ihn begleiteten, hatten sich in Decken gewickelt. Grabo war völlig nackt.

Als sie sich dem Haus näherten, rannte ein bellender Hund auf sie zu. Cinqué, der sich an die vielen Gelegenheiten erinnerte, da er sich in Afrika einen Hund gewünscht hatte, rief das Tier zu sich und hielt dessen weißen Reißzähnen freundlich seine Hand hin. Als Burnah sah, wie fett der Hund war, beschloß er: »Wir kaufen und essen ihn.«

Ein großer weißer Mann, ganz anders als die Spanier aussehend, kam aus dem Haus und beruhigte den Hund. Er kam auf die Afrikaner zu, die zögerlich auf der Straße standen.

»Guten Morgen!« grüßte er mit freundlicher Stimme.

Die Afrikaner starrten ihn verständnislos an.

»Mein Name ist Fithing. Das hier ist mein Haus.«

Sie schienen ihn immer noch nicht zu verstehen. Burnah probierte ein englisches Wort bei ihm aus, aber Fithing schüttelte den Kopf.

Cinqué deutete auf den Hund, dann nahm er eine spanische Dublone aus dem Gürtel und hielt sie hoch. Fithing nahm die Dublone.

»Gut«, sagte Burnah und lächelte.

Fithing verstand ihn, betrachtete sie aber weiter mißtrauisch.

»Hast du Rum?« fragte Burnah und sprach jedes Wort übertrieben langsam aus.

Fithing schüttelte den Kopf. »Von wo kommt ihr?«

»Sierra Leone«, verriet ihm Burnah. »Wir fahren zurück.«

Burnah deutete auf den Schoner, der mit gehißtem Vormarssegel vor Anker lag. Klüver und Großsegel waren nur halb eingeholt worden.

»Wo ist euer Kapitän?«

Burnah deutete wieder auf die *Amistad*. »Er krank.«

»Ist er Weißer?«

»Schwarzer«, antwortete Burnah. Dann übersetzte er diese Worte für Cinqué, der Weißen, die Fragen stellten, mißtraute und sich schon dem Strand zugewandt hatte.

Da der Hund sich weigerte, seinen neuen Besitzern zu folgen, brachte Fithing ein Seil und knotete es um den Hals des Tiers. Cinqué nahm das Seil und machte sich mit den anderen, die hinter dem Hund hergingen, auf den Weg zu ihrem Treffpunkt in dem Lorbeergebüsch. Sie beschleunigten ihre Schritte, als sich ihnen aus Richtung Sag Harbor eine Kutsche mit zwei Weißen auf dem gefederten Bock näherte.

»Zu viele Weiße«, sagte Cinqué zu seinen Gefährten. »Wir werden nicht warten.«

Als sie wieder am Strand waren, trafen sie sechs ihrer Kameraden. Sie hatten Wasserfässer an Land gebracht und füllten sie in einem Bach. Auch Treibholz hatten sie gesammelt und am Fuß des Steilufers ein Feuer entfacht, auf dem sie in einem Eisenkessel Kartoffeln kochten.

Kimbo und Con kehrten von der anderen Seite der Halbinsel zurück. Kimbo führte ebenfalls einen Hund an der Leine, für den er eine Dublone gezahlt hatte. Er wies stolz auf ihn und verkündete, daß er einen guten Festschmaus abgeben würde, sobald sie auf dem Heimweg waren. Er hatte außerdem einen halben Liter Gin dabei, für den er eine weitere Dublone hergegeben hatte, und einen Laib Brot, den er für seinen »kranken Kapitän« erbeten hatte. Alle waren ganz erfüllt von ihren Entdeckungen und unterhielten sich aufgeregt über die Wunder dieses seltsamen Lands.

»Welches Land ist das hier?« fragten sie einander.

Bevor das Essen fertig war, entdeckten sie, daß die Weißen in der Kutsche zum Strand fuhren. Dieselben beiden Männer saßen auf dem Bock. Fihting stand hinter ihnen und versuchte, das Gleichgewicht zu halten, während die Kutsche über die schlechte Straße holperte. Alle drei Männer hatten Musketen dabei. Als die Afrikaner die Gewehre auf sich gerichtet sahen, liefen sie auseinander und versteckten sich in dem Gebüsch aus Strandpflaumen und Lorbeerbäumen.

»Halt!« riefen die Weißen. »Wir wollen mit euch reden.«

Die drei Männer legten ihre Gewehre auf den Kutschbock, kletterten von der Kutsche herab und kamen zum Lagerfeuer. Die beiden Männer vom Kutschbock redeten langsam, so daß Antonio und Burnah sie verstehen konnten, und erklärten, daß sie Kapitän Henry Green und Kapitän Peletiah Fordham aus Sag Harbor seien und in der spärlich besiedelten Gegend um Montauk Point herum jagen wollten. Einige Afrikaner standen ihnen gegenüber, andere hockten am Rand des Gebüschs im Sand.

»Welches Land ist das hier?« fragte Burnah.

»Amerika«, antwortete Kapitän Green.

»Ist es Sklavenland?«

»Es ist ein freies und sicheres Land«, versicherte ihm Green.

»Gehört es den Spaniern?«

»Es gehört nicht den Spaniern, und die spanischen Gesetze gelten hier nicht.«

Als man dies für Cinqué übersetzt hatte, stieß er einen leisen Pfiff aus, und alle Afrikaner sprangen auf und schrien. Die Weißen bekamen Angst und rannten zu ihren Gewehren, aber Burnah sagte ihnen, daß die Schwarzen ihnen nichts tun wollten. Sie freuten sich nur darüber, in einem freien Land zu sein. Cinqué, Kimbo und Grabo liefen zu den Weißen, schüttelten ihnen die Hände und überreichten ihnen Geschenke, darunter farbige Seidentücher. Cinqué nahm seinen Hut ab und setzte ihn Kapitän Green auf den Kopf.

Ihr Jubel wurde von Grabo unterbrochen, der auf der dem Atlantik zugewandten Seite knapp über dem Horizont ein Schiff gesichtet hatte, das nach Osten segelte.

»Woher es kommen?« fragte Burnah.

»Aus New York«, antwortete Fithing.

»Kriegsschiff«, fügte Kapitän Green hinzu. Er war sich sicher, es mit dem geheimnisvollen schwarzen Schoner, über den er in Sag Harbors *Corrector* gelesen hatte, und den Afrikanern zu tun zu haben, die Kapitän und Mannschaft ermordet hatten, und erklärte den Schwarzen deshalb, daß zwei amerikanische Kriegsschiffe sie suchten, um sie in Ketten zu legen. Er erwähnte die *Gallatin* und die *Fulton* und versuchte, den Afrikanern zu erklären, was ein Dampfschiff war. Sie verstanden nicht, was er über die *Fulton* erzählte, begriffen aber die Gefahr, die von Kriegsschiffen ausging. Burnah legte Cinqué rasch die Befürchtungen des Kapitäns dar. Dann deutete Green nach Osten.

»Setzt die Segel und verschwindet!« riet er ihnen.

Cinqué, der diesen ersten Weißen, die ihm freundlich begegneten, völlig vertraute, bat Kapitän Green, mit an Bord der *Amistad* zu kommen und sie nach Sierra Leone zu begleiten. Aufgeregt befahl er Burnah und Antonio, seine Worte zu übersetzen und dem Kapitän zu versprechen, daß sie ihn reich belohnen würden, wenn sie in Afrika ankämen.

»Geld«, sagte Burnah. »Viel Geld auf *Amistad.*«

Kapitän Green hörte diese Worte und sah rasch zu Kapitän Fordham hinüber. Sie traten beiseite und flüsterten rasch miteinander. Sie wollten die Schwarzen fangen und ihnen ihre Dublonen abknöpfen. Dann würden sie den Schoner nach Sag Harbor bringen und die Afrikaner den Behörden übergeben. Schiff und Ladung würden verkauft werden und der Erlös ebenfalls an sie gehen – eine reiche Beute für einen Kapitän im Ruhestand.

Kapitän Green hielt eine kurze Rede, in der er versprach, die Schwarzen sicher nach Afrika zu bringen. Die Afrikaner jubelten.

»Bringt Geld hierher«, forderte er und deutete auf den Fleck, auf dem sie standen. »Viel Geld.«

Cinqué schickte Grabo und drei andere im Boot los, das Geld aus Kapitän Ferrers Kabine zu holen. Während sie warteten, erzählte ihnen Kapitän Green mehr über die amerikanischen Schiffe, die nach ihnen suchten. Cinqué erinnerte sich an die Schiffe, die sie während der letzten paar Tage gesehen hatten, und kam zu dem Schluß, daß der Amerikaner vielleicht die Wahrheit sagte.

»Ich werde euch retten«, versprach Kapitän Green ihnen.

Dann versuchte er, sie dazu zu überreden, ihn an Bord der *Amistad* gehen zu lassen, damit er sie nach Sag Harbor bringe. Dort würden sie Wasser und Lebensmittel für die Reise bekommen. Cinqué hielt ein kurzes Palaver mit den Afrikanern ab. Dann teilte er Kapitän Green mit, daß die *Amistad* die Nacht über bleiben müsse, wo sie war. Am nächsten Morgen dürfe er sie aber nach Sag Harbor bringen. Auf diese Weise gewann Cinqué Zeit, um die beiden Spanier zu verstecken.

Grabo und die anderen kehrten mit zwei Kisten zurück, in denen Kapitän Ferrer seine Reichtümer verwahrt hatte.

»Vierhundert und mehr«, sagte Burnah zu Kapitän Green und hielt vier Finger hoch. »Vierhundert Dublonen ... viel mehr auf Schiff.«

Als sie sahen, daß Kapitän Green ihnen nicht traute, nahmen Burnah und Grabo eine Kiste und schüttelten sie. Die Weißen grinsten gierig, als sie die Goldmünzen klirren hörten. Kapitän Fordham packte einen Griff der zweiten Kiste und bedeutete Cinqué, daß er mit anfassen solle. Sie schüttelten sie und hörten dasselbe melodische Klimpern des Golds.

»Wir nehmen die beiden Kisten mit«, sagte Kapitän Green. »Dafür segle ich euch nach Afrika.«

Während sein Versprechen für Cinqué übersetzt wurde, entdeckte Kimbo eine Brigg vor Garner's Point und schlug Alarm. Die Afrikaner wurden sehr aufgeregt, begannen, auf dem Strand hin und her zu rennen, und riefen zu ihren Freunden auf der *Amistad* hinüber. Sie befanden sich in großer Gefahr ... sie mußten gemeinsam kämpfen.

Sie beobachteten, wie die Brigg an der *Amistad* vorbeisegelte, wendete und ihr Beiboot zu Wasser ließ. In der Überzeugung, daß es sich um das Kriegsschiff handelte, von dem Green gesprochen hatte, flehte Cinqué ihn an, sofort mit an Bord der *Amistad* zu kommen und sie nach Sag Harbor zu bringen. Es war der Augenblick gekommen, da nur ein Weißer sie vor den anderen Weißen retten konnte.

»Es ist die *Washington*«, stellten Green und Fordham übereinstimmend fest. Das Vermessungsschiff *Washington*, ein Marinefahrzeug, das im Sund von Long Island allgemein bekannt war.

Als er das Boot voller Weißer auf die *Amistad* zurudern sah, sprang Cinqué ebenfalls ins Boot und befahl sechs seiner Männer mitzukommen. Die anderen Afrikaner ließ er bei den Weißen am Strand und schob das Boot ins Wasser.

Er sah, daß das andere Boot die *Amistad*, die nur 150 Meter vom Ufer entfernt lag, vor ihm erreichen und die fremdartigen weißen Männer an Bord klettern würden, ohne daß er es verhindern konnte, und daß die Afrikaner mit Musketen und Zuckerrohrmessern kampfbereit auf dem Deck tanzten.

»Tötet die weißen Männer!« Cinqué brüllte dieses Kommando über den schmalen Streifen Wasser hinweg, der zwischen ihm und dem Schiff lag.

Er brüllte noch immer, als das Boot der *Washington* an der *Amistad* anlegte und sechs mit Pistolen bewaffnete Männer an Bord sprangen, während einer im Boot zurückblieb.

»Leutnant Meade von der *Washington*!« rief der Anführer auf englisch. Die Schwarzen starrten ihn verständnislos an. Dann rief er auf spanisch nach ihrem Kapitän und verlangte, ihre Flagge zu sehen.

Sie verstanden ihn immer noch nicht und stürzten sich auf Cinqués Rufe hin mit erhobenen Zuckerrohrmessern auf ihn. Meade führte den Gegenangriff an und setzte seine Pistole als Knüppel ein. Seine Männer, Seeoffiziersanwärter, die zum Training und aus Abenteuerlust den Sommer über auf der *Washington* mitfuhren, schlugen auf die Schwarzen ein, die ihnen verzweifelt Widerstand zu leisten versuchten. Die Afrikaner, die von dem furchterregenden Konoma angeführt wurden, wehrten sich mit Leibeskräften, waren den mit Pistolen bewaffneten Männern jedoch nicht gewachsen. Ihr Anführer Cinqué war nicht bei ihnen, also warfen sie die Messer weg, ließen sich auf die Knie fallen und baten die Angreifer um Gnade.

Plötzlich tauchte Ruiz, der während der Enterung unter Deck gewesen war, auf. Als er einen Weißen in Uniform sah, rannte er zu ihm und rief auf englisch: »Diese Neger sind meine Sklaven. Sie haben gemeutert und das Schiff in ihre Gewalt gebracht …« Er deutete auf Cinqués Boot, das noch ein Stück weit entfernt war. »Der da ist der Anführer. Ich verlange Schutz vor diesen Piraten und Mördern.«

Meade sah die Schwarzen in dem Boot und am Strand.

»Porter«, befahl er seinem Stellvertreter. »Nehmen Sie ein Boot und schnappen Sie sich die Schwarzen!«

Dann hißte er die zerfetzte spanische Flagge, um Leutnant Gedney, dem Kapitän der *Washington*, zu signalisieren, daß er an Bord kommen könne.

Leutnant Meade ging mit Ruiz unter Deck und fand Montes, der hinter einige Fässer gekrochen war und um sein Leben fürchtete. Als Montes den Amerikaner sah, lief er weinend auf ihn zu, warf sich ihm um den Hals und umarmte ihn so fest, daß Meade dachte, er wolle ihn zerquetschen. Er glaubte, dieser verrückte, alte Mann stehe auf der Seite der Meuterer. Meade hielt ihm die Pistole ins Gesicht und drohte, ihn zu erschießen, wenn er nicht loslasse. Montes gehorchte, trotzdem lachte und weinte er immer noch vor Freude und Dankbarkeit.

»Ave Maria«, betete er über den Händen seines Befreiers, »du bist unsere Retterin.«

Dann gingen sie an Deck, um mitanzusehen, wie die anderen Afrikaner gefangen wurden.

Als sie sahen, daß das Beiboot der *Washington* ihnen entgegenkam, wandten sich Cinqué und seine Männer dem Ufer zu. Kapitän Green und seine Freunde würden sie sicher beschützen und ihnen helfen, den Schoner zurückzuerobern. Sie hatten die Truhen voll Dublonen, und es waren noch mehr an Bord …

Porter schoß mit seiner Pistole auf sie und ließ die Kugel

knapp über ihre Köpfe hinweg pfeifen. Die Afrikaner hatten jetzt zu viel Angst, um zu rudern, kauerten sich in dem Boot zusammen und ließen es einfach treiben. Porter kam längsseits und befahl Cinqué, in sein Boot zu steigen. Als Cinqué sich weigerte, zerrten ihn die weißen Seeleute zu sich hinüber. Dann ließ Porter seine Leute beide Boote an Land rudern.

Als Cinqué den Strand erreichte, rannte er zu Kapitän Green, fiel vor ihm auf die Knie, klammerte sich an seine Hände und bat um Schutz. Die anderen Afrikaner fielen um ihn herum ebenfalls jammernd und weinend auf die Knie. Porter schrie über ihr gemurmeltes Flehen hinweg: »Diese Schwarzen sind Gefangene der Navy!«

Er befahl seinen Männern, sie und die beiden Kisten zu ergreifen.

»Ich erhebe Anspruch auf diese beiden Kisten«, erklärte Kapitän Green. »Ich habe sie gerettet.«

»Machen Sie Ihre Ansprüche der Navy gegenüber geltend«, antwortete ihm Porter schroff.

Dann schleppten er und seine Männer die Kisten in die Boote und befahlen den Afrikanern einzusteigen. Er ließ Green und Fordham ohne weitere Umstände auf dem Strand zurück.

Auf dem Weg zum Schoner blickte Cinqué zurück zu den Weißen, die seine Freunde gewesen waren. Der Hund, den er gekauft hatte, stand neben ihnen. Cinqué sah sehnsüchtig zu ihnen hinüber. Bei ihnen war er in Freiheit gewesen. Von einem Weißen wie Porter hatte er nichts als Sklaverei zu erwarten. Von Ruiz und Montes, die von der Reling aus triumphierend zu ihm hinabblickten, drohte ihm noch Schlimmeres. Sklaverei bedeutete eine Wand um ihn herum, Ketten an Händen und Füßen. Was immer er tat, um seine Freiheit wiederzuerlangen, er mußte es rasch tun.

Sobald sie an Bord der *Amistad* waren, riß sich Cinqué

von den Weißen los und rannte unter Deck zur Kabine von Kapitän Ferrer, in der er seit der Meuterei Quartier bezogen hatte. Er hatte Kapitän Green seinen breitkrempigen Hut gegeben. Jetzt zog er auch die Hose aus und war bis auf den Gürtel mit den Dublonen um seine Hüften herum nackt. Seine Haut glänzte. Nackt konnte er vielleicht entkommen, dachte er sich. Mißlang es ihm, schaffte er es vielleicht zumindest, die Weißen so sehr zu reizen, daß sie ihn und seine afrikanischen Brüder umbrachten.

So schnell er konnte, rannte er die Leiter hoch, sprang aus der Hauptluke hervor und sprang den Rufen »Halt! Halt!« der Weißen zum Trotz mit einem Satz über Bord. Er landete im Wasser und tauchte so lange, bis er sicher war, vor den Kugeln geschützt zu sein. Dann begann er, so schnell er konnte, Richtung Ufer zu schwimmen. Als er in einiger Entfernung vom Schoner wieder an die Oberfläche kam, hörte er die Weißen und Schwarzen rufen und sah, wie das Boot bemannt wurde, um ihn zu verfolgen. Er tauchte wieder ab und schwamm, so weit die Luft reichte, auf das Ufer zu – schwamm in der festen Überzeugung, daß Kapitän Green seine Freiheit schützen würde. Als er wieder an die Oberfläche kam, schnitt ihm das Boot den Weg zum Ufer ab. Er tauchte und schwamm vom Boot weg, bis er wieder auftauchen und Luft holen mußte, und er hörte die weißen Jungen rufen, als wären sie fröhliche Jäger bei der Verfolgung eines Stücks Wild. Er tauchte wieder, um sich in Sicherheit zu bringen und ihre Stimmen nicht hören zu müssen, und arbeitete sich allmählich zum Ufer hin vor. Wenn er es nur bis zum Strand schaffen würde …

Vierzig Minuten im Wasser, vierzig Minuten mit berstenden Lungen und stechenden Kopfschmerzen – seine Kraft ließ nach, und er wußte, seine Bemühungen waren hoffnungslos. Die weißen Matrosen manövrierten ihr Boot zu geschickt. Er beschloß, daß sie seine spanischen Dublonen nicht kriegen sollten, löste den Gürtel und ließ ihn auf den Boden des Sunds sinken. Dann kam er wieder an die Oberfläche und ließ es zu, daß seine Verfolger ihn mit dem Bootshaken an Bord zogen.

Als er wieder an Bord der *Amistad* kletterte, sah sich Cinqué Leutnant Meade und Leutnant Gedney gegenüber, dem Kapitän der Brigg *Washington*, der gekommen war, um auf dem Schoner das Kommando zu übernehmen. Hinter ihnen standen die anderen Gefangenen, darunter die drei kleinen Mädchen, die bitter weinten. In der Nähe lag der von langer Krankheit geschwächte Kura nackt auf einer Luke und schluchzte leise. Cinqué lächelte ihnen zu, fuhr sich mit den Händen über die Kehle und deutete an, daß man ihn jetzt wohl hängen werde.

Leutnant Gedney benutzte Antonio als Dolmetscher, Antonio, den die Gefangenen haßten und der sich schon bei ihren neuen Herren einzuschmeicheln begann, und er ließ Cinqué mitteilen, daß er wieder ins Boot steigen solle. Man wollte ihn als Gefangenen zurück auf die *Washington* bringen und in Einzelhaft nehmen, damit er nicht zu einer weiteren Meuterei aufstacheln könne. An seiner Redeweise erkannte Cinqué, daß Leutnant Gedney völlig auf der Seite von Ruiz und Montes stand und die Spanier wegen der Qualen bemitleidete, die die Schwarzen ihnen bereitet hatten. Die Weißen standen alle beieinander, und keiner von ihnen hegte auch nur einen Funken Sympathie für die Afrikaner. Cinqué stieg wieder in das Boot, und die Offiziersanwärter ruderten ihn zur *Washington* und bewachten ihn dort.

Zum ersten Mal, seit ihn Birmajas Männer gefangen hatten, hatte Cinqué keinerlei Hoffnung mehr. Zuvor hatte es immer so ausgesehen, als gäbe es eine Fluchtmöglichkeit. Jetzt wartete er auf einem Kriegsschiff unter lauter fremdartigen Weißen nur noch auf die Schlinge, die sein Leben beenden würde – als Strafe für den Tod von Kapitän Ferrer und dem Mulatten Celestino. Er verspürte noch immer keine Reue. In der Poro-Geheimgesellschaft hatte er von keinem Gesetz gehört, nach dem er schuldig wäre. Und auch außerhalb der Poro gab es sicher eine Rechtfertigung dafür, daß er die Männer getötet hatte, die ihm seine Freiheit genommen hatten. Er verspürte große Trauer darüber, daß er Afrika, seine Frau und seine Kinder nie wieder sehen würde. In Afrika bewegte er sich frei, in diesem eigenartigen Land Amerika saß er auf einem Kriegsschiff gefangen und war den Launen seiner Herren ausgeliefert.

Als Leutnant Gedney auf die *Washington* zurückkehrte, entdeckte er, daß Cinqué derart unter der Angst und der Ungewißheit litt, daß es besser war, ihn wieder auf die *Amistad* zurückzubringen und dort mit den anderen Gefangenen einzusperren. Er war ein zu wertvoller Besitz, als daß man riskieren durfte, daß er vor lauter Einsamkeit und Verzweiflung einging.

Als Cinqué wieder an Bord der *Amistad* kam, drängten sich die Afrikaner um ihn und waren vor Freude völlig aus dem Häuschen. Sie lachten, schrien, tanzten, und einige weinten sogar. Ka-le und Marghru hingen an seinen Händen und baten ihn, sie nicht wieder zu verlassen. Cinqué stand in ihrer Mitte, lächelte aber nicht. Die Gelegenheit war gekommen, den Afrikanern Lebewohl zu sagen – seinen Freunden aus dem Land der Mendi. Die Worte begannen in seinem Kopf Gestalt anzunehmen. Als sich der Lärm gelegt hatte, sprach er, und zwar langsam, denn Antonio und Burnah übersetzten seine Worte für die Weißen.

»Freunde und Brüder! Wir wären heimgekehrt, aber die Sonne war gegen uns. Ich wollte nicht mitansehen müssen, wie ihr den Weißen als Sklaven dient, deshalb habe ich euch dazu angestiftet, mir dabei zu helfen, den Kapitän zu ermorden. Ich dachte, ich werde getötet – ich habe es gehofft. Es wäre besser gewesen. Ich wünschte, ihr wäret tot und müßtet nicht viele Jahre lang im Elend leben. Man wird mich, glaube ich, bald hängen. Aber das schmerzt mich nicht. Ich würde glücklich sterben, wenn ich durch meinen Tod meine Brüder von den Fesseln der Weißen befreien könnte.«

Seine Worte erregten die Gefangenen auf das äußerste. Während seiner Abwesenheit war Kura gestorben. Sie deuteten auf den Lukendeckel, auf dem die Leiche lag, deren Umrisse sich undeutlich unter einem schwarzen Tuch abzeichneten. »Er ist frei«, sagten sie zu Cinqué. Nicht einer war unter ihnen, der nicht gerne mit Kura getauscht hätte. Sie sprachen zu dem Toten, als wäre er noch am Leben, und baten ihn, ihnen bei der Flucht in den Tod zu helfen.

»Was sollen wir tun?« fragten sie Cinqué.

Er befahl ihnen, die Waffen aus dem Laderaum zu holen und wieder zu kämpfen, falls es ging. Wenn nicht, sollten sie über die Reling fliehen.

Wo immer sie sich auch hinwandten, wurden sie von den mit Pistolen bewaffneten Offiziersanwärtern aufgehalten. Leutnant Gedney erkannte, daß er Cinqué wegbringen mußte, wenn er die Afrikaner wieder beruhigen wollte. Diesmal weigerte sich Cinqué, mitzukommen. Die Offiziersanwärter rissen ihn gewaltsam von den Kindern fort. Sogar das ertrug er mit stoischer Würde, obwohl ihm die gellenden Schreie seiner Schützlinge über das Wasser hinweg folgten.

Als er wieder an Bord der *Washington* war, legten die Offiziersanwärter Cinqué in Fesseln, um zu verhindern, daß er über Bord sprang. Dann ketteten sie ihn an Deck fest, wo er weiter die Schreie seiner afrikanischen Brüder vernahm. Eine Wache saß mit entsicherter Pistole neben ihm. Noch immer ließ sich Cinqué keine Gefühlsregung anmerken.

Leutnant Gedney stand vor der Frage, was er mit der *Amistad* und den Meuterern machen sollte. Ruiz und Montes beanspruchten die Gefangenen als Sklaven und Eigentum und beschuldigten sie des Mords und der Piraterie. Gedney hatte für diese Ansicht Verständnis, glaubte sich aber nicht befugt, in dieser Angelegenheit eine endgültige Entscheidung zu treffen. Er konnte ihnen auch nicht sofort den Schoner und dessen Ladung zurückgeben, wie sie gefordert hatten. Erst mußte geklärt werden, ob es sich nicht um ein herrenloses Wrack handelte – und wer das Schiff, die Dublonen in den Kisten und die Ladung für sich beanspruchen durfte. Er und Leutnant Meade hofften auf einen Anteil daran. Und falls die Afrikaner zu Privatbesitz erklärt wurden ... Sie versuchten, die Summe zu überschlagen, die die Schwarzen auf dem Markt von New Orleans bringen würden.

Dies alles waren Fragen des Seerechts, die am besten vor einem amerikanischen Gericht geklärt wurden. Die beiden Kapitäne waren oft in New London gewesen und mit den Gerichten von Connecticut vertraut. Obwohl sie sich zweifellos in den Gewässern von New York befanden und einige der Afrikaner auf Long Island festgenommen hatten, beschlossen sie, ihre Prise nach New London zu bringen, wohin sie im Anschluß an die Tiefenmessungen dieses Tages sowieso gefahren wären. Sie erklärten Ruiz und Montes ihre Pläne und befahlen den Offiziersanwärtern, den Schoner zu bemannen und ihn vor Einbruch der Dunkelheit in den Hafen zu bringen.

Von seinem Platz auf der *Washington* aus beobachtete Cinqué, wie die weißen Matrosen mit den zerfetzten Segeln der *Amistad* kämpften. Dann lichtete die *Washington* den Anker, und die beiden Schiffe machten sich auf den Weg nach New London. Er war nah genug, um zu sehen, daß die weißen Matrosen die Afrikaner mit vorgehaltenen Pistolen in das Sklavendeck trieben, doch er konnte seinen Leuten nicht helfen. Er sah, wie die Küste Connecticuts näher kam, und konnte Details der Hügel, Täler und Häuser erkennen.

Es war fast dunkel, als die beiden Schiffe dicht nebeneinander und nicht mehr als einen Musketenschuß von Fort Trumbull entfernt im Hafen von New London vor Anker gingen.

Der noch immer gefesselte Cinqué wurde in eine leere Ecke des Laderaums gebracht. Dort verbrachte er auf den bloßen Planken ohne Kleider oder Decke die Nacht, gefesselt, allein und tief in Gedanken versunken.

Als es Morgen wurde, brütete Cinqué immer noch über dem Elend, aus dem ihn keine Macht der Erde befreien konnte. Er hatte sich mit dem Tod abgefunden. Die Weißen würden einen Schwarzen, der seinen weißen Besitzer getötet hatte, nie und nimmer am Leben lassen. Ihm blieb nichts anderes übrig, als zu warten, bis die Schlinge um seinen Hals gelegt und zugezogen wurde. Trotzdem mußte er noch einmal zu seinen Landsmännern reden. Die Botschaft, die er ihnen offenbart hatte, mußte eindringlich wiederholt und in ihre Köpfe eingeritzt werden. Sie durften die Sklaverei nicht akzeptieren. Besser starben sie.

Wie konnte er zu ihnen zurückgelangen? Die Antwort war Gold – dies und die Gier der Weißen. Er würde so tun, als hätte er Gold.

Als Cinqué zum Essen und Trinken an Deck gebracht wurde, versammelten sich Leutnant Gedney und die Mannschaft der *Washington* um ihn herum und starrten ihn an, als wäre er ein hundegesichtiger Affe. Cinqué blickte in die gaffenden Augen, die farblosen Gesichter.

»Dublonen!« Es sagte das Wort, das er während seiner langen Reise so oft gehört hatte.

Leutnant Gedney vernahm das Wort und schickte die Matrosen weg, damit sie nicht zuviel mitbekamen. Er stellte Cinqué viele Fragen über die Dublonen, aber Cinqué verstand seine Worte nicht. Dann erklärte Cinqué ihm mittels Zeichen, daß er ihm zu einem Sack voll Dublonen führen könnte, wenn man ihn zurück auf die *Amistad* brächte.

Gedney ließ ihm die Fesseln abnehmen und begleitete ihn im Beiboot der *Washington.*

Antonio war der einzige Schwarze auf dem Deck der *Amistad.* Cinqué haßte ihn für die lächelnde Unterwürfigkeit, mit der er den Weißen, und den Hochmut, mit dem er den *bozales* begegnete. Die Leutnants Gedney und Meade traten zu einer Besprechung beiseite. Dann riefen sie Ruiz und Montes. Nachdem die vier miteinander gesprochen hatten, befahlen sie Antonio zu sich. Cinqué hörte ihre Anweisungen an Antonio, verstand sie aber nicht.

Gedney gab Cinqué ein Zeichen, nach unten zu gehen. Antonio folgte ihm als nächster. Dann kamen die vier Weißen, die von vier Matrosen mit Pistolen beschützt wurden. Meade trug Papier und Bleistift in der Hand.

Als Cinqué das Sklavendeck erreichte, waren die Gefühlsausbrüche der Schwarzen noch wilder und heftiger als am Tag zuvor. Sie schrien und baten ihn, sie aus dem Sklavendeck zu befreien und sie vor den Weißen zu retten. Er streichelte kurz die Kinder und rief Ka-le und Marghru zu sich. Dann, ohne auch nur so zu tun, als suche er nach den Dublonen, wandte er sich an die Afrikaner und redete schnell in der Hoffnung, daß Antonio den Weißen nicht alles würde übersetzen können. »Meine Brüder, ich bin noch einmal zu euch gekommen, nachdem ich den Feind von uns Schwarzen mit der Behauptung getäuscht habe, noch mehr Dublonen zu besitzen. Ich bin gekommen, um euch zu sagen, daß ihr nur die Hoffnung auf den Tod, aber nicht auf Freiheit habt. Ich bin mir sicher, ihr bevorzugt wie ich den Tod. Indem ihr die Weißen hier an Bord umbringt – und ich werde euch dabei helfen –, könnt ihr die Weißen dazu zwingen, euch zu töten. Es ist für euch das Beste, und nicht nur ihr selbst werdet so der Sklaverei entgehen, sondern ihr werdet auch verhindern, daß euren Kindern ungezähltes Leid zugefügt wird. Kommt – kommt mit …«

Während der ganzen Rede übersetzte Antonio rasch ins Spanische, und Leutnant Meade protokollierte mit. Ruiz gab das Gesagte an Leutnant Gedney auf englisch weiter. Jetzt zeigte Antonio an, daß Gefahr bestehe – die Gefahr einer Meuterei. Die Afrikaner waren zu einem letzten, verzweifelten Aufstand bereit. Gedney rief die amerikanischen Matrosen zu sich. Sie stürzten sich auf Cinqué und schleppten ihn von seinen Landsleuten fort.

Während der ganzen Rede hatten seine Wangen geglänzt, und seine Augen waren oft zu den weißen Matrosen hinübergewandert. Die Afrikaner schrien vor wilder Wut und starrten die Weißen genauso grimmig an wie er. Sie sprangen in dem Sklavendeck umher, als seien sie von seltsamen dämonischen Kräften besessen. Mit ihren primitiven Waffen – sie verfügten nur über Nägel und Zähne – griffen sie die Weißen an. Die Matrosen schlugen sie mit ihren Pistolen zurück und zerrten Cinqué von den heulenden Teufeln auf dem Sklavendeck fort.

Auf dem Weg zurück zur *Washington* verfiel er, mit Ketten gefesselt, wieder in apathische Reglosigkeit. Sein Blick war auf die *Amistad* gerichtet, aber in seinem Gesicht spiegelte sich nicht die geringste Emotion. Die Weißen, die über seinen Mut staunten und seine würdevolle Haltung bewunderten, beobachteten ihn interessiert, verfügten aber über zu wenig Erfahrung mit seinesgleichen, um zu verstehen, was in ihm vorging. Soweit sie wußten, war er einmalig – eine bemerkenswerte Mischung aus Wildheit und Edelmut. Vielleicht war er ein Kannibale, ganz sicher aber ein Prinz.

Cinqué saß gefesselt auf dem Deck der *Washington*, und seine Augen ruhten abwechselnd auf der *Amistad* und dem Ufer Connecticuts. Auf dem Schiff waren sie der Freiheit nahe gewesen, hätte er nur gewußt, wie sie erlangen – wie sie der Sonne und den Göttern, die sich gegen ihn verschworen hatten, entreißen. Auf dem Land warteten Sklaverei oder die Hinrichtung durch die Weißen. Seine Erfahrung hatte ihn gelehrt, daß Amerika Afrikanern von der Sklavenküste nur die bittersten aller Früchte zu bieten hatte.

VII

Das Land der Freien

Auf der *Washington* herrschte allgemeine Aufregung. Es war die Nachricht eingetroffen, daß der Richter für den Bezirk Connecticut mit dem Marshall und einigen Journalisten am Kai wartete, um wegen des Prozesses an Bord gebracht zu werden. Die Offiziere und die Mannschaft der *Washington* würden ihre schwarze Last loswerden. Die Verantwortung für die Kannibalen würde jemand anderem übertragen werden. Unter Leutnant Gedneys Kommando ließen eifrige Offiziersanwärter das Beiboot zu Wasser und nahmen ihren Platz an den Riemen ein. Leutnant Meade fuhr im Boot mit, um die Abordnung an Bord zu geleiten. Vor lauter Aufregung bemerkten sie Cinqué kaum, der allein und in Ketten auf dem Deck hockte und die Schüssel Bohnen neben sich nicht einmal angerührt hatte. Seine Augen folgten ihnen in das Boot und wandten sich dann wieder der Betrachtung des Ufers zu.

Die ruhigen und friedlichen Hügel Connecticuts, Häuser und Bauernhöfe und Fabriken, Küstenschiffe, die zwischen Boston und New York verkehrten, Walfänger, die zum Pazifik aufbrachen und von dort zurückkehrten, das ungewohnte Geräusch der Lokomotiven, das immer vertrauter wurde, denn die Schienen reichten längst nach New York, Boston, Hartford … und über allem ein blauer Himmel und eine blendend helle Sonne.

Cinqué fand, daß ein schönes Land vor ihm lag, ein Land fast so schön wie Afrika. Er konnte nicht sehen, daß der blaue Himmel eine Illusion war, daß sich über Amerika eine dunkle Wolke zusammenzog, daß ein Sturm heranwuchs, der sich ausbreiten und mit seiner Wut die Nation in ihren Grundfesten erschüttern würde. Er konnte nicht wissen, daß der Süden an der Sklaverei wie an einer boshaften Krankheit litt und daß im Norden immer noch die Lynchjustiz regierte.

Aber die Amerikaner lasen die Anzeichen des kommenden Sturms mit Angst, ja Bestürzung.

Blickten sie auf die Dekade zurück, die 1830 begonnen hatte, entdeckten sie nur Empörung und Streit. Die Gegner der Sklaverei taten durch öffentliche Kundgebungen und Zeitungen wie den *Liberator*, den *Emancipator* und den *Pennsylvanian Freeman* auf entschiedene, ja aggressive Weise ihre Meinung kund. Sie, die sogenannten *Abolitionists,* die zuvor im stillen gearbeitet hatten, fürchteten die Expansion nach Westen und damit die Zunahme der Staaten mit Sklaven und organisierten deshalb die New England Anti-Slavery Society und die American Anti-Slavery Society, um ihre Hilfsquellen besser zu nutzen und ihre Bemühungen zu koordinieren. Die Anhänger der Sklaverei, die noch an der Macht waren, übten auf nationaler Ebene politischen Druck aus und griffen auf lokaler Ebene auf die Unterstützung des Mobs zurück.

Während dieses Jahrzehnts hatte der Mob vier Fälle entschieden, die die Nation erschütterten. Vier Namen – Faneuil Hall, Elijah P. Lovejoy, Pennsylvania Hall, Prudence Crandall – wurden zu Symbolen in einem Kampf, in dem Freunde und Brüder einander wegen Fragen des Schulsystems und der Presse-, Versammlungs- und Redefreiheit umbrachten. Und in keinem dieser Fälle war es zu einem Urteil vor einem ordentlichen Gericht gekommen.

Es war Cinqué und den Afrikanern der *Amistad* bestimmt, zum fünften aufsehenerregenden Fall dieses Jahrzehnts zu werden – zum fünften nationalen Symbol. Aber sie wurden zu einem Symbol menschlicher Gerechtigkeit, die auf dem ordentlichen Gerichtsweg erstritten wird. Ihr Fall ging vom niedrigsten Gericht bis zum höchsten, und das abschließende Urteil war ein Erfolg für die Freiheit überall auf der Welt.

Alle, die mit dem Fall der *Amistad* zu tun hatten, die Staatsanwaltschaft genauso wie die Verteidigung, waren in die Vorurteile und Haßgefühle der damaligen Zeit verstrickt, und jede ihrer Handlungen, jedes ihrer Urteile war von dem beeinflußt, was zuvor geschehen war.

Faneuil Hall

Ein Blitz beleuchtete Faneuil Hall, die Wiege der Freiheit, das Symbol der Freiheit in Boston, das Symbol für Menschenfreiheit, mit Blut erkauft …

Ein junger Mann mit blassem Gesicht und leuchtenden Augen betrachtete das Gebäude. Faneuil Hall! War irgendein Gebäude im ganzen Land besser als Versammlungsort der Sklavereigegner geeignet? Könnte die Predigt von George Thompson, im Laufe derer er die amerikanischen Abolitionisten aufrufen wollte, sich dem Kampf ihrer schottischen und englischen Freunde anzuschließen, in irgendeinem Gemäuer besser klingen? Welche Plattform wäre besser geeignet gewesen, damit William Lloyd Garrison seine Artikel aus dem *Liberator* vorlas und mit donnernder Stimme den Süden anklagte? Wo hätte man den Mob, der in das Postamt von Charleston eingebrochen war und vor Tausenden jubelnden Bürgern die Zeitungen der Sklavereigegner verbrannt hatte, besser anprangern können?

Der junge Mann mit dem blassen Gesicht und den leuchtenden Augen war William Lloyd Garrison. Unbeeindruckt von Haß und Drohungen wandte er sich an den Bürgermeister Theodore Lyman jr. und bat darum, daß der Saal der New England Anti-Slavery Society für eine Versammlung zur Verfügung gestellt wurde. Bürgermeister Lyman lehnte das Gesuch ab. »Nichts als Hetzreden«, sagte er. »Nieder mit Garrison und seinen Freunden«, riefen die Befürworter der Sklaverei in Boston. Der Herausgeber der *Gazette* schlug vor, den Störenfried Garrison und seine Freunde wie den Tee, der man zu Beginn des Unabhängigkeitskriegs während der Boston Tea Party über Bord geworfen hatte, im Hafen zu versenken. »Ein kaltes Bad würde ihnen guttun.«

»Man wird sich in Faneuil Hall noch für die Rechte der blutenden Sklaven einsetzen«, prophezeite Garrison. Aber der Saal wurde ihm verweigert, worauf eine Gemeinde nach der anderen den Abolitionisten die Nutzung ihrer Kirchenräume ebenfalls ablehnte.

Garrison war wie vor den Kopf geschlagen, als er im *Daily Advertiser* einen von 1500 Personen unterzeichneten Aufruf entdeckte – die Liste der Namen füllte eineinhalb kleingedruckte Spalten –, in dem zu einer Versammlung von Befürwortern der Sklaverei am Nachmittag des 21. August 1835 in Faneuil Hall eingeladen wurde. Zu den Unterzeichnern gehörten Mitglieder der höchsten sozialen, politischen, religiösen und intellektuellen Zirkel Bostons, die alle von dem Verlangen getrieben wurden, den Sklavenhaltern im Süden zu beweisen, daß sie gewillt waren, bei sich die aufrührerischen Abolitionisten in die Schranken zu weisen. Es waren auch viele Südstaatler zugegen, die per Kutsche oder Schiff nach Boston gereist waren, um ihren Yankee-Freunden im Kampf gegen die Störenfriede zu helfen. Unter ihnen gab es einige, die nach Sklaven Ausschau hielten, die von ihren Plantagen geflohen und sich mit Unterstützung der Underground Railroad in den Norden durchgeschlagen hatten …

Es war ein großes Treffen von Befürwortern der Sklaverei, ein Treffen, auf dem darauf hingearbeitet werden sollte, daß die Gerichte für die Sklaverei Partei ergriffen und überhaupt neue Gesetze geschrieben wurden, die die Abolitionisten für immer ins Unrecht setzen würden. Man hatte sich nicht zufällig für Faneuil Hall als Versammlungsort entschieden – und es war kein Zufall, daß Mayor Lyman bei diesem Treffen den Vorsitz innehaben und die Schlüssel der Stadt an Redner überreichen würde, die die Abolitionisten beschuldigten, die Brüder im Süden mit Brandstiftung und Mordanschlägen zu bekämpfen …

Reden, Reden, Reden, Worte auf Worte getürmt – und alles in der Absicht, die Abolitionisten mit Gesetzen zum Schweigen zu bringen, den Sklaven jede Chance auf Freiheit zu nehmen und die Uhren des Fortschritts zurückzudrehen. Es wurde wütend geschimpft, Steine flogen und der gewalttätige Pöbel hielt Teerkessel und Säcke mit Federn bereit für den Fall, daß ein Sklavereigegner sich zu Wort melden sollte.

»Thompson!« »Garrison!« »Bringt uns Thompson und Garrison!« schrie der Pöbel auf der Straße und im Common, dem Park von Boston.

Die Versammlung war zu Ende, doch die Menge wollte sich nicht zerstreuen. Sie warteten auf das angekündigte Treffen der Abolitionisten. Mayor Lyman drängte die Sklavereigegner, auf ihre Versammlung zu verzichten, solange die Öffentlichkeit derart erregt war, und weigerte sich, Polizeischutz zu versprechen für den Fall, daß es zu Ausschreitungen kommen sollte. Trotzdem verlangte der Mob nach Thompson und Garrison, die sich jedoch außerhalb seiner Reichweite befanden: Thompson, der Fremde aus Schottland, reiste in New England hin und her und verkündete in Kirchen und an Straßenkreuzungen seine Überzeugungen und wurde dabei in Concord von einem Mob gedemütigt. Garrison war in Brooklyn, von wo aus er den gewalttätigen

Mob in Boston mit Reden und Zeitungsartikeln bekämpfte ...

Ein Treffen der Boston Female Anti-Slavery Society war für den 21. Oktober um drei Uhr nachmittags im Gebäude der Anti-Slavery Society in No. 46 Washington Street angekündigt worden. Garrison kam kurz nach Mittag in der Redaktion des *Liberator* in No. 48 Washington Street an und wurde von Charles Burleigh empfangen.

»Haben Sie das hier schon gesehen?« fragte Burleigh.

Er reichte Garrison ein Plakat.

Thompson
Der Abolitionist

Der berüchtigte ausländische Schurke Thompson wird sich heute nachmittag in der Redaktion des *Liberator,* No. 48 Washington Street, aufhalten. Dies ist für die Freunde der Union eine ausgezeichnete Gelegenheit, sich Thompson zu greifen! Es wird ein Kampf zwischen den Abolitionisten und den Freunden der Union sein. Eine Anzahl patriotischer Freunde hat für die Person, die als erste die Hand gegen Thompson erhebt, eine Belohnung von 100 Dollar ausgesetzt und hofft, daß er vor Einbruch der Dunkelheit zum Teerkessel gebracht werden kann. Freunde der Union, seid wachsam!

»Feiglinge«, sagte Garrison. Dann wandte er sich seinem Schreibtisch zu, um einen Leitartikel zu verfassen.

Burleigh blieb neben dem Schreibtisch stehen. »Sie sagen, sie haben Tinte, die sich nicht mehr abwaschen läßt, und werden damit Thompsons Gesicht für immer schwarz färben.«

Garrison schrieb weiter.

»Gehen Sie zu dem Treffen?« fragte Burleigh.

»So es Gott will.«

Um zwanzig vor drei legte Garrison die Feder beiseite und ging mit Burleigh, der sich an seinen Ellbogen klammerte, die Treppe der Redaktion hinab und zu dem Eingang unter dem Zeichen ANTI-SLAVERY ROOMS. Dort hatten sich schon mehr als hundert Menschen eingefunden, und es kamen immer noch mehr im Laufschritt dazu. Er kämpfte sich durch einen Haufen junger Raufbolde die Treppe hinauf. Einige von ihnen hatten sich schon in den Saal gedrängelt, wo Garrison ungefähr zwanzig betende Frauen vorfand. Die meisten von ihnen waren weiß und stammten aus angesehenen Familien in Boston, einige waren Schwarze oder Mischlinge. Garrison erkannte Mrs. Maria Chapman und Miss Elizabeth Whittier, die Schwester des mit ihm befreundeten Dichters.

»Das da ist Garrison«, riefen die Rüpel einander zu, als er Platz nahm.

Garrison ging zu ihnen und versuchte, sie zum Gehen zu bewegen. Er versuchte es mit Höflichkeit, er versuchte es mit Spott. Sie wichen nicht zurück. Im Gegenteil, immer noch mehr drängten sich in den Raum. Ihre Rufe wurden unverschämt, ja obszön.

Draußen begann der Mob, der darüber enttäuscht war, daß er Thompson nicht gekriegt hatte, »Garrison! Teert und federt Garrison!« zu rufen.

Die Vorsitzende der Society stimmte ein Gebet an, aber der Mob übertönte ihre Worte. Garrison erhob sich und ging zu ihr.

»Ich möchte die Damen heute nicht durch eine Rede in Gefahr bringen«, sagte er. »Mit Ihrer Erlaubnis werde ich mich zurückziehen …«

Die Vorsitzende ergriff seine Hand.

»Gott gehe mit Ihnen«, sagte sie mit Nachdruck.

Burleigh geleitete ihn durch eine Tür in der Bretterwand in die Redaktion des *Liberator*. Dort setzte sich Garrison hin und begann, an einem Bericht über den Mob zu schreiben.

Aber man wollte ihn nicht in Frieden lassen. Die Nachricht von seiner Flucht war zum Mob auf der Straße durchgesickert. Die Männer versammelten sich jetzt vor der Tür und begannen, gegen das dünne Holz zu hämmern und zu treten. Die untere Türfüllung gab nach, und der Anführer bückte sich und lugte in den Redaktionsraum.

»Da ist er! Da ist Garrison! Raus mit dem Schurken!« riefen sie.

Mit der Ruhe derer, die überzeugt sind, das Richtige zu tun, wandte sich Garrison an Burleigh und sagte: »Eigentlich können Sie auch gleich die Tür öffnen und sie hereinlassen, damit sie sich austoben.«

Aber Burleigh, den die Gefahr immer ruhiger werden ließ, ging nach draußen, verschloß die Tür, steckte den Schlüssel in die Tasche und trat dem Mob entgegen. Die Männer, die eben den Tod Garrisons verlangt hatten, blickten unentschlossen zu dem gelassenen, beherrschten Mann empor.

Sie wurden durch die Ankunft von Bürgermeister Lyman abgelenkt, der sofort in den Saal ging, in dem die Frauen noch immer beisammen saßen. Er überredete sie, um ihrer eigenen Sicherheit willen die Versammlung zu vertagen. Während der Mob mürrisch Platz machte, kamen die Frauen dicht gedrängt die Treppe herab. Bevor sie nach draußen gelangten, mußten sie die brutalen Kommentare und das Gegrunze, Gepfeife und Gelächter des Mobs über sich ergehen lassen.

Als die Frauen außer Sichtweite waren, fiel der Mob über das Schild ANTI-SLAVERY ROOMS her. Mayor Lyman sah zu, wie sie es herabrissen und zertraten. Während die Männer die Splitter des Schilds als Souvenir einsteckten, gingen Bürgermeister Lyman und seine Stellvertreter in die Redaktion des *Liberator*, um Garrison bei der Flucht zu helfen.

»Wir können Sie nicht schützen«, beschwor ihn Bürgermeister Lyman und überredete ihn schließlich, durch ein Fenster zu klettern, das nach hinten zur Wilson's Lane gelegen war.

»Garrison ist weg«, meldete ein Beamter des Bürgermeisters dem Mob. »Kehrt zu eurer Arbeit zurück. Geht nach Hause …«

Aber die Wachtposten des Mobs entdeckten Garrison und Burleigh, wie sie über die Dächer krabbelten. Sie riefen hinter ihnen her. Garrison floh in eine Schreinerei, und Burleigh versuchte, ihn hinter einigen Brettern zu verstecken. Aber es gab kein Entkommen vor dem wütenden Mob. Sie entdeckten Garrison inmitten von Hobelspänen und zerrten ihn hervor. Sie schleppten ihn zum Fenster und wollten ihn der Meute unten auf der Straße vorwerfen.

»Tötet ihn nicht sofort!« verlangte einer der Anführer.

Sie schlangen ein Seil um seinen Körper und wollten ihn daran durch die Straßen von Boston schleifen. Die Abolitionisten sollten was zu sehen bekommen und die Südstaatler auch … Also zwangen sie ihn, eine Leiter hinabzusteigen, die für ihn an das Fenster gelehnt wurde.

Während er sich an den Sprossen festhielt, sah er auf die Tausenden hinab, von denen kein einziger ihn vor dem Tod, dem Teerkessel oder der Tinte retten wollte. Als er unten ankam, fiel er auf die Knie und stammelte ein zusammenhangloses Gebet. Er war leichenblaß und zitterte. Jegliche Widerstandskraft hatte ihn verlassen.

Drei starke Männer aus dem Mob packten ihn und zerrten ihn durch die State Street.

»Sie werden ihn hängen. Um Gottes willen, rettet ihn!« schrie jemand in der Menge.

»Ihm wird nichts passieren ... ihm wird nichts passieren«, antworteten die drei Männer.

Der Mob wiederholte: »Ihm wird nichts passieren ... er ist Amerikaner.« Noch waren sie nicht bereit, für die Sache der Sklaverei einen Landsmann zu töten.

Die Menge bewegte sich zum südlichen Tor des Old State House – darunter der junge Parlamentarier John Greenleaf Whittier, der durch Garrison zum leidenschaftlichen Gegner der Sklaverei geworden war und dessen Quäker-Herz schmolz, als er eben diesen Mann in den Händen des Mobs sah.

Die drei Männer setzten Garrison auf den Stufen des Old State House ab und verschwanden in der Menge, drei Rollkutscher und Feinde des schwarzen Manns, die ein Menschenleben gerettet hatten, damit nicht gegen die Verfassung verstoßen wurde.

Wieder schritt Bürgermeister Lyman ein.

»Die Nacht bricht an«, rief er der Menge zu. »Ich schlage vor, daß ich diesen Mann die Nacht über wegen ordnungswidrigen Verhaltens einsperre.«

Der Mob, der nicht unbedingt auf eine Gewalttat aus war, trat zurück, bis Garrison, umringt von Deputies, in eine Kutsche gepackt worden war. Dann umdrängten die Männer die Kutsche und rangelten sich den ganzen Weg durch Boston hindurch bis zum Gefängnis.

In der Dunkelheit seiner Zelle durchwachte ein erschöpfter Garrison mit zerrissener Kleidung die Nacht. Er wußte, der Blitz hatte einen Brand entfacht ...

Elijah P. Lovejoy

Francis McIntosh sprang sofort auf den Steg, kaum hatte das Dampfschiff *Flora* angelegt. Er hatte nach der langen

Reise von Pittsburgh flußabwärts endlich frei und brauchte nicht in der Kombüse zu arbeiten, und ganz St. Louis lag vor ihm.

»Werd' mich ein bißchen vergnügen gehen«, rief er den Matrosen der *Flora* zu.

Bevor er den Kai verlassen hatte, sah er zwei Bootsführer miteinander raufen. Zwei Polizisten rannten mit Knüppeln auf sie zu. In Pittsburgh durfte ein freier Mischling Weißen helfen. McIntosh griff die Polizisten an. Sie richteten ihre Knüppel und Flüche jetzt gegen ihn. Während die beiden fremden Weißen durch eine Gasse entwischten, nahmen die Polizisten McIntosh wegen Widerstands gegen die Staatsgewalt fest.

Sie brachten ihn vor einen Friedensrichter, der ihn schnell für schuldig erklärte, zu einer Gefängnisstrafe verurteilte und den beiden Polizisten George Hammond und William Mull befahl, ihn zum Gefängniswärter zu bringen. Die drei Männer gingen zu Fuß eine Straße entlang, die vom Fluß weg führte.

»Wie lang werd' ich wohl sitzen müssen?« fragte McIntosh.

Fünf Jahre Zuchthaus ... fünf Jahre in der Hölle der Schwarzen. Werd' mich ein bißchen vergnügen gehen ...

Er riß sich von einem der Beamten los und zog ein langes Messer unter dem Hemd hervor. Er stach damit nach Mull und verfehlte ihn. Also stach er noch einmal zu und erwischte ihn an der Seite. Hammond packte ihn von hinten an den Schultern und drehte ihn von Mull weg. McIntosh stach nach Hammond, traf ihn am Hals und durchschnitt die Schlagader. Hammond machte ein paar Schritte und fiel tot um.

McIntosh rannte zum Mississippi, aber Mull verfolgte ihn und hatte schnell eine Meute zusammengerufen. Sie fingen McIntosh in Sichtweite der *Flora* und brachten ihn zum Gefängnis.

Um Hammonds Leiche herum, die noch auf dem blutgetränkten Boden lag, bildete sich ein Menschenauflauf. Es gab keine Reden und keine Aufrufe: Der bloße Anblick des Toten stimmte die Männer gewalttätig, und sie machten sich auf den Weg zum Gefängnis. Alles blieb ganz ruhig. Die Männer flüsterten miteinander, aber es war ein Flüstern, das einem das Blut gerinnen ließ und die schreckliche Zielstrebigkeit offenbarte, mit der sich die Menge daranmachte, den Schuldigen zu opfern. Bewaffnete Wachen, die aus dem Mob ausgewählt worden waren, schützten die Männer, die die Tür aufbrechen würden.

Zwischen acht und neun brachen sie in McIntoshs Zelle ein. Der wartende Mob stimmte ein Triumphgeheul an. Sie schleppten ihn zu einer großen Robinie hinter der Stadt, nicht weit weg vom Gefängnis entfernt, wo sie ihn mit dem Gesicht nach Süden gewandt an den Baum ketteten. Sie häuften kniehoch Bretter, Latten und Zweige um ihn herum auf. Dann brachte der Anführer Holzspäne und eine brennende Fackel und entfachte das Feuer.

McIntosh beobachtete wortlos ihre Vorbereitungen. Als das Feuer seine Füße erreichte, hob er den Kopf zur Menge und flehte: »Erschießt mich! Bitte erschießt mich!«

Keiner in der Menge rührte sich. Er sah, wie der Schein der Flammen auf ihre harten, kalten Gesichter fiel.

Er begann zu singen:

»Oh, mein lieber Bruder, steht die Welt in Flammen,

Willst du da nicht Gottes Brust zum Ruhekissen ...«

Er konnte das Lied nicht beenden und stimmte ein Gebet an. Die Flammen stiegen immer höher, und er ließ den Kopf sinken und verstummte.

»Er wird wohl von seinem Leiden erlöst sein«, vermutete ein Mann nahe dem Feuer.

McIntosh hob noch einmal den Kopf, der alle Ähnlichkeit mit dem eines Menschen verloren hatte. Obwohl er bis zum

Scheitel von Flammen bedeckt war, waren seine Worte deutlich zu verstehen.

»Nein nein«, kreischte er. »Ich spüre genauso viel wie ihr alle. Ich höre einen jeden. Erschießt mich! Bitte erschießt mich!«

Keiner antwortete ihm, und zwanzig Minuten später war er tot. Als ihr Rachedurst gestillt war, zogen sich die Männer, die sich nun doch ein wenig des Leidens, das sie beobachtet hatten, schämten, an den Rand der Dunkelheit zurück. Ihren Platz nahm eine Gruppe von Straßenjungen mit Steinen in den Händen ein. Sie traten nahe an das Feuer heran und warfen mit Steinen nach dem verkohlten Körper, der noch an den Baum gekettet war.

»Ich wette, ich knack' seinen Schädel als erster«, prahlte einer von ihnen ...

McIntosh war tot, und nur eine einzige Person erhob ihre Stimme gegen die Lynchjustiz.

Elijah P. Lovejoy, Herausgeber des *Observer* in St. Louis, meldete sich mit einer Empörung zu Wort, die für neue Wut sorgte. Er setzte sich nicht für den verstockten Schurken McIntosh ein, sondern kritisierte, daß diesem ein ordentliches Gerichtsverfahren verweigert worden war. Seine Leitartikel führten dazu, daß der Fall vor die Anklagejury kam. Der vorsitzende Richter schlug das Verfahren jedoch nieder, weil es sich seiner Meinung nach um einen Fall praktischer Justiz handelte, der nicht den Gesetzen unterlag.

Lovejoy erhielt Todesdrohungen – man wollte ihn umbringen und den *Observer* zerstören. St. Louis war nicht länger gewillt, die Ansichten eines Abolitionisten zu tolerieren. Als er erkannte, welches Ausmaß die Wut auf ihn erreicht hatte, beschloß er, mit seiner Zeitung nach Alton, Illinois, umzuziehen.

Bevor er dies jedoch tun konnte, drang der Mob in die Redaktion des *Observer* ein und warf die Einrichtung und einen Teil der Druckerpresse in den Mississippi. Lovejoy suchte die Reste seiner Presse zusammen und ließ sie nach Alton transportieren. Die Kisten wurden an einem Sonntag vor Tagesanbruch am Flußufer von Alton ausgeladen. Wieder waren einige seiner Gegner zur Stelle und kippten die Kisten in den Mississippi. Auch in Alton waren die Leitartikel, die Lovejoy über die Verbrennung geschrieben hatte, bekannt.

Befreundete Sklavereigegner kauften eine neue Druckerpresse und stellten sie in Alton auf. Lovejoy prangerte in einer neuen Serie von Leitartikeln erneut die Sklaverei und die Herrschaft des Mobs an.

Lovejoys Frau erkrankte lebensgefährlich. Trotzdem schrieb er weiter seine Leitartikel. Eines Nachts ging er um elf Uhr zur Apotheke in Alton, um Medizin zu holen, die sie dringend brauchte. Die Entfernung betrug etwa einen Kilometer auf dunklen Straßen. Als er die Hauptstraße erreichte, sprang eine Gruppe maskierter Männer hinter den Büschen hervor. Sie bewarfen ihn mit Dreck, und dann bekam ihn einer, der mit einem Knüppel bewaffnet war, zu fassen.

»Es ist der verdammte Abolitionist!« schrie er. »Macht ihm die Hölle heiß!«

Die anderen hakten einander unter und umzingelten Lovejoy. »Laßt ihn auf der Stange reiten! Teert und federt ihn! Laßt ihn geteert und gefedert den Mississippi hinuntertreiben! Unten im Süden wird er schon Nigger seiner Hautfarbe finden ...«

Lovejoy wußte, daß Widerstand zwecklos war. Er konnte zehn Mann nicht entkommen. Er bewahrte Haltung und sagte ruhig:

»Meine Herren, ich habe nur eine einzige Bitte. Meine Frau ist schwer krank, und es ist wichtig, daß sie unverzüglich ihre Arznei erhält. Deshalb war ich auf dem Weg zur

Stadt. Würde bitte einer das Rezept nehmen und dafür sorgen, daß man ihr das Medikament bringt, jedoch ohne daß sie dabei erfährt, was mit mir geschehen ist? Ich befinde mich in Gottes Hand und bin bereit, mit Ihnen zu gehen.«

Einen Augenblick lang verstummten die Männer. Dann sprach ein Doktor aus dem Süden, der zu ihnen gehörte:

»Jungs, ich kann einem derart tapferen Mann nichts antun.«

Er wandte sich ab, und die anderen folgten ihm. Aber sie ließen ihre Wut in dieser Nacht an der Druckerpresse des *Observer* aus und zerstörten sie.

Lovejoy kaufte in Cincinnati eine vierte Presse und ließ sie nach Alton transportieren, wo sie vom Bürgermeister in Empfang genommen und in einem Gebäude untergebracht wurde, das einer der angesehensten Firmen der Stadt gehörte.

Ein paar von Lovejoys Freunden trafen sich mit ihm in dem Gebäude, um mit ihm die Presse zu bewachen. Seine Frau, sie sich ein wenig erholt hatte, war heimlich in das Haus von Bekannten geschafft worden. Lovejoy war nervös und auf das Schlimmste gefaßt.

Eine verstreute Menschenmenge bewegte sich draußen in der Dunkelheit. Enoch Long, der Anführer der Verteidiger, stellte seine Leute an strategisch wichtigen Punkten auf. »Schießt, sobald sie angreifen!« befahl er ihnen.

Der Mob ging mit Baumstämmen als Rammböcke gegen das Haus vor.

»Schießt!« befahl Long.

Ein Schuß krachte, und ein Mann fiel tot um. Der Mob zog sich zurück, zögerte und verschwand dann, um sich mit Alkohol zu stärken. Alles war still. Der Mond ging auf und beleuchtete Gebäude und Grundstück.

Gegen Mitternacht kehrten sie zurück. Die betrunkenen Männer schossen auf die dunklen Fensterflächen, ein Dutzend von ihnen lief mit brennenen Fackeln zu dem Gebäude hinüber.

»Sie zünden das Haus an«, rief Long. »Wer meldet sich freiwillig, um das Feuer zu löschen?«

Lovejoy trat vor.

»Ich gehe«, sagte er. »Sie wagen es nicht, mir etwas anzutun.«

Zwei andere folgten ihm.

Lovejoy öffnete die Tür und trat in das ruhige, klare Mondlicht.

»Lovejoy«, stießen die Männer wütend hervor.

Fünf Schüsse fielen. Lovejoy rannte in das Gebäude zurück und die Treppe hoch. »Ich bin getroffen! Ich bin getroffen! Ich sterbe ...« – und brach tot einem Freund in die Arme.

Das Dach stand in Flammen, und die Männer im Gebäudeinneren drohten lebendig zu verbrennen. Long ging zum Fenster.

»Lovejoy ist tot«, rief er.

Unten jubelte der Mob.

»Wir ergeben uns.«

Der Mob erklärte sich bereit, sie gehen zu lassen und das Gebäude zu retten. Als die Freunde von Lovejoy, die seinen Leichnam zurückließen, herunterkamen, pfiffen Hunderte von Kugeln über ihre Köpfe hinweg, damit sie schneller verschwanden.

Dann stürmte der Mob das Gebäude und zerstörte das Gerät, das er haßte – die Druckerpresse ...

Pennsylvania Hall

In ganz Pennsylvania gab es einen Saal, in dem Mitglieder aller Sekten oder Nicht-Sekten, Mitglieder aller Parteien oder Nicht-Parteien öffentlich hätten Reden halten können.

Dann wurde am 14. Mai 1838 Pennsylvania Hall als ein Versammlungsort eröffnet, an dem Diskussionen über die Freiheit, die Bürgerrechte und das Übel der Sklaverei stattfinden sollten. Der Saal, der mit Spenden von Arbeitern, Bauern und Hausfrauen errichtet worden war und von einem Kommitee verwaltet wurde, dessen Interesse allein der menschlichen Gerechtigkeit galt, war für die Sklaven und Verfolgten ein Tempel der Hoffnung.

Während der langen Monate, in denen daran gebaut wurde, flüsterten die Anhänger der Sklaverei, daß es ein Treffpunkt der Nigger-Freunde sein würde, weiblicher wie männlicher ... von Leuten, die auch praktisch an der Vermischung der Rassen arbeiteten, um das Blut der Weißen zu verunreinigen.

Zur Eröffnung schrieb John Greenleaf Whittier, der junge, empfindsame Yankee-Dichter, eine Widmungsode, in die er all die Gefühle packte, die sich in ihm als Organisator der Abolitionisten, als Redner und als Herausgeber des *Pennsylvania Freeman* aufgestaut hatten – und er schrieb sie in seinen neuen Redaktionsräumen in Pennsylvania Hall.

Die Hetzer hatten gute Arbeit geleistet. Philadelphia brodelte, als sich die Türen öffneten. Sklavereigegner aus New England, dem Mittleren Westen und Philadelphia selbst wurden auf der Straße angefeindet und lächerlich gemacht. Der Mob folgte ihnen zur Pennsylvania Hall, lief draußen umher, trampelte mit den Füßen, lärmte, warf Steine, und die Spione lauschten an Fenstern und Türen, hörten, wie die Abolitionisten das Fugitive Slave Law und all die anderen abscheulichen Einrichtungen der Sklaverei diskutierten, und berichteten, daß sie gesehen hätten, wie weiße Frauen Arm in Arm mit Schwarzen spazieren gingen.

»Wir müssen dem ein Ende setzen«, riefen sie. Aber die Befürworter der Sklaverei mußten erst noch richtig in Wut geraten.

Zwei Tage später war die Menschenmenge außerhalb des Saals größer und bedrohlicher denn je. »Garrison spricht heute«, wurde verbreitet. Als Garrison zum Rednerpult schritt, warfen sie Steine in die Fenster, zerbrachen die Scheiben und bombardierten die Zuhörer. Trotzdem wurde die Versammlung fortgesetzt.

Am nächsten Morgen war die Menschenmenge noch größer, und die Atmosphäre war bis zum Zerreißen gespannt. Etwas mußte geschehen oder Philadelphias Straßen würden mit Blut getränkt werden. Die Abolitionisten verlangten von Bürgermeister John Swift Schutz.

Der Bürgermeister antwortete: »Der Mob spiegelt die öffentliche Meinung wider, und 99 Prozent derer, mit denen ich mich unterhalten habe, sind gegen Sie.«

An diesem Nachmittag war die Menge, die von Hetzplakaten überall in den Straßen in Rage gebracht worden war, auf mindestens 15 000 Menschen angewachsen und verhöhnte die Abolitionisten, und das Stimmengewirr schwoll wie irr an und ab. Das Gerücht ging um, daß die Polizei den Befehl erhalten hatte, bei diesen Demonstrationen niemanden festzunehmen. Man würde niemanden bestrafen, bloß weil er den Nigger-Freunden eine kleine Lektion erteilen wollte.

Bei Sonnenuntergang kam Bürgermeister Swift zur Pennsylvania Hall und versprach, die Ordnung wiederherzustellen, wenn die Versammlungen abgesagt und ihm die Schlüssel ausgehändigt würden. Mit den Schlüsseln in der Hand hielt er eine Rede, die dem Mob freie Hand gab:

»Es wird heute abend hier keine Versammlung stattfinden. Das Gebäude ist an mich übergeben worden. Die Besitzer hatten durchaus das Recht, ihre Versammlung abzuhalten, aber als gute Bürger haben sie auf meine Bitte das für diesen Abend geplante Treffen abgesagt.

Wir lassen das Militär nicht kommen! ... Vielmehr erachte ich Sie, meine lieben Mitbürger, als meine Polizisten und verlasse mich darauf, daß Sie für Ordnung sorgen.

Ich verabschiede mich jetzt und wünsche Ihnen eine gute Nacht!«

Die Menge jubelte, während die Abolitionisten zu zittern begannen. Whittier, der schon seine Erfahrung mit der Wut der Masse gemacht hatte, trennte sich von seinen Freunden und tauchte in der Menge unter. Der Bürgermeister tat, wie er versprochen hatte, und fuhr in die Nacht davon. Dann begann der Mob unter Anleitung einer Gruppe von Medizinstudenten aus dem Süden sein Zerstörungswerk.

Sie brachen die Türen mit Rammböcken auf. Sie plünderten die Schreibtische und Aktenschränke des *Pennsylvania Freeman*. Sie türmten am Rednerpult Papier und Holz auf, öffneten die Gashähne und setzten das Gebäude in Brand. Als die Feuerwehr eintraf, ließ der Mob sie die angrenzenden Häuser retten, nicht aber Pennsylvania Hall.

Zu der Menge, die das Gebäude plünderte, gehörte ein großer, hagerer Mann, der eine graue Perücke und einen langen weißen Mantel trug – der verkleidete Whittier, der sich die eigenen, wertvollen Manuskripte in die Taschen stopfte, während der Mob die Bücher und Zeitschriften der Abolitionisten zerstörte.

Als es im Gebäude nicht mehr sicher war, ging er nach draußen und mischte sich unter die Menge, wo sich das Jubelgeschrei und die wüsten Flüche in sein Gedächtnis einbrannten. Bei Morgengrauen setzte er sich dann hin und verfaßte einen weiteren flammenden Leitartikel:

»Pennsylvania Hall ist in Schutt und Asche gelegt worden! Der herrliche Tempel der Freiheit ist dem Dämon der Sklaverei als Feueropfer dargebracht worden. Im Herzen dieser Stadt ist eine Flamme zum Himmel emporgefahren. Man wird sie von Maine bis Georgia sehen. In ihrem düsterroten

Licht werden die Menschen den abscheulichen Feind klarer als je zuvor erkennen, auf dessen Veranlassung das Gebäude angezündet worden ist ...

Lassen wir die widerliche Tat für sich selbst sprechen! Die Menschen sollen sehen, wie gering der Besitz und das Leben geachtet werden in einem Land, auf dem der Fluch der Sklaverei lastet ...«

Prudence Crandall

Canterbury, Connecticut, war ein hübsches Städtchen in New England mit 1500 Einwohnern, die meisten davon rein puritanischer Abstammung, mit einer regelmäßigen Kutschenverbindung nach Hartford und Providence und mit einer erstklassigen Ladies' Academy.

Prudence Crandall, die Eigentümerin dieser Mädchenschule, hatte den Einwohnern von Canterbury schon oft bewiesen, daß ihr Glauben stark und ihr Gewissen unbeugsam waren. Sie war eine energische Frau mit männlich anmutenden Gesichtszügen, die durch ihre maskuline Kleidung noch betont wurden, und stammte aus einer angesehenen Quäker-Familie. Sie war sehr kultiviert und eine Lehrerin mit guter Ausbildung. Ihre Schule hatte in der Gemeinde einen ausgezeichneten Ruf und war der ganz besondere Stolz ihrer beiden unmittelbaren Nachbarn, Dr. Andrew Harris und Rechtsanwalt Andrew T. Judson.

Dann bewarb sich Sarah Harris, ein schwarzes Mädchen aus einer Nachbargemeinde, um Aufnahme. Sie wollte sich zur Lehrerin für farbige Kinder ausbilden lassen. Prudence Crandall ließ sie als normale Schülerin der Academy zu.

Die ganze Stadt war entsetzt. Sarah Harris müsse gehen, wurde verlangt. Man war für die Ausbildung farbiger Frauen, aber nur, solange diese woanders stattfand.

Judson und Harris waren die ersten, die deshalb bei Miss Crandall vorstellig wurden. Sie wiesen darauf hin, was es für die Reputation der Schule und der Gemeinde bedeuten würde, wenn man Sarah zu bleiben erlaubte. Alle anständigen Leute würden aus Canterbury fortziehen, und die Immobilienpreise würden fallen. Ihren Ehefrauen würde das eigene, gemütliche Heim zuwider werden, sollten Nigger-Mädchen in die Academy einziehen.

»Sarah Harris bleibt«, antwortete Miss Crandall.

Die weißen Mädchen verließen die Schule, und Prudence Crandall blieben nur ihre Schwester Almira und Sarah als einzige Schülerin. Sie bat William Lloyd Garrison um schwarze Schülerinnen und teilte in einer Anzeige im *Liberator* mit, daß ihre Schule von nun an jungen Damen und kleinen Fräuleins jeder Couleur offen stehe.

Die Nachbarn in Canterbury empörte die Vorstellung, daß inmitten ihres schönen, neuenglischen Städtchens eine Nigger-Schule eröffnet werden sollte.

»Wollt ihr, daß lauter Nigger in die Stadt kommen?« fragten die Leute einander.

»O nein! Gott bewahre!«

Ein Komitee der Bürger Canterburys – Anwalt, Richter, Bauer, Pfarrer, Anhänger der Abstinenz-Bewegung – besuchte Prudence Crandall und legte offiziellen Protest ein. Es wurde von Andrew T. Judson geführt.

»Die Afrikaner sind den Weißen vom Potential her und auch tatsächlich unterlegen«, erklärte er. »Wenn man sie hier wohnen läßt, führt das zu gemischtrassigen Ehen und einer allgemeinen Nivellierung der Gesellschaft.«

»Moses hatte eine schwarze Frau«, antwortete Prudence Crandall. Und der Rest der Unterredung verlief für die Besucher ähnlich unerfreulich.

Judson brachte dieses Problem dann bei der Stadtversammlung zur Sprache. Leute aus Canterbury, Brooklyn,

Plainfield, ja sogar aus Providence drängten in den Saal. Miss Crandall blieb zu Hause, schickte aber zwei Freunde, beide Abolitionisten, die für sie reden sollten. Ihre Nachbarn applaudierten, als Judson mit groben, beleidigenden Worten schilderte, was es für schreckliche Folgen haben würde, wenn man die Quäkerin und ihr schwarzes Fräulein gewähren lassen würde. Unter dem Eindruck dieser Rede beschloß man, die Schule zu verbieten. Als Prudence Crandalls Freunde das Wort ergreifen wollten, brachten sie die Sitzungsbesucher wütend zum Schweigen.

Prudence Crandall hörte sich einen Bericht über die Versammlung an und fuhr dann nach New York, Philadelphia, Boston und Providence, um Schüler anzuwerben. Eines Tages sahen die Einwohner Canterburys, wie sie zwanzig Mädchen durch das Dorf führte. Sie versammelten sich vor der Schule, als die jungen Frauen sich daranmachten, die Mathematik, Grammatik und Philosophie der Weißen zu studieren.

Die Männer von Canterbury begannen mit Unterstützung ihrer Frauen, Tanten und Kinder, der Kirche, der Metzger und des Lebensmittelhändlers, die Schule zu belagern. Die Händler weigerten sich, sie zu beliefern, Miss Crandall und ihre Schülerinnen wurden auf der Straße angegriffen und beleidigt, ihre Türen und Schwellen wurden mit Kot beschmiert – und das alles im Interesse der Reinheit. Jungen aus der Nachbarschaft schütteten Pferdemist in ihren Brunnen, die Nachbarinnen weigerten sich, ihnen einen Eimer Trinkwasser zu geben. Die Gemeindeältesten erklärten sie zu Pöbel, dem man keine Zuflucht gewähren dürfe. Ein Arzt hätte sich davor fürchten müssen, die Kranken unter ihnen zu behandeln, aber es gab sowieso keinen, der dazu bereit gewesen wäre. Trotzdem machte Prudence Crandall weiter.

Die Stadt wandte sich an Judson, den Mann des Rechts. Er fuhr mit den Petitionen und Briefen nach Hartford. Bald darauf wurde ein Gesetz erlassen, das es jedem unter Androhung einer schweren Strafe verbot, in irgendeiner Stadt Connecticuts ohne schriftliche Erlaubnis durch den Stadtrat eine Schule zu gründen, in der Schwarze von außerhalb Connecticuts ausgebildet werden sollten, oder Schwarze, die außerhalb Connecticuts geboren waren, zu unterrichten und bei sich wohnen zu lassen.

Die Leute von Canterbury jubelten, als sie davon hörten. Die Kirchenglocken läuteten, die Kanonen donnerten. Das Gesetz stand endlich auf ihrer Seite. Sie warteten darauf, daß Prudence Crandall ihre Schüler endlich aus Canterbury fortschaffen würde.

Als sie das nicht tat, ließen sie sie im Nachbarort Brooklyn einsperren und wiesen ihr eine Zelle zu, die gerade von einem verurteilten Mörder geräumt worden war.

Nachdem sie dort die Nacht durchwacht hatte, wurde Prudence Crandall zum Landgericht von Windham gebracht. Andrew T. Judson trat als Staatsanwalt auf, und im Gerichtsraum drängten sich die Anhänger der Sklaverei, die ihre Beschwerden vorbringen wollten. Judson hatte noch nie eine solche Gelegenheit erhalten, seine Ansicht, daß der Norden den Weißen gehöre, darzulegen. Er zog alle Register, um den Haß aufzupeitschen. Er bediente sich der weit verbreiteten Vorurteile über die Rassenintegration. Er berief sich auf die Verfassung und behauptete, daß die Schwarzen, da sie kein Wahlrecht besaßen, auch nicht als Bürger angesehen werden könnten. Unter dem Applaus des Publikums beendete er sein Plädoyer: »Ich bin nicht dagegen, daß sie eine Ausbildung erhalten, solange damit nicht gegen die Verfassung verstoßen und die Einheit der Vereinigten Staaten gefährdet wird …«

Er beendete sein Plädoyer und schien gewonnen zu haben, als sich aber die Geschworenen berieten, waren trotzdem einige für die Quäkerin und ihre Schule. Sie gaben dem

Drängen der Sklavereibefürworter nicht nach, blieben standhaft und verhinderten so einen Schuldspruch. Der Fall wurde vor den Supreme Court von Connecticut gebracht und vor das Berufungsgericht. Trotzdem fand sich keine Jury, die Prudence Crandall verurteilen wollte.

Während Prudence Tag und Nacht um ihre Freiheit kämpfte, sorgte Almira für die Aufrechterhaltung des Schulbetriebs. Und eines Tages kehrte Prudence Crandall tatsächlich als freie Frau zurück. Es war zwar ein Gesetz erlassen worden, aber es fand sich trotzdem in ganz Connecticut keine Jury, die sie gemäß diesem Gesetz verurteilen wollte.

Die Einwohner von Canterbury, die sich vom Gerichtswesen betrogen glaubten, nahmen das Recht nun in die eigene Hand. Sie wollten gewaltsam für Gerechtigkeit sorgen. Zuerst zündeten sie Prudence Crandalls Haus an, worauf Prudence und ihre farbigen Mädchen das Feuer wieder löschten. Eines Nachts griff der Mob dann das Haus mit Knüppeln und Eisenstangen bewaffnet an. Die Leute zerstörten die Fenster und Türen und zerschlugen die ganze Einrichtung, bis das Gebäude nicht einmal mehr als Stall getaugt hätte. Dann liefen sie fort.

Nun mußte Prudence doch aufgeben. Sie ging mit ihren schwarzen Mädchen fort, brachte sie wieder nach Hause, und die Stadt war wieder vor der schwarzen Gefahr sicher. Andrew T. Judson konnte wieder sein großes Haus genießen, ohne durch den Anblick kleiner schwarzer Mädchen in der Schule nebenan belästigt zu werden …

Cinqué beobachtete, wie das Boot der *Washington* am Kai von New London anlegte. Leutnant Meade sprang an Land und ging auf eine Gruppe wartender Männer zu. Sie gaben ihm nach Art der Weißen die Hand und folgten ihm dann zu dem Boot. Als er dafür gesorgt hatte, daß sie bequem saßen, nahm Meade seinen Platz im Bug ein und erteilte den Ruderern die Kommandos.

Das Boot näherte sich der *Washington* so weit, daß Cinqué die Gesichter der Männer sehen konnte. Als er sie betrachtete, faßte er sich unwillkürlich an den Hals. Nicht einer unter ihnen würde ihn und seine Kameraden davor bewahren wollen, gehängt zu werden.

Cinqué beobachtete, wie das Boot an der *Washington* anlegte. Er sah, wie Leutnant Meade einem Weißen höflich an Deck half und wie Leutnant Gedney diesem zur Begrüßung entgegeneilte. Er konnte nicht wissen, daß es sich bei dem Mann um Andrew T. Judson handelte, den Richter des Bezirks Connecticut, der gekommen war, um über die der Meuterei und des Mords angeklagten Afrikaner der *Amistad* zu Gericht zu sitzen.

VIII

Der erste Prozeß

Richter Judson schritt mit dicht an den Beinen anliegenden Hosen und kräftig in der Brise flatternden Rockschößen auf Cinqué zu, der nackt und an Füßen und Händen gefesselt auf dem Deck hockte. Mit einer Arroganz, die auf sein Alter und seinen Rang zurückzuführen waren, beugte er sich über den Schwarzen und begutachtete ihn.

»Steh auf, Junge!« befahl er und bedeutete Cinqué, daß er sich erheben solle.

Cinqué richtete sich mit klirrenden Ketten zu voller Größe auf, und seine Augen befanden sich jetzt in der Höhe der des Richters und erwiderten dessen unfreundlichen Blick. Er wandte sich den Männern zu, die hinter dem Richter standen, aber in keinem der Gesichter stand Mitleid, weder in dem des Beamten des Gerichts noch der rotbäckigen Offiziersanwärter, die sich hinter diesen drängelten.

»Was ist er wert, John?« fragte der Richter einen seiner Begleiter.

John J. Hyde, Herausgeber der *Gazette* von New London, trat mit dem Gehabe eines professionellen Sklavenschätzers vor Cinqué. Er befühlte Cinqués Arm- und Beinmuskeln, stocherte mit den Fingern in dem schwarzen Haar herum, um den Schädel zu prüfen, und zog mit Daumen und Zeigefinger die Lippen auseinander, um sich die Zähne anzusehen.

»In New Orleans würde dieser Nigger bei einer Versteigerung mindestens 1500 Dollar bringen«, verkündete er.

Leutnant Gedney und Leutnant Meade tauschten einen

Blick. 1500 Dollar für Cinqué. Mindestens tausend Dollar für jeden der anderen. Vielleicht 500 für jedes Kind. Von ihnen beiden würde jeder auf mehr als 10 000 Dollar Prisengeld Anspruch erheben können. Selbst wenn ihnen wie üblich nur ein Drittel vom Wert der geretteten Ware zugesprochen wurde, würden sie reich belohnt werden. Ohne ein Wort zu sagen, schworen sich die beiden Männer, bis zum Letzten zu kämpfen, um ihre Ansprüche durchzusetzen.

Dann stellte Leutnant Meade seinem Gefährten Leutnant Gedney Charles A. Ingersoll und Marshall Norris Wilcox vor.

»Ich bin stellvertretend für W. S. Holabird, Staatsanwalt von Connecticut, hier«, erklärte Ingersoll. »Mr. Hollabird ist zu Hause in Winsted geblieben, da er in seinem gegenwärtigen Gesundheitszustand diese Fahrt nicht auf sich nehmen wollte.«

Cinqué wandte sich von den Weißen ab und blickte dorthin, wo Montauk Point als eine dunkle Linie im blauen Dunst zu erkennen war.

»Ich habe James Sheffield mitgebracht«, erklärte John Hyde. »Er ist Maler und lebt in New London. Ich dachte, er könnte für mich eine Zeichnung von Cinqué anfertigen.«

»Wollen Sie warten, bis die Anhörung vorbei ist?« fragte Leutnant Gedney.

»Wenn Sie nichts dagegen haben, Sir, beginne ich sofort, um dann später mit Mr. Hyde nach New London zurückkehren zu können.«

Leutnant Gedney hatte nichts einzuwenden, also legte Sheffield ein frisches Blatt Papier auf seine Staffelei und begann, die Umrisse von Cinqués Kopf und Schultern zu skizzieren.

»Wo sind die beiden Spanier?« wollte Richter Judson von Leutnant Gedney wissen.

»Unter Deck … sie ruhen sich aus. Und sie haben es weiß Gott nötig. Sie haben unter diesen schwarzen Kannibalen Schreckliches durchgemacht.«

»Sie müssen bei der Anhörung zugegen sein.«

»Ich werde sie rufen lassen. Zuerst möchte ich Ihnen jedoch kurz die näheren Umstände schildern …«

Er gab die Geschichte der *Amistad* so wieder, wie er sie von Ruiz und Montes gehört hatte. Dann erzählte er vom Wunsch der Spanier, den Schoner und die Gefangenen nach Havanna zurückzubringen. Ganz beiläufig fügte er hinzu, daß er und Leutnant Meade der Meinung seien, wegen der Rettung von Schoner und Ladung Anspruch auf Prisen- oder Bergegeld zu haben.

Er schickte eine Ordonanz hinunter, um Ruiz und Montes zu holen.

»Der alte Mann ist noch fast verrückt vor Angst und Sorge«, sagte Leutnant Gedney zu Richter Judson.

Leutnant Gedney war überzeugt, seine Ansicht deutlich gemacht zu haben, und wandte sich ab, um Ruiz und Montes an Deck willkommen zu heißen und den anderen Amerikanern vorzustellen.

»Diesen Herren gehören die Sklaven«, erklärte er.

»Wo haben Sie sie her?« fragte Mr. Hyde.

»Ich habe sie in Havanna gekauft – im Barracoon für Afrikaner«, antwortete Ruiz.

»Sprechen sie Spanisch?«

»O nein, sie sind gerade erst aus Afrika gekommen.«

»Leutnant Meade sagt, einer von ihnen spricht Englisch. Wie kommt das?«

»Er hat es sicher an der afrikanischen Küste gelernt. An der Sklavenküste wird viel Englisch gesprochen.«

Mr. Hyde wandte sich an Cinqué.

»Sprichst du Englisch?«

Der Kreis öffnete sich, um auch Cinqué aufzunehmen.

»Nein … nicht Englisch«, brachte Cinqué hervor.

Der Kreis schloß sich wieder. Man gab Cinqué keine Chance, für sich selbst zu sprechen.

Leutnant Gedney schlug vor, die Anhörung in der Kabine der *Washington* abzuhalten. »Sie können sich die *Amistad* später ansehen«, fügte er hinzu. »Sie werden den widerlichen Gestank dort nicht lange ertragen.«

Sie ließen Cinqué an Deck gefesselt zurück, wo Sheffield an seinem Porträt arbeitete, und folgten Leutnant Gedney nach unten.

Richter Judson nahm am Ende der Kabine hinter einem Schreibtisch Platz. Als die anderen sich dem Richter gegenüber auf Stühlen niedergelassen oder sich gegen die bemalten Schotten gelehnt hatten, eröffnete Wilcox die Sitzung.

»Wir werden uns beide Spanier zusammen anhören«, verkündete er.

Don Pedro Montes und Don José Ruiz traten in Begleitung von Leutnant Meade, ihrem Dolmetscher, vor das Gericht. Ruiz, in einem frischen Leinenhemd, wandte sich mit seinem dunklen, hübschen Gesicht zuversichtlich dem Richter zu und war überzeugt, daß er die Sympathie der Weißen auf seiner Seite hatte, daß Schiff und Ladung zurückerstattet werden würden und daß Cinqué und die anderen Kannibalen in Havanna ihre gerechte Strafe finden würden. Montes sah nach allem, was er erlebt hatte, immer noch blaß und abgehärmt aus und drehte die Augen nach oben, als wäre jeder Atemzug ein Dankgebet dafür, daß er sich aufgrund der göttlichen Fügung wieder in der Gesellschaft Weißer befand.

Wilcox las ihnen den Eid vor, und Leutnant Meade, der während seiner Jugend in Madrid und Cadiz Spanisch gelernt hatte, dolmetschte, wobei er sich höflicher Formulierungen bediente und sich ehrerbietig vor den Spaniern verbeugte.

Als Ruiz und Montes rechtmäßig vereidigt waren, legten sie mit Ruiz als ihrem Sprecher Beschwerde ein gegen Cinqué und die 38 anderen Afrikaner, die noch am Leben waren, nahmen dabei aber die vier Kinder ausdrücklich aus. Der Richter, der Marshal und der Staatsanwalt erhoben von dieser Beschwerde ausgehend formell Anklage und beschuldigten die Afrikaner des Mords und der Piraterie an Bord des spanischen Schoners *Amistad.* Wilcox las die Anklageschrift laut vor, Leutnant Meade übersetzte sie, und die Spanier sagten »Si, Señor« und »Gracias, Señor«.

Auf ein Kopfnicken von Leutnant Gedney hin brachten zwei Matrosen der *Washington* den noch immer gefesselten Cinqué in die Kabine und führten ihn vor den Richter. Die Veränderung in seinem Aussehen sorgte in der Kabine für Gemurmel. Man hatte ihm erlaubt, sich zu waschen, und seine Haut glänzte wie glatter Samt. Er trug eine weiße Hose und ein rotes Flanellhemd, das er weit aufgeknöpft hatte, damit die *grisgris*-Narben auf der Brust sichtbar blieben: beides Kleidungsstücke, die die Matrosen für ihn auf der *Amistad* besorgt hatten. An einer Schnur um seinen Hals hing eine silberne Schnupftabakdose, die ihm einer der Matrosen geschenkt hatte.

Cinqué verstand zwar nicht, was sie ihm sagten, ahnte aber, daß dies das Palaver der Weißen war, und stand mit der ruhigen Würde eines afrikanischen Häuptlings vor ihnen. Seine Gedanken kehrten zu den Palavern unter Vorsitz seines Vaters zurück, denen er in Mani beigewohnt hatte. Sein Vater und Richter Judson waren fast gleich alt und übten beide ihr Amt mit Würde aus. Aber nicht nur ihre Hautfarben waren verschieden. Cinqué dachte an seinen Vater und das Gefühl von Gerechtigkeit, das dieser vermittelt hatte. Er betrachtete Richter Judsons Gesicht, das zum Teil von einem Bart bedeckt war. Die Augen, die den Angeklagten musterten, waren kalt und verächtlich.

In der Nähe von Cinqué saß Sheffield, der mit fliegendem Bleistift den Schwarzen zeichnete, damit Hyde das Porträt als Lithographie in der *Gazette* drucken konnte. Seine Nachbarn konnten sehen, daß er die Haltung von Kopf und Schultern richtig erfaßt hatte. Er arbeitete jetzt an den Details und zeichnete dicke, leicht nach oben gewölbte Lippen, hinter denen kräftige, gleichmäßige Zähne zu sehen waren. Er zögerte mit den Nasenöffnungen, die er für den schwierigsten Teil des Gesichts hielt. Sie schienen sich ständig zu bewegen, blähten sich, zogen sich zusammen und reagierten auf jede Gefühlsregung des Afrikaners.

Wilcox wiederholte die Anklagepunkte und sprach direkt zu Cinqué, der mit Würde zuhörte und ihnen dann durch Zeichen mitteilte, daß er sie nicht verstehe. Er war ruhig und gefaßt, gänzlich ergeben in sein Schicksal. Als Wilcox die Anklage verlesen hatte und seine Stimme in der Kabine verklungen war, schenkte Cinqué ihm ein melancholisches, aber gelassenes Lächeln. Als die beiden Matrosen ihn zur Seite geleiteten, warf er Ruiz und Montes einen eindringlichen Blick zu und deutete mit den Händen an, daß er erwarte, gehängt zu werden.

Er verstand genug vom Haß, um ihn in den Augen dieser Männer zu ermessen – um zu wissen, daß sie nicht nachgeben würden, bis er nicht für Kapitän Ferrers Leben mit seinem eigenen bezahlt hatte.

Er konnte nicht wissen, daß gemäß einem Abkommen zwischen England und Spanien Sklaverei als Piraterie angesehen wurde, daß in einigen Gegenden der weißen Welt der Sklave, der seinen Herrn ermordete, nicht als Mörder galt und daß er und seine Gefährten, wären sie nach ihrer Meuterei von einem britischen Schiff aufgegriffen worden, als freie Männer, nicht als Piraten und Mörder angesehen worden wären. Aber sie waren an ein Schiff aus den Vereinigten Staaten geraten, einem Land, in dem wegen der Sklaverei immer wieder die Gerechtigkeit außer acht gelassen wurde und in dem Cinqué jetzt vor Gericht gestellt worden war, ohne daß ihm der Richter den Anwalt zur Verfügung gestellt hatte, auf den die Freien laut Gesetz Anspruch hatten.

Vielleicht würde es was nützen, wenn er redete ... Cinqué sagte ein paar Worte auf mendi. Richter Judson gebot ihm ungeduldig Einhalt und verlangte, daß die Anhörung ohne Verzögerung fortgeführt werde. Leutnant Meade wurde vereidigt und gab zu Protokoll, daß er vor Montauk an Bord der *Amistad* gegangen sei und nach den Schiffspapieren gefragt habe.

»Wo sind die Papiere?« fragte Richter Judson.

Leutnant Gedney nahm eine Ledermappe vom Tisch und zog mehrere Päckchen hervor. »Hier, Euer Ehren!« Er reichte sie Richter Judson. Judson sah, daß sie in spanischer Sprache waren, und gab sie an Leutnant Meade weiter, damit er sie übersetze. Dieser las dem Gericht die Dokumente vor, deren Siegel aufgebrochen war. Es waren hauptsächlich Geschäftsbriefe, Einkaufslisten und Vollmachten. Er übersetzte auch die beiden *traspasos* vom kubanischen Generalgouverneur, mit denen Ruiz und Montes erlaubt worden war, ihre Sklaven nach Puerto Principe zu transportieren.

»Sind das offizielle Dokumente?«

Ruiz sah sich die Papiere an und sagte »Si, Señor.«

»Tragen Sie sie als Beweismittel ein!« befahl Richter Judson.

Als Cinqué sah, wieviel Interesse man diesen Briefen entgegenbrachte, wünschte er sich, er hätte sie mit Eisen beschwert auf dem Grund der See versenkt.

Dann erzählte Leutnant Meade, wie er Cinqué und die übrigen Afrikaner am Ufer von Montauk gefangen und Kapitän Green die beiden Kisten weggenommen hatte.

»Wir müssen uns die Kisten ansehen«, erklärte Ingersoll.

Leutnant Gedney ließ seine Matrosen die beiden Seekisten hereinbringen. Ingersoll öffnete sie vor den Augen des Gerichts. Er holte Kleidung und Ausrüstungsgegenstände hervor, die Kapitän Ferrer gehört hatten, darunter ein schön besticktes Lederhalfter. Cinqué beugte sich wie die anderen nach vorn, um besser sehen zu können. Es war keine einzige Dublone in den Kisten, keine Spur von dem Gold, das er auf Long Island hatte klirren hören.

»War Gold an Bord?« fragte Richter Judson.

»Wir haben keins gefunden«, behauptete Leutnant Gedney. Dann erzählte er dem Gericht von dem Gürtel mit den Dublonen, den Cinqué auf den Boden der Bucht hatte sinken lassen.

»Glauben Sie, daß sonst kein Geld an Bord war?« fragte Richter Judson.

»Ja, das glaube ich.«

Richter Judson entließ Leutnant Gedney und rief Señor Ruiz.

»Würden Sie uns bitte berichten, was seit dem Tag, an dem Sie die Sklaven in Misericordia gekauft haben, passiert ist?«

Mit dem Talent eines geborenen Dramatikers begann Señor Ruiz, leise die Geschichte ihrer Reise zu erzählen, wurde allmählich lauter und beschrieb schließlich mit schneidender Stimme das Wüten der Meuterer auf der *Amistad*. Er stellte anschaulich die Bluttaten dar, die er gar nicht mitangesehen hatte. Er ließ die Zuhörer zusammenzucken, als er von den Drohungen berichtete, die den Überlebenden gegenüber ausgestoßen worden waren. Und immer wieder deutete er vorwurfsvoll auf Cinqué.

Cinqué konnte seine Worte nicht verstehen, aber den anklagenden Finger kannte er gut, und er spürte den Haß, den Ruiz in den Herzen dieser Amerikaner schürte.

Ruiz beruhigte sich wieder und trat zur Seite, und Señor Montes wandte sich jetzt an den Richter. Er erzählte stockend von seiner Schreckensnacht während der Meuterei, und Leutnant Meade hatte Schwierigkeiten mit dem Dolmetschen. Je weiter er in seiner Erzählung voranschritt, desto aufgeregter wurde er, bis ihm die Stimme versagte und Tränen über seine Wangen rollten.

»Wäre ich zehn Jahre lang in einem Kerker angekettet gewesen, hätte ich nicht so viel gelitten«, jammerte er. »Ich werden mich nie mehr davon erholen.«

Als er seine Geschichte beendet hatte, faßte Leutnant Meade ihn sanft am Arm und führte ihn zu einem Stuhl.

»Ich wollte keinen von ihnen töten«, wiederholte er von seinem Stuhl. »Ich wollte sie nur vor sich selbst schützen.«

Von Anfang an war klar gewesen, daß die Amerikaner an die Schuld der Schwarzen glauben wollten. Jetzt gab es einige unter ihnen, die Cinqué am liebsten an einer Rahnock aufgeknüpft hätten – und die übrigen Afrikaner noch dazu.

Nachdem diese Aussagen zu Protokoll genommen worden waren, unterbrach Richter Judson die Sitzung, damit er sich die *Amistad* ansehen und Antonio vernehmen konnte. Die Matrosen brachten Cinqué wieder an Deck, wo Sheffield ihn zeichnete, wie er auf das Meer hinausblickte.

Als Richter Judson an Bord der *Amistad* ging, sah er Wachtposten und eine Gruppe Afrikaner an Deck, deren ausgemergelte Körper völlig nackt waren oder in absonderlich kombinierten Kleidungsstücken steckten, die aus der Ladung stammten. Die vier Kinder, die frei herumlaufen durften, flohen, als sie die fremdartigen Weißen kommen sahen, und kauerten neben der Winsch nieder. Hyde und Richter Judson stiegen vorsichtig durch das merkwürdige Durcheinander aus Geschirr, Sätteln, Zügeln, Ferngläsern, Oliven, Rosinen und Büchern.

An der vorderen Luke stützte sich Hyde kurz ab und zog die Hand sofort wieder zurück, als er etwas Kaltes, Klammes fühlte. Es war die Leiche von Kura, die immer noch nackt unter dem schwarzen Tuch lag. Hyde zog den Stoff ein wenig zurück, und er und Richter Judson betrachteten die starren Gesichtszüge und die glasigen Augen des toten Afrikaners. Der Mund stand offen und war immer noch vom letzten Kampf verzerrt.

»Es war kein leichter Tod«, stellte Richter Judson kalt fest.

In der Nähe hockte Konoma wie ein wachsamer Teufel und weckte mit seinen zugefeilten Zähnen und den dämonischen Augen in den Weißen Furcht und Haß. Er war die Bestätigung all dessen, was sie von Ruiz und Montes gehört hatten, die Bestätigung, daß diese wilden Kannibalen aus Afrika schlimmer waren als Raubtiere aus dem Dschungel. Hyde ging auf Sicherheitsabstand und machte ein paar Notizen auf seinen Block. Richter Judson befahl Leutnant Gedney, ihm sofort Antonio zu bringen. Er hatte genug von der Hölle gesehen, in der die Spanier gefangen gewesen waren.

Leutnant Meade brachte Antonio an Deck. Wie Kameraden überquerten sie gemeinsam das Deck und traten vor Richter Judson.

»Das hier ist der Kabinenjunge von Kapitän Ferrer«, erklärte Leutnant Meade.

Antonio verbeugte sich und lächelte gewinnend. Leutnant Meade erklärte ihm auf spanisch langsam, was ein Eid ist. Antonio begriff sofort.

»Ich bin Christ«, verkündete er.

Dann wurde er vereidigt. Als Zeuge konnte er endlich seinen Haß auf Cinqué loswerden, sich für die Schimpfworte rächen und für die Schläge, die er während der langen Reise hatte einstecken müssen. Mit der Bestimmtheit eines Augenzeugen gab er Cinqué als Kapitän Ferrers Mörder an.

»Ich schwöre, ich habe gesehen, wie er zuschlug«, erklärte er.

Dann deutete er auf Grabo und Konoma als Komplizen.

»Sie haben versucht, mich umzubringen«, sagte er zu Richter Judson. »Können Sie mich schützen?«

Richter Judson wandte sich an Leutnant Gedney.

»Können Sie diesen Jungen vorübergehend auf der *Washington* unterbringen?«

»Ja, Euer Ehren.«

Als Richter Judson die Untersuchung abschloß, sah er nicht viel klarer. Dies war kein eindeutiger Fall wie die Sache in Canterbury. Die Schwarzen waren schuldig, davon war er überzeugt. Aber wie sollten sie bestraft werden? Und von wem? Er kannte sich im Seerecht und im internationalen Recht nicht aus und fühlte sich unsicher und inkompetent. Er war erleichtert, als er das stinkende Sklavenschiff verlassen konnte. Noch erleichterter wäre er gewesen, wenn er den ganzen Fall los geworden wäre.

Als sie an Bord der *Washington* zurückkehrten, zeichnete Sheffield gerade kleine Löckchen, die für Cinqués dichte Haarmatte stehen sollten. Cinqué war gut getroffen, aber für Richter Judsons Geschmack zu romantisch dargestellt.

»Ihr schwarzer Wilder ist zu heroisch geworden«, beschwerte er sich.

Hyde studierte erst das Porträt, dann das Original, das jetzt in der Mittagssonne in jedem Detail gut zu erkennen war. Erst wirkte er verdutzt, dann erleichtert. Der Künstler hatte ihm geholfen, Cinqué zum ersten Mal als einen Menschen zu sehen.

»Dem stimme ich nicht zu«, erklärte er. »Ich finde im Gegenteil, daß die Zeichnung nicht ganz den heroischen Ausdruck von Augen und Brauen wiedergibt.«

»Da haben Sie recht, Sir«, sagte Sheffield zu Hyde. »Es ist das edelste Gesicht, das ich je gesehen habe. Es ist mein Fehler, daß das Porträt nicht die heroischen Züge widerspiegelt, die ich in ihm sehe.«

Richter Judson ließ Ingersoll und Wilcox Kopien der Protokolle anfertigen. Dann nahm er die Leutnants Gedney und Meade beiseite. Nicht aufgrund irgendwelcher Überzeugungen, sondern weil er bei der ganzen Sache kein gutes Gefühl hatte, wollte er herausfinden, ob es für ihn nicht einen Ausweg gäbe.

»Man könnte leicht zu einer außergerichtlichen Einigung kommen«, stellte er fest. »Die Anklageschrift könnte man zerreißen und den Schoner und die Sklaven an die Spanier übergeben ...«

»Und was ist mit unserem Bergegeld?« unterbrachen ihn die Offiziere. »Und was ist mit der Strafe für die Verbrecher?«

»Ich bin mir sicher, daß die Spanier sie bestrafen würden, sobald sie in Havanna sind. Und wegen des Prisengelds können Sie ja mit den Spaniern verhandeln. Sich mit ihnen zu einigen wäre für Sie wahrscheinlich profitabler als ein Prozeß mit all seinen Unkosten.«

»Wir haben mit Señor Ruiz schon über das Thema Prisengeld gesprochen«, erwiderte Leutnant Gedney. »Sie wollen keinen Cent zahlen und sind der Ansicht, daß wir nur unsere Pflicht als Offiziere der Navy getan haben.«

Richter Judson versuchte, sie dazu zu überreden, ihren Anspruch auf Schiff und Ladung aufzugeben, damit der Fall sofort mit einem Vergleich abgeschlossen werden könnte.

»In unserem eigenen Interesse werden wir den Prozeß durchziehen«, antwortete Leutnant Gedney. »Wir verlangen von einem amerikanischen Gericht, daß es die Rechte der amerikanischen Bürger schützt.«

Ohne Rücksicht auf die Gerechtigkeit oder die Frage, ob sein Gericht überhaupt zuständig war, gab Richter Judson ihren Forderungen nach und nahm die Dokumente, die Ingersoll und Wilcox vorbereitet hatten, entgegen. Cinqué und die 38 anderen Afrikaner sollten vor den Circuit Court, das Bezirksgericht, gestellt werden, wenn dieses am 17. September das nächste Mal in Hartford zusammentrat. Sie würden im Gefängnis von New Haven auf zwei Prozesse warten: Zum einen waren sie des Mords und der Piraterie angeklagt und zum anderen sollte vor Gericht geklärt werden, ob sie den Spaniern oder den amerikanischen Offizieren als Eigentum zustanden.

Señor Ruiz setzte sich wortreich gegen die Behauptung Gedneys und Meades zur Wehr, daß sie Anspruch auf Schiff und Ladung hätten.

»Diese Herren sind Offiziere eines Schiffs der amerikanischen Navy«, argumentierten sie. »Sie haben kein Anrecht auf eine zusätzliche Belohnung, nur weil sie ihre Pflicht getan haben. Sie haben weder Strapazen noch irgendwelche Gefahren auf sich nehmen müssen. Der Fall ist durch die Staatsverträge abgedeckt ...«

»Das ist eine Frage, die vom Circuit Court geklärt werden soll«, erklärte ihm Richter Judson ungeduldig. »Sie werden reichlich Gelegenheit finden, Ihre Argumente darzulegen. Sie können sich einen Anwalt Ihrer Wahl nehmen.«

Die drei kleinen Mädchen, Ka-le und Antonio, die nicht unter Anklage standen, aber ebenfalls als Eigentum beansprucht wurden, sollten eine Kaution von je 100 Dollar hinterlegen und vor dem Circuit Court als Zeugen aussagen. Da sie kein Geld hatten, wurden sie ebenfalls in das Gefängnis von New Haven geschickt.

Leutnant Meade, Señor Montes und Señor Ruiz sollten sich durch Hinterlegung von jeweils 100 Dollar verpflichten, vor Gericht zu erscheinen.

»Wo werden Sie absteigen?« fragte Richter Judson die Spanier.

»Wo gibt es hier in der Nähe einen spanischen Konsul?«

»In Boston. Señor Antonio G. Vega.«

»Dann können Sie uns durch ihn erreichen. Wir werden

ihn bitten, unseren Fall der Regierung Ihrer Majestät vorzutragen.«

Wilcox schrieb sorgfältig die Namen seiner neuen Schützlinge vom spanischen *traspaso* ab. Er datierte das Dokument auf New London, den 29. August 1839. Richter Judson stellte sicher, daß Ingersoll von allen Dokumenten Kopien für Staatsanwalt Holabird erhielt. Dann geleitete Leutnant Meade die Gruppe zum Boot der *Washington*.

Gerade als sie gehen wollten, reichte Señor Ruiz Mr. Hyde eine Karte.

»Würden Sie mir den Gefallen tun, dies in Ihrer Zeitung zu drucken?« fragte er.

Auf dem Weg nach New London las Mr. Hyde die Karte vor:

Die Unterzeichner Don José Ruiz und Don Pedro Montes möchten aus Dankbarkeit für die unvorhergesehene und höchst glückliche Errettung aus den Händen einer Bande gewissenloser afrikanischer Piraten, mit der sie vor einem schrecklichen Tod bewahrt wurden, auf diesem Wege Korvettenkapitän T. R. Gedney und den Offizieren und Mannschaften des Vermessungsschiffs *Washington* der U.S. Navy ihre Dankbarkeit ausdrücken und bekunden, daß sie sich den Genannten wegen der Entschlossenheit, mit der die *Amistad* aufgebracht wurde, wegen der liebenswürdigen Gastfreundschaft, mit der an Bord der *Washington* für das Wohl aller Unterzeichner gesorgt wurde, und wegen aller Maßnahmen, die unternommen wurden, um deren Besitz zu schützen, in hohem Maße verpflichtet fühlen.

Wir wollen auch bekennen, daß wir der Nation tiefen Dank schulden, deren würdige Vertreter die Genannten sind, und versichern, daß diese Tat bei unserer erlauchten Herrscherin, Ihrer Majestät, der Königin von Spanien, die ihr gebührende Anerkennung finden wird.

»Sie haben ihre Auffassung von dieser Angelegenheit gut dargestellt«, stellte Richter Judson fest.

»Das haben sie in der Tat«, antwortete Mr. Hyde. Dann fügte er hinzu: »Mit Ihrer Erlaubnis, Sir, werde ich den Text in der *Gazette* drucken und eine Kopie zusammen mit meinem Bericht an die New Yorker *Sun* schicken.«

Wie die Spanier vorausgesehen hatten, wurde ihre Karte überall in Amerika abgedruckt und gelesen. Und sie bewirkten damit, was sie erwartet hatten: Sie weckten für sich Sympathie und schürten den Haß auf die wilden Afrikaner.

Cinqué hingegen, der im Laderaum der *Washington* in Ketten lag und auf die Überführung ins Gefängnis von New Haven wartete, verfügte weder über die nötigen Sprachkenntnisse noch über eine Mittelsperson, um dem amerikanischen Volk von seiner Not zu erzählen. Er verfügte nur über jenes beharrliche Verlangen nach Freiheit, das während seiner ganzen Gefangenschaft noch nicht nachgelassen hatte. Und über eine kleine Skizze, die James Sheffield angefertigt hatte.

IX
Das Village Green

Vom Deck eines staatlichen Kutters aus beobachtete Cinqué, wie sich der Hafen und das Städtchen New Haven vor ihm ausbreiteten. Er trug Handschellen, aber Ehrwürden Cutter Wolcott und Kapitän Mather Herald, die von Marshal Wilcox geschickt worden waren, um ihn ins Gefängnis zu überführen, ließen ihn auf Deck frei herumlaufen. Nachdem sie New London am Samstagmittag verlassen hatten, waren sie in gemütlichem Tempo den Sund entlanggesegelt. Manchmal war Cinqué an der Reling gestanden und hatte trübsinnig nach Long Island hinübergeblickt, meistens aber hatte er das grüne, hügelige Ufer Connecticuts betrachtet und nach einer Antwort auf seine Fragen gesucht: Wohin brachte man ihn? Wann würde man ihm die Schlinge um den Hals legen?

Als sie sich jetzt dem Hafen von New Haven näherten, standen die beiden Weißen neben ihm und machten ihn auf die Wahrzeichen aufmerksam, sobald diese im Sonnenlicht Gestalt annahmen: der Leuchtturm, Fort Hale, East Rock und West Rock, wo lange vor ihm die Regicides, die »Königsmörder«, Zuflucht gesucht hatten, nachdem sie wie er der Freiheit wegen getötet hatten. Er lächelte jedesmal und grunzte, aber ihre Worte hatten für ihn soviel Bedeutung wie das Plätschern der Wellen, die gegen den Rumpf schlugen.

Der Kutter legte in Long Wharf an, und die drei Männer begannen ihren Marsch durch die Stadt zum Gefängnis. Obwohl es Samstagnachmittag war und viele Leute auf den

Straßen waren, sorgten sie für wenig Aufsehen. Seltsame Gesichter und seltsame Gewänder waren im Hafenviertel oft zu sehen, und Matrosen aus aller Herren Länder machten sich jeden Abend singend auf den Weg zu den Kneipen am Village Green. Cinqué hätte mit seinem roten Hemd, seiner weißen Hose und den auf dem Rücken gefesselten Händen irgendein entlaufener Sklave sein können, der zum Gefängnis geschleppt wurde, wo er auf seinen Herrn warten mußte. Er wirkte jetzt, da er sich auf festem Boden bewegte und von der *Amistad* und seinen Gefährten getrennt war, weniger heroisch, als ihn Sheffield gezeichnet und Hyde in der New Yorker *Sun* beschrieben hatte. Beide Darstellungen waren den Leuten von New Haven im übrigen inzwischen bekannt.

Mani, Havanna, New Haven – Grashütte, rotgedeckter Palast, weiße, mit Schindeln verkleidete Häuser – afrikanischer Dschungel, kubanischer Luxus, die Wäldchen und gestutzten Hecken Neu Englands – in Cinqués Kopf wirbelten die Eindrücke, die während seiner Reise auf ihn eingestürzt waren, umher. Nichts, was er je zuvor gesehen hatte, glich dieser Stadt New Haven, wo weiße Häuser aus Holz und rote aus Backstein um eine Art Park herum gebaut waren. Die Männer gingen die Chapel Street hoch, und schon lag das Village Green mit seinen drei Kirchtürmen und dem Parlamentsgebäude, mit seinen Ulmen, die von Raupen befallen winterlich kahl wirkten, und seinem Gras, das jetzt, gegen Ende des Sommers, braun und vertrocknet war, vor ihnen. Vor allem der Eindruck von Sauberkeit und Ordnung prägte sich Cinqué ein, als er am Tontine Hotel vorbei zur Rückseite des County House gebracht wurde.

Das County House, das von Colonel Pendleton und seiner Frau geführt wurde, war Gefängnis und Kneipe zugleich – und der einzige Zugang zum Gefängnis führte durch den Schankraum. Ein Gefangener mußte zuerst an Männern vorbei, die sich amüsierten und dem Alkohol zusprachen, bevor er in eine der sechs Zellen dieses dreistöckigen Gebäudes kam.

Kapitän Herald hielt die Tür zum Schankraum auf, und Hochwürden Wolcott führte Cinqué hinein. Die Männer sahen zuerst kaum von ihren Gläsern auf.

»Wo ham Sie den Nigger her?«

»Von der *Amistad*«, antwortete Hochwürden Wolcott.

»Der *Amistad*!«

»Der Nigger is' von der *Amistad*?«

»Das is' einer von den Kannibalen.«

»Was haben Sie mit ihm vor?«

Die Männer drängten sich um Cinqué. Ein Küchenjunge rief nach Mrs. Pendleton.

»Wo sind die Spanier?« fragte einer der Männer Kapitän Herald.

»Sie sind zum spanischen Konsul in Boston gefahren.«

Mrs. Pendleton kam mit graubraunem Kleid und graubrauner Haube aus der Küche. Cinqué starrte auf ihr breites, weißes Gesicht und die weißen Hände, die alles waren, was aus dem Kleid hervorlugte.

»Bringt ihn her!« rief Mrs. Pendleton Kapitän Herald zu.

Sie zog ein paar Schlüssel aus der Tasche und öffnete eine Tür, die zu dem engen Gang zwischen den beiden Zellen im Erdgeschoß führte. Das einzige Licht war das des Sonnenuntergangs, und Cinqué, der von Kapitän Herald zur Eile angetrieben wurde, folgte Mrs. Pendleton, obwohl es ihm schwer fiel, sich an die Dunkelheit zu gewöhnen.

»Wir werden ihn zu den Gefangenen aus der Stadt stecken, bis Colonel Pendleton die anderen Afrikaner bringt«, verkündete Mrs. Pendleton. Sie spähte durch das Guckloch einer Zelle und schloß die schwere Holztür auf.

»Soll ich ihm die Ketten abnehmen?« fragte Kapitän Herald.

Er schloß die Handschellen auf und schob Cinqué in die

Zelle. Dann sperrte Mrs. Pendleton die Tür hinter ihm ab. Cinqué hörte die Schlüssel klirren, als Mrs. Pendleton die beiden Türen zwischen ihm und der Freiheit verriegelte. Dann drehte er sich um, um nach einer Fluchtmöglichkeit zu suchen.

Cinqué fand sich sechs Gefangenen gegenüber – vier schwarz wie er selbst, zwei weiß –, die sich zu den Fenstern zurückgezogen hatten, durch die sie sonst die Passanten auf der Church Street und dem Village Green beobachteten. Cinqué stand aufrecht mit dem Rücken zu der Eichentür und hob langsam die Hände, für den Fall, daß die anderen ihm was antun wollten …

»Weshalb haben sie dich eingebuchtet?« fragte einer der Schwarzen, dessen Worte undeutlich waren vom Rum.

Cinqué schüttelte den Kopf.

»Willst nich' reden, häh?«

Der Mann hob drohend die Hand.

»Meine Brüder«, begann Cinqué rasch auf mendi. Sie starrten ihn verständnislos und feindselig an.

»Englisch … nein … nein«, brachte Cinqué hervor.

Die Schwarzen kamen näher.

»Frisch aus Afrika, häh?«

Sie umringten ihn und durchsuchten die Taschen in seinem Hemd und seiner Hose. Als sie nichts fanden, traten sie zurück. Sie versuchten, ihn mittels Zeichen zu fragen, wie lange er schon in Amerika war. Cinqué, der nicht verstand, was sie meinten, machte Zeichen, die wiederum sie nicht deuten konnten.

Mit einem Achselzucken kehrten sie zu ihren Fenstern zurück, und Cinqué, dessen Furcht vor den Fremden etwas nachgelassen hatte, legte sich in der Nähe der Tür auf eine Decke. Ein paar Weiße, die von Gerüchten angelockt worden waren, versammelten sich vor dem County House und lugten in die halbdunkle Zelle.

»Wo ist der Kannibale?« fragten sie. »Zeigt uns mal den Kannibalen von der *Amistad*!«

Die Gefangenen erschraken bei dem Wort »Kannibale«. Sie baten die Leute draußen, ihnen mehr über Cinqué zu erzählen, und gerieten außer sich, als sie die wirren Geschichten über den geheimnisvollen schwarzen Schoner hörten. Sie riefen nach Mrs. Pendleton, damit sie sie rette. Welches Recht hatte sie, einen Kannibalen zu ihnen zu sperren?

Inzwischen war es zu dunkel, um ihn noch zu sehen, aber sie spürten seine Gegenwart in der Nähe der Tür.

»Wir müssen die ganze Nacht über Wache halten«, flüsterten sie.

Als die Männer draußen weitergegangen waren, breiteten die sechs Gefangenen ihre Decken bei den Fenstern aus und stellten zwei Wachen auf. Auf der anderen Seite des Raums kauerte Cinqué und fürchtete, daß die Männer ihm etwas tun würden.

Lange, nachdem die letzten Schritte auf der Church Street verklungen waren und Dunkelheit und Stille Cinqué von den anderen Gefangenen getrennt hatten, hörte er Mrs. Pendletons Schlüssel im Schloß. Sie öffnete die Tür, hielt eine Kerze in der Hand und schob einen weiteren Gefangenen herein. Es war ein alter Mann, ein Schwarzer, der nach einer Nacht voll Rum stark schwankte.

»Geben Sie uns Licht! Geben Sie uns bitte ein Licht!« bettelten die Gefangenen. »Wir wollen den Kannibalen sehen.«

Mrs. Pendleton folgte ihren Blicken zu dem Kerzenstummel in ihrer Hand. Sie stellte den Kerzenständer auf den Boden und schloß die Tür hinter sich. Dann streckte sie wieder das Gesicht durch das Guckloch herein.

»Ihr könnt sie runterbrennen lassen«, sagte sie.

Die Männer zerrten den Alten auf ihre Zellenseite und

durchsuchten seine Taschen. Sie teilten sich die Münzen, die sie fanden, und ließen seine Schnupftabakdose herumgehen. Dann durfte er, der zu betrunken war, um ihre Furcht vor der unvermeidlichen Dunkelheit und dem wilden Menschenfresser zu teilen, sich auf den Boden legen.

Wie ein gefangener Adler stand Cinqué mit dem Rücken zur Tür, und im Kerzenlicht wirkte er, vom eigenen Schatten umrahmt, noch größer und wilder. Zwei Männer saßen ihm als Wachen gegenüber, während die anderen in ihre Decken gewickelt schliefen. Die Kerze brannte herunter und erlosch, und die Augen von Cinqué und den Wachen gewöhnten sich nur langsam an die Dunkelheit, was ihre Angst erneut aufflackern ließ.

Als der Tag anbrach, hatte Cinqué immer noch nicht geschlafen. Ihm saßen die beiden weißen Gefangenen gegenüber, die jetzt Wache schieben mußten, und ihre Gesichter wirkten im Morgenlicht krankhaft blaß. Das Läuten der Kirchenglocken weckte in Cinqué neue Befürchtungen und Fragen und ließ die anderen Gefangenen auffahren, die ihn wie am Abend zuvor ängstlich anstarrten. Nach einiger Zeit nahmen sie wieder ihre Beobachtungsposten am Fenster ein. Mrs. Pendleton kam und holte vier der Schwarzen, damit sie ihr in der Küche halfen.

Kurz nach Sonnenaufgang begannen Leute, die Church Street hinab zum Hafen zu gehen.

»Wo geht ihr hin?« fragten die Gefangenen von den Fenstern des County House aus.

»Nach Long Wharf, um uns die Kannibalen anzusehen. Sie sind auf einer Schaluppe aus New London gebracht worden.«

Bevor die Gottesdienste anfingen, waren die Straßen und das Village Green voll von Leuten, die für den Augenblick ihren sonntäglichen Ernst vergessen hatten und auf die Afrikaner der *Amistad* warteten, die wie eine Prozession zum

County House marschieren würden. Mit den Männern in ihren langen Mänteln und hohen Hüten und den Frauen in ihren weiten Kleidern wirkte das alles wie eine politische Versammlung oder eine Auktion. Und tatsächlich skandierten einige der Whigs, von der Stärke ihrer Partei überzeugt, die gegen den amtierenden Präsidenten Van Buren gerichtete Parole »Van, Van, du kaputter Mann!«. Und ein paar Südstaatler, die als Sommergäste im »Pavillon« unten am Wasser logierten, staunten über die Aufregung, für die ein »Haufen Nigger« sorgte.

Viele unter den Zuschauern konnten sich noch an die letzte Sklavenauktion erinnern, die vor 14 Jahren auf dem Village Green an der Stelle, die auch jetzt noch vom Schandpfahl markiert wurde, stattgefunden hatte. Einer der letzten beiden Sklaven, die damals verkauft worden waren, war ebenfalls zugegen: Er war nach dem Kauf freigelassen worden und lebte jetzt als einer der 1400 Einwohner zufrieden in dieser Stadt ...

»Da kommen sie!« schrie die Menge.

Cinqué, den die ganze Aufregung neugierig gemacht hatte, kam dicht an das Fenster heran und sah die Church Street hinab. Er stimmte mit in das Geschrei ein, als er sah, daß seine Freunde von der *Amistad* auf ihn zukamen.

Konoma, dessen Tätowierungen und zugefeilten Zähne schon genügten, um den Weißen Schauer über die Rücken zu jagen, führte die Gruppe an.

»Seht euch diesen Menschenfresser da an«, flüsterten die Leute einander zu. Die Frauen rissen bei seinem Anblick die Kinder zurück.

Hinter Konoma kamen in zwei Reihen, an deren Spitzen Grabo und Kin-na marschierten, die Männer, die noch gehen konnten. Die drei kleinen Mädchen und Ka-le liefen zwischen den Afrikanern hin und her und flitzten von einer Straßenseite zur anderen, um Obst und Münzen einzusammeln, die ihnen die Weißen als Geschenk hinhielten. Zwei Wagen, die mit den Männern beladen waren, die zu schwach zum Gehen waren, bildeten das Ende der Prozession. Auf beiden Seiten marschierten Wachen von der *Washington,* frisch gewaschene junge Männer in Uniform.

Die Afrikaner, ausgemergelt und nur spärlich bekleidet, gingen die Church Street entlang und staunten. »Colonel Pendleton wird mit der Truppe alle Hände voll zu tun haben«, sagten die Leute zueinander. »Mit denen hat er's nicht so leicht wie mit den Betrunkenen vom Samstagabend.«

Colonel Pendleton führte seine Gefangenen zur Rückseite des County House und durch den Schankraum hindurch zu ihren Zellen. Die, die laufen konnten, wurden in den ersten Stock gebracht. Die Kranken wurden in eine Zelle im zweiten Stock getragen, wo Mrs. Pendleton ein Lazarett eingerichtet hatte. Der Colonel schickte einen Boten zu Dr. Charles Hooker, Professor für Medizin am Yale College, damit dieser kam und etwas gegen den Durchfall der Gefangenen unternahm. Mrs. Pendleton führte die drei kleinen Mädchen und Ka-le in ein Zimmer in ihrer eigenen Wohnung, wo sie zu viert in einem Bett schliefen.

Nachdem die Gefangenen untergebracht und die Wachen zur *Washington* zurückgeschickt worden waren, beschlossen Colonel Pendleton und Marshal Wilcox, den Haftbefehl der Gefangenen zu prüfen. Sie gingen von Zelle zu Zelle und riefen »Manuel, Evaristo, Escolástico …«. Die Afrikaner schauten sie verständnislos an. Als klar war, daß diese mit den spanischen Namen, die ihnen Ruiz gegeben hatte, nichts anfangen konnten, gingen die beiden Weißen in die Zellen und schrieben mit Burnahs und Antonios Hilfe sorgfältig die Namen auf, die ihnen die Schwarzen nannten.

Es wurde Mittag, und die vier von Mrs. Pendleton beaufsichtigten schwarzen Gefangenen brachten ihnen Eintopf in Zinntöpfen. Die Afrikaner schoben Gabeln und Löffel beiseite und aßen mit den Fingern. Und als sie fertig waren, warfen sie die Näpfe genauso beiläufig zur Seite, wie sie es in Afrika mit den Bananenblättern machten.

Als die sonntäglichen Gottesdienste und das Mittagessen vorbei waren, versammelten sich die Leute von New Haven, die mehr über die Überlebenden vom geheimnisvollen schwarzen Schoner erfahren wollten, um das County House herum. Den ganzen Vormittag hindurch hatte Colonel Pendleton seine besonderen Freunde durch das Gefängnis geführt und sie durch die Gucklöcher in die Zellen sehen lassen. Jetzt, nachdem es am Nachmittag zu einem Massenansturm gekommen war, verlangte er von den Leuten einen Shilling pro Person und ließ sie dann durch die Gänge im oberen Stockwerk gehen, wo sie durch die Gucklöcher hindurch die auf ihren Decken liegenden Afrikaner betrachten konnten.

»Das Geld kommt den Afrikanern zugute«, behauptete er. »Nach Abzug aller Unkosten.«

Bei manchen erregten die Afrikaner Mitleid, bei manchen Schrecken. Manche Besucher sahen in ihnen das, was sie waren: eine Gruppe verwahrloster, verlorener und einsamer Schwarzer, die in diesem fremden Land keinen einzigen Freund hatten – und unbedingt Hilfe brauchten.

Unter den Besuchern waren Phrenologen, Zeichner und Maler. Die, die einen Shilling Eintritt bezahlt hatten, gingen mit den anderen nach oben. Nur einige wenige Freunde von Colonel Pendleton durften Cinqué sehen.

Ein Phrenologe untersuchte Cinqué, befühlte seinen Kopf und vermaß den Schädel. Inzwischen hatte sich eine Menschenmenge auf dem Green um ihn herum versammelt.

»Haben Sie diesen Cinqué gesehen? Was für eine kräftige Statur!«

»Was halten Sie von ihm?« fragte einer aus dem Publikum.

»Ich glaube, er hat ein reizbares und hitziges Temperament, wobei die Galle überwiegt. Was für ein Kopf! Gut geformt und ganz so, wie er einem Phrenologen gefällt! Solch einen afrikanischen Schädel sieht man selten … und unter anderen Umständen hätte er ohne Zweifel seiner Rasse zur Ehre gereicht …«

Diese paar Tropfen Berber-Blut!

Die Maler sahen in ihm den edlen Wilden, das perfekte Modell für ein Bild, in dem ein romantischer Naturzustand des Menschen verherrlicht werden sollte. Und sie zeichneten und malten Cinqué und reduzierten die Lippen und Nasenflügel ein wenig und überarbeiteten Kopf und Ohren vorsichtig ihrem Ideal von männlicher, weißer Schönheit entsprechend.

Auch Professoren vom Yale College kamen zu Besuch, darunter Josiah Willard Gibbs, der Mungo Parks *Reisen* und Mollisons *Reisen in Afrika* unterm Arm trug. Er war in Griechisch, Latein und Hebräisch bewandert und in New Haven und anderswo für sein Sprachtalent berühmt, und er war gekommen, um eine Methode auszuarbeiten, wie man mit den Afrikanern würde kommunizieren können. Colonel Pendleton, der ohne Dolmetscher hilflos war, brachte ihn in den ersten Stock und führte die Afrikaner in einer Zelle zusammen.

Als sie diesen Fremden sahen, zogen sich die Afrikaner verschreckt zurück. Er war groß und dünn – fast so dünn wie sie –, wirkte, was Gesicht und Auftreten anging, sehr streng und alles andere als vertraueneinflößend. Aber seine Stimme klang sanft, und diese Sanftheit ging auch von seinen tiefliegenden Augen aus.

Professor Gibbs wandte sich den afrikanischen Sprachen in Mungo Parks Buch zu und las willkürlich ein paar Worte vor. Die Afrikaner lachten wild und verstanden ihn nicht. Dann versuchte er, mit ihrer Hilfe ein Vokabular zu erstellen.

Er hielt einen Finger hoch und sagte »eins«.

Sie beobachteten ihn aufmerksam, schwiegen aber. Der Weiße hatte sie mit seiner Ernsthaftigkeit angesteckt.

Er hielt eine Münze hoch und sagte wieder »eins«.

Einige der Männer schienen zu begreifen.

Er hielt erneut einen Finger hoch.

»*Eta*«, rief Grabo. Die anderen riefen auch *eta* und lachten wie die Kinder.

Professor Gibbs hielt einen Finger hoch und sagte »*eta*«, wobei er die Aussprache der Afrikaner sorgfältig imitierte und über die gutmütigen Heiterkeitsausbrüche lächelte, die er mit seinen Fehlern hervorrief.

Die Afrikaner versammelten sich um ihn, und er versuchte es mit zwei, drei und mehr Fingern: *fili, kiauwa, naeni, loelu, weta, wafura, wayapa, ta-u, pu* lauteten die Zahlen bis zehn. Während draußen die Menschen vorbeigingen, arbeitete Professor Gibbs so geduldig, als bringe er Erstklässlern das Rechnen bei.

Als das Vokabular größer wurde, bemerkte er, daß einige der Afrikaner auf seine Worte nicht reagierten. Er stellte Listen mit ihren Zahlworten auf und fand so heraus, daß in der Gruppe mindestens drei verschiedene Sprachen gesprochen wurden. Aber die meisten der Gefangenen entstammten demselben Volk.

»Mendi«, sagten sie wiederholte Male. Er kannte kein afrikanisches Volk dieses Namens, konnte auch keines in seinen Büchern finden und vermutete daher, daß es sich um die von Mungo Park beschriebenen Mandingos handelte.

Bis zum Spätnachmittag hatte er die Zahlworte so oft wiederholt, daß die Afrikaner nicht mehr über ihn lachten. Dann verließ er das Gefängnis, um einen Schwarzen zu finden, der mit ihnen reden konnte. Er war sich sicher, daß es im Hafenviertel von New Haven irgendeinen Matrosen geben würde, der die Zahlworte verstand. Von seiner Aufgabe beseelt suchte er die Kais in New Haven und Long Wharf ab und hielt jeden Schwarzen an, den er entdeckte, sagte ihm die Zahlen auf und fragte überall nach jemandem, der den armen, primitiven Afrikanern würde helfen können …

Am nächsten Vormittag kam Norris Wilcox nach dem Frühstück mit Kleidung für die Afrikaner ins Gefängnis – Hosen und Hemden aus gestreiftem Baumwollstoff für die Männer und Kalikokleider und Wollschals für die kleinen Mädchen. Die Männer mühten sich unter großem Gelächter in die Hosen. Als sie aber die Hemden endlich anhatten, waren ihre *grisgris*-Zeichen auf der Brust verdeckt.

Sie rissen sich die Hemden vom Leib, warfen sie beiseite und stellten wieder stolz ihre Kreuze, Rauten und Zickzacklinien zur Schau.

Die kleinen Mädchen zogen ihre Kleider an und wickelten die Schals der afrikanischen Mode entsprechend wie Turbane um den Kopf. Dann zogen sie die langen Wollstrümpfe an, die ihnen Wilcox gebracht hatte.

»Cinqué?« fragten sie Wilcox und Pendleton. So nahe sie einander durch das gemeinsame Leiden auch gekommen waren, sie brauchten doch ihren Anführer.

Aber Cinqué wurde nicht zu ihnen gebracht. Sie waren sich sicher, daß er schon gehängt worden war.

Als Mrs. Pendleton ihnen einen Abzug der Lithographie zeigte, die nach Sheffields Zeichnung angefertigt worden war, riefen sie wieder und wieder »Cinqué«. Trotzdem wurde er von ihnen getrennt gehalten, und man verriet ihnen auch nicht, daß er im Stockwerk unter ihnen eingesperrt war.

Cinqué, der mit den anderen Gefangenen in einer Zelle saß, bat darum, zu seinen Leuten gebracht zu werden. Er rief nach ihnen, war sich aber nicht sicher, ob seine Stimme bis zu ihnen drang. Als er keine Antwort erhielt, zog er sich in eine Ecke zurück und brütete vor sich hin. Warum quälte man ihn auch noch damit, daß man ihn von den anderen getrennt hielt?

X

Vom Sturm gesandte Freunde

Während Cinqué im Gefängnis von New Haven umgeben von Betrunkenen, Zuhältern und Kriminellen darauf wartete, daß man ihm die Schlinge um den Hals legte, verbreiteten die Zeitungen auf der ganzen Welt seine Geschichte, und Sheffields Lithographie ging von Hand zu Hand. In den Dörfern und Städten versammelten sich die Menschen, diskutierten die Geschichte und studierten das Gesicht des Schwarzen, um darin die Antwort auf ein nationales Dilemma zu finden. Diese Antwort blieb aus – statt dessen gab es Donnergrollen. Die Südstaatler – solche von Geburts wegen und solche aus bloßer Sympathie – lachten über das Bild. »Er wird den Abolitionisten herzlich wenig nützen«, behaupteten sie. »In seiner afrikanischen Heimat steht er kaum über den Affen, und die Sprache, die er plappert, ist für zivilisierte Menschen unverständlich.« Die Abolitionisten, die sich seines Falls annahmen, dankten Gott für die heroische Gestalt, die als Symbol ihres Kampfs dienen konnte. Die Gesetzeshüter, vom Präsidenten als dem Oberhaupt der Exekutive bis zum einfachen Polizisten, waren schon vor dem Sturm gewarnt, der sich zusammenbraute, und zitterten bei dem bloßen Gedanken daran, was passieren könnte, wenn beide Seiten wegen Cinqué aktiv werden würden. In New York, Philadelphia und Havanna wandten Menschen, die sich schon seit langem für die Rechte der Schwarzen einsetzten, den Blick nach New Haven und bereiteten sich darauf vor, zu kämpfen – vor Gericht, wenn möglich, und mit illegalen Mitteln, wenn nötig …

Lewis Tappan saß mitten in seinem Lagerhaus am Hanover Square in New York an einem kleinen Schreibtisch, wo er von den Besitztümern eines Händlers umgeben war: Stoffballen aus England und Frankreich, Schachteln voll Besteck und Kisten mit Gewehren. Mittleren Alters, von zierlicher Gestalt und stets auf seinen schwarzen Anzug und sein weißes Hemd achtend, herrschte er über diesen Teil des Handelsimperiums, das er mit seinem Bruder Arthur zusammen aufgebaut hatte.

Doch an diesem Morgen galten seine Gedanken nicht den Männern im Kontor oder denen, die die Lieferungen vorbereiteten, die immer seltener in den Süden gingen und immer häufiger in den Westen. Vor ihm lag eine Ausgabe der New Yorker *Sun,* und er hatte gerade die Geschichte über die Afrikaner von der *Amistad* beendet. Ihr heroischer Freiheitskampf und ihr Schicksal im Gefängnis von New Haven entfachten erneut den Eifer eines Abolitionisten, der schon seit langem in ihm glomm.

Er starrte auf die Fenster, die gegen die Angriffe der Sklavereianhänger, die sein und seines Bruders Geschäft zu zerstören versucht hatten, mit Eisenläden verrammelt waren. Er fragte sich, was aus diesen unglücklichen Afrikanern wohl werden würde.

Die Zeitung hielt eine Antwort bereit: Sie würden nach Havanna zurückgeschickt werden und für den Mord am Kapitän und dem Koch vor ein spanisches Gericht gestellt werden.

In diesem Augenblick entschied Lewis Tappan, seine Macht und seinen Reichtum zu nutzen, um für die Afrikaner zu kämpfen. Er brachte die Zeitung zu seinem Bruder, der im Kontor arbeitete, und wartete, bis dieser die Geschichte ebenfalls gelesen hatte.

»Ich fahre nach New Haven«, stellte Lewis Tappan fest.

Keine weitere Erklärung war nötig. Arthur Tappan war

genauso lakonisch gewesen, als er nach Canterbury gefahren war, um mit seinen Ratschlägen und seinem Geld zur Verteidigung von Prudence Crandall beizutragen. Sie unterstützten beide die American Anti-Slavery Society und halfen flüchtigen Sklaven.

»Was brauchst du?«

»Geld, aber ich weiß noch nicht, wieviel. Zumindest genug, um einen Rechtsanwalt zu bezahlen. Bevor ich fahre, werde ich mit Joshua Leavitt und Simeon Jocelyn reden. Und ich werde meine schwarzen Freunde nach einem Afrikaner fragen, der die Sprache dieser Schwarzen spricht.«

Lewis trat aus dem dunklen Lagerhaus hinaus in das helle Septemberlicht. Er verzichtete darauf, eine Droschke zu nehmen, und ging zu Fuß die Pearl Street hinab zur Battery, wo er einen schwarzen Freund traf, der Mitglied einer schwarzen Baptisten-Gemeinde war, die von den Tappans unterstützt wurde. Tappan bat ihn, so viele Schwarze wie möglich zusammenzurufen, die afrikanische Sprachen verstanden, und mit diesen in das Büro von Simeon Jocelyn zu kommen. Dann ging er den Broadway hinauf bis zur Nassau Street, wo das Büro lag, in dem Joshua Leavitt den *Emancipator*, die Zeitung der American Anti-Slavery Society, herausgab.

Er war sich bewußt, daß die Leute, an denen er vorbeikam, ihn anstarrten. »Lewis Tappan«, zischten sie. »Lewis Tappan ... der Inbegriff eines Abolitionisten.« Das Gesicht, das er ihnen zuwandte, war alt und die alten Augen nach vielen leidvollen Erfahrungen müde. Er blickte auf 15 Jahre Kampf gegen die Sklaverei in Boston, New Haven und New York zurück. Schon lange, bevor sein Haar grau und spärlich geworden war, war er von seinen Gegnern wegen seines Äußeren verhöhnt worden. Die Aufrichtigkeit, mit der er sich für die Menschenrechte einsetzte, bot jedoch keinen Anlaß zum Spott.

Aber es war nicht beim Hohn geblieben. Die Südstaatler boykottierten sein Handelshaus. Politiker hatten 10 000 Dollar auf seinen Kopf ausgesetzt, sollte er je in den Süden kommen. Sein Haus No. 40 Rose Street, von dem aus viele Sklaven mit der Underground Railroad nach Norden gebracht worden waren, war geplündert und niedergebrannt worden, während der Besitzer und seine Familie glücklicherweise zu einem Besuch in Harlem waren. Sie waren auch gegen sein Lagerhaus vorgegangen und hatten die Fenster eingeworfen und Waren zerstört. Die Mitglieder seiner Familie waren nicht mehr sicher. Trotzdem kämpfte er weiter.

Lewis Tappan traf im Büro der American Anti-Slavery Society ein, wo er Joshua Leavitt vorfand, der für den *Emancipator* die in der *Gazette* und der New Yorker *Sun* erschienenen Berichte über die Afrikaner von der *Amistad* abschrieb. Es war ein schäbiges Büro, aber das Herz der Abolitionisten-Bewegung. Die Regierung in Washington und die Politiker aus den Südstaaten wären darüber erstaunt gewesen, wie stark der Puls nach zehn Jahren der Agitation mittlerweile schlug.

»Was ist Ihre Meinung zu dem Fall?« wollte Tappan von Leavitt wissen.

»Die Meinung eines jeden rechtschaffenen Menschen: Cinqué hat seiner Freiheit zuliebe getötet und muß daher freigelassen werden. Das ist sein Recht ... in einem freien Land. In einem Sklavenland jedoch erwarten einen Sklaven, der sich gegen seinen Herren aufgelehnt hat, Gefängnis und Galgen. Es muß rasch etwas unternommen werden, sonst werden sie an die Spanier ausgeliefert.«

»Ist es ein Fall für die Regierung?«

»Die Regierung wird sich seiner annehmen, falls dies ihren Interessen nützt.«

»Das sehe ich auch so ... aber was können wir tun? Ich

fahre morgen nach New Haven, um die Schwarzen zu besuchen. Ich möchte ihnen jede nur mögliche Hilfe anbieten.«

»Wir könnten für den Prozeß in Hartford einen Rechtsanwalt besorgen.«

»Daran habe ich auch schon gedacht. Wir werden eine ganze Menge Geld auftreiben müssen. Ich würde ja alles zahlen, aber unser Geschäft hat sich von dem Feuerangriff noch nicht erholt. Ich schlage daher vor, daß wir ein Freundschaftskomitee zugunsten der Afrikaner von der *Amistad* gründen und Spenden sammeln.«

»Sie können mit mir rechnen.«

Sie gaben einander feierlich die Hand.

»Ich würde gerne Bruder Jocelyn miteinbeziehen«, fügte Tappan hinzu. »Begleiten Sie mich zu ihm?«

Tappan und Leavitt gingen zum Broadway hinüber, an der Trinity Church vorbei und bogen in die Wall Street ein. Auf dem Weg unterhielten sie sich über Präsident Van Buren und die Möglichkeit, daß er die Afrikaner an die Spanier auslieferte, ohne den Prozeß abzuwarten.

»Ich traue ihm nicht«, sagte Tappan. »Er hat sich schon zu oft um die Gunst der Sklavereibefürworter im Süden wie im Norden bemüht. Falls er zu dem Schluß kommt, daß dieser Fall ihm in der kommenden Wahl gefährlich werden könnte, wird er sich meiner Meinung nach schnell gegen die Afrikaner entscheiden.«

»Es ist der gewiefteste Politiker, den wir je hatten. Ich stimme dem zu, was Davy Crockett über ihn gesagt hat: Er könnte auf der einen Seite ein Stück Fleisch in den Mund stecken, auf der anderen ein Stück Brot und etwas Kohl in die Mitte tun und alles kauen und runterschlucken, ohne dabei irgendwas zu vermischen.«

Kein Lächeln, sondern Verbitterung zeichnete sich bei diesen Worten auf Tappans Gesicht ab.

Sie erreichten das Büro in der Wall Street, von dem aus

sich Jocelyn für die Schwarzen einsetzte. Er war Pastor der schwarzen Gemeinde von New Haven gewesen, wo er den Schwarzen wie den Weißen die Lehre Jesu zu vermitteln versucht hatte. Aber die Stadt New Haven war noch nicht bereit, in ihrem Christentum so weit zu gehen. Der Mob bedrohte Jocelyn auf der Straße, bewarf seine Kirche mit faulen Eiern, griff sein Haus an und vertrieb ihn schließlich aus New Haven. Er war nach New York gekommen, wo er seine ganze Energie darauf verwandte, den Schwarzen zu helfen.

Tappan und Leavitt gingen an einer Gruppe schwarzer Männer und Frauen vorbei, die draußen vor der Tür auf Hilfe warteten, und betraten das Büro. Sie warteten, bis sich Jocelyn von einem alten Mann verabschiedet hatte, dessen Verbeugungen und Kratzfüße offenbarten, daß er erst vor kurzem aus der Sklaverei entlassen worden war.

»Haben Sie das über die *Amistad* gelesen?« fragte Tappan.

»Ja.«

»Was halten Sie davon?«

»Wenn die Richter der Vereinigten Staaten diesen Mann des Mords schuldig befinden, sollte ihnen das Kainsmal auf die Stirn gebrannt werden.«

»Die Richter werden ihn nicht ganz allein ermorden«, sagte Leavitt. »Die Südstaatler werden den Fall aufbauschen. Wir müssen darauf gefaßt sein, daß wir von Anfang bis Ende gegen sie kämpfen müssen.«

»Vor den Südstaatlern habe ich gar nicht so viel Angst«, fügte Tappan hinzu. »Ganz egal, wie sehr ihre Zeitungen auch plärren. Ich fürchte eher die Sklavereibefürworter hier im Norden – Leute, die an der Sklaverei verdienen, ohne direkt mit ihr zu tun zu haben. Ihre Stimme hat in Washington Gewicht. Ihr Einfluß wird schwerer zu bekämpfen sein.«

Ihre Unterhaltung wandte sich Rechtsanwälten zu, die

mit den Abolitionisten sympathisierten und die Afrikaner unter Umständen zu verteidigen bereit waren. Rufus Choate aus Boston wäre ihre erste Wahl gewesen, aber er war alt und krank. Er hatte nicht mehr die Kraft, solch einen Kampf bis zum Ende durchzustehen. David Brown aus Philadelphia hatte Leavitt bereits seine Dienste angeboten. Aber er kam für sie nicht ernsthaft in Betracht. So blieben ihnen bloß Roger Sherman Baldwin aus New Haven und Seth P. Staples jr. und Theodore Sedgwick aus New York.

»Sind Sie damit einverstanden, daß ich mit Baldwin rede, wenn ich morgen nach New Haven fahre?« fragte Tappan.

Sie waren einverstanden und beschlossen, daß man Baldwin bitten sollte, die Verteidigung zu übernehmen. Staples und Sedgwick waren eifrig und talentiert, aber noch zu jung, um die Verantwortung für einen Prozeß zu übernehmen, in dem es um so viele Menschenleben ging.

»Ich habe mit Sedgwick wegen seines Pamphlets ›Ist die Sklaverei in den Vereinigten Staaten eine gute oder eine schlechte Einrichtung?‹ zu tun«, sagte Leavitt. »Ich werde mit ihm reden – und auch mit Staples, wenn Sie einverstanden sind.«

Als die Frage nach dem Anwalt gelöst war, wandten sich die Männer dem Problem der Geldbeschaffung zu. Sie verfaßten einen Aufruf, in dem sie ihre Ziele darlegten und um Spenden baten, und wollten ihn im *Emancipator* veröffentlichen lassen.

Bis zum Abend waren vier Afrikaner, die noch die Sprache ihrer Heimat verstanden, in Jocelyns Büro gekommen, um Lewis Tappan zu treffen. Drei von ihnen waren aus dem Kongo, alte Männer, die seit ihrer Kindheit nicht mehr in Afrika gewesen waren. Der vierte hieß John Ferry und war ein Mann von etwa dreißig Jahren, der aus Kissi stammte.

Mit seiner Geschichte weckte er bei den Freunden der Schwarzen Mitgefühl. Mit zwölf war er entführt und in die

Sklaverei verkauft worden. Er war auf einem Baltimore-Clipper nach St. Thomas und dann nach Kolumbien gebracht worden, wo er fünf Jahre lang als Sklave gearbeitet hatte. Als Simon Bolivar seine Revolution begann, wurde John Ferry wie alle anderen Sklaven auch freigelassen. Seitdem war er von einem englischsprachigen Land zum nächsten gereist und hatte sich schließlich 1830 in New York niedergelassen.

Am nächsten Morgen fuhr Lewis Tappan mit den drei Schwarzen aus dem Kongo und John Ferry auf dem Schiff nach New Haven …

In der Redaktion der New Yorker *Evening Post* saß William Cullen Bryant, der sanftmütige Dichter und Herausgeber der Zeitung, an seinem Schreibtisch Theodore Sedgwick gegenüber. Sedgwick, ein dicker Mann mit einer Hakennase und einem schwarzen, struppigen Bart, beugte sich zum Sprechen nach vorn.

»Die Sache mit der *Amistad* hat bereits mein Interesse gefunden.«

»Gut. Ich befürchte, daß der Fall von einem emotionalen statt einem juristischen Standpunkt aus betrachtet wird. Meine Idee ist, eine Serie von Artikeln zu veröffentlichen, in denen dem Publikum dargelegt wird, worum es in diesem Fall wirklich geht. Wollen Sie sich den Fall mal ansehen und was darüber schreiben?«

»Die Verpflichtungen, die ich bereits eingegangen bin, könnten mich daran hindern. Joshua Leavitt hat mich heute als Mitglied eines Komitees, das den Afrikanern von der *Amistad* helfen will, besucht und mich gebeten, an dem Prozeß in Hartford als Anwalt mitzuwirken.«

»Haben Sie angenommen?«

»Ja, Sir.«

»Das stellt, soweit es die *Evening Post* betrifft, kein Problem dar. Sie könnten Ihre Artikel weiter mit *Veto* unterzeichnen. Keiner braucht zu wissen, um wen es sich bei dem Verfasser handelt.«

»Dann bin ich bereit.«

»Ich verlasse mich also darauf, daß ich innerhalb einer Woche einen Artikel von Ihnen bekomme.«

Die beiden Männer gaben sich die Hand, und Sedgwick ging nach draußen. Dann wandte sich der Dichter wieder einem Leitartikel zu, in dem er sich für die Afrikaner von der *Amistad* einsetzte ...

In Philadelphia machte sich ein anderer Dichter, der gesundheitlich schwer angegriffene John Greenleaf Whittier, dessen Niederlagen im Kampf für die Rechte der Schwarzen schwer auf ihm lasteten, große Sorgen um die unglücklichen Afrikaner, worauf er in einem Leitartikel des *Pennsylvanian Freeman* offen für Cinqué, den Helden der afrikanischen Piraten, Partei ergriff:

»Über welch herrlichen Mut verfügt er doch! ... Was für eine Seele wurde da von den Tyrannen mit Ketten erniedrigt!«

Er stimmte damit in den immer lauter werdenden Chor ein, der Gerechtigkeit für die Afrikaner verlangte ...

In Quincy las der Rechtsanwalt John Quincy Adams, der frühere Präsident und jetzige Abgeordnete aus Massachusetts, die Berichte über die Afrikaner und machte sich daran, die juristischen Probleme zu analysieren. Er fragte sich, was die Regierung wohl tun würde, falls sie in diese Sache würde eingreifen müssen ... und entwarf eine Rede, mit der er im Kongreß die Schwarzen verteidigen wollte.

In New Haven ging Lewis Tappan als erstes in das Büro von Roger Sherman Baldwin, der die Aufgabe, die Afrikaner zu verteidigen, sofort annahm.

»Ich habe gesehen, wie sie aus New London angekommen sind«, erzählte er Tappan. »Sie befinden sich in einem Zustand, der überall tiefstes Mitleid weckt.«

Dann gingen sie mit Professor Gibbs und den vier Afrikanern aus New York zum Gefängnis. Auf dem Weg dorthin probierte es Professor Gibbs bei den Afrikanern mit *eta, fili* und *kiauwa*. Die drei Schwarzen aus dem Kongo reagierten nicht, aber John Ferry wiederholte die Worte und zählte rasch bis zehn weiter.

»Das ist die Sprache der Mendi«, rief er. »Sie leben in der Nähe von meinem Volk.«

Colonel Pendleton empfing sie im Schankraum und erzählte ihnen, daß heute morgen Bootah beerdigt worden sei und daß man Tuar am Nachmittag beerdigen würde.

»Wir wollen Cinqué sehen«, erklärte Tappan.

Aber Colonel Pendleton führte sie zunächst in den ersten Stock, wo die Gefangenen auf Pritschen lagen. Auf Vorschlag von Professor Gibbs streckten die drei Kongolesen einer nach dem anderen den Kopf durch das Guckloch und redeten zu den Gefangenen in afrikanischen Sprachen. Sie wurden lediglich mit verständnislosen Blicken bedacht. Dann war John Ferry an der Reihe, und er begrüßte sie laut auf kissi. Die Afrikaner rannten zu ihm. Als er noch einmal sprach, diesmal auf mendi, begannen sie, vor Glück gleichzeitig zu lachen und zu weinen.

Colonel Pendleton brachte die Gefangenen in eine Zelle, wo sie durch John Ferry mit den Weißen reden konnten. Dieser sprach allerdings nur wenig Mendi, und ihre Kenntnisse des Kissi waren so gering, daß kein befriedigender Bericht ihrer Erlebnisse zustande kam. Professor Gibbs war klar, daß er weiter nach einem Dolmetscher würde suchen müssen.

Dann führte Colonel Pendleton Tappan und die anderen zu Cinqué, der mit den Gefangenen aus der Stadt eine Zelle teilte. Als sie zu ihm kamen, lag er nackt auf dem Boden und hatte sich teilweise in eine Decke gewickelt.

»Cinqué«, rief Colonel Pendleton.

Cinqué erhob sich widerwillig und kam mit der ihm angeborenen Würde auf sie zu. Er war es inzwischen gewohnt, gerufen und von neugierigen Weißen begafft zu werden. Als er aber Lewis Tappans Gesicht erblickte, wußte er, daß er einen Freund gefunden hatte, einen Weißen, dem er vertrauen konnte. Tappan hielt ihm die Hand hin. »Massa«, sagte Cinqué einfach und schüttelte die Hand.

Mit Ferry als Dolmetscher erzählte Cinqué seine Geschichte, zumindest in groben Umrissen. Es gab viele Lücken, die die Weißen vor Rätsel stellten – zu viele, als daß Baldwin auf dieser Aussage eine erfolgreiche Verteidigung hätte gründen können. Von Ruiz und Montes sprach Cinqué nur voll Verbitterung.

»Sie haben uns zum Narren gehalten und sind nicht nach Sierra Leone gesegelt«, beschwerte er sich.

Dann erkundigte er sich nach den anderen Gefangenen, seinen Landsleuten.

»Warum halten Sie ihn von ihnen getrennt?« fragte Baldwin Colonel Pendleton.

»Ich hatte Angst, daß er wieder eine Revolte anzettelt.«

Auf Tappans und Baldwins Insistieren erlaubte Colonel Pendleton, daß Cinqué die anderen Gefangenen besuchte und Tuars Beerdigung beiwohnte.

Tappan nahm Cinqués Arm und geleitete ihn sanft aus seiner Zelle. Als sie den Gang im zweiten Stock betraten, umringten die Afrikaner aus den beiden Zellen Cinqué, schwatzten mit ihm, nannten ihn »Massa« und gaben ihm den Schnupftabak und die Münzen, die ihnen die weißen Besucher geschenkt hatten. Er nahm die Münzen an und steckte sie in die Tasche.

Nachdem er mit jedem einzelnen Afrikaner gesprochen

hatte, packte Colonel Pendleton ihn wieder am Arm und wollte ihn in seine Zelle zurückführen. Cinqué holte plötzlich die Münzen aus seiner Tasche und gab sie Bato.

»Die Weißen nehmen sie sonst«, erklärte er, denn er erinnerte sich daran, wie die Gefangenen in seiner Zelle einander beraubten.

Am Nachmittag, als es Zeit für das Begräbnis war, gingen Colonel Pendleton und Lewis Tappan zu Cinqués Zelle. Sie führten ihn in den größten Raum des Gefängnisses, wo Tuar schon in seinem Sarg aufgebahrt lag und die anderen Afrikaner der Sitte ihres Landes gemäß am Boden kauerten.

Hochwürden Leonard Bacon, ein Pfarrer aus New Haven, der mit der Sache der Abolitionisten sympathisierte, wartete am Kopfende des Sargs. Antonio und John Ferry standen am Fußende und würden als Dolmetscher wirken. Es hatten sich genug weiße Besucher eingefunden, damit man ein Kirchenlied singen konnte.

Mr. Bacon erklärte ihnen sorgfältig, was es mit dem Sarg, dem Leichenhemd und überhaupt den christlichen Beerdigungsriten auf sich hatte. Antonio und John Ferry stolperten ihm hinterher und versuchten, seine Worte in die Sprache der Mendi zu übertragen, bewirkten bei den Afrikanern aber nur verständnislose Gesichter.

Nach einem weiteren Kirchenlied verlas Mr. Bacon ein langes Gebet, währenddessen die Weißen die Köpfe gebeugt hielten. Cinqué sah dies und wies die Afrikaner an, es ihnen gleichzutun.

Dann näherte sich Cinqué dem Sarg und blickte noch einmal auf das Gesicht eines Freunds, dem er zum ersten Mal auf der *Amistad* begegnet war, eines Freunds, der den Kampf um die Freiheit nicht gefürchtet hatte, eines Freunds, der dicht an seiner Seite geblieben war, bis sie in diesem eigenartigen, wohlgeordneten Land voneinander getrennt worden waren.

Er blickte ruhig auf den Leichnam und sprach halb zu Tuar, als wäre dieser noch am Leben, und halb zu den übrigen Afrikanern und erinnerte an ihren Kampf um die Freiheit und an ihre gemeinsamen Leiden und überantwortete gemäß der Sitte seiner Väter und seines Dorfs Mani die Seele Tuars an Ngil-li, den Erschaffer alles Guten und Bösen. Während er sprach, erwiderten die anderen seine Worte mit kurzen, bestätigenden Rufen, die wie das Amen klangen, mit dem die Gemeinde auf ein Gebet antwortet. Nachdem er vier oder fünf Minuten gesprochen hatte, trat Cinqué vom Sarg zurück und hockte sich zu seinen Landsleuten.

Mr. Bacon wählte einen Afrikaner aus jeder Zelle, damit sie den Sarg trugen und den anderen später berichten konnten, wo und wie Tuar begraben worden war.

Sie hoben den Sarg auf eine Kutsche, der die Weißen wie die Schwarzen zu Fuß folgten. Die kleine Prozession bewegte sich langsam die Church Street hinab, kam am Village Green und am Yale College vorbei und erreichte schließlich den Friedhof in der Grove Street. Dort wurden sie neben dem offenen Grab, in dem am Morgen schon Bootah beigesetzt worden war, von einem Hügel frisch aufgeschütteter Erde und dem alten Totengräber erwartet.

Dieser Friedhof war von Jehudi Ashmun gesegnet worden, dem ersten amerikanischen Botschafter in Liberia, und dieser ruhte jetzt selbst dort in seinem roten Mausoleum, das das Scipios zum Vorbild hatte. Er hatte sich sein ganzes Leben lang für die Schwarzen eingesetzt und in seinem Testament darum gebeten, daß man ihn, da er keine Familienangehörigen hatte, neben Schwarzen beerdige.

Es wurde noch mehr gesungen und gebetet, als Mr. Bacon das Signal gab, den Sarg in die Grube hinabzulassen. Die Afrikaner beobachteten aufmerksam, wie der Pfarrer ein bißchen Erde auf den Sarg warf und »Asche zu Asche,

Staub zu Staub …« murmelte. Dann war bis auf die Spaten, die in die Erde stachen, alles still.

Als die Weißen sich zum Gehen anschickten, traten die Afrikaner an das Grab, gingen um es herum, warfen Steine hinein, die sie auf dem Weg aufgelesen hatten, und sprachen zu Tuar. Cinqué ging an der Spitze, Burnah bildete den Schluß.

»Gute Reise, hörst du«, sagte Burnah und warf einen Stein hinunter.

Sie gingen weiter im Kreis.

»Mach's gut, hörst du«, rief Burnah.

Sie drehten eine dritte Runde.

»Ich komme auch, hörst du.«

Der Kreis der Afrikaner öffnete sich, und sie wurden wieder Teil der Prozession, die zum Gefängnis zurückkehrte. Der alte Totengräber holte sein Verzeichnis hervor. Seit Jahren schrieb er »Nigger« hinein. Bei Tuar kritzelte er »Afrikaner« quer über die Seite …

In Havanna besuchte Dr. Madden wieder einmal das Büro von Konsul Trist, um nach Nachrichten über die *Amistad* zu fragen.

Wochen waren schon vergangen, seit Jacinto und Vicente mit dem Boot der *Amistad* an Land gegangen waren und entsetzt die Geschichte von der Meuterei erzählt hatten – Wochen, während denen Dr. Madden gehofft hatte, daß die Meuterer es zurück nach Afrika schaffen würden. Er hoffte auf eine Ermutigung, etwas, daß die frustrierende Erfahrung, von einem spanischen Beamten zum nächsten geschickt zu werden, erträglicher machen würde.

Konsul Trist war nicht da, aber ein Bürodiener brachte Dr. Madden die Zeitungen aus New York. Er deutete auf einen Bericht in der *Sun*.

»Das wird Sie interessieren, Sir.«

Dr. Madden las die Geschichte mit wachsender Erregung. Die Afrikaner hatten ihre Freiheit nur wiedergewonnen, um gleich darauf den Amerikanern in die Hände zu fallen. Die Spanier verlangten, daß man sie nach Havanna zurückbringe, wo sie vor ein spanisches Gericht gestellt werden sollten. Die Zeitung vermutete, daß man dieser Forderung nachgeben würde. Die Afrikaner konnten jederzeit in Havanna eintreffen.

Dr. Madden dachte an all das Elend, das er in General Tacons Gefängnis gesehen hatte, an die Stunden, die er dort in dem Trakt zugebracht hatte, der von den Beamten *Gallera* genannt wurde, von den Kubanern *un infierno de inmoralidad* und von den Gefangenen, den schuldigen wie den unschuldigen, einfach *Infierno*.

Bevor der Konul Trists Büro verließ, faßte Dr. Madden einen Entschluß: Er würde seinen Posten in Havanna aufgeben, würde dem Hohn und der Verachtung, die er dafür geerntet hatte, daß er den unglücklichen Afrikanern helfen wollte, ebenso Lebewohl sagen wie der Hoffnungslosigkeit, die sich seiner immer wieder bemächtigt hatte. Er würde aus Havanna abreisen, wo er den Kampf um die Tausenden verloren hatte – und nach Amerika fahren, wo er vielleicht einer Handvoll würde helfen können.

Nachdem er diesen Entschluß gefaßt hatte, war es ihm ein leichtes, die Erlaubnis seiner Vorgesetzten einzuholen, Generalgouverneur Espeleta sein Bedauern und seine Abschiedsgrüße zu übermitteln und sich der formellen Heuchelei zu entziehen, die abreisenden Engländern und Mitglieder der Mixed Commission zuteil wurde …

XI

Menschen oder Ware?

W. S. Holabird, U. S. Staatsanwalt für den Bezirk Connecticut, war immer noch unpäßlich, als Ingersoll ihn in seinem Haus in Winsted besuchte und ihm das Protokoll von Richter Judsons Anhörung an Bord der *Amistad* brachte. Ingersoll wartete im Wohnzimmer, das als Anwaltsbüro diente und mit den Büchern und Papieren einer Kanzlei vollgestopft war, bis der alte Mann die Dokumente gelesen hatte, und berichtete dann ausführlicher über die Afrikaner und ihren Zustand. Jedes Wort, jede seiner ehrerbietigen Gesten offenbarte seinen Ehrgeiz: Er wollte Holabird in dessen Amt beerben.

»Ich fürchte, die Abolitionisten werden sich wegen dieses Falls wieder ganz unnötig aufregen«, warnte Ingersoll.

»Jede Aufregung wegen Niggern ist unnötig«, fauchte Holabird.

»Den Spaniern schien Judsons Entscheidung nicht zu schmecken«, fuhr Ingersoll fort. »Sie verlangen, daß ihnen der Schoner und die Sklaven sofort zurückerstattet werden und daß man ihnen hilft, die Schwarzen nach Havanna zurückzubringen.«

»Das wäre die weiseste Entscheidung gewesen.«

Bei Essen und Wein diskutierten die beiden Männer den Fall, entwirrten, soweit sie konnten, seine juristischen Probleme und betrachteten ihn im Licht ihrer allerdings unvollständigen Kenntnis des internationalen Rechts. Dann, als es nichts mehr zu sagen gab, machte sich Ingersoll bereit, nach New Haven zurückzukehren.

»Halten Sie mich auf dem laufenden, falls sich in New Haven was tut!« bat Holabird. »Viel wird von dem Anwalt abhängen, den die Abolitionisten engagieren.«

Als Ingersoll gegangen war, sah sich Holabird noch einmal die Dokumente an und schrieb für John Forsyth, den amerikanischen Außenminister, eine Zusammenfassung. Die näheren Umstände dieses Falls waren, soweit aus den Papieren ersichtlich, rasch mitgeteilt, auf die eigenen Bedenken hinzuweisen fiel Holabird aber ungleich schwerer.

»Ich vermute, es wird meine Pflicht sein, die Schwarzen vor Gericht zu stellen«, schrieb er, »falls man sich ihrer nicht auf irgendeine Weise entledigt.« Und er fügte hoffnungsvoll hinzu: »Falls Sie in dieser Angelegenheit irgendwelche Anordnungen treffen möchten, wäre ich froh, so bald wie möglich von diesen zu hören.«

Im Verlaufe dieses wie des nächsten Tags ging in Winsted das Gerücht um, daß die Abolitionisten sich für die Afrikaner einsetzen würden. Es war von Massenkundgebungen und offenem Widerstand die Rede und davon, daß die Schwarzen aus dem Gefängnis von New Haven befreit und nach Kanada geschickt werden sollten. Die neueste Nachricht aus Hartford besagte, daß Connecticuts Gouverneur Ellsworth höchstpersönlich angeboten hatte, die Afrikaner zu verteidigen. Wieviel Wahrheit auch immer in diesen Gerüchten enthalten sein mochte, es war offensichtlich, daß die Regierung nicht dieselbe Unterstützung finden würde wie im Fall Prudence Crandall und daß die Anti-Sklaverei-Bewegung an Einfluß gewann. Holabird, ein von einer bereits wackeligen Regierung eingesetzter Opportunist, der, sobald es schwierig wurde, bei seinen Vorgesetzten Rat suchte, schrieb einen hastigen Brief an Felix Grundy, den Justizminister der Vereinigten Staaten.

»Die Abolitionisten«, behauptete er, »haben in diesem Fall schon für viel Aufregung gesorgt. Sie scheinen entschlossen zu sein, aus der Sache Kapital zu schlagen. Sie haben ein Komitee gegründet und ein Heer von Rechtsanwälten angeheuert. Ich würde mich freuen, wenn Sie mich Ihre Meinung und Ihre Anweisungen in dieser Angelegenheit wissen lassen würden.«

Je mehr Komplikationen entstanden, desto unwohler war Holabird zumute. Er hatte das Gefühl, einen Fall übernehmen zu müssen, für den es ihm sowohl an Kraft als auch Interesse mangelte – einen Fall, der eigentlich in Washington entschieden werden müßte. Er fürchtete die Aufregung und die Emotionalität eines Schwurgerichtsverfahrens, bei dem nicht die Afrikaner der *Amistad,* sondern die Institution der Sklaverei angeklagt werden würde. Er bezweifelte, daß man den Afrikanern den Mord würde nachweisen können, und selbst wenn, würde sich in Connecticut vermutlich keine Jury finden, die sie verurteilte.

Mit ziemlicher Erleichterung empfing er am nächsten Tag einen ausländischen Besucher: Señor G. Vega, spanischer Konsul in Boston, ein Mann, der ganz offensichtlich mit dem Protokoll in Madrid, Havanna und Washington vertraut war, ein Royalist, der auch im demokratischen Neu England Contenance bewahrte.

Der Spanier war höflich und kam gleich zur Sache. »Ich habe gerade die Kopie eines Briefs erhalten, den Señor Àngel Calderón de la Barca, Sonderbotschafter und Generalbevollmächtigter Ihrer Katholischen Majestät, der Königin von Spanien, an Ihren Außenminister Mr. John Forsyth bezüglich des Schoners *Amistad* geschickt hat. Señor Calderón hat mich angewiesen, mich mit Ihnen, der Sie hier in Connecticut Staat und Regierung vertreten, wegen dieser Sache in Verbindung zu setzen. Sind Sie mit den Fakten in diesem Fall vertraut?«

»Nur soweit sie in die Protokolle der Anhörung aufgenommen worden sind, die Richter Judson abgehalten hat.«

»Ich kenne diese Protokolle nicht, habe aber mit Señor Ruiz und Señor Montes gesprochen.«

Bei einem Glas Wein wiederholte er die ganze Geschichte so, wie er sie von den beiden Spaniern gehört hatte.

»Herrje, sie haben unter den schwarzen Bestien viel zu leiden gehabt«, fügte er hinzu. »Sie sind Leutnant Gedney und Leutnant Meade für diese Rettung aus höchster Not wirklich dankbar. Selbst Ihre katholische Majestät hätte jeden Grund, Amerika dankbar zu sein, wenn nur die Afrikaner an Señor Ruiz und Señor Montes übergeben werden würden, damit sie vor ein ordentliches Gericht gestellt und gemäß den Gesetzen Spaniens, dem sie unterliegen, verurteilt werden können.«

»Ich persönlich bin der Ansicht ...«

Holabird gelang es nicht, seine Meinung kundzutun.

»Es war von den Offizieren der *Washington* höchst großzügig«, fuhr Señor Vega fort, als müßte er eine auswendig gelernte Rede zu Ende zu bringen, »die Señores Ruiz und Montes zu retten und ihr Eigentum zu schützen. Ich muß jedoch dagegen Einspruch erheben, daß man ihnen erlaubt, vor einem Gericht, das überhaupt nicht zuständig ist, Anspruch auf Schiff und Ladung zu erheben. Don Àngel verlangt die sofortige Auslieferung des Schoners und eines jeden Artikels, der sich auf diesem befand – dazu gehören die Sklaven –, und er weigert sich, dafür Bergegeld oder irgendwelche anderen Gebühren zu entrichten außer denen, die im Vertrag von 1795 zugelassen sind.«

»Ich bin mit diesem Vertrag nicht vertraut«, mußte Holabird gestehen.

»In diesem Fall werde ich Ihnen die Kopie überlassen, die ich mitgebracht habe.«

Señor Vega zog ein gedrucktes Dokument aus seiner Aktenmappe.

»Sie werden natürlich das Dokument lesen wollen. Darf

ich mir jedoch die Freiheit erlauben, Sie auf die Artikel hinzuweisen, die sich am ehesten auf den Fall *Amistad* beziehen lassen? Ich werde mit Artikel 8 beginnen.«

Holabird beugte sich nach vorn, als wolle er um das Dokument selbst bitten, aber Señor Vega las ihm schon daraus vor:

»Für den Fall, daß Untertanen und Einwohner einer der Nationen mit ihren Schiffen, seien diese in Staatsbesitz und Teil der Kriegsmarine oder in Privatbesitz und Teil der Handelsmarine, wegen einer Havarie oder des Wetters, wegen der Verfolgung durch Piraten oder Feinde oder aufgrund irgendwelcher anderer dringender Umstände gezwungen sind, irgendwo vor Anker zu gehen und in einem Fluß, einer Bucht, einem Hafen oder einem Kanal Schutz zu suchen, die der anderen Nation gehören, so sollen sie mit aller Freundlichkeit empfangen und behandelt werden und Schutz, Hilfe und jegliche Zuvorkommenheit genießen, und es soll ihnen erlaubt sein, sich zu erfrischen und sich zu angemessenen Preisen mit Lebensmitteln und allem zu versorgen, was sie an Notwendigem brauchen, oder ihre Schiffe zu reparieren und dann ihre Reise fortzusetzen, und sie sollen in keiner Weise daran gehindert werden, von besagten Häfen oder Buchten wieder abzureisen, sondern dürfen fahren, wann und wohin sie wollen, ohne daß man dies verzögert und behindert.«

Der Spanier machte eine Pause und studierte die Wirkung, die der vorgelesene Artikel bei Holabird hervorrief.

»Ein so scharfsinniger Mann wie Sie«, sagte er, »erkennt sicher, daß diese Bestimmung exakt auf die *Amistad* zutrifft. Das läßt sich überhaupt nicht bezweifeln.«

»Auf den ersten Blick scheint es so.«

»Dann möchte ich jetzt Artikel 9 vorlesen. Er ist sogar noch passender:

»Alle Schiffe und Waren, welcher Art sie auch sein mögen, die auf hoher See aus den Händen von Piraten oder Räubern gerettet worden sind, sollen in einen Hafen eines der beiden Staaten gebracht werden und in die Obhut der Beamten dieses Hafens übergeben werden, damit diese sich um sie kümmern und alles dem wahren Besitzer zurückerstatten, sobald dessen Ansprüche angemessen und ausreichend belegt sind.«

Ohne Holabirds Kommentar abzuwarten, sagte Señor Vega: »Ich glaube, Señor Ruiz und Señor Montes haben ihre Besitzansprüche mit den Papieren, die Leutnant Gedney an Bord der *Amistad* gefunden hat, genügend belegt.«

Holabird blätterte in seinen Unterlagen und entdeckte die *traspasos* und die Übersetzungen, die Leutnant Meade von diesen hatte anfertigen lassen.

»Meinen Sie diese hier?«

»Genau. Sie tragen das offizielle Siegel der Regierung Ihrer Majestät in Havanna. Keiner kann ihre Echtheit bezweifeln. Und auch, was das Bergegeld betrifft, gibt der Vertrag in Artikel 10 genaueste Anweisungen.«

Wieder las er aus dem Vertrag vor:

»Falls irgendein Schiff eines der Staaten an den Küsten oder innerhalb des Hoheitsgebiets des anderen leck schlägt, sinkt oder auf andere Weise beschädigt wird, sollen die betroffenen Bürger oder Untertanen sowohl, was sie selbst, als auch, was ihr Schiff und ihre Besitztümer angeht, dieselbe Unterstützung erfahren, die auch den Einwohnern des Landes gewährt werden würde, in dem das Schiff zu Schaden kommt, und sie

sollen nur die Kosten und Gebühren bezahlen, die auch die besagten Einwohner in einem solchen Fall zahlen müßten, und wenn die Reparaturmaßnahmen es erforderlich machen, daß die ganze oder ein Teil der Ladung ausgeladen wird, sollen sie keinen Zoll und keine Gebühren für den Teil entrichten, den sie wieder einladen und mitnehmen.«

Mit der Miene eines Mannes, der seine Argumentation abgeschlossen hat, reichte er Holabird das Dokument.

»Ich bin mir sicher, daß Richter Judson sich der Vereinbarungen im Vertrag von 1795 nicht bewußt war, sonst hätte er im Fall der *Amistad* die Forderung nach Bergegeld nicht zugelassen. Er hätte erkannt, daß diese Angelegenheit von Ihrer Bundesregierung entschieden werden muß.«

»Hat der Richter seither eine Kopie des Vertrags erhalten?«

»Nicht von mir. Ich dachte, ich trage meine Ansicht erst einmal Ihnen vor. Don Àngel hat mir aufgetragen, Sie davon zu überzeugen, daß der Circuit Court von Connecticut nicht zuständig ist und daß dieser Fall unmöglich unter seine Gerichtsbarkeit fallen kann.«

»Was möchten Sie, daß ich tue?«

»Überzeugen Sie Richter Judson von dieser Einschätzung. In diesem Fall geht es um viel mehr als den reinen Geldwert von Schiff und Fracht. Das Verbrechen gehört zu der Sorte, die, wenn man sie ungestraft läßt, den inneren Frieden und die Sicherheit von Kuba gefährdet, einer Insel, auf der Bürger der Vereinigten Staaten nicht nur beträchtlichen Handel treiben, sondern auch über Grundbesitz verfügen, den sie mit Hilfe afrikanischer Sklaven kultivieren. Bleibt dieses Verbrechen ungesühnt, werden die Schwarzen davon hören – es gibt genug amerikanische Abolitionisten, die ihnen davon erzählen werden –, und sie werden keine Zeit verlieren, einen Aufstand zu versuchen. Vielleicht würde sich die Furcht vor einer Wiederholung einer solchen Tat der Menschen auf Kuba und Puerto Rico bemächtigen. Und dann würden statt der Harmonie und der Freundschaft, die zwischen ihnen und den Bürgern der Vereinigten Staaten herrschen, Gefühle ganz anderer Art geweckt werden. Wie kann ein Mensch, der Streitigkeiten zwischen zwei Familien fördert oder befürwortet, erwarten, daß man ihm mit Wohlwollen begegnet? Wie kann jemand, der so etwas tut, sich den Titel Freund anmaßen?«

Holabird zuckte bei der Erwähnung der amerikanischen Abolitionisten zurück. Hatte er nicht sowieso schon von dieser Seite mit Schwierigkeiten gerechnet? Aber der Spanier war noch nicht fertig.

»Keinem ist verborgen geblieben, daß es eine beträchtliche Anzahl an Personen gibt, die alles an Wissen und Geld, über das sie verfügen, einsetzen, um die Sklaven von der *Amistad* ohne Rücksicht auf die Kosten freizubekommen. Das Aufsehen, für das der Vorfall in der Öffentlichkeit gesorgt hat, die Sprache, in der einige Zeitungen von dem Geschehen berichten, die Anstrengungen, die einige Personen zugunsten der schwarzen Meuterer unternommen haben, die Tatsache, daß für deren Verteidigung einige der fähigsten Rechtsanwälte von Boston, New Haven und New York engagiert worden sind, das alles läßt deutlich werden, daß ...«

»Ich habe die Zeitungen gelesen«, unterbrach ihn Holabird.

»Dann wissen Sie, daß Señor Ruiz und Señor Montes nur noch eine Chance haben: Sie müssen bei einem ausländischen Gericht unter enormen Kosten um die Rückerstattung ihres Besitzes nachsuchen.«

»Was ist denn mit Señor Calderons Bitte an Mr. Forsyth?«

»In der Hinsicht besteht noch etwas Hoffnung. Ihr

Außenminister war einige Jahre lang in Madrid und hat dort den Florida-Vertrag ausgehandelt. Er hat es bei der Regierung Ihrer Katholischen Majestät und dem spanischen Volk zu hohem Ansehen gebracht. Sein breiter, schwarzer Hut, sein Cut und seine eckigen Schuhe sind für viele Spanier sogar zum Symbol Amerikas geworden. Er weiß, daß die Freundschaft zwischen Spanien und den Vereinigten Staaten von größter Wichtigkeit ist. Er wird für Señor Calderons Forderungen Verständnis haben ...«

»Und die sind?«

»Die *Amistad* muß zusammen mit jedem Artikel, der sich zum Zeitpunkt, da sie aufgebracht wurde, an Bord befand, unverzüglich ihren Besitzern ausgeliefert werden, und zwar ohne daß Bergegeld verlangt wird. Es muß erklärt werden, daß kein Gericht der Vereinigten Staaten das Recht hat, gegen spanische Untertanen wegen Verbrechen, die an Bord eines spanischen Schiffs in spanischen Hoheitsgewässern verübt wurden, ein Verfahren anstrengen oder gar Strafen verhängen darf. Die Neger müssen nach Havanna überstellt werden, damit sie gemäß eben dem spanischen Gesetz verurteilt werden, das sie gebrochen haben. Falls sich die Auslieferung des Schiffs und der Sklaven verzögert, weil die Autoritäten von Connecticut eingeschritten sind, müssen die Besitzer für jeden Schaden, der ihnen daraus erwächst, entschädigt werden.«

Señor Vega steckte die Papiere, auf die er sich bezogen hatte, in seine Aktenmappe zurück und erhob sich, um in Holabirds Arbeitszimmer auf und ab zu gehen.

»Ich bin beauftragt, Ihnen mitzuteilen, daß die Regierung Ihrer Majestät im Gegenzug zu einer Konzession bereit ist: Um amerikanisches Eigentum zu schützen, werden Sklaven, die nach Kuba entkommen sind, in Zukunft an die Vereinigten Staaten ausgeliefert.«

Nachdem er die Ansichten seiner Regierung dargelegt

und mit Befriedigung beobachtet hatte, welche Wirkung sie bei Holabird zeigten, reiste Señor Vega nach Boston zurück.

Als er gegangen war, studierte Holabird den Vertrag von 1795. Er kam zu dem Schluß, daß die Afrikaner der *Amistad* als Waren angesehen werden mußten. Und damit verfügten sie vor einem amerikanischen Gericht über keinerlei Rechte.

Am nächsten Tag schrieb er einen zweiten Brief an John Forsyth und berichtete darin, daß er den Fall jetzt genauer untersucht habe und zu der Ansicht gelangt sei, daß weder sein Gericht noch irgendein anderes in Amerika für die Afrikaner von der *Amistad* zuständig sei. Ohne Señor Vegas Besuch zu erwähnen, faßte er die Ausführungen des Spaniers zusammen und gab sie als die seinen aus. Dann bat er Forsyth, prüfen zu lassen, ob das Schiff und die Schwarzen gemäß dem Vertrag von 1795 an Spanien ausgeliefert werden könnten, bevor das Gericht zusammentrat. Auf diese Weise könnte man vielleicht dies verdrießliche Problem aus der Welt schaffen.

Zwei Tage lang arbeitete Holabird halbherzig daran, den Prozeß gegen die Afrikaner von der *Amistad* vorzubereiten. Dann unterbrach Forsyths Antwort seine Bemühungen. Forsyth, der erstaunt festgestellt hatte, daß er mit Holabird fast vollständig einer Meinung war, hatte andere Regierungsmitglieder zur Beratung herangezogen. Sie waren alle eindeutig der Ansicht, daß der Fall durch den Vertrag von 1795 abgedeckt war. Dann hatte Forsyth Calderóns Brief Präsident Van Buren zur Entscheidung vorgelegt. Mit Erleichterung nahm Holabird zur Kenntnis, daß die Exekutive sich endlich des Falls annahm. Forsyth hatte dies angedeutet, indem er seinen Brief wie folgt beendete: »In der Zwischenzeit werden Sie dafür sorgen, daß das Schiff, die Ladung und die Sklaven nicht durch ein Verfahren an Ihrem oder irgendeinem anderen Gericht der Macht der Bundesregierung entzogen werden.«

Vor lauter Freude über diese Wende zeigte Forsyth den Brief einigen Freunden in Winchester. Er benachrichtigte Ingersoll in New Haven und bat ihn, sofort zu einer Besprechung zu kommen. Ohne es zu wissen, hatte er mit dem Knüppel der Staatsgewalt in ein Wespennest gestoßen …

Von Boston bis nach Philadelphia empörten sich die Abolitionisten über diesen offensichtlichen Versuch der Exekutive, Einfluß auf die Justiz zu nehmen. Sie verhöhnten Forsyth, den Sklavenbesitzer und Ex-Gouverneur, und sie beschimpften Van Buren als einen Opportunisten, der es sich mit keinem verderben wolle, und Holabird als das kriecherische Werkzeug einer Regierung von Sklavereibefürwortern.

»Ein ehrlicher Staatsanwalt«, riefen sie, »ein freier Mann hätte diesem Sklaventreiber von einem Außenminister geantwortet, daß es in Connecticut selbst der Bundesregierung nicht möglich ist, Menschen ganz nach Belieben gefangen zu setzen.«

Die Freunde der Afrikaner baten Gouverneur Ellsworth, im Namen Connecticuts einzuschreiten, falls sich die Bundesregierung weiter einmische. Die Gegner von Van Buren, die an die nächste Wahl dachten und hofften, die Begeisterung für Harrison werde wie ein Buschfeuer um sich greifen, deuteten diese Affäre als einen weiteren Hinweis darauf, daß der Mann aus Kinderhook nur eine Marionette seiner Partei war.

In Boston griff John Quincy Adams die Regierung offen an, weil sie versuchte, Druck auf die Gerichte auszuüben. In New Haven bereitete Roger Sherman Baldwin den Antrag auf Haftprüfung vor, mit dem er der Exekutive zuvorzukommen hoffte. In New York schrieben Sedgwick und Staples einen Brief an Präsident Van Buren persönlich.

»Wir versichern«, erklärten sie darin, »daß die angeblichen Besitzer dieser Afrikaner ihre juristischen Ansprüche weder gemäß den Gesetzen unseres noch denen ihres eigenen Lands belegen können. Ruiz und Montes haben die Schwarzen direkt vom Sklavenschiff gekauft. Richten wir uns nach dem spanischen Recht, haben Ruifz und Montes gemäß dem Vertrag von 1795 keinerlei Ansprüche. Die Schwarzen haben nur dem Gebot der Notwehr gehorcht und sich aus illegaler Gefangenschaft befreit. Und wir möchten Sie bitten, Sir, eben diese Frage den Gerichten dieses Landes zur Entscheidung zu überlassen. Es ist eine Frage, die unserer Meinung nach nicht in den Sitzungspausen des Kabinetts entschieden werden sollte, wo diese Männer keine Freunde und keinen Anwalt haben und keine Beweise vorlegen können, sondern in Justitias Tempel, wo sichergestellt ist, daß auch den Unterdrückten und denen ohne Freunde geholfen wird ...«

Menschen oder Ware?

Die Frage stellte sich immer noch, wurde aber von diesem Angriff auf das in der Verfassung festgeschriebene Prinzip der Gewaltenteilung überschattet – einem Angriff, der die Menschen unabhängig von ihren Ansichten zur Sklaverei aktiv werden ließ ...

XII

Das Palaver in Hartford

Marghru wurde im Morgengrauen von Mrs. Pendleton geweckt, die mit einer Kerze in der einen und einer Schüssel Porridge in der anderen in das Kinderzimmer kam. »Marghru, Ka-le, Teme, Kene«, rief sie. Dann stellte sie den Porridge auf ein Tischchen und sagte ihnen, daß sie ihre Kleider und die langen Wollsocken anziehen sollten.

Während die Kinder aßen, ging Mrs. Pendleton wieder hinaus. Nach ein paar Minuten kehrte sie zurück und brachte für jedes Kind ein Paar grob geflickter Schuhe. Die Kinder blickten auf die Schuhe und brachen in Gelächter aus. Mrs. Pendleton drängte sie, sie anzuziehen. Sie setzten sich auf ihre Betten und zogen die Schuhe über die dicken Wollstrümpfe. Dann zeigte ihnen Mrs. Pendleton, wie man die Schnürsenkel band. Marghru war als erste fertig und streichelte das rußschwarze Leder. Dann, als Mrs. Pendleton gegangen war, humpelten sie im Zimmer herum und versuchten, das laute Stampfen von Mrs. Pendleton zu imitieren. Als sie immer noch lachend mit übertrieben großen Schritten herumsprangen, kam Colonel Pendleton zu ihnen und führte sie in den Raum im ersten Stock des Gefängnisses, wo alle Afrikaner, die gehen konnten, in schmerzhaft neuen Schuhen herumschlurften.

»Wohin bringst du uns?« fragte Burnah Colonel Pendleton.

»Nach Hartford zur Gerichtsverhandlung.«

Burnah war sich nicht sicher, ob er richtig verstanden hatte.

»Palaver?« fragte er.

»Ja, Palaver«, bestätigte ihm Colonel Pendleton.

Burnah erklärte den anderen, was Colonel Pendleton gesagt hatte.

»Cinqué? Cinqué?« fragten sie. Würde Cinqué mit ihnen kommen?

Colonel Pendleton schüttelte den Kopf und versuchte ihnen klarzumachen, daß Cinqué am Montag mit der Kutsche folgen würde. Burnah konnte ihn nicht ganz verstehen. Was er den anderen Afrikanern sagte, erfüllte sie mit dunklen Vorahnungen. Wurden sie zur Hinrichtung gebracht? Und falls ja, warum ließ man Cinqué hier? Warum kamen die beiden Kranken aus dem Lazarett nicht mit? Die Kinder begannen zu weinen und baten, im Gefängnis bleiben zu dürfen.

Colonel Pendleton befahl ihnen, in Zweierreihe anzutreten. Einer fehlte. Er las eine Liste ihrer Namen vor und gelangte bis zu Foone. Aber Foone antwortete nicht. Colonel Pendleton und seine Frau durchsuchten das Gefängnis, bis sie Foone in einem Schrank im Gang fanden. Sie zogen ihn, der vor Angst zitterte und auf mendi redete, hervor und befahlen ihm, sich in die Kolonne zu stellen.

»Foone sagt, Foone will nach Hause«, erklärte Burnah.

Dann führte Colonel Pendleton die Schwarzen aus dem Gefängnis und am Tontine Hotel vorbei zum Farmington Kanal in der Nähe von Long Wharf. Sie humpelten und stolperten in ihren neuen Schuhen und brachten die Leute, die sich an diesem Samstagmorgen versammelt hatten, um ihren Abmarsch zu beobachten, zum Lachen.

Er ließ sie in das wartende Kanalboot steigen und in zwei Reihen einander gegenüber auf den Bänken des oberen Decks Platz nehmen. Dann gab er jedem eine weiße Decke gegen die Morgenkälte. In diese eingewickelt sahen sie wie seltsame weiße Vögel mit glänzend schwarzen Köpfen aus.

Ein Bootsführer schirrte drei weiße Pferde hintereinander an das Boot. Er bestieg das Pferd, das dem Boot am nächsten war, und verabschiedete sich von der Menge, die sich am Kai versammelt hatte. Der Kapitän stieß in sein Bootshorn, und die Pferde marschierten langsam den Treidelpfad entlang. Die Kinder lachten erstaunt. Sie hatten Boote gesehen, die von Rudern oder Segeln bewegt wurden, aber noch nie so was wie dieses Schiff mit seinen drei schönen, weißen Pferden.

Sie verließen New Haven und fuhren durch Felder und Wälder und am Sleeping Giant Mountain vorbei das Tal hoch. Die Luft war kühl und frisch, und das Grün der Hügel war schon ein wenig mit dem Gelb der Ahornbäume und dem Rot des Hartriegel gefleckt. Während der ganzen Fahrt stieß der Bootsführer in sein schön klingendes Horn. Es hatte sich herumgesprochen, daß die afrikanischen Kannibalen vorbeikommen würden. Die Menschen versammelten sich in der Nähe der Zugbrücken und Dörfer, um die Schwarzen vorbeifahren zu sehen, Mörder und Piraten auf dem Weg zur Gerichtsverhandlung. »Sind sie schuldig? Wird man sie hinrichten?« fragten sie sich.

Das Boot hielt in Bristol nahe Plainville, und Colonel Pendleton führte die Schwarzen vom oberen Deck herunter an Land. Marghru sah den anderen hinterher. Dann bückte sie sich und staubte mit dem Rocksaum ihre Schuhe ab. Sie schürzte das Kleid bis zu den Knöcheln, damit ihre neuen Schuhe gut zur Geltung kamen, und folgte stolz den anderen.

Colonel Pendleton rief den Leuten zu, daß sie zurücktreten sollten. Dann führte er die Afrikaner zu den Kutschen, in denen sie die restlichen 20 Kilometer nach Hartford zurücklegen würden.

Entlang der Straße standen die Leute vor ihren Farmhäuser und beobachteten, wie diese seltsame Prozession vorüberzog. In Hartford säumten Hunderte von Menschen die Straße, die zum Gefängnis am Meeting House Yard führte. Unter ihnen waren Männer, die bis zu 150 Kilometer weit gereist waren, um die Afrikaner zu sehen und ihrem Prozeß beizuwohnen. Alle hier wie auch die anderen Leute entlang der Strecke von New Haven hierher stellten sich die Frage: »Wird man sie für den Mord am Kapitän hinrichten?«

Von den Kutschen marschierten die Afrikaner zum Gefängnis. Dort wurden sie in einem großen Raum untergebracht, um den herum es Zellen mit weißen und schwarzen Gefangenen gab. Der Raum war völlig leer, und die Afrikaner drängten sich in der Mitte zusammen und ließen sich auf ihren Decken nieder. Sie hatten Angst, zu reden oder den Gefangenen zu antworten, von denen sie verhöhnt wurden, und durchwachten die Nacht.

Am Sonntag kamen Besucher aus den weißen Kirchengemeinden und hielten einen Gottesdienst ab, in dessen Verlauf sie beteten und sangen. Die Afrikaner verstanden sie nicht und blieben während der Kirchenlieder und Gebete stumm. Dann öffnete der Aufseher den Besuchern die Tür und verlangte von jedem von ihnen zwölfeinhalb Cent, damit sie die Kannibalen sehen durften. Den ganzen Nachmittag hindurch schoben sich die Leute in einer langen Schlange an ihnen vorbei. Als es immer mehr wurden, bekamen die Afrikaner es mit der Angst zu tun. War dies das Ritual vor der Hinrichtung?

Am nächsten Tag traf Cinqué mit Norris Wilcox ein. Die Afrikaner empfingen ihn mit Geschrei und Gelächter und viel Fingerknacken.

»Cinqué! Cinqué!« riefen die Kinder und klammerten sich an seine Hände.

Traurig erzählte er ihnen, er glaube, daß die Zeit zu sterben gekommen sei. Aber als sie ihm von den Wundern ihrer Bootsfahrt berichteten, verlor er seinen ernsten Ausdruck.

Später saß er mit den anderen um sich herum versammelt auf dem Boden und beschrieb ihnen die Kutschenfahrt von New Haven nach Hartford. Schnell brachte er sie wieder zum Lachen. Vorübergehend waren sie wie aufgeweckte Kinder, die sich den Wundern der Zivilisation gegenübersehen – und nicht eine Bande verzweifelter Krimineller, die auf einen Prozeß wegen Mord und Piraterie wartete.

Lewis Tappan traf am Morgen des Prozesses in Hartford ein, erschöpft von seiner nächtlichen Schiffsreise nach New Haven und der anschließenden Kutschenfahrt nach Hartford. Als er zum Parlamentsgebäude kam, in dem die Verhandlung abgehalten werden sollte, war an der Tür die Klageschrift angeschlagen, die vom US Marshall Norris Wilcox unterzeichnet war und in der die verschiedenen Gegenstände aufgelistet wurden, die an Bord der *Amistad* gefunden worden waren, darunter auch die Afrikaner. Ein paar Müßiggänger lasen die Liste.

»Was, wenn entschieden wird, daß sie Waren sind?« fragte Lewis Tappan die Leute. »Stellen Sie sich vor, wie man sie hier direkt vor dem Parlamentsgebäude versteigert!«

Hier und da waren Männer zu sehen, die robuste Kleidung für den Treck nach Westen trugen, Männer, die ihre Zelte in Connecticut und Massachusetts abgebrochen hatten und sich in Michigan, Illinois, Iowa und Kansas auf neuem Land niederlassen wollten. Männer, die den Kampf gegen die Sklaverei in die neuen Territorien tragen würden. Seine Worte gaben ihnen zu denken. Der Ruf des Sklavenauktionators war in Hartford nicht mehr zu hören, und so sollte es einmal im ganzen Land sein …

Tappan entdeckte, daß der Circuit Court schon tagte. Da Richter Smith Thompson noch nicht eingetroffen war, hatte Richter Judson den Vorsitz inne und verlas den Geschworenen eine Anklageschrift. Er vermied es, auf den Fall *Amistad* einzugehen, deutete aber an, daß Richter Thompson bei seiner Ankunft dazu etwas zu sagen haben würde. Tappan hatte an dem Prozeß, der unter dem Vorsitz von Richter Judson gerade verhandelt wurde, kein Interesse und ging wieder, denn er wollte sich persönlich um die Hilfsaktionen kümmern, die er für die Afrikaner in die Wege geleitet hatte.

Zuerst machte er sich auf den Weg zum City Hotel, wo er Amos Townsend in seinem Zimmer besuchte.

»Sind Sie mit Ihren Vorbereitungen fertig?« fragte Tappan.

»Ja. Wir haben für sie ein Versteck in Farmington, wo sie bleiben könnten, bis wir sie nach Norden schaffen.«

»Und haben Sie genug Männer, um Wilcox und Pendleton die Schwarzen wegzunehmen?«

»Ungefähr zwanzig. Wir hätten sie leicht auf der Strecke von Plainville nach Hartford entführen können.«

»Das wäre zu früh gewesen. Wir müssen den Gerichten erst noch die Chance geben, Recht zu sprechen. Versagen sie, werden wir die Schwarzen entführen – nein, müssen es sogar tun. Wir würden sie töten, wenn wir zuließen, daß sie nach Kuba zurückgeschickt werden.«

»Das hier ist eine seltsame Beschäftigung für jemanden, der so alt und reich ist wie Sie.«

»Ich habe schon viel in meinem Leben mitgemacht. Ich habe gesehen, wie mein Haus niedergebrannt und meine Familie verhöhnt wurde. Ich habe beobachtet, daß Reichtum, auch wenn man die Hände fest verschlossen hält, wie Sand durch die Finger rinnt. Ich weiß, es gibt nur zwei Dinge, nach denen es sich zu streben lohnt: Freiheit auf Erden und Frieden im Himmel. Mehr braucht ein alter Mann nicht zu wissen.«

Tappan erhob sich, nahm Townsends Hand und studierte dessen Gesicht. Townsend war jung, kaum volljährig, aber

Tappan hatte großes Vertrauen zu ihm. Jetzt, da es darauf ankam, war sein Griff fest und sein Blick ruhig.

»Ich weiß, Sie werden diese unglücklichen Seelen nicht enttäuschen«, sagte Tappan.

Dann ging er zum Gefängnis, wo er sich durch die Menge drängeln mußte, die draußen darauf wartete, Eintritt zu zahlen und die Kannibalen zu besichtigen. Als er zu ihnen kam, hockten die Gefangenen verängstigt auf ihren Decken in der Mitte des großen Raums. Zuschauer, die aus der Reihe getreten waren, nahmen die Hälfte des Raums ein. Weiße und schwarze Kriminelle starrten durch die Gitter und verhöhnten die Menge. Die Kinder klammerten sich an Cinqué.

Als Cinqué Lewis Tappan sah, erhob er sich und gab ihm nach amerikanischer Sitte die Hand.

»Massa, Massa«, sagte er. »Weißer Mann Freund.«

Marghru zerrte an seiner Hand und zeigte ihm ihre neuen Schuhe. Das Gelächter der Zuschauer weckte in Tappan neuen Zorn.

»Warum werden diese Afrikaner hier wie Tiere ausgestellt?« verlangte er vom Gefängnisaufseher zu wissen. »Warum sind die Kinder überhaupt im Gefängnis? Gegen sie liegt keine Anklage vor.«

Die Aufseher und Zuschauer staunten noch mit offenen Mündern über Tappans Wutanfall, als er sich schon auf die Suche nach den Rechtsanwälten machte, die er zur Verteidigung der Afrikaner engagiert hatte. Sobald er einen Haftprüfungstermin beantragt hatte, würde man die kleinen Mädchen sicherlich freilassen, damit sie den üblen Einflüssen im Gefängnis nicht länger ausgesetzt waren.

Baldwin, Staples und Sedgwick waren bei der Arbeit, als er sie im Parlamentsgebäude in den Anwaltsräumen besuchte.

»Wir haben keine Zeit zu verlieren«, erklärte Tappan ihnen. »Die spanische Regierung hat die Auslieferung der Gefangenen beantragt. Unsere Regierung wird sie sicher hergeben, wenn sie kann – und zwar schnellstens. Van Buren will den Fall loswerden, bevor er zum Wahlkampfthema wird. Haben Sie den Antrag auf Haftprüfung fertig?«

»Ja.«

»Haben Sie einen gesondert für die kleinen Mädchen angefertigt?«

»Nein.«

»Dann schlage ich vor, daß Sie das sofort tun, damit wir ihn dem Gericht so bald wie möglich vorlegen können. Vielleicht sollten wir unsere ganze Argumentation auf die Frage gründen, ob die Verhaftung überhaupt zulässig war. Falls die Regierung die Afrikaner auszuliefern versucht, werden wir vielleicht andere Maßnahmen ergreifen müssen. Es besteht vor allem die Gefahr, daß Wilcox sie nachts wegbringt und auf ein Schiff nach Kuba schafft.«

»Haben Sie Vorsichtsmaßnahmen getroffen?«

»Amos Townsend beobachtet Wilcox. Er hat gut zwanzig zuverlässige Männer angeheuert, die das Gefängnis Tag und Nacht im Auge behalten – und die Afrikaner entführen, wenn es sein muß. Wenn wir sie auf Kaution freikriegen, können wir sie nach Kanada schaffen ...«

Am Donnerstagnachmittag drängten sich die Zuschauer im großen Gerichtssaal: Männer, Frauen und Kinder, meistens Weiße. Hier und da leuchtete aber auch ein schwarzes Gesicht inmitten all der neu-englischen Blässe. Während sie darauf warteten, daß sich die Türen öffneten, hatten sie draußen, auf dem baumumstandenen Green im Schatten des klassizistischen State House, schon bis zum Heiserwerden über die Afrikaner diskutiert, und sie waren, was die Frage der Sklaverei anging, genauso klar in zwei Lager gespalten, wie ihre Nation von der Mason-Dixon-Linie in Nord- und Südstaaten getrennt wurde. Jetzt warteten sie darauf, daß der Prozeß eröffnet wurde, und es war so still wie in einem Theater, in dem sich gleich der Vorhang zu einer großen Tragödie hebt.

Es war bekannt, daß Richter Thompson den Vorsitz innehaben würde, da Richter Judson den Circuit Court verlassen hatte und jetzt im District Court, dem Bezirksgericht, die Klagen interessierter Parteien entgegennahm. Es war auch bekannt, daß es wegen der drei kleinen Mädchen vor Gericht zu einer Haftprüfung kommen würde. Richter Thompson hatte, als die Haftprüfung beantragt wurde, erklärt, daß bei der Anhörung alle Punkte, die mit dem Fall zu tun hatten, vorgebracht werden dürften. Vielleicht wurde das Schicksal der Afrikaner schon an diesem Nachmittag entschieden.

Lewis Tappan bahnte sich mühsam einen Weg durch die Menge und entdeckte Simeon Jocelyn vorn, in der Nähe der Richterbank.

»Ich komme gerade vom District Court«, flüsterte er. »Gedney und Meade verlangen Bergegeld und haben Klage erhoben. Wissen Sie, welchen Wert sie für die Afrikaner veranschlagt haben?«

»Nein.«

»25 000 Dollar.«

»So viel würden sie auf keiner Auktion erbringen – weder in New Orleans noch sonst wo.«

»Ellsworth hat im Auftrag von Kapitän Green aus Sag Harbor Klage erhoben, und Hungerford vertritt Ruiz und Montes.«

»Traurig, daß Gouverneur Ellsworth auf diese Weise in die Sache verwickelt wird.«

»Das finde ich auch, aber er muß seine Kanzlei am Laufen halten. Das Einkommen vom Staat reicht nicht. Und er hat gezeigt, daß er der Sache der Afrikaner freundlich gegenübersteht. Holabirds Position ist viel schwieriger – er muß die Regierung vertreten. Er hat wegen zweier Punkte Klage erhoben: Zum einen, weil die Afrikaner von Spanien beansprucht werden und daher festgehalten werden sollen, bis die Regierung in dieser Sache einen Beschluß gefaßt hat, und zum anderen, weil es dem Präsidenten gemäß dem Erlaß aus dem Jahre 1819 zu entscheiden zusteht, ob die Schwarzen nach Afrika zurücktransportiert werden. In beiden Fällen hätte die Regierung das Sagen. Holabird scheint in dieser Angelegenheit in engem Kontakt mit Judson zu stehen.«

»Und Judson?«

»So regierungsfreundlich und schwarzenfeindlich wie eh und je. Das einzig Bemerkenswerte, was er während der Anhörung gesagt hat, ist, daß es seiner Meinung nach nicht in der Macht des Districkt Court steht, Männer, Frauen und Kinder zu verkaufen. Vielleicht ist ihm endlich aufgegangen, was für eine Anomalie es ist, in einem freien Land Sklaven verkaufen zu wollen.«

Er wurde von Colonel Pendleton und den drei kleinen Mädchen unterbrochen, die den Gerichtssaal durch einen Nebeneingang betraten. Beim Anblick der vielen Leute, die sie anstarrten, hielten sich die Mädchen an Colonel Pendleton fest und weinten, als würden sie zum Richtblock geführt. Colonel Pendleton bot ihnen Äpfel an und versuchte, sie zu beruhigen. Sie schluchzten nur noch lauter. Lewis Tappan nahm Marghrus Hand und half Colonel Pendleton, sie hinzusetzen.

Als der Gerichtssaal wieder still war, verlas Ingersoll Marshal Wilcox' Antwort auf den Antrag auf Haftprüfung. Dann wandte er sich an das Gericht.

»Euer Ehren, ich lege Ihnen einen Haftbefehl gegen bestimmte namentlich genannte Personen zur Begutachtung vor, die des Mords und der Piraterie an Bord der *Amistad* beschuldigt werden. In dem Haftbefehl wurde diesen drei Mädchen eine Kaution von je hundert Dollar auferlegt, um sicherzustellen, daß sie als Zeugen erscheinen, und falls sie die Kaution nicht zahlen, sollten sie solange im Gefängnis von New Haven festgehalten werden.«

Eine Welle des Mitleids erfaßte das Publikum. Die Leute steckten die Köpfe zusammen. Zwischen den braungefleckten Wänden gingen Geflüster und Gemurmel hin und her. Diese kleinen Mädchen sollten als Zeugen von Meuterei und Piraterie dienen? Hundert Dollar Kaution? Wer würde schon erwarten, daß sie auch nur einen Dollar hatten?

Ingersoll war sich der Verärgerung, für die er gesorgt hatte, nicht bewußt und fuhr fort:

»Leutnant Gedney von der *Washington* hat Klage auf Bergegeld erhoben, und in dieser Klage werden auch die Mädchen als Teil der Ladung der *Amistad* angeführt, wie aus Marshal Wilcox' Stellungnahme zu dem vom District Court erlassenen Haftbefehl hervorgeht.«

»Ladung, was sonst!« wurde geflüstert.

»Stoffballen!«

»Frachtgut!«

»Hat der Marshal vergessen, daß wir hier in Connecticut sind?«

Richter Thompson mahnte zur Ruhe. Unbeeindruckt von den Reaktionen der Zuschauer fuhr Ingersoll fort:

»Señor Montes, ein spanischer Gentleman, hat Klage erhoben und beansprucht diese Mädchen als Sklaven im Wert von 1300 Dollar. Er behauptet, daß er diese Sklaven legal auf der Insel Kuba erworben hat, wo die Sklaverei erlaubt ist. Er behauptet, daß sie gemäß den Verträgen, die zwischen Spanien und den Vereinigten Staaten bestehen, unverzüglich an ihn ausgeliefert werden müssen.«

Bei der Erwähnung von Señor Montes wandten sich die Blicke der Zuschauer diesem zu, einem alten Mann, der dreist und bequem neben Señor Ruiz und Señor Vega inmitten der amerikanischen Rechtsanwälte saß, die er zur Durchsetzung seiner Ansprüche verpflichtet hatte.

»Der Staatsanwalt hat Klage erhoben und erklärt, daß der offizielle Vertreter der Königin von Spanien die Rückgabe dieser Personen verlangt, die Eigentum spanischer Untertanen sind. Als Repräsentant des amerikanischen Staats bittet er das Gericht, in dieser Sache den Ansprüchen des spanischen Ministers recht zu geben und, falls dies geschieht, die entsprechenden Anordnungen zur Auslieferung der Gefangenen zu geben. Sollte das Gericht jedoch zu dem Schluß kommen, daß die Schwarzen illegal in die Vereinigten Staaten gebracht wurden, möchte ich darum bitten, daß das Gericht eine Anordnung erläßt, mit der der Präsident ermächtigt wird, die Schwarzen nach Afrika zurückzuschicken gemäß dem Erlaß von 1819, der feststellt, daß Afrikaner, die sich an Bord amerikanischer Sklavenschiffe befinden, auf Anweisung des Präsidenten in ihre Heimat überstellt werden dürfen.«

Als sich Ingersoll setzte, berieten sich die Anwälte der Afrikaner rasch mit Tappan und Jocelyn. Mit dem Antrag auf Haftprüfung war jetzt der ganze Fall vor den Richter gekommen. Obwohl sie fieberhaft gearbeitet hatten, waren sie noch nicht bereit. Sie kamen überein, daß ihnen nichts anderes übrigblieb, als Richter Thompson darum zu bitten, die Verhandlung auf den nächsten Morgen zu vertagen.

Die Zuschauer, die sich von dieser Sitzung mehr erwartet hatten, gingen nicht gern. Sie versammelten sich in Grüppchen und argumentierten für und gegen die Spanier, für und gegen die Afrikaner. Und als dann Simeon Jocelyn ein Gott-Palaver mit den Afrikanern im Gefängnis ankündigte, gingen genug von ihnen hinüber, um den großen Raum zu füllen, und stimmten in die Gebete und Lieder mit ein.

Als die Verhandlung am Freitagmorgen begann, saßen die drei kleinen Mädchen in ihre weiße Decken gehüllt auf einer Bank direkt vor Richter Thompson. Theodore Sedgwick, der von der Verteidigung dazu bestimmt worden war, auf die Ausführungen des Marshals zu erwidern, betrachtete die Mädchen lange, damit die Dramatik ihrer Situation offensichtlich wurde, ließ dann den Blick kurz über das Publikum schweifen und wandte sich schließlich an Richter Thompson.

»Euer Ehren, diese drei kleinen Mädchen sind keine Sklaven im Besitz von Don Pedro Montes, und sie sind es nie gewesen. Sie wurden im Bezirk Senegambia in Afrika geboren. Letzten April wurden sie von Don Pedro Montes oder seinen Helfern oder irgendeiner anderen Person entführt, illegalerweise an Bord eines portugiesischen oder spanischen Schiffs verschleppt und auf die Insel Kuba gebracht, die zum Herrschaftsgebiet der Königin von Spanien gehört, und das alles entgegen den Gesetzen der Völker und der Natur und auch entgegen den Gesetzen Spaniens.«

Beim Klang seiner donnernden Stimme, die von Leidenschaft und Mitleid erfüllt war, beugten sich die Zuschauer nach vorn. Endlich würden sie eine richtige Rede zu hören bekommen – und nicht nur einen faden Monolog, wie ihn Ingersoll gehalten hatte.

»Als sie in Kuba ankamen, wurden sie heimlich an Land gebracht und an einen geheimen Ort geschafft, wo Don Pedro Montes oder seine Helfer sie abgeholt haben, um sie an Bord des Schoners *Amistad* zu bringen. Nachdem sie ungefähr zwei oder drei Monate auf hoher See gewesen waren, gelangten sie in den Hafen von New London, wo sie vom Marshal des Bezirks Connecticut festgenommmen und eingesperrt wurden. Daß diese drei Mädchen aus Afrika verschleppt wurden, verstößt gegen die Gesetze Spaniens, was dem Dekret des Königs von Spanien, das im Dezember 1817 erlassen wurde und den afrikanischen Sklavenhandel verbietet, ebenso zu entnehmen ist wie einem Erlaß der spanischen Königin vom November 1838, in dem Maßnahmen angeordnet werden, mit denen das Dekret von 1817 in die Tat umgesetzt werden soll ...«

»Welchen Beweis haben Sie für diese Behauptungen?« fragte Richter Thompson.

»Euer Ehren, ich habe hier eine beeidigte Erklärung, unterzeichnet von John Ferry, einem geborenen Afrikaner, der die Mädchen gesehen und mit ihnen gesprochen hat. Er versichert, daß sie in Afrika geboren wurden, zwischen sieben und neun Jahre alt sind und daß sie weder Spanisch noch Portugiesisch sprechen.«

Er blickte auf Señor Ruiz und Señor Montes, die bei ihren Anwälten saßen.

»Vielleicht möchte ja einer der spanischen Gentlemen die Mädchen etwas in seiner Muttersprache fragen?«

Die Zuschauer lachten. Ingersoll sprang sofort auf.

»Euer Ehren, mit Erlaubnis dieses Gerichts möchte ich den Vorschlag machen, daß sich Euer Ehren hier auf den Antrag auf Haftprüfung beschränken und die wesentlichen Gesichtspunkte dieses Falls von einem anderen Gericht, dem District Court, klären lassen. In dem Prozeß, der jetzt vor eben jenem Gericht anhängig ist, wird man diese wichtigen und verwickelten Fragen entscheiden. Möchte denn dies ehrenwerte Gericht hier auf einen bloßen Antrag auf Haftprüfung hin dem District Court in summarischer Manier den ganzen Fall aus den Händen nehmen anstatt zu warten, bis es im Berufungsverfahren in dieser Sache entscheiden kann, falls eine der Parteien mit dem Urteil des District Court unzufrieden sein sollte? Grobes Unrecht könnte so geschehen. Im Verlauf dieses Prozesses werden vielleicht Fragen bezüglich der Gültigkeit von Verträgen und der Rechte des einzelnen auftauchen, die in solch summarischer Weise zu entscheiden ein großer Fehler sein könnte ...«

Baldwin, der vermutete, daß dies ein Versuch der Regierung war, den Fall innerhalb des Zuständigkeitsbereichs von Richter Judson zu halten, sprang auf und erhob Einspruch.

»Ich bitte das Gericht um Entschuldigung, aber der Gentleman hier ist ein wenig vorausgeeilt und hat eine Frage zum weiteren Prozeßverlauf gestellt, auf die hin er jetzt das ehrenwerte Gericht bittet, den Antrag auf Haftprüfung abzulehnen. Unser Antrag auf Haftprüfung gründet sich zum einen darauf, daß die Afrikaner unrechtmäßig festgehalten werden, da das Gericht für sie nicht zuständig ist, und zum anderen darauf, daß sie nicht als Personen, sondern als Eigentum betrachtet werden, so als handle es sich bei ihnen um bloße Besitztümer, die in Gewahrsam genommen werden, bis andere Parteien, die zuerst noch Fragen klären müssen, an denen diese Kinder keinerlei Interesse haben, ihren Streit ausgetragen haben. Das kann ein Jahr dauern oder fünf.«

»Diese Personen werden festgehalten, damit sie als Zeugen in einem Strafprozeß aussagen«, rief ihm Richter Thompson in Erinnerung.

»Ich bitte das Gericht um Entschuldigung«, antwortete Baldwin, »aber wir bieten an, eine Kaution für sie zu hinterlegen …«

Baldwins Rede wurde von der Anklagejury unterbrochen, die den Gerichtssaal betrat. Der Obmann der Geschworenen verlas eine Darstellung der Fakten im Fall *Amistad*, die wie eine Zusammenfassung von Hydes Artikel in der *Gazette* aus New London klang. Richter Thompson akzeptierte diese Darstellung und erklärte, daß die Unterweisung der Anklagejury am Nachmittag stattfinden werde.

Baldwin wartete, bis die Mitglieder der Anklagejury nacheinander wieder hinausgegangen waren. Dann nahm er seine Untersuchung des Falls wieder auf.

»Wir haben hier drei Kinder zwischen sieben und neun

Jahren, die erwiesenermaßen geborene Afrikaner sind, die weder unsere eigene Sprache noch Spanisch verstehen, noch irgendeine andere Sprache außer ihrer afrikanischen Muttersprache. Sieht denn dies ehrenwerte Gericht nicht, daß es sich bei ihnen nicht um Sklaven handeln kann? Wie kommt es, daß diese Schwarzen auf die einfache Bitte von Leutnant Gedney oder dieser spanischen Gentlemen hin wie Sklaven behandelt werden? Erlauben etwa unsere eigenen Gesetze den Sklavenhandel in Afrika? Verlangen sie denn nicht schon seit Jahren, daß alle die, die in ihn verwickelt sind, als Piraten angesehen werden? Als Feinde der Menschheit? Als Verbrecher, die mit dem Entzug der bürgerlichen Ehrenrechte zu bestrafen sind? Sollen wir diese unsere Gesetze auf die Bitte einiger spanischer Gentlemen hin außer Kraft setzen?«

Ingersoll versuchte zu widersprechen, aber Richter Thompson ließ es nicht zu.

»Was für einen Anspruch auf Bergegeld hat Leutnant Gedney in bezug auf diese Kinder? Was für einen Anspruch hat ein Offizier der U. S. Navy darauf, Männer und Kinder, die faktisch freie Menschen waren, zu Sklaven zu erniedrigen? Ist dies eine Pflicht, die unseren Offizieren vom Gesetz auferlegt wird? Sollen sie vor unsere Gerichte treten und eine Belohnung dafür verlangen, daß sie freie Afrikaner zu Sklaven gemacht haben? Denn genau das ist es ja, worum Leutnant Gedney dies Gericht bittet – es soll ihm bestätigen, daß er verdienstvolle Arbeit geleistet hat, als er nicht das Leben der Schwarzen, sondern die Sklaven dieser spanischen Gentlemen gerettet hat.

Hier haben wir ein Schiff, das sich in den Händen von dreißig bis vierzig Schwarzen befindet, die behaupten, frei zu sein. Sie werden in den Staat Connecticut gebracht und als Sklaven beansprucht. Was soll der Richter jetzt tun? Soll er eine Anordnung erlassen, mit der der Marshal ermächtigt wird, diese Menschen zu verkaufen? Ich glaube, es wird offensichtlich, daß der Richter des District Court gar keine Ahnung hatte, was es für Auswirkungen haben würde, wenn er diese Menschen zum Teil der Ladung erklärt. Nehmen wir mal an, es wäre beantragt worden, daß sie schnell verkauft werden, weil es sich bei ihnen um verderbliche Ware handelt – immerhin sind einige dieser armen Afrikaner bereits gestorben, seit sie von uns verhaftet wurden. Nehmen wir mal an, diese spanischen Gentlemen hier hätten beantragt, daß diese Menschen zusammen mit den übrigen Waffen sofort verkauft werden. Der ehrenwerte Richter Judson hat gestern, als er den Marshal zurückkommen sah, angemerkt, daß es nicht in der Macht des District Court stehe, Männer, Frauen und Kinder zu verkaufen.«

»Wenn dem so ist«, erklärte Richter Thompson, »dann werden die Afrikaner nicht wegen der vor jenem Gericht anhängigen Klage auf Bergegeld festgehalten, und es ist unnötig, dieses Problem weiter zu erörtern. Die Frage, die dieses Gericht hier interessiert, ist ganz einfach die: Gibt es irgendwelche noch zu klärende juristische Sachverhalte, die es für das Gericht rechtfertigen, die Afrikaner weiter festzuhalten?«

Baldwin wußte, daß er einen entscheidenden Punkt gewonnen hatte, und Freund und Feind im Publikum wußten das auch. Aber es gab noch zwei Klagen, mit denen vom District Court verlangt wurde, die Schwarzen festzuhalten: die des spanischen Gesandten und die von Don Pedro Montes, der die Kinder als sein Eigentum beanspruchte. Baldwin griff zuerst Montes an.

»Ich möchte wissen, wovon Don Pedro Montes das Recht ableitet, vor dieses Gericht zu treten und uns zu bitten, diese Menschen zu Sklaven zu erniedrigen. Wie ist er in ihren Besitz gelangt? Wer hat sie ihm verkauft? Sie wurden von Piraten nach Kuba gebracht, und zwar entgegen den spanischen Gesetzen. Don Pedro ist hier persönlich als jemand aufgetreten, der diesen widerlichen Handel unterstützt. Wieviel besser ist der Mann, der gestohlenes Gut kauft, als der, der es gestohlen hat? Aber hier haben wir es mit gestohlenen Menschen zu tun, die von Piraten verschleppt und von diesem Mann hier gekauft wurden. Warum also sollte man ihn vor diesem Gericht auch nur um einen Deut besser behandeln, als man es mit dem ursprünglichen Sklavenhändler tun würde? Würde dieses Gericht den Forderungen des Mannes recht geben, der diese Menschen in Afrika geraubt hat, falls er hier erscheinen und das Gericht bitten sollte, ihm sein Eigentum zurückzuerstatten? Ich bin der Ansicht, daß diese Kinder in jeder Hinsicht als freie Menschen anzusehen sind und daher nicht wieder an den District Court überstellt werden können, da jenes Gericht für sie nicht zuständig ist.«

Baldwins ruhige und doch leidenschaftliche Rede weckte die Hoffnung, daß Richter Thompson den Fall sofort entscheiden würde. Aber Ingersoll stellte noch einige Fragen in bezug auf die so rätselhafte Einrichtung der Sklaverei in Amerika.

»Man hat uns gerade erzählt«, sagte er, »daß diese Personen nicht als Eigentum angesehen werden können, weil dies ein freies Land ist. Wir stehen hier vor einem Gericht, das für einen merkwürdigen Staat arbeitet. In einem Teil von Amerika werden Sklaven als Eigentum angesehen. Es ist müßig, daß sich dieser Gentleman hier hinstellt und behauptet, die Schwarzen seien Menschen und daher kein Eigentum. Die Unterstellung, daß Don Pedro Montes sich je am afrikanischen Sklavenhandel beteiligt hat oder Personen kennt, die im Sklavenhandel tätig sind, oder wußte, daß diese Personen hier aus Afrika stammen, ist völlig unbegründet und haltlos. Der Staatsanwalt hat Klage erhoben, damit unsere internationalen Beziehungen keinen Schaden nehmen, denn es könnte ja sein, daß wir die Schwarzen gemäß dem Vertrag mit Spanien tatsächlich zurückgeben müssen. Falls wir die Schwarzen aber nicht ausliefern müssen, sollte gemäß den Gesetzen der Vereinigten Staaten eine Anordnung erlassen werden, die es den Schwarzen erlaubt, nach Afrika zurückzukehren. Wir hoffen, daß das Gericht diesen Fall nicht auf eine bloß oberflächliche Prüfung hin dem District Court entzieht.«

Als Ingersoll seine Darlegung beendet hatte, unterbrach Richter Thompson die Verhandlung und zog sich in die Mittagspause zurück – eine Pause, während der die Anwälte der Afrikaner hastig neue Argumente zugunsten ihrer Klienten zusammenstellten.

Als die Nachmittagssitzung eröffnet wurde, war der Gerichtssaal bis auf den letzten Quadratzentimeter gefüllt. Es war das Gerücht umgegangen, daß Cinqué und einige der anderen Kannibalen persönlich vor Gericht erscheinen würden. Die Zuschauer waren enttäuscht, als sie nur die kleinen Mädchen sahen, die sich in ihre Decken gewickelt hatten und staunend die Finger in den Mund steckten. Lediglich Marghru, die ihre Angst ein wenig überwunden hatte, erwiderte das Lächeln der Damen in ihrer Nähe.

Als die Geschworenen der Anklagejury der Reihe nach hereinkamen, wurde es im Saal still, und das Publikum wartete gepannt darauf, was der Obmann dem Richter sagen und wie Richter Thompson urteilen würde. Das Problem der Zuständigkeit mußte sofort entschieden werden. Bald würde man wissen, ob die Afrikaner des Mordes angeklagt werden würden.

»Ein juristischer Grundsatz ist, daß ein Gericht der Vereinigten Staaten nur dann zuständig ist, wenn ein Gesetz der Vereinigten Staaten gebrochen worden ist«, erläuterte Richter Thompson. »Außerdem gibt es noch die Verstöße gegen das Völkerrecht, für die die Gerichte aller Nationen zuständig sind.«

Seine Stimme war monoton, dennoch ging von seinen Worten eine magische Kraft aus.

»Diese Personen wurden im Bezirk New York aufgegriffen, daher können sie unter keinen Umständen im Bezirk Connecticut des Mords und der Piraterie angeklagt werden. Das Verbrechen ist auf einem spanischen Schiff mit spanischer Mannschaft und spanischem Kommandanten verübt worden, einem Küstensegler von der Insel Kuba. Der Fall liegt daher genauso wenig innerhalb der amerikanischen Gerichtsbarkeit, wie wenn sich das Verbrechen auf kubanischem Boden ereignet hätte. Gemäß den hier präsentierten Fakten zögere ich daher nicht, Ihnen mitzuteilen, daß dieses Gericht nicht zuständig ist und daß es nicht genug Anhaltspunkte gibt, um ein Hauptverfahren zu eröffnen.«

Seine Entscheidung sorgte unter den Zuschauern für aufgeregtes Flüstern und Händeschütteln. Die Afrikaner würden keines Schwerverbrechens angeklagt werden. Es würde in Connecticut nicht zur Hinrichtung Cinqués kommen. Die Anklagejury verließ den Saal. Bevor sich die Aufregung legen konnte, erhob sich Staples, um sich an das Gericht zu wenden und die Gunst der Stunde zu nutzen.

»Euer Ehren, ich war darauf vorbereitet, über die Anordnung zu sprechen, aufgrund welcher diese drei kleinen Mädchen als Zeugen in einem Fall von Mord und Piraterie festgehalten werden. Aber dieses Problem ist hiermit gelöst. Sie können jetzt nur noch in Zusammenhang mit der Klage, die Don Pedro Montes mit Hilfe des Staatsanwalts erhoben hat, festgehalten werden. Was den Staatsanwalt angeht, so unterstützt dieser hier in gewisser Weise die Bemühungen des spanischen Gesandten. Wie genau es dazu gekommen ist, wissen wir nicht.«

Seine Worte sorgten für erneute Aufregung. Es war zwar

gerüchteweise von Holabirds falschem Spiel die Rede gewesen, aber keiner hatte erwartet, daß es im Gerichtssaal zu offenen Angriffen kommen würde. Es war ein mutiger Schritt der Verteidigung. Doch diejenigen, die erwartet hatten, irgendeine Wirkung des Gesagten auf Holabirds Gesicht ablesen zu können, wurden enttäuscht. Er stützte die Hände auf seinen Stock und saß mit leicht gebeugtem Kopf da.

»Er handelt auch im Interesse des amerikanischen Präsidenten, denn schließlich könnten die Afrikaner in dessen Hände fallen«, fuhr Staples fort. »Aber in dieser Hinsicht läßt das Gesetz keinerlei Zweifel: Wenn die Sklaven nicht von amerikanischen Bürgern oder auf einem amerikanischen Schiff hierher gebracht worden sind, hat der Präsident der Vereinigten Staaten nichts mit ihnen zu tun. Hier handelt es sich um ein spanisches Schiff, das es wegen widriger Umstände hierher verschlagen hat. Hat der spanische Gesandte etwas damit zu tun? Ich glaube nicht. Wenn der Besitzer zugegen ist und persönlich Klage erhebt, darf sich kein Gesandter einmischen. Don Pedro Montes sitzt hier im Gerichtssaal und entzieht damit der Klage des spanischen Gesandten ihre Grundlage. Mit Fällen, in denen die Kläger zugegen sind, hat der Präsident ebenfalls nichts zu tun, ganz unabhängig von dem Vertrag, dessen Artikel der spanische Konsul angeführt hat.«

Holabird stand jetzt im Zentrum der Aufmerksamkeit. Sicher würde er jetzt sprechen und auf die Angriffe antworten. Aber er blieb mit gebeugtem Kopf sitzen und stützte weiter die Hände auf den Stock. Nach einer Pause, die Holabird lang genug Gelegenheit gegeben hatte, das Wort zu ergreifen, wandte sich William Hungerford, der Anwalt von Señor Montes, an das Gericht.

»Euer Ehren, die Frage ist doch, ob dieser Mann Besitzer der Sklaven ist oder nicht. Wenn die Sklaverei in Kuba erlaubt ist, kann er auch Eigentümer von Sklaven werden. Daraus scheint sich richtig und notwendig zu ergeben, daß er sich an die Gesetze jenes Landes gehalten hat, welche bestimmen, daß die Sklaverei legal und rechtmäßig ist. Es ist daher sicherlich möglich, an afrikanischen Personen, die nach Kuba gebracht worden sind, Eigentum zu erwerben. Mit den vertraglichen Vereinbarungen bezüglich des Sklavenhandels haben wir nichts zu tun. Außerdem wurde hier behauptet, daß diese Personen nicht vor dieses Gericht gestellt werden können – daß dieses Gericht nicht zuständig ist. Wenn ich den Vertrag zwischen unserer Regierung und der Spaniens recht verstehe, so sind wir offensichtlich verpflichtet, alles Eigentum dem spanischen Kläger auszuhändigen. Wie soll dies geschehen? Die Schwarzen müssen nicht als Ware verkauft werden. Sie können auf Anordnung des Präsidenten oder aber auf Anordnung dieses Gerichts hin an die spanischen Kläger übergeben werden. Ich sehe da keinen Unterschied.«

Die weitere Erörterung dieses Arguments wurde durch Holabird unterbrochen, der endlich aufstand und sich an das Gericht wandte.

»Ich erhebe Einspruch«, verkündete er, »weil ich der Ansicht bin, daß diese Schwarzen freie Menschen sind und als solche in den Zuständigkeitsbereich amerikanischer Gerichte gebracht wurden und dort festgehalten werden dürfen, bis die entsprechenden Instanzen eine Entscheidung gefällt haben. Und falls es sich bei ihnen, wie ich glaube, um geborene Afrikaner handelt, dürfen sie auch in ihre Heimat zurückgeschickt werden. Von diesen Annahmen ausgehend habe ich im Namen der Vereinigten Staaten Klage erhoben.«

Was für ein Trick war das nun wieder? fragten sich die Freunde der Afrikaner. Wollte er so in den Besitz der Schwarzen gelangen, um sie an die Spanier auszuliefern?

War es eine rein politische Entscheidung, das öffentliche Eingeständnis der Regierung, daß die Abolitionisten an Macht gewonnen hatten, und ein Versuch, Stimmen zu fangen? Während sie noch rätselten, antwortete Staples für die Verteidigung.

»Der Staatsanwalt erinnert mich an die Wendung ›Wer solche Freunde hat, braucht keine Feinde!‹. Es wird behauptet, daß die Afrikaner Eigentum sind. Wenn sie Eigentum darstellen, warum können sie dann nicht als solches verkauft werden? Warum kann man nicht hier in Hartford einen Sklavenmarkt abhalten und diese vierzig Afrikaner versteigern? Warum? Weil es zu widerlich wäre – weil man es nicht zulassen würde. Und was die Klage angeht, die der Staatsanwalt angeblich im Namen der Vereinigten Staaten erhoben hat: Ich habe den Verdacht, daß der spanische Gesandte auf sie mehr Einfluß gehabt hat als der amerikanische Präsident.«

Als Holabird sich zu antworten weigerte, erklärten die Anwälte aller Kläger plötzlich ihre Ausführungen für beendet, und Richter Thompson unterbrach die Sitzung kurz, um nach der Pause seine Entscheidung bezüglich der beantragten Haftprüfung zu verkünden.

»Ich persönlich«, teilte Richter Thompson dem dicht gedrängten Publikum mit, »finde die Einrichtung der Sklaverei genauso widerlich wie sonst irgendwer in diesem Saal, aber ich bin durch meinen Eid gezwungen, den Gesetzen, die in dieser Hinsicht vorliegen, entsprechend zu entscheiden. Letztendlich geht es hier um das Gesetz und nicht um irgendeine der allgemeinen Fragen, die mit diesem Fall zusammenhängen. Entscheidend ist der Ort, an dem die Schwarzen festgenommen wurden. Die Anwälte beider Seiten scheinen darin übereinzustimmen, daß die Festnahme im Bezirk New York erfolgt ist. Trifft dies zu, ist der District

Court hier nicht zuständig. Kommt man zu dem Schluß, daß unser District Court nicht zuständig ist, könnte man beschließen, den Fall an den District Court in New York zu überweisen. In diesem Fall wären Schiff und Ladung an jenes Gericht zu überstellen. Den Schwarzen würde daraus kein Vorteil erwachsen. Ich werde jedoch den Staatsanwalt anweisen, mit einem Mitglied der Verteidigung nach Montauk Point zu fahren, dort die Fakten zu studieren und, wenn möglich, festzustellen, wo die Festnahme tatsächlich erfolgt ist. Das Gericht maßt sich hier nicht an, zu entscheiden, ob diese Personen Anspruch auf Freiheit haben, sondern läßt diese Frage in einem Prozeß vor dem District Court klären, gegen dessen Urteil dann Berufung eingelegt werden kann. Ich lehne daher den Antrag auf Haftprüfung ab.«

»Wollen Sie damit sagen, daß ein Ausländer, der mit einem Sklaven hierher kommt, die Vereinigten Staaten dazu verpflichten kann, seine Besitzansprüche an dem Sklaven durchzusetzen?« fragte Baldwin erregt.

»Ich fühle mich nicht verpflichtet, dieses abstrakte Problem zu entscheiden«, erwiderte Richter Thompson kurz angebunden. »Die Verhandlung wird vertagt.«

Verblüfft, unzufrieden und ratlos verließen die Leute den Gerichtssaal. Es hatte keine klare Entscheidung gegeben – keinen eindeutigen Beweis für Gerechtigkeit. Die Frage, ob die Exekutive Einfluß genommen hatte, nagte an ihnen. Die Afrikaner würden in Connecticut zwar nicht wegen Mord vor Gericht gestellt werden, aber es war immer noch möglich, daß der Präsident sie den Spaniern auslieferte. Und wenn das nicht zutraf, so würde der Fall die Gerichte unter Umständen so lange beschäftigen, bis keine Aussicht auf Gerechtigkeit mehr bestand.

Lewis Tappan trat zu den anderen Freunden der Afrikaner, die am Tisch der Verteidigung saßen.

»Ich nehme an, das Gericht würde die Gefangenen gegen Kaution freilassen«, sagte Baldwin.

»Dafür müßte man ihren Wert als Eigentum schätzen lassen«, antwortete Tappan. »Dem werde ich nicht zustimmen. Eher lasse ich zu, daß sie in das Gefängnis von New Haven zurückgeschickt werden. Das wird den Leuten hier in Connecticut wenigstens vor Augen führen, wie tief sie in die Sklaverei verstrickt sind mit all ihren Gefahren und wie sehr sie sich mitschuldig gemacht haben.«

Lewis Tappan verließ mit John Ferry das State House und ging ins Gefängnis, um den Afrikanern mitzuteilen, daß man sie noch nicht freilassen würde – daß die Einrichtung der Sklaverei sie immer noch gefesselt hielt.

Als er hineingelassen wurde, hörte er das aufgeregte Schnattern der Afrikaner und die Stimme von Thomas Gallaudet, der sie zu beruhigen versuchte.

Gallaudet, der Gründer der ersten Taubstummenschule in Connecticut, war ein schmalgesichtiger Mann mit Haaren wie Schweineborsten, der eine Brille mit eng zusammenstehenden Gläsern trug. Er hatte eine Zeichensprache ausgearbeitet, um mit den Afrikanern zu kommunizieren. An diesem Nachmittag hatte er versucht, ihre Vorstellungen bezüglich eines gottähnlichen Wesens zu ergründen, das die Taten der Menschen beurteilt und belohnt. Er hatte ihre Aufmerksamkeit auf die Dinge der Natur gelenkt: die Sonne, den Mond, die Sterne, den Wind. Sie antworteten, daß sie verstünden, was er meine, und daß Ngi-li über allem stehe.

Dann wollte Gallaudet von ihnen mittels Zeichen wissen, ob Ngi-li sie auch für Mord und das Durchschlitzen einer Kehle bestrafen würde. Als sie begriffen, was er meinte, senkten sie die Blicke und weigerten sich, mit ihm weiter zu reden.

»Nehmt euch vor ihm in acht!« riet ihnen Cinqué. »Er ist von den Spaniern und will euch ein Geständnis abluchsen für das, was auf dem Schiff passiert ist.«

Das sorgte für neuerlichen Tumult unter den Gefangenen. Als Cinqué Lewis Tappan entdeckte, rannte er zu ihm und ergriff seine Hände. Dann deutete er auf Gallaudet und fuhr sich mit der Hand über die Kehle, weinte und bat Tappan, sie von Gallaudet zu erlösen.

Mit Hilfe von John Ferry erklärte Tappan ihnen, was Gallaudet vorgehabt hatte. Als sie sich wieder beruhigt hatten, teilte er ihnen mit, daß sie noch nicht frei waren und bald auf dem Kanalboot in das Gefängnis von New Haven zurückkehren würden.

Während er noch bei ihnen war, kam auch Roger Sherman Baldwin ins Gefängnis.

»Ich habe gerade erfahren, daß Leutnant Meade Sie in Boston auf 50 000 Dollar Schadensersatz verklagt hat, weil Sie öffentlich behauptet haben, daß er in Montauk die Dublonen aus der Truhe gestohlen hat.«

XIII

Haft in Neu England

Cinqué beobachtete ohne Angst, wie seine Kameraden von Colonel Pendleton aus dem Hartforder Gefängnis geführt wurden, und blieb in dem großen Raum allein zurück. Lewis Tappan hatte versprochen, daß sie sich alle in New Haven wiedersehen würden. Das Gefängnis in New Haven war ein angenehmerer Aufenthaltsort als das in Hartford. Dort konnte man wenigstens mit dem Geld, das einem weiße Freunde gaben, einen Becher Wein kaufen.

Cinqué mußte in Hartford nicht lange warten. Der US-Marshal Wilcox brachte ihn in der Nachmittagskutsche nach New Haven. Die Postkutsche war voll Weißer, unter denen Cinqué Amos Townsend erkannte, den Freund von Lewis Tappan. Weil einige Passagiere etwas dagegen hatten, in Gesellschaft eines Schwarzen zu reisen, durfte Cinqué nicht drinnen sitzen. Er kletterte auf den Platz neben dem Kutscher, der genauso schwarz war wie er.

Als Cinqué ihn auf mendi ansprach, lachte der Kutscher.

»Wieso redest du so mit mir?« fragte er.

Und dann, als er wuße, daß Cinqué ihn nicht verstehen konnte, erzählte er ihm seine eigene Geschichte, und an seiner Stimme war zu hören, daß er glaubte, etwas Besseres als dieser Buschafrikaner zu sein. Er war in South Carolina geboren. Man hatte ihn zum Haussklaven ausgebildet und nach New Haven gebracht, wo er die Weißen zu bedienen hatte, die im *Pavillon* abstiegen. Jetzt war er ein Bürger von New Haven, ein freier Farbiger, der bei den Passagieren der Postkutsche nach Hartford gut angesehen war.

Als die Kutsche vor dem City Hotel in Hartford anhielt, übergab der Fahrer die Zügel an Cinqué und stieg ab, um den Passagieren zu helfen. Cinqué saß mit den Zügeln in der Hand da und träumte, ein freier Mann zu sein mit einem Gespann schöner Pferde und den herrlichen Kleidern des Kutschers. Er nahm ein paar Silbermünzen aus der Tasche und sah sie sich an. Würden sie ausreichen, um den langen, schwarzen Mantel und den Zylinder des Kutschers zu kaufen?

Auf dem Weg nach New Haven erlaubte der Kutscher Cinqué auf den einfachen Streckenabschnitten, die Zügel zu halten. Die Kutsche war armselig und die Straße schmal, aber während sie dahinholperten, wurde Cinqué von Glück erfüllt, weil er die Pferde lenken durfte.

»Seht euch den schwarzen Prinzen an!« riefen die Leute am Straßenrand einander zu. Und er sah tatsächlich wie ein schwarzer Prinz aus. Stolz und arrogant hockte er auf seinem Kutschenthron.

Sein Triumph währte nicht bis New Haven, denn der Kutscher nahm ihm außerhalb des Städtchens die Zügel wieder ab und lenkte die Pferde zu dem üblichen Halt vor dem Tontine Hotel. Es war ein schöner Nachmittag, die Sonne am wolkenlosen Himmel senkte sich, ein dünnes Blau, das den Herbstfeuern entstieg, umhüllte die Stadt, und der Rauchgeruch wirkte erfrischend nach all dem Staub auf der Straße.

Eine Menschenmenge hatte auf dem Village Green einen Kreis gebildet, und vom Kutschbock aus sah Cinqué, wie Grabo, Kimbo, Bato und Ka-le afrikanische Akrobatik vorführten, während die übrigen Afrikaner und Colonel Pendleton dicht gedrängt daneben standen. Als Grabo einen Salto vollführte, lachte die Menge und applaudierte. Cinqué brannte darauf, zu ihnen zu gehen. Als die Kutsche anhielt, sprang er zu Boden und lief vor Norris Wilcox her über das Green.

Cinqué rief seinen Freunden etwas auf mendi zu, und der Kreis öffnete sich für ihn. Die Afrikaner riefen »Cinqué!« und unterbrachen ihr Spiel. Cinqué trat in die Mitte des Rings und vollführte einen Salto. Die Menge jubelte. Er war viel besser als Grabo. Der Applaus beflügelte ihn. Er sprang, schlug Räder, vollführte Flickflacks vorwärts und rückwärts, ging auf den Händen, und das alles mit so viel Grazie und Rhythmusgefühl, daß die weißen Zuschauer Münzen auf ihn herabregnen ließen. Er schlug noch ein Rad, hielt inne, richtete sich zu voller Größe auf und trat würdevoll zu der Gruppe von Afrikanern, während Ka-le und Kimbo die Münzen aufsammelten und zu ihm brachten.

Als die Sonne untergegangen war, beendete Colonel Pendleton die Spiele und führte die Afrikaner zurück zum Gefängnis. Sie folgten ihm die Straße entlang und durch den Schankraum hindurch, wo ein paar Männer im Schein der Walfischtranlampen Wein tranken. Statt Cinqué wieder in eine Zelle mit normalen Kriminellen zu stecken, führte Colonel Pendleton ihn wie die anderen in den zweiten Stock. Er ließ die Verbindungstüren offen, und so versammelten sich alle in einer Zelle und unterhielten sich über die Veränderungen, die ihre Reise nach Hartford bewirkt hatte.

Mrs. Pendleton kam herauf und rief nach Antonio. Sie fand ihn in einer Zelle allein. »Antonio«, sagte sie, »du wirst für mich in der Küche und im Schankraum arbeiten.«

Dann nahm sie noch Kimbo und Foone mit, die Antonio dabei helfen sollten, den Afrikanern das Abendessen zu bringen.

Während sie aßen, hielt Cinqué Antonio eine Silbermünze hin und sagte: »Rum!« Antonio nahm die Münze und brachte ihm ein paar Minuten später einen Zinnbecher Wein. Nachdem er einmal damit begonnen hatte, lief Antonio noch so oft zwischen Zelle und Schankraum hin und her, bis seine Taschen voll waren und die Afrikaner tief schliefen.

Am nächsten Tag verteilte Norris Wilcox warme Kleidung an die müden, schlecht gelaunten Afrikaner – Kleidung, die von Richter Thompson angeordnet worden war als Teil der besseren Behandlung, die den Afrikanern zuteil werden sollte, während sie auf ihren Prozeß vor dem District Court warteten. Nachdem Wilcox gegangen war, zogen sie sich an, und Cinqué schickte Antonio erneut los, um Wein zu holen.

Viele Becher später ließ Mrs. Pendleton Kimbo und Foone einen großen Kessel Kartoffeln in die Zelle schaffen. Jeder Afrikaner bekam zwei Stück auf einem Zinnteller. Cinqué saß da und starrte auf die braune Schale. Dann deutete er Mrs. Pendleton durch Zeichen an, daß sie die Kartoffeln für ihn schälen solle.

»Schäl Banane!« befahl er in gebrochenem Englisch.

»Ich schäl' Niggern keine Kartoffeln«, erwiderte sie. »Schäl sie dir selbst!«

Das Wort »Nigger« hatte Cinqué wütend gemacht, und er antwortete ihr scharf auf mendi. Trotzdem gab sie nicht nach und befahl ihm, sich seine Kartoffeln selbst zu schälen. Cinqué hatte Angst vor dieser weißen Frau, die wie ein Mann redete, aber auch davor, sich vor seinen Kameraden eine Blöße zu geben, und wandte sich daher Foone zu, schlug ihm auf den Kopf und befahl ihm, ihm die Kartoffeln zu schälen. Foone schälte die beiden Kartoffeln und legte sie Cinqué auf den Teller. Cinqué nahm eine und biß hinein. Sie war trocken wie Sägemehl, und er erklärte Mrs. Pendleton mittels Zeichen, daß sie ihm Soße bringen solle.

»Wer Hunger hat, braucht keine Soße«, antwortete sie ihm. »Iß deine Kartoffel und halt die Klappe!«

Ohne ihn weiter zu beachten, teilte sie das Essen an die anderen aus.

Cinqué gab Foone noch eine Kopfnuß und schickte ihn in

die Gefängnisküche, um ein Kännchen Soße zu holen. Als Mrs. Pendleton Cinqué mit der Soße sah, nahm sie sie ihm weg und stellte sie außerhalb seiner Reichweite vor die Tür. Cinqué gab ihr wieder durch Zeichen zu verstehen, daß Soße und Kartoffeln zusammengehörten.

Sie schüttelte wütend den Kopf. »Du bist betrunken!« schrie sie. »Sturzbesoffen! Was du brauchst, sind ein paar Hiebe mit der Nilpferdpeitsche.«

Cinqué warf ihr den Teller mit den Kartoffeln vor die Füße und schlurfte schmollend zu seiner Pritsche.

Ein paar Minuten später berichtete Mrs. Pendleton den Kunden ihres Manns, darunter der Herausgeber des *Columbian Register* und ein bekannter Phrenologe, von diesem Vorfall.

»Durch die Abolitionisten werden die Schwarzen trotzig und herrisch«, beschwerte sie sich.

So unbedeutend dieser Zwischenfall an sich auch gewesen war, die Kritiker der Afrikaner bliesen ihn doch so weit auf, bis Cinqué wie eine wilde Bestie da stand. Sie sorgten mit der Behauptung, daß er eine weiße Dame bedroht hatte, für Empörung und benutzten sie als ein Argument gegen die Abolitionisten. Sie benutzten sie auch als Argument dafür, daß man die Afrikaner an ihre spanischen Besitzer ausliefern sollte, die am besten wüßten, wie man solche Schwarze behandeln mußte. Während sich die Besucher des Schankraums derart ereiferten, nahmen im Kopf des Herausgebers die Details seines Artikels für die Zeitungen in New York Gestalt an.

Der Phrenologe wollte die Geschichte ausnutzen, um sich an seinen Kollegen zu rächen. »Damit werd' ich's Fletcher zeigen!« brummte er. »Damit werd' ich beweisen, wie falsch seine Bewertung von Cinqué war.« Er wandte sich an den Herausgeber. »Wie wäre es, wenn Sie ihn in Ihrer Zeitung bitten, festzustellen, ob dieses widerliche Verhalten Cinqués seiner Güte, seiner Ehrfurcht oder seiner Gewissenhaftigkeit entsprungen ist – alles Schädelhöcker, die bei ihm laut Fletcher besonders stark ausgebildet sind – oder ob es nicht doch eher Folge seiner Begierde und Maßlosigkeit ist?«

Niemand in der Bar legte an diesem Abend für Cinqué ein gutes Wort ein. Sogar seine mildesten Kritiker sagten: »Er ist ein Kind, und die Abolitionisten verwöhnen ihn.«

Als Professor Gibbs von diesen Geschichten hörte, war er überzeugt, daß die meisten dieser Mißverständnisse auf fehlerhafter Kommunikation beruhten. Mittels eines guten Dolmetschers würde man die Afrikaner überreden können, ihren heidnischen Gebräuchen abzuschwören und sich dem Lebensstil Neu-Englands anzupassen. John Ferry, der von Anfang an keine große Hilfe gewesen war, war nach New York zurückgekehrt. Gibbs' Nachforschungen in New Haven hatten nichts gebracht. Es blieb ihm nichts anderes übrig, als mit dem Boot nach New York zu fahren und dort das Hafenviertel nach jemandem abzusuchen, der Mendi sprach.

Zwei Tage lang wanderte er von Fulton Slip bis zur Battery an den Kais des East River entlang und suchte nach Schwarzen, die auf seine erhobenen Finger und die sorgfältig ausgesprochenen Zahlen *eta, fili, kiau-wa* reagierten. Er stieß überall nur auf das Unverständnis und Gelächter von Negern, die stolz darauf waren, Englisch zu sprechen.

»Warum versuchen Sie es nicht auf der *Buzzard?*« fragte ein Schiffskapitän, den er am Coenties Slip traf. »Sie ist ein Schoner der britischen Sklavenpatrouille. Sie liegt mit zwei Prisen im Quarantänehafen.«

Früh am nächsten Morgen mietete Professor Gibbs ein Boot und fuhr zum Quarantänehafen unterhalb New Yorks. Vor ihm lagen die grünen Ufer von Staten Island, hinter ihm die holländischen Häuser von Lower Manhattan. Im Quarantänehafen sah er drei Schoner vor Anker liegen. Zwei, die *Eagle* und die *Clara,* hatten die amerikanische Flagge gehißt. Die *H.B.M. Buzzard* präsentierte stolz den Union Jack.

Als sein Boot näher kam, entdeckte Professor Gibbs einige junge Schwarze, die auf dem Deck der *Buzzard* die Segel flickten. Voll Ungeduld hielt er einen Finger hoch und rief *»eta«*.

Auf dieses Wort hin rannten die Schwarzen sofort zur Reling.

»Du sprechen Mendi?« fragte einer von ihnen auf englisch.

»Nein«, rief Professor Gibbs. »Sprichst du es?«

»Ja, Sir. Ich kommen aus Mendi.«

Während sie die Zahlworte hin- und herriefen, näherte sich das Boot dem Schiff, und Professor Gibbs griff aufgeregt nach einem Seil, das von der Reling der *Buzzard* herabhing.

»Wie heißt du?« fragte er.

»James Covey.«

»Wer ist dein Kapitän?«

»Mr. Fitzgerald. Wollen Sie mit ihm reden?«

Ein Weißer trat neben die schwarzen Jungen, die vom Schoner herabschauten.

»Kapitän Fitzgerald, zu Ihren Diensten! Wollen Sie an Bord kommen?«

Seine Männer ließen eine Strickleiter herab. Unten wurde die Leiter festgehalten, oben wurde an ihm gezogen, und so gelangte er schließlich an Bord und stand verknittert, verlegen und unsicher auf dem schwankenden Deck.

»Ich bin Professor Josiah Willard Gibbs vom Yale College«, sagte er zu Kapitän Fitzgerald. »Haben Sie vielleicht von der *Amistad* gehört?«

»Habe ich in der Tat.«

»Die Afrikaner von der *Amistad* sitzen in New Haven im Gefängnis, und ich suche nach einem Dolmetscher. Dieser

Junge« – er deutete auf James Covey – »sagt, er sei ein Mendi.«

»Das stimmt doch, James?«

»Ja, Sir.«

»Wo hast du Englisch gelernt?« fragte ihn Professor Gibbs.

»Ich bin im Dorf Gho-rum im Land der Mendi geboren und habe dort mit meinem Vater und meiner Mutter gelebt. Als ich ein Kind war, wurde ich entführt und an den Sklavenhändler Don Pedro Blanco verkauft. Drei Tage, nachdem wir in Gallinas losgesegelt waren, wurden wir von einem britischen Schoner aufgebracht und nach Sierra Leone umgeleitet, wo ich in ein Asyl für befreite Afrikaner gekommen bin. Dort bin ich bei den Missionaren zur Schule gegangen und habe Englisch gelernt.«

»Schreibst du auch Englisch?«

»So gut, wie ich es spreche.«

»Wie alt bist du?«

»Achtzehn.«

»Wie lang bist du schon auf der *Buzzard*?«

»Ich habe ihn letzten Oktober in Sierra Leone an Bord genommen«, erklärte Kapitän Fitzgerald.

»Wäre es möglich, daß er mit mir nach New Haven kommt, bis ich von den Afrikanern der *Amistad* ihre vollständige Geschichte in Erfahrung gebracht habe?«

»Sicher, Sir. Innerhalb der nächsten drei Wochen wird man uns sowieso nicht erlauben, weiterzusegeln.«

Während James Covey unter Deck ging, um für die Reise nach New Haven zu packen, nahm Kapitän Fitzgerald Professor Gibbs mit in seine Kabine, wo sie Tee tranken und sich unterhielten. Während seines Aufenthalts in New York war Fitzgerald nur selten jemandem begegnet, der seine Sympathien teilte. Wegen seiner Arbeit mieden ihn die meisten Amerikaner im Hafenviertel.

»Eine widerliche Angelegenheit«, stellte er fest, als sie, der rauhbeinige, von der Sonne gerötete Kapitän und der blasse, gelehrte Professor, Platz genommen hatten. »Diese Einstellung der Amerikaner zum Sklavenhandel …«

»Ich versteh' nicht …«

»Das können Sie auch nur, wenn Sie gesehen haben, was ich gesehen habe«, sagte er mit respektgebietender Stimme. »Vielleicht erzähle ich Ihnen am besten meine Geschichte – falls Sie Zeit haben …«

»Das nächste Boot nach New Haven geht erst am Nachmittag.«

»Es ist eine lange Geschichte und keine schöne. Ich habe England letzten Oktober mit fünfzig Mann Richtung Sklavenküste verlassen. In Sierra Leone habe ich noch zwanzig Schwarze an Bord genommen. Dann bin ich zu den zwanzig anderen Schiffen der britischen Sklavenpatrouille gestoßen. Das war während der Trockenzeit, und es gab für uns alle Arbeit. Meine erste Prise war ein Lotsenboot aus Sandy Hook, die *Circe*. Sie hatte sechzehn Mann an Bord, alles Spanier und Portugiesen. Aber keine Schwarzen. Ich mußte sie weiterfahren lassen, obwohl sie auf dem Weg von Gallinas nach Nuñez war und offenbar nach Ladung suchte. Da wußte ich noch nicht, wie nahe Sandy Hook am Zentrum des amerikanischen Sklavenhandels liegt«, fügte er verbittert hinzu.

»Dann haben wir nach kurzem, heftigem Kampf die spanische Brigg *Emprendedor* geentert. Sie hatte 470 Sklaven an Bord und war am gleichen Morgen in Gallinas ausgelaufen. Ich habe sie nach Sierra Leone gebracht und die Sklaven in einem Asyl abgeliefert.«

»Ist das das normale Verfahren?«

»Ja – zumindest bei den Sklaven, die wir von den spanischen Schiffen holen. Der Fall wird vom Gericht der Mixed Commission entschieden. Dann werden die Sklaven in

Sierre Leone untergebracht, und man bringt ihnen Englisch und ein Handwerk bei. Einige von ihnen kehren zu ihren Stämmen zurück, aber die Gefahr, daß sie wieder gefangen werden, ist groß.«

»Ist Sierra Leone für sie ein guter Ort?«

»Besser als eine Zuckerrohrplantage auf Kuba oder die Baumwollfelder in Texas. Als wir wieder auf Patrouille waren, haben wir die *Eagle* geentert, obwohl sie unter amerikanischer Flagge gesegelt ist. Sie hatte eine spanische Besatzung und einen amerikanischen Kapitän, Joshua Littig aus Baltimore. Sie hatte keine Sklaven an Bord, dafür aber Reis, Kupferkessel und Holz für den Bau von Sklavendecks. Sie verfügte über spanische Papiere und eine von Konsul Trist unterzeichnete Vollmacht, mit der Kapitän Littig ermächtigt wurde, Schoner und Ladung, falls nötig, zu verkaufen oder zu beseitigen. Ich kam zu dem Schluß, daß es sich um einen Sklaventransporter handelt und daß die amerikanische Flagge nur eine Finte war, beschlagnahmte das Schiff aber nicht.«

»Haben Sie die Erlaubnis, Schiffe unter amerikanischer Flagge zu entern?«

»Nur, wenn Grund zu der Annahme besteht, daß sie die Flagge zur Täuschung gehißt haben. Ein paar Tage später enterten wir vor Nuñez die *Clara* unter Kapitän Hooker. Sie hatte keine Sklaven an Bord, war aber für den Transport ausgerüstet. Sie verfügte über spanische Papiere, segelte aber unter amerikanischer Flagge. Kapitän Hooker, ein anmaßender, uneinsichtiger Mann aus dem Bundesstaat New York, drohte damit, zu veranlassen, daß die amerikanische Regierung Beschwerde einlegt. Trotz seiner Drohungen bin ich mit seinem Schiff Richtung Sierra Leone gesegelt. Auf dem Weg dorthin sind wir wieder auf die *Eagle* gestoßen, die immer noch keine Sklaven an Bord hatte und wieder unter amerikanischer Flagge segelte. Ich war entschlossen, diesem Mißbrauch der amerikanischen Flagge ein Ende zu bereiten, und entschied, die beiden Schoner nach New York zu bringen und ihre Kapitäne vor Gericht zu stellen.«

»Hatten Sie Erfolg?«

»Nicht in dem Maße, wie ich es erhofft hatte. Ich habe vor den zuständigen Gerichten Klage gegen Hooker und Littig eingereicht. Dann bin ich nach Washington gefahren. Auf Vermittlung von Mr. Fox wurde ich bei Präsident Van Buren vorgelassen und konnte ihm persönlich darüber berichten, welche Rolle die amerikanischen Schiffe im Sklavenhandel spielen. Van Buren hat mich wie einen Hochstapler behandelt. Er hat sich geweigert, die Prisen anzunehmen, und gesagt, daß er sie trotz der Tatsache, daß sie unter amerikanischer Flagge gesegelt sind, als spanische Schiffe ansieht. Es war völlig überflüssig, mit ihm zu reden.«

»Was ist aus den Prozessen geworden?«

»Ein paar Zeitungen der Abolitionisten haben sich der Fälle angenommen. Hooker hat es vorgezogen, Selbstmord zu begehen, statt sich der Anklage zu stellen. Gegen Littig ist ein Verfahren eröffnet worden, aber ich bezweifle, daß er bei der derzeitigen Stimmung verurteilt wird.«

»Was werden Sie jetzt tun?«

»Die amerikanische Regierung läßt nicht zu, daß ich mich hier der Prisen entledige. Sobald wir die Auslaufgenehmigung bekommen, nehme ich sie mit nach Bermuda und werde versuchen, sie dort beschlagnahmen zu lassen.«

»Und dann kehren Sie zur Sklavenküste zurück?«

»Genau. Ich war schon zu lange weg.«

»Haben Sie Mitleid mit den Schwarzen?«

»Ja. Und so geht es jedem, der nur über ein bißchen Menschlichkeit verfügt und gesehen hat, wie es auf den Sklavendecks zugeht. Aber es ist auch mein Beruf. Ich bekomme fünf Pfund Sterling für jeden Sklaven, den ich dem

Gericht der Mixed Commission präsentiere. Die Monate, die mir entgangen sind, kommen mich teuer zu stehen.«

Ihr Gespräch wurde von James Covey unterbrochen, der meldete, daß er reisefertig sei. Professor Gibbs schüttelte Kapitän Fitzgerald herzlich die Hand.

»Das war alles sehr informativ«, schloß er, »und ich schäme mich des Mißbrauchs, der mit der amerikanischen Flagge getrieben wird. Wie lange darf ich Covey behalten?«

»Eine Woche. Zehn Tage. Er bekommt so lange Freigang, wie Sie ihn brauchen.«

Noch am gleichen Nachmittag machten sich Professor Gibbs und James Covey an die Arbeit an einem Mendi-Wörterbuch.

Früh am nächsten Morgen ging Professor Gibbs mit George Day und James Covey vom Yale College aus über das Village Green. Bevor Sie New York verlassen hatten, war er mit Covey zu Lewis Tappan gegangen und hatte von den Ergebnissen seines Besuchs auf der *Buzzard* berichtet. Sie waren übereingekommen, daß die Mendi sofort Unterricht in der englischen Sprache und der christlichen Morallehre erhalten sollten. Mit Zustimmung der Freunde der Afrikaner hatte Professor Gibbs daraufhin George Day, einen Theologie-Studenten von Yale, als Lehrer engagiert.

Sie kamen im Gefängnis an und baten, die Afrikaner besuchen zu dürfen.

»Sie frühstücken gerade«, antwortete Colonel Pendleton. »Können Sie warten, bis sie fertig sind?«

Aber die Afrikaner hatten James Covey schon im Gang stehen sehen. Sie riefen ihm etwas auf mendi zu, und als er ihnen in ihrer Sprache antwortete, begannen sie, wie Kinder zu lachen und zu rufen. Sie rannten an Colonel Pendleton vorbei, zerrten Covey in ihre Zelle und bestürmten ihn mit Fragen über die Heimat.

Als sie sich ein wenig beruhigt hatten, begann Professor Gibbs mit einer methodischen Befragung Cinqués und brachte mit der bemerkenswert guten Hilfe James Coveys sämtliche Details seiner Geschichte in Erfahrung. Als er fertig war, richtete Cinqué eine Bitte an ihn:

»Wenn du in meinem Land wärst und mit niemandem reden könntest, würdest du unsere Sprache lernen wollen. Ich will eure lernen.«

»Wir wollen euch Unterricht geben«, versicherte ihm George Day. Dann wandte er sich an Colonel Pendleton. »Das Freundschaftskomitee hat beschlossen, eine Schule einzurichten – natürlich nur mit Ihrer Zustimmung –, und man hat mich als Lehrer engagiert.«

»Ich bin einverstanden, solange die Schwarzen nicht daran gehindert werden, ihre Arbeit zu tun. Wie Sie vielleicht wissen, werden sie bald nach Westville verlegt. Dieses Gebäude hier soll dem neuen Rathaus weichen. Mrs. Pendleton hat es auf sich genommen, die kleinen Mädchen in den Hausarbeiten zu unterrichten. Ich plane, die Männer jeden Tag eine Zeitlang mit Arbeit beim Bau und auf der Farm in Westville zu beschäftigen. Ich kann aber zwei Stunden täglich für den Unterricht freihalten.«

»Das genügt, um ihnen Englisch sowie Lesen und Schreiben beizubringen«, sagte Professor Gibbs. »Falls wir sie am Abend in Bibelkunde und christlicher Morallehre unterweisen können.«

Es wurde dann ausgemacht, daß George Day sie bis zum Umzug nach Westville fünf Tage die Woche zwischen 10 und 12 Uhr unterrichten sollte. Und abends und sonntags würden sich die Freunde der Afrikaner im Gefängnis zum Gott-Palaver treffen.

Hat sich eine Routine erst mal eingespielt, wird sie schnell langweilig. Zwei Stunden am Morgen für Colonel Pendleton und seine Familie Holz hacken, die Zimmer fegen, die Schuhe putzen, zwei Stunden mit den eigenartigen Lauten des Englischen und den lateinischen Buchstaben kämpfen, eine kurze Zeit auf dem Village Green turnen vor Zuschauern, die lachen und Münzen werfen, dann am Nachmittag noch mal verschiedene Arbeitsdienste, dann die langen Abende, während derer die Schwarzen nach afrikanischer Sitte auf dem Boden hockten und den Pfarrern und Theologiestudenten aus Neu-England zuhörten, die beteten und sangen und ihnen erklärten, wie man ein gutes Kind Gottes wird, das Kind eines Gottes, der geheimnisvoll und unbestimmt war und nie in Gestalt eines Fetisches sichtbar wurde.

James Covey, der auf unbestimmte Zeit zurückgelassen worden war, als die *Buzzard* nach Bermuda segelte, nahm seine Arbeit mit George Day ernst und widmete sich ihr mit ganzem Herzen. Sie arbeiteten gemeinsam daran, den Geist der Heiden nach neuenglischem Vorbild umzumodeln. Covey, der selbst in einer Missionsschule ausgebildet worden war und seit seiner Bekehrung eifriger Anhänger des Calvinismus war, versuchte, den Gebeten, Predigten und Liedern soviel moralische Lehre wie möglich abzugewinnen. Er übersetzte den Afrikanern auch Colonel Pendletons Befehle äußerst gewissenhaft.

Und wenn sie allein waren und selbst James Covey fort war, versuchten sie, die Strenge des Gefängnisses und Neu-Englands zu vergessen und für einen kurzen Augenblick die Freiheit eines afrikanischen Dorfs zu genießen, wo die Götter nicht so hartherzig waren und die Teufel gutmütiger.

Während eines solchen Abends war Colonel Pendleton auf das Green zu einer politischen Versammlung gegangen. Den ganzen Tag lang hatten die Zimmerleute an einem Blockhaus dem Gefängnis gegenüber gebaut. Als es dunkel wurde, versammelten sich Männer mit brennenden Fackeln.

Eine Kapelle spielte einen Tippecanoe-Marsch, und bald umkreiste eine Fackelprozession die Blockhütte und stimmte ihren Schlachtruf »Tippecanoe und Tyler dazu« an.

Die Afrikaner, die die Fackeln sahen und das unaufhörliche Trommeln hörten, begannen, von Zuhause zu reden, ihren Familien und Freunden, die sie zurückgelassen hatten, und sie erinnerten sich an die Feiern zur Pflanz- und Erntezeit. Sie riefen Antonio, und er brachte ihnen für alles Geld, das sie hatten, einen Krug mit vier Litern Rum.

Beim Trinken wurden ihre Reden lauter und schneller. Das Trommeln draußen hatte aufgehört, und die Teilnehmer hatten die Hände hinter die Ohren gelegt, um den politischen Reden zu lauschen. Konoma, der nahe der Tür stand, begann, mit bloßen Händen langsam gegen die Wand zu trommeln. Dann sang Cinqué ein Lied über die Heimat – ein Lied, das in jedem Herzen und in jeder Sprache lebt, ein Lied, in dem ein roter Felsen in Ambon, eine *nipa*-Hütte in Luzon oder ein Backstein-Cottage auf Long Island zum Symbol dessen wird, was uns auf dieser Erde das Teuerste ist.

Das Heimweh wurde immer stärker, der Rhythmus wurde schneller, und bald tanzten sie, zuerst langsam und dann in wilden Drehungen, die das Gefängnis erschütterten.

Mrs. Pendleton kam mit Antonio auf den Fersen durch den Gang gerannt. Im Schein der Walfischtranlampen fiel ihr grotesker Schatten auf die Gruppe grotesker Tänzer.

»Hört mit diesem Heidenlärm auf!« schrie sie.

Sie tanzten und sangen weiter. Sie entriß Foone den – inzwischen leeren – Krug.

»Hört auf! Hört auf!« Sie bedrohte sie mit dem Krug, den sie über dem Kopf schwenkte.

Sie lachten sie aus, ohne Tanz oder Gesang zu unterbrechen.

»Wenn ihr nicht aufhört, lasse ich Colonel Pendleton kommen!«

Inzwischen konnten sie gar nicht mehr aufhören. Als Mrs. Pendleton die Tür hinter sich zuwarf, lachten sie noch lauter und sprangen noch wilder umher.

Ein paar Minuten später wurde die Tür wieder aufgerissen, und Colonel Pendleton trat ihnen mit einer langen Nilpferdpeitsche gegenüber.

»Hört auf! Hört auf!« befahl er ihnen. Ein paar gehorchten und zogen sich in die Schatten der Zelle zurück. Aber Cinqué, Grabo und Kimbo tanzten und sangen trotzig weiter, während Konoma in seinen groben Stiefeln stampfend den Rhythmus vorgab.

Colonel Pendleton schimpfte sie zwar alle »Heidennigger«, aber er hatte allein Cinqué zum Opfer der Strafaktion ausersehen. Als Cinqué wieder an ihm vorbeitanzte, versetzte Colonel Pendleton ihm einen Peitschenhieb auf den Rücken.

»Hör auf, du schwarzer Teufel!« brüllte er.

Der Peitschenhieb brachte Cinqué sofort zum Stehen. Wieder stand er dem weißen Mann gegenüber, und wieder hielt der weiße Mann eine Peitsche in der Hand. Wieder schrie ihm der Wuja »Töte den weißen Mann!« ins Ohr. Don Pedro Blanco, Kapitän Ferrer, Colonel Pendleton – ihre Gesichter verschwammen in einem Strudel aus Haß. Er hob die Hände, um zuzuschlagen, und ließ sie dann sinken. Er durfte sich nicht wehren, sonst würden seine Kameraden wegen ihm zu leiden haben. Aber er würde nicht zurückzucken. Stolz wandte er sich Colonel Pendleton zu und wartete auf die Strafe.

Als er sah, daß Cinqué nachgegeben hatte, schlug Pendleton mit Worten und Peitsche zu.

»Ich gebe euch Fleisch!«

Wumm!

»Ich gebe euch Kleider.«

Wumm!

»Alles, was ihr habt, habt ihr von mir!«

Wumm!

»Und das ist euer Dank: Ihr beleidigt meine Frau! Ihr widersetzt euch meinen Worten! Ihr stört mit diesem Heidenrabatz die Ruhe …«

Für sie wie für ihn war diese Orgie schnell vorbei. Er ließ die Peitsche sinken und stand einer stillen, gedemütigten Gruppe Schwarzer gegenüber.

»Du tust mir leid«, sagte Kin-na. »Du denkst nicht an Gott.«

Colonel Pendleton hob die Hand, um ihn zu schlagen, überlegte es sich dann aber anders. Statt dessen brachte er Cinqué in Einzelhaft und sperrte ihre Zellen zu.

Dann ging er in den Schankraum, wo er auf eine Gruppe Abolitionisten stieß, die wegen des Lärms vom Green gekommen war, eine Gruppe, die stiller war, als Colonel Pendleton erwartet hatte. Sie hatten zu viel gehört, um empört zu sein, genug, um zu wissen, daß Täter wie Opfer schwache Menschengeschöpfe waren.

Sie konnten Colonel Pendleton nicht das Versprechen abringen, die Afrikaner nicht mehr zu peitschen, aber immerhin sagte er ihnen zu, den Schwarzen keinen Alkohol mehr zu verkaufen.

XIV

Die Stimme aus der Gruft

Lewis Tappan und Roger Sherman Baldwin, die mit der Entscheidung in Hartford unzufrieden waren und fürchteten, der Präsident könnte die Afrikaner ausliefern lassen, beschlossen, daß eine Verzögerungsmaßnahme notwendig war. Die naheliegendste Möglichkeit war, daß die Afrikaner eine Zivilklage gegen Ruiz und Montes anstrengten – in Connecticut, wenn möglich, oder aber in New York, sollten sich die Spanier dort aufhalten. Es war eine verzweifelte Maßnahme, denn das Gericht würde die Schwarzen vielleicht zu Sklaven erklären, und ein Sklave konnte seinen Herrn nicht vor Gericht verklagen.

Dieser Schritt wurde unumgänglich, als der spanische Gesandte in Washington ausgetauscht wurde. Der herrische Calderón wurde durch den noch herrischeren, noch arroganteren Chevalier de Argaiz ersetzt. Er war ein kleiner Mann mit feurigem Temperament und voll monarchistischer Verachtung für alles Demokratische. Seine Art, mit dem Präsidenten zu reden, schockierte sogar Van Burens Gegner. Er wiederholte die Forderungen, die Calderón dem Außenminister Forsyth gegenüber erhoben hatte, mit einer Bestimmtheit, die die Freunde der Afrikaner fürchten ließ, die Regierung würde nachgeben. Sie mußten rasch handeln. Jeden Augenblick konnte der District Court das Verfahren niederschlagen, und dann würde es Van Buren freistehen, die Afrikaner an die Spanier auszuliefern.

Lewis Tappan legte in New Haven Samuel J. Hitchcock, dem Richter des dortigen Country Court, beeidigte Aussagen von Cinqué, Fuleh und Foone vor, in denen sie die Spanier der Körperverletzung und Entführung beschuldigten. Dann folgte er der Spur der Spanier von Hartford über Boston bis nach New York.

Damit der Prozeß so kompliziert wie möglich werden würde und um zu testen, ob die Afrikaner als Sklaven oder Freie gelten würden, ließ er Staples und Sedgwick vor verschiedenen Gerichten Klage erheben. Judge Inglis vom Zivilgericht ließ die eine Klage zu und Oberrichter Jones vom Obersten Bundesgericht die andere.

Am 17. Oktober 1839 begleitete Lewis Tappan Deputy Sheriff Joseph Keen zum Spanish Hotel in 65 Fulton Street, New York, wo sie Señor Ruiz und Señor Montes dabei antrafen, wie sie zusammen mit dem Manager ein ausgezeichnetes Mittagsmahl genossen. Als sie Tappan erblickten, der ihnen von Hartford her bestens vertraut war, erhoben sich die Spanier rasch mit angewidertem Gesichtsausdruck.

»*Cabrón!*« schleuderte ihm Ruiz entgegen.

»Sie sind hiermit aufgrund der Klage, die die Afrikaner der *Amistad* gegen Sie eingereicht haben, festgenommen«, erklärte ihm Keen.

»Auf Veranlassung dieses Mannes hier?« wollte Ruiz wissen.

»Das kann ich nicht sagen.«

»Es muß so sein. Warum sonst wäre er hier?«

»Ich will mit Ihnen nicht diskutieren. Ich habe den Auftrag, Sie festzunehmen und Ihnen Gelegenheit zu geben, sich um die Hinterlegung einer Kaution zu kümmern, bevor ich Sie ins Gefängnis bringe.«

Ruiz, der vor Wut nicht mehr auf Höflichkeit achtete, erklärte Montes, was von ihnen verlangt wurde. Beide beschimpften Tappan auf spanisch, leisteten aber keinen Widerstand gegen die Festnahme.

Tappan bat Keen, ihnen anzubieten, sie zum spanischen

Konsul oder zu einem Freund zu begleiten, der die Kaution zu stellen bereit wäre.

»Wir gehen zu Señor Granja«, erklärte Ruiz.

Vom Spanischen Hotel aus gingen sie zur Señor Granjas Büro in der Liberty Street. Mit Joseph Keens Erlaubnis beschrieben Ruiz und Montes dort Señor Granja, einem spanischen Kaufmann von beträchtlichem Reichtum, um was es in dem Prozeß ging.

»Die Kaution wurde auf 1000 Dollar pro Person festgelegt«, informierte Keen sie.

»Ich stelle eine Kaution in jedweder Höhe«, bot Señor Granja sofort an.

Keen ließ Ruiz und Montes in Señor Granjas Büro zurück und ging zum Sheriff, um festzustellen, ob Señor Granja als Bürge für die Kaution akzeptabel war. Tappan setzte sich in einer Ecke auf einen Stuhl und ließ die Schimpftiraden der Spanier ruhig über sich ergehen.

Als Keen zurückkehrte, stellte er fest, daß Mr. Purroy, der die Spanier in Hartford vor Gericht vertreten hatte, sich am Schreibtisch von Señor Granja zu ihnen gesellt hatte und wie sie über die aufrührerischen Abolitionisten herzogen.

»Sie werden als Bürge akzeptiert«, berichtete Keen.

»Wenn Sie mir dann bitte erlauben würden, mich mit meinen Mandanten zu bereden«, sagte Mr. Purroy zu Keen.

Keen und Tappan gingen für eine halbe Stunde nach draußen. Dann bat Mr. Purroy sie wieder herein.

»Meine Mandanten haben beschlossen, ins Gefängnis zu gehen«, erklärte er.

Ruiz warf Tappan einen haßerfüllten Blick zu und wandte sich dann an Keen.

»Ich habe das Gefängnis gesehen, das sie die ›Gruft‹ nennen«, sagte er. »Es ist ein häßlicher, trübseliger Ort – nicht der richtige Aufenthaltsort für einen spanischen Gentleman. Aber wir werden uns in Ihr Gefängnis begeben. Auf diese Weise werden wir unter rechtschaffenen Menschen noch mehr Mitleid wecken. Unsere Stimmen werden zehnmal so laut zu vernehmen sein – aus dem Gefängnis heraus.«

»Señor Granja kann jederzeit für die Kaution bürgen«, rief Keen ihnen in Erinnerung.

»Wir gehen ins Gefängnis«, wiederholte Ruiz störrisch. »Wir werden ja sehen, ob Ihre Regierung nicht einschreitet.«

Tappan wandte sich direkt an Ruiz. Der Groll, den er schon so lange gegen diese spanischen Sklavenhändler hegte, brach plötzlich hervor.

»Wenn es nach mir ginge«, erklärte er, »würde man Sie beide mit den Schwarzen zusammen nach Afrika schicken, damit Sie vor ein Stammesgericht gestellt werden. Cinqués Vater ist Richter. Ich würde ihn über Sie zu Gericht sitzen lassen – über Sie und Ihre Verbrechen gegen die Schwarzen.«

Die Spanier lachten laut und höhnisch.

»Komm!« rief Ruiz fröhlich. »Laß uns ins Gefängnis gehen!«

Ruiz und Montes gingen vorneweg, dann kamen Keen und Tappan und schließlich Granja und Purroy. Sie kamen in dem Gefängnis an, das erst seit einem Jahr benutzt wurde. Es war zwar ein düsteres Gebäude, galt aber auch als Sehenswürdigkeit und wurde als ein großes Kunstwerk und das beste Beispiel koptischer Architektur außerhalb Ägyptens bewundert. Da das Bild eines ägyptischen Grabmals in einem bekannten Reisebuch zum Vorbild gedient hatte, wurde es von denen, die darin eingesperrt waren, die ›Gruft‹ genannt.

Ein erstaunter Wärter sperrte den Zellenblock auf und sah zu, wie Keen die beiden tadellos gekleideten Spanier hinein begleitete. Tappan, der zum ersten Mal dieses Gefängnis besuchte, sah sich rasch um. Das Gebäude war ungefähr zwanzig Meter breit und dreimal so lang. Die Zellen lagen in vier Etagen übereinander und wurden, wie Tappan feststellte, den Gefangenen gemäß deren Fähigkeit, für ihre Privilegien zu zahlen, zugeteilt. Ganz unten rüttelten Diebe, Trunkenbolde und Prostituierte an den Stäben und fluchten lauthals. Jugendliche Gefangene spielten in dem von Zellen umgebenen Hof. Im ersten Stock, an einem Punkt, von dem aus sie alle 141 Zellen des Gefängnisses sehen konnten, sang eine Gruppe Evangelisten das erste Lied des nachmittäglichen Gottesdienstes.

Keen brachte die beiden Spanier in eine Zelle im vierten Stock – eine Zelle, die ganz offensichtlich wohlhabenden Gefangenen vorbehalten war. In deutlichem Gegensatz zur düsteren Umgebung war dieses Abteil mit Betten, Stühlen – auch für die Besucher –, Bildern und sauberer Bettwäsche komfortabel ausgestattet. Hier konnten sie es sich bequem machen, lesen, ihre Freunde bewirten und alle Speisen und Getränke bestellen, für die sie zu zahlen bereit waren – alles Teil der Privilegien, die der Sheriff angeordnet hatte. Sie befanden sich weit über dem Lärm des untersten Stockwerks, aber die dünnen Stimmen der Evangelisten, die um Gnade für die verlorenen Schafe baten, verwandelten dies Gefängnis trotzdem für die Spanier in eine andere Art von *Infierno.*

Nachdem Ruiz und Montes eingesperrt worden waren, machte sich Lewis Tappan auf die Suche nach weiterer Unterstützung für die Sache der Afrikaner. Er schrieb Briefe, in denen er um Spenden bat, und hielt Reden in Kirchen und vor abolitionistischen Organisationen.

Er schrieb an Ellis Gray Loring in Boston: »Wenn die Richter hart bleiben, wird es keine Probleme geben. Aber sie haben Angst vor unpopulären Entscheidungen. Sie nehmen es mit der Gerechtigkeit nicht so genau, wenn es sich bei den Rechten, mit denen sie zu tun haben, um die Rechte Schwarzer handelt.«

Er griff öffentlich die Juristen an, die Männer, die, wenn ihnen wirklich an der Verfassung gelegen wäre, sich entschlossen für die Menschen einsetzen müßten.

»Wie wenig Anwälte gibt es doch«, donnerte er von der Kanzel des Broadway Tabernacle herab, »die außer über Gelehrsamkeit, Eloquenz, moralisches Empfinden und tiefes Mitgefühl für die Unterdrückten auch noch über einen starken Charakter verfügen!«

Simeon Jocelyn gegenüber äußerte er in seinem Büro Bedenken hinsichtlich der Rechtsanwälte, die sie für die Afrikaner engagiert hatten.

»Sedgwick ist gelehrt, er ist mutig, und er ist anständig. Aber er argumentiert ungeschickt. Seine Worte plätschern wie Wasser, wo sie wie flüssiger Stahl brennen sollten.«

»Er ist besser als Staples – zumindest hat er in Hartford einen besseren Eindruck hinterlassen«, rief ihm Jocelyn in Erinnerung.

»Als Mensch, ja. Es hat sich gezeigt, daß Staples nicht über jenes elementare Gerechtigkeitsempfinden verfügt, auf das die Menschenrechte gegründet sind. Er hat sich nie mit wahrer Leidenschaft für die Anliegen der Schwarzen eingesetzt. Ich habe versucht, in ihm ein Feuer zu entfachen, aber es brennt immer nieder, bevor irgendwelche Hitze zu verspüren ist.«

»Dann müssen wir uns auf Baldwin verlassen.«

»Nur im District Court von Connecticut. Er kann nicht nach New York kommen. In dem Prozeß hier sind wir auf Sedgwick und Staples angewiesen.«

Lewis Tappan saß in seinem Lagerhaus am Schreibtisch und ging mit Staples und Sedgwick die Details des Prozesses durch, als Señor Vega aus Boston ihn besuchte.

»Ich komme zu Ihnen, weil Sie Señor Montes und Señor Ruiz nicht in Frieden lassen wollen«, sagte Señor Vega zu Tappan. »Sie allein sind dafür verantwortlich, daß sie festgenommen und in ein primitives Gefängnis gesteckt worden sind.«

»Ich bin den hilflosen Afrikanern gegenüber verantwortlich ...«

»Nur wenige Amerikaner teilen Ihre Ansichten. Sie durchschauen Ihre Aktion als das, was sie ist – ein Trick, mit dem die ganze Angelegenheit weiter kompliziert werden soll. Wer ist dieser *Pipi,* der in Cinqués Aussage genannt wird?«

»Señor Ruiz.«

»Dann beschuldige ich Sie, daß Sie die beiden zu Unrecht haben festnehmen lassen. Es gibt niemanden namens *Pipi*. Señor Ruiz ist unter dem Spitznamen *Pepe* bekannt wie alle Personen mit dem Vornamen José auf der ganzen Welt. Es hat daher den Anschein, daß Sie aus lauter Ignoranz einen *Pepe* statt eines *Pipi* haben festnehmen lassen, was das Gesetz meiner Meinung nach sicher nicht duldet.«

Tappan blickte hilfesuchend zu Sedgwick und Staples, diese aber konnten ihm nicht helfen, da sie weder mit der spanischen Sprache noch mit den spanischen Gebräuchen, was Spitznamen angeht, vertraut waren.

»Ich habe hier eine Abschrift eines Briefs des Chevalier de Argaiz an Mr. Forsyth«, fuhr Señor Vega fort. »Er weiß genau, wie fadenscheinig die Vorwürfe sind, die Sie gegen Señor Ruiz und Señor Montes erhoben haben. Er weiß auch, daß es den Afrikanern schwerfallen wird, ihre Behauptungen vor Gericht zu beweisen. Die Gerichte in New York sind sicher nicht zuständig. In ihrer Aussage erklären sich die Afrikaner dadurch, daß sie zugeben, verkauft worden zu sein, selbst zu Sklaven. Der Chevalier ist sich der Tatsache bewußt, daß es kein Land gibt, in dem Sklaven jemals Bürgerrechte genossen hätten.«

Seine Worte reizten Tappan zu wütendem Protest, aber Sedgwick deutete ihm an, daß er ruhig bleiben und den Spanier zu Ende anhören solle.

»Der spanische Gesandte«, fuhr Señor Vega fort, »hat Präsident Van Buren persönlich gebeten, Señor Ruiz und Señor Montes freizulassen und sie für die Verluste, die sie erlitten haben, zu entschädigen.«

»Und wer wird die Schwarzen entschädigen?« verlangte Tappan zu wissen.

»Da der Chevalier de Argaiz«, fuhr Señor Vega ruhig fort und ignorierte dabei Tappans Frage, »sich im Namen Ihrer Erlauchten Majestät, der Königin von Spanien, an Präsident Van Buren gewandt hat, bittet hier ein Staatsoberhaupt ein anderes um einen Gefallen. Sie hat erst kürzlich Anlaß zur Freude gehabt, als ein Bürgerkrieg zu Ende ging und man ihr zusicherte, daß ihre Tochter ihr auf den Thron wird folgen dürfen. Damit sie weiteren Grund zur Freude hat und nicht unter den Leiden von Señor Ruiz und Señor Montes zu leiden hat, hat der Chevalier de Argaiz Mr. Forsyth gebeten, diese beiden Gentlemen auf einen Antrag auf Haftprüfung hin freizulassen. Er würde Ihre erlauchte Majestät damit sehr glücklich machen.«

Tappan konnte seinen Ärger nicht länger zurückhalten. »Und das alles für dieses verlogene Weibsstück in Madrid!« stieß er verbittert hervor.

»Es ist offensichtlich«, fügte Sedgwick ruhiger ein, »daß der spanische Gesandte mit der amerikanischen Prozeßordnung nicht vertraut ist. Präsident Van Buren dürfte sich, selbst wenn er wollte, nicht einmischen.«

»Der spanische Gesandte spricht auch dies in seinem Brief an. Er versteht nicht, wieso sich das Oberhaupt der Exekutive dem Willen eines unteren Gerichts beugen muß. Er stellt deshalb die Autorität Ihres Präsidenten in Frage. Kurz, er stellt das in Frage, was Sie ›Demokratie‹ nennen.«

Noch lange, nachdem Señor Vega gegangen war, überlegten Tappan, Staples und Sedgwick, was sie unternehmen würden, falls der Präsident doch eingreifen sollte. Dann bereiteten sie beeidigte Aussagen vor, mit denen sie nachweisen würden, daß José Ruiz, egal, ob er *Pepe* oder *Pipi* hieß, der von ihnen Beklagte war.

Richter Inglis hielt die Vorverhandlung im Anwaltszimmer ab, wobei weder die Spanier noch die Afrikaner zugegen waren. Es war eine nüchterne Anhörung, und die Anwälte beider Seiten trugen vorsichtig ihre Argumente vor, und ein noch vorsichtigerer Richter schob seine Entscheidung auf, bis er dem Fall mehr Zeit würde widmen können.

Eine Woche später hörte sich Lewis Tappan die Entscheidung von Richter Inglis an, ob die Spanier eine nominale oder eine richtige Kaution würden stellen müssen. Es war für die Freunde der Afrikaner eine entmutigende Woche gewesen. Tappan und Jocelyn waren auf der Straße bedroht worden. Dieselben Zuschauer, die Ruiz und Montes applaudiert hatten, pfiffen, als Tappan im Gericht ankam.

Nachdem ihm die Entscheidung mitgeteilt worden war, fuhr Tappan mit dem Boot nach New Haven, um Roger Sherman Baldwin von den neuesten Entwicklungen zu berichten. Es war schön, an einem kahlen Ufer entlangzusegeln, an dem schon die ersten Anzeichen des Winters zu entdecken waren, durch die stillen Straßen von New Haven zu gehen, in denen keine wütenden Rufe, sondern nur der Wind in den Ulmen zu vernehmen war, und mit Baldwin am Kamin zu sitzen.

Bevor er auf die Entscheidung von Richter Inglis zu sprechen kam, gab Tappan zunächst die schlechten Nachrichten weiter, die aus Washington eingetroffen waren.

»Forsyth hat an Chevalier de Argaiz geschrieben und ihm Präsident Van Burens Meinung in dieser Angelegenheit mitgeteilt. Er hat dem spanischen Gesandten zu verstehen gegeben, daß gemäß der Verfassung der Vereinigten Staaten die Exekutive keine Macht über die Justiz hat. Daher könne er nicht in ein Verfahren vor Gericht eingreifen. Das macht sich gut in den Akten. Tatsächlich aber hat er Ruiz und Montes seine Unterstützung angeboten. Er hat ihnen versichert, daß ihnen die Gerichte alle notwendigen juristischen Mittel zur Verfügung stellen werden, damit sie ihre Freiheit und jegliche Entschädigung, auf die sie Anspruch zu haben meinen, erstreiten können. Und er ist noch einen Schritt weiter gegangen. Er hat Benjamin Franklin Butler, den Staatsanwalt des Bezirks New York, angewiesen, den Spaniern seine Dienste anzubieten und ihnen mit Hilfe und Ratschlägen bei ihren Bemühungen, ihre Freiheit und eine Entschädigung zu erlangen, zur Seite zu stehen.«

»Den Afrikanern der *Amistad* wurde solch ein Berater nicht angeboten«, stellte Baldwin fest. »Was war Butlers Antwort?«

»Butler ist auch eine Marionette Van Burens. Er hat den Spaniern versichert, daß er für sie alles tun wird, was in seiner Macht steht.«

»Diese Maßnahme des Präsidenten könnte einen Richter leicht beeinflussen.«

»Sicher, vor allem wenn der Richter ein Anhänger der Sklaverei ist und zur Partei gehört. Van Buren hat, um die Unterstützung seiner Partei zu gewinnen, ein schändliches Versprechen ablegen müssen, was die Frage der Sklaverei angeht. Ein unabhängiger Mann hätte sich voll Verachtung geweigert. Jetzt hat er aber schon den Kopf in der Schlinge. Wird es der Süden dulden, wenn er seine Entscheidungen unabhängig von der Partei trifft? Sicher nicht. Er ist durch und durch ein Geschöpf der Partei, und wie könnte er als ein solches ein unabhängig handelnder Mensch sein? Und ein Parteirichter? Wie soll der einer Handvoll unglücklicher Afrikaner Gerechtigkeit zuteil werden lassen?«

»Hat sich diese neueste Strategie Van Burens schon bei den Zeitungen herumgesprochen?«

»Nur bei ein oder zwei Zeitungen der Sklavereigegner. Die Zeitungen der Gegenseite sind zu sehr damit beschäftigt, sich darüber zu beschweren, daß diese spanischen Gentlemen, Gäste des amerikanischen Volks, verhaftet und angeklagt wurden. Haben Sie William Cullen Bryants Leitartikel in der *Evening Post* zu diesem Thema gelesen?«

»Nein.«

»Er behauptet darin, daß Señor Ruiz und Señor Montes, falls sie tatsächlich die Kaution verweigert haben und ins Gefängnis gegangen sind, um das Mitleid der Öffentlichkeit zu erregen, mit dieser List nicht viel Erfolg haben werden. Ich glaube, die spanischen Gentlemen haben erkannt, wie recht er hat. Zumindest haben sie jetzt ihre Entlassung auf Kaution beantragt.«

»Und die Entscheidung?«

»Richter Inglis hat beschlossen, daß Señor Montes nur eine nominale Kaution hinterlegen muß, da er mit der Anklage wegen Körperverletzung lediglich als Zeuge zu tun hat. Und die Kaution für Señor Ruiz soll auf 250 Dollar reduziert werden.«

»Sind die beiden schon entlassen worden?«

»Señor Montes hat seinen Wohnsitz wieder im Spanish Hotel aufgeschlagen. Señor Ruiz wurde ins Gefängnis zurückgeschickt. Er hofft anscheinend immer noch, daß die amerikanische Regierung eingreifen wird.«

»Wurde mit dieser Entscheidung auch festgelegt, ob die Afrikaner als Freie oder Sklaven zu gelten haben?«

»Richter Inglis wollte sich bei der Anhörung nicht mit dieser Frage beschäftigen. Er hat lediglich angedeutet, daß sie im Moment nicht rechtsunfähig sind und durchaus auf Wiedergutmachung wegen Körperverletzung klagen können.«

Tappan wußte es zwar nicht, aber am gleichen Tag hatte Oberrichter Jones vom Obersten Bundesgericht eine Entscheidung mit derselben Begründung gefällt. Er legte die Kaution für Señor Ruiz auf 250 Dollar fest. Er bestätigte damit die Zuständigkeit des Gerichts und unterstützte das Klagebegehren der Afrikaner, die eine Jury darüber entscheiden lassen wollten, ob sie Freie waren und welchen Schaden sie erlitten haben.

Chevalier de Argaiz kam für die, wie er glaubte, letzte Anhörung im Fall Ruiz persönlich nach New York. Er besuchte zuerst Benjamin Franklin Butler, den Staatsanwalt des Bezirks New York, der den spanischen Gesandten mit seiner Freundlichkeit und seiner Hilfsbereitschaft beeindruckte. Aber auch dieser hatte keine Möglichkeit entdeckt, wie Señor Ruiz ohne Kaution freikommen und einem ordentlichen Verfahren vor Gericht entgehen könnte.

»Es sollte doch einfach nachzuweisen sein, daß seine Festnahme illegal war«, meinte der Chevalier de Argaiz.

»Ich habe hier zu diesem Thema eine kurze Mitteilung von Mr. Vail, dem stellvertretenden Außenminister«, erklärte Butler. »Die Regierung hat mich angewiesen, Ihnen in diesem Fall mit all meinem Wissen zu helfen. Aber es gibt meiner Meinung nichts, was die Regierung tun kann. Die Gerichte der Vereinigten Staaten sind gemäß den Verträgen mit Spanien in der Sache *Amistad* nicht für Strafprozesse zuständig. Aber sie können sich einem Zivilprozeß in dieser Angelegenheit nicht verschließen.«

Butler begleitete den Chevalier de Argaiz zur Anhörung vor Richter Inglis. Der Fall hatte für genug Neugierde gesorgt, um den Gerichtssaal zu füllen. Vor der Schranke saß blaß und müde Señor Ruiz, den die Kirchenlieder und Predigten und das Gefängnis überhaupt mittlerweile zur Weißglut trieben.

Auf Bitte von Mr. Purroy wurde es Señor Ruiz erlaubt, in eigener Sache das Wort zu ergreifen.

»Euer Ehren«, begann er, »hat man es mit jemandem zu tun, der so weise und scharfsinnig ist wie Sie, braucht man in dieser Angelegenheit lediglich auf die Tatsachen hinzuweisen.«

Er umriß kurz die Umstände, unter denen er die Afrikaner gekauft hatte, wobei sich seine Rechtfertigung mehr und mehr zu einem Angriff auf Lewis Tappan entwickelte. Manchmal auf englisch, meistens auf spanisch ging er Tappan hitzig an wegen seiner Rolle in der *Amistad*-Affäre und der Tatsache, daß er sich zwischen einen Mann und dessen Besitz gedrängelt hatte. Die Angriffe waren heftig, ja beleidigend, trotzdem erhoben weder Richter noch Anwälte Einspruch. Er beschuldigte Tappan, das Verfahren zu verschleppen und einen Streit zwischen den Vereinigten Staaten und Spanien heraufzubeschwören. Schließlich schimpfte er auf die Demokratie und kam mit einer Frage nach dem rätselhaften Status der Sklaverei in den Vereinigten Staaten zum Ende. Der Chevalier de Argaiz hatte mit ihm diese Rede offenbar gut eingeübt.

Als Señor Ruiz geendet hatte, erhob sich Sedgwick. »Angesichts der Angriffe, die wir gerade gehört haben, Euer Ehren, möchte ich darum bitten, daß man Mr. Tappan ebenfalls zu sprechen erlaubt.«

Nachdem dieser Bitte trotz Mr. Purroys Einspruch stattgegeben worden war, trat Lewis Tappan mit einem von Trauer und Schmerz tief gefurchten Gesicht vor den Richter. Er blickte erst Richter Inglis und dann die Spanier an.

»Ich bin, so glaube ich, ein wirklich freier Mensch. Ich fürchte niemanden und schmeichle niemandem. Ich äußere zu allen Themen privat oder öffentlich meine ehrliche Meinung, ganz egal, welche Kosten oder Beleidigungen ich deshalb auf mich zu nehmen habe. Wie mein Herr im Himmel strebe ich nicht nach Ruhm. Ich wünsche mir kein Amt – und werde niemandem als Gefolgsmann dienen. Was ich für diese armen, hilflosen Afrikaner getan habe, war mir eine Pflicht. Ich hoffe, damit die Liebe einiger Mitmenschen zu gewinnen, und ertrage, wenn es sein muß, den Haß der übrigen, verlange aber, von allen respektiert zu werden.«

Seine Stimme versagte, und er kehrte zu seinem Platz zurück. Das Publikum verharrte still, während Richter Inglis seine Entscheidung verlas. Das Verfahren gegen Señor Ruiz würde weitergeführt werden, aber man würde ihn gegen Kaution freilassen. Das Verfahren gegen Señor Montes wurde niedergeschlagen.

Am selben Tag verließ Señor Montes, ein müder, gebrochener Greis, das Spanish Hotel und ging allein zum Hafen, wo der Schoner *Texas* lag, der ihn nach Havanna bringen würde. Er war froh, wegzukommen, und überließ es gerne anderen, über das Schicksal von drei kleinen Mädchen und einem Jungen zu entscheiden. Seine Stimme war aus der »Gruft« nicht nach draußen gedrungen.

XV
Don Escrúpulo

Als der Schoner *Texas* Kurs auf die hohe See nahm, begegnete ihm ein Yankee-Handelsschiff aus Havanna mit Ziel New York, das eine Ladung Molasse und einen einzigen Passagier an Bord hatte: Dr. Richard Robert Madden.

Dr. Madden ging wie jemand von Bord, der plötzlich in die Freiheit entlassen worden ist. In Havanna war seine Erscheinung zu bekannt gewesen, und die Zeitungen hatten zuviel über seinen Haß auf die Sklaverei geschrieben. Überall waren ihm die Kubaner wegen seiner Einmischung mit Verachtung begegnet. Sie waren dieser Verkörperung des englischen Gewissens in ihrer Mitte überdrüssig. Sogar die Reise auf dem Yankee-Segler war unangenehm gewesen. Madden vermutete, daß Kapitän und Schiff im Sklavenhandel tätig waren. Er haßte das kühle Schweigen, mit dem man ihn an Bord bedacht hatte. Aber jetzt war er in New York – frei. Seinen Augen würde der Anblick von Afrikanern, die auf einer Auktion versteigert wurden, erspart bleiben und seinen Ohren die Schreie aus dem *Infierno*.

Er fragte einen Straßenverkäufer nach dem Weg zum Büro von Lewis Tappan, dessen Adresse er von einem Brief ablas. Dann legte er die kurze Strecke bis zu Tappans Lagerhaus am Hanover Square zurück.

Die beiden Männer waren einander noch nie begegnet, aber sie schüttelten sich die Hand wie alte Freunde, die sich schon lange nicht mehr gesehen haben.

»Komme ich zu spät, um den Negern von der *Amistad* zu helfen?« fragte Dr. Madden.

»Nein. Die Verhandlung ist vertagt und wird am dritten Dienstag im November vor dem District Court von Connecticut weiter geführt.«

»Gut.«

»Werden Sie zu ihren Gunsten aussagen?«

»Mit dem größten Vergnügen, und ich werde dem Gericht die Zustände auf Kuba schildern. Danach werden auch Schwarzen-Hasser zögern, die Afrikaner dorthin zurückzuschicken.«

»Gebe Gott, daß Ihre Aussage schwerer wiegt als die von Ruiz und Montes. Wollen Sie die Afrikaner vorher kennenlernen?«

»Wenn es Ihnen nichts ausmacht.«

»Wir fahren morgen nach New Haven und von dort nach Hartford. Was haben Sie sonst noch vor? Würden Sie sich dazu überreden lassen, nach Washington zu fahren und Van Buren zu besuchen? Vielleicht könnten Sie über den britischen Botschafter ein wenig Einfluß auf ihn ausüben.«

»Sir, als ich das letzte Mal hier war, habe ich General Jackson einen Besuch abgestattet. Ich habe mit ihm über die Folgen der Sklavenbefreiung auf den Westindischen Inseln gesprochen. Old Hickory wirkte sehr interessiert. ›General Jackson‹, habe ich ihm gesagt, ›je früher Sie in den Vereinigten Staaten ähnliche Maßnahmen ergreifen, desto besser.‹

Der Präsident ist in Gelächter ausgebrochen und wandte sich den Gästen zu beiden Seiten zu: ›Dieser Gentleman kommt gerade von den Westindischen Inseln, wo die Briten ihre Sklaven freigelassen haben. Er sagt, ich könnte Berühmtheit erlangen, indem ich diesem Beispiel folge.‹ Ihr Lachen veranlaßte ihn dazu, ausführlicher zu werden.

›Kommen Sie her, Donaldson‹, sagte er zu seinem Privatsekretär, ›legen Sie den Schürhaken ins Feuer und holen Sie ein Faß Schießpulver. Sobald ich darauf sitze, geben Sie dem Doktor den glühenden Schürhaken. Er wird mich im Handumdrehen berühmt machen.‹

Dr. Madden ließ Lewis Tappan Zeit, über diese Anekdote zu lachen.

»Dann«, fuhr er fort, »schimpfte General Jackson erbittert auf die Abolitionisten, weil sie so viel Ärger machten. Ich bezweifle, daß Van Buren freundlicher sein wird. Ich fürchte, er ist ein schwacher Mann, der sich verzweifelt an den Posten klammert, auf den er zufällig geraten ist. Ich fürchte, er hat sich schon entschlossen, den Spaniern nachzugeben. Zumindest habe ich das in Havanna aus den Zeitungsartikeln geschlossen. Aber ich werde ihn trotzdem besuchen und auch Mr. Fox drängen, alle Maßnahmen zur Verteidigung der Schwarzen zu ergreifen, die unsere Regierung für geeignet hält. Und dann werde ich nach England zurückkehren. Ich werde in dieser Angelegenheit bei Queen Victoria vorstellig werden und sie fragen, was sie dem amerikanischen Botschafter am Hof von St. James zu sagen gedenkt. Ich bin Andrew Stephenson schon begegnet. Er ist ein überzeugter Anhänger der Sklaverei, und es könnte schwierig sein, ihn für die Afrikaner von der *Amistad* zu interessieren.«

»Stephenson ist zu eng mit der Regierung verbunden«, erklärte Tappan. »Aber der jungen Queen wird das Leiden dieser armen Afrikaner sicher zu Herzen gehen.«

Dr. Madden holte ein Messer aus der Tasche, das er von einem Straßenhändler am Kai gekauft hatte. Es war ein Bowie-Messer mit einem Griff aus weißem Knochen.

»Haben Sie so eins schon gesehen?« fragte er.

Lewis Tappan nahm das Messer in die Hand und drehte es langsam. »Tod den Abolitionisten« stand in schwarzen Buchstaben auf dem weißen Knochen

»Unser Land befindet sich in einer schrecklichen Situation«, stellte er fest. »Die Sklaverei ist wie eine Krankheit, die an den Wurzeln unserer Freiheit nagt. Wenn wir nichts gegen diese Krankheit tun, wird die ganze Pflanze sterben. Aber wie können wir die Sklaverei beseitigen, wenn die Gegenseite so stark ist?«

Madden und Tappan gaben in New York und auf dem Weg nach New Haven ein seltsames Paar ab. Madden war irischer Katholik und Gelehrter, der in einem Dutzend Länder die lokalen Sprachen und Gebräuche studiert hatte. Er war der Verfasser zahlreicher Bücher und der Richter, der in Sierra Leone und Kuba wichtige Urteile in Sklaven-Prozessen erlassen hatte. Tappan arbeitete als Diakon im Broadway Tabernacle, war ein Yankee-Kaufmann und hatte in Neu-England eine puritanische Erziehung genossen.

Tappan fand, daß es Madden an Frömmigkeit mangelte, und hielt ihn für einen gottlosen Mann, der nicht davor zurückschreckte, ein Glas Wein zu trinken oder sich über Tappans Enthaltsamkeit lustig zu machen. Madden schenkte Tappan sein Buch mit Gedichten über das Beten, aber Tappan vermochte es mit dem Autor nicht in Verbindung zu bringen.

Als sie im Gefängnis von New Haven ankamen, unterrichtete Professor Day gerade die Afrikaner mit Hilfe von James Covey als Dolmetscher. Nachdem Day Dr. Madden die Hand gegeben hatte, lud er diesen ein, mit ein paar Afrikanern zu reden. Dr. Madden näherte sich Foone.

»*Salaam Aleikum*«, sagte er. »Frieden sei mit dir.«

Foone starrte ihn einen Moment lang an, dann legte er die Handfläche an die Stirn und verbeugte sich tief.

»*Aleikum Salaam*«, wiederholte er mit Inbrunst.

»Frieden sei mit dir«, übersetzte Dr. Madden für die anderen. »Einige dieser Leute sind Mohammedaner.«

Day und Tappan sahen aus, als wäre ihnen ein schrecklicher Dämon begegnet.

»Wir dachten, sie wären Heiden und nicht Ungläubige!«

rief Day aus. Plötzlich stellten sich diesem jungen Lehrer, der noch nie mit einem Mohammedaner zu tun gehabt hatte, ganz neue religiöse Probleme. »Aber wir müssen sie alle zum Christentum bekehren.«

Dr. Maddens Worte hatten unter den Afrikanern für ähnliche Aufregung gesorgt. Sie standen in Gruppen beisammen und redeten mit heiseren Lauten aufeinander ein. Dr. Madden ging zu ihnen und sagte: *»Allah Akbar.«* »Gott ist groß.« Auch auf die Formel antwortete einer von ihnen.

»Ich bin fest davon überzeugt, daß es sich bei diesen Afrikanern um *bozales* handelt«, sagte Dr. Madden zu Lewis Tappan. »Ich habe in Sierra Leone mit vielen wie ihnen gesprochen. Es ist nicht ungewöhnlich, unter den Völkern des Landesinneren auf Mohammedaner zu treffen.«

Dann rief er James Covey zu sich und ließ sich von jedem einzelnen seine Geschichte erzählen. Am längsten verharrte er bei Cinqué.

»Genau so einen prächtigen Burschen habe ich im Barracoon von Misericordia gesehen – dieselbe männliche Haltung, die gleichen Spuren von Berber-Blut. Es könnte wirklich sein, daß es er war ...«

Baldwin und Townsend besuchten Tappan und Madden auf ihren Zimmern im Tontine Hotel.

»Nur sechs der Afrikaner und Antonio werden für den Prozeß nach Hartford gebracht«, berichtete Baldwin.

»Das wird genügen, wenn wir dafür sorgen können, daß sie persönlich aussagen«, antwortete Tappan. »Wie wird man sie dorthin bringen?«

»Mit der Postkutsche.«

Tappan wandte sich an Amos Townsend.

»Wir haben alles vorbereitet«, erklärte der junge Mann. »Ich werde ihnen in einer zweiten Kutsche folgen. Wir haben entlang des Wegs und in Hartford Männer postiert, die aufpassen, daß uns die Schwarzen weder vor noch nach dem Prozeß gestohlen werden. Unsere früheren Pläne, die Freunde in Farmington miteinschließen, kommen zur Ausführung, falls wir die Hilfe der Underground Railroad in Anspruch nehmen müssen …«

»Wir wollen keine unnötige Gewalt«, rief ihm Tappan vorsichtig in Erinnerung.

Townsend verließ die Gruppe und arrangierte, daß Tappan und Madden auf der gleichen Strecke wie die Afrikaner nach Hartford reisen würden.

»Es hat in unserem Fall einige neue Entwicklungen gegeben«, berichtete Baldwin den anderen. »Unserer Bitte, den Fall an den Bezirk New York zu übergeben, wird sicher nicht stattgegeben. Holabird hat Culloden Point besucht und wird vor Gericht aussagen, daß der Schoner auf hoher See aufgebracht worden ist.«

»Wird Holabird die Klage selbst vortragen?«

»Das bezweifle ich. Er behauptet, krank zu sein, und hat Forsyth in einem Brief um Ratschläge und um Geld gebeten, damit er für die Staatsanwaltschaft Verstärkung engagieren kann. Er hat Van Buren in Albany besucht und dessen Erlaubnis eingeholt, einen weiteren Anklagevertreter hinzuzuziehen. Er wird den Fall zweifelsohne an Ingersoll übergeben.«

»Ist es nicht ziemlich ungewöhnlich, daß ein Staatsanwalt sich in einem Fall direkt an das Oberhaupt der Exekutive wenden kann?« wollte Tappan wissen.

»Das ist es, aber das sind andere Aspekte dieses Falls auch.«

»Ich habe zu Ingersoll sogar noch weniger Vertrauen als zu Holabird«, fuhr Tappan fort. »Und zu Judson überhaupt keines.«

»Sie ergänzen sich erstaunlich gut. Holabird hat es mit einem weiteren Trick probiert. Er hat Gedney und Meade dazu zu bewegen versucht, ihre Klage auf Bergegeld zurückzuziehen, und das mit einigem Erfolg. Er hat ihnen gesagt, daß es der Wunsch von Van Buren sei, die Afrikaner an den spanischen Gesandten auszuliefern und sie nach Kuba zurückzuschicken. Und die einzigen Hindernisse dabei seien die Verfahren, die Gedney und Meade und Kapitän Green aus Sag Harbor angestrengt haben. Sowohl Gedney als auch Meade haben angeboten, ihre Klagen unter der Bedingung zurückzuziehen, daß die Afrikaner sofort nach Havanna abtransportiert werden ...«

Tappan sprang auf, um dieser neuen Bedrohung zu begegnen, aber Baldwin redete weiter.

»Glücklicherweise habe ich von dieser List früh genug erfahren, um noch Kapitän Green in Sag Harbor besuchen zu können. Er ist ein alter Kapitän, der sich im Sklavenhandel auskennt. Als ich ihm die Umstände schilderte, erklärte er sich bereit, auf seiner Klage zu beharren. Holabird war inzwischen zweimal bei ihm in Sag Harbor, aber er bleibt standhaft. Er ist entschlossen, den Fall vor Gericht zu bringen. Wenn sie das hören, werden sich Gedney und Meade sicherlich auch weigern, ihre Klage zurückzuziehen.«

»Ich habe beunruhigende Nachrichten aus Washington erhalten«, erzählte ihnen Tappan. »Durch meinen Bruder, den Senator, habe ich erfahren, daß der Justizminister Felix Grundy zu unserem Fall ein Gutachten erstellt hat – und darin steht, daß die Vereinigten Staaten in dieser Angelegenheit über keine Gerichtsbarkeit verfügen und die Afrikaner ausliefern sollen, sobald diese von den Gerichten nicht mehr festgehalten werden. Er und Van Buren sind sich des Sturms der Entrüstung bewußt, den dieses Gutachten hervorrufen wird, und haben daher beschlossen, es bis nach dem Prozeß in Hartford unter Verschluß zu halten. Leider war es meinem Bruder nicht möglich, eine Abschrift des Gutachtens zu bekommen.«

An diesem Abend fuhren drei Kutschen vom Tontine Hotel in Hartford ab. In der ersten saßen der US-Marshal Wilcox, Colonel Pendleton und die sieben Schwarzen, in der zweiten Amos Townsend und eine Gruppe entschlossener, bewaffneter Männer und in der dritten Tappan, Baldwin und Madden, wobei die beiden Amerikaner Herz und Kopf des Iren auszuloten versuchten und als die Provinzler, die sie waren, tief beeindruckt waren durch die Erzählungen aus der weiten Welt, die dieser Mann gesehen und kennengelernt hatte. Ihr großer Kummer war, daß sie James Covey krank hatten zurücklassen müssen. Selbst wenn es ihnen gelang, Cinqué vor Gericht aussagen zu lassen, würden seine Worte ohne einen Dolmetscher nichts nützen.

Die vertagte Sitzung des District Court wurde am 20. November um 10 Uhr morgens von Richter Andrew T. Judson eröffnet. Baldwin nahm seinen Platz am Anwaltstisch der Afrikaner ein, von denen sechs mit schwarz glänzenden Gesichtern in Gefängnishemden hinter ihm saßen. An einem weiteren Tisch befanden sich Señor Vega aus Boston und Mr. Purroy aus New York. General Isham vertrat Gedney und Meade, und Gouverneur Ellsworth, der unvoreingenommen und korrekt wirkte, war für Kapitän Green erschienen. Montes, der längst auf dem Weg nach Havanna war, fehlte genauso wie Ruiz, der immer noch im Gefängnis von New York saß. Tappan und Madden nahmen zwischen den Zuschauern Platz, die sich in dem Gerichtssaal drängten.

Baldwin durfte als erster reden.

»Euer Ehren«, sagte er, »ich bestreite, daß der District Court von Connecticut in diesem Fall zuständig ist. Die Afrikaner von der *Amistad* wurden in New York am Ufer von Long Island festgenommen und können daher nicht in Connecticut vor Gericht gestellt werden. Des weiteren bestreite ich, daß sie je Sklaven gewesen sind. Sie sind freie Menschen und dürfen daher nicht festgehalten werden. Ich werde beweisen, daß diese Afrikaner, oder zumindest einige von ihnen, am Ufer festgenommen wurden und daher Anspruch auf ein Schwurgerichtsverfahren haben.«

General Isham rief Gedney und Holabird in den Zeugenstand, die detailliert von ihren Bemühungen berichteten, den Ort festzustellen, an dem der Schoner aufgebracht worden war.

»Ich habe mich dort genauestens umgesehen«, faßte Holabird zusammen, »und dabei ermittelt, daß der Schoner sich ganz eindeutig auf hoher See befand. Er ankerte gut einen Kilometer vom Ufer entfernt in drei bis vier Faden tiefem Wasser.«

»Es stellt sich jetzt die Frage hinsichtlich der Zuständigkeit des Gerichts«, erklärte Richter Judson. »Der genaue Aufenthaltsort der *Amistad* muß belegt werden, und dabei geht es allein um die Frage, ob das Schiff im Bezirk New York oder im Bezirk Connecticut aufgebracht wurde.« Er wandte sich an Baldwin. »Sie dürften jetzt Ihre Zeugen aufrufen.«

Baldwin rief als ersten Kapitän Green aus Sag Harbor in den Zeugenstand, der zu Protokoll gab, daß der Schoner keine 150 Meter vom Ufer entfernt geankert hatte. Dann rief er Peletiah Fordham auf, der Kapitän Green zustimmte. Er war älter als Kapitän Green, hatte ein humorvolles Gesicht und einen scharfen Blick, und es wurde ihm erlaubt, von der bloßen Klärung der Frage, wo sich der Schoner befunden hatte, abzuschweifen. Er erzählte von seinem Handel mit den Schwarzen, von den Vereinbarungen mit Kapitän Green und von den beiden Kisten.

»Joseph Cinqué hob eine der Kisten an«, erzählte er, »und da habe ich das Gold klirren gehört. Ich und ein anderer Nigger haben die zweite Kiste geschüttelt und haben noch mehr Münzen gehört ... Also haben wir beschlossen, daß wir das Schiff unter allen Umständen in unseren Besitz bringen, wenn möglich gewaltsam, und wenn nötig, friedlich.«

Seine letzte Bemerkung brachte die Zuschauer zum Lachen. Richter Judson muße mit seinem Hammer auf den Tisch schlagen, um wieder für Ruhe zu sorgen.

Die Leute sahen sich fragend an. Wieviel Geld war wirklich an Bord des Schoners gewesen? Und wer hatte es jetzt? Wo war es? Die Spanier hatten ausgesagt, daß es sich um mindestens 8000 Dublonen gehandelt hatte. Sie erinnerten sich an den Prozeß wegen übler Nachrede, den Leutnant Meade in Boston gegen Lewis Tappan angestrengt hatte, und blieben daher still, aber ihr Mißtrauen gegenüber Gedney und Meade wuchs deutlich.

Baldwin ging zu der Frage über, wie viele Afrikaner an Land gewesen waren. Wenn sie beweisen konnten, daß die meisten von ihnen am Ufer gewesen waren, erreichten sie es vielleicht doch noch, daß das Gericht sich für nicht zuständig erklärte – und der Fall an den Bezirk New York überwiesen und damit Andrew T. Judson entzogen wurde.

Green und Fordham behaupteten, daß mehr als zwanzig Schwarze am Ufer gewesen seien, Meade meinte, nur acht gesehen zu haben. Green deutete auf Burnah. »Rufen Sie den Nigger da auf! Er spricht Englisch.«

Statt Burnah rief General Isham Antonio in den Zeugenstand. Mit der Gerissenheit eines Politikers blickte sich Antonio im Gerichtssaal um. Er sah Leutnant Meade an, der ermutigend lächelte. Dann blickte er zu Señor Vega und den Anwälten der Spanier. Er hatte gehört, wie Leutnant Meade von acht Schwarzen gesprochen hatte. Der Gerichtsdiener las ihm die Frage vor, und Meade übersetzte sie ins Spanische.

»Wie viele Schwarze waren in Culloden Point am Ufer?«

»Acht«, erklärte Antonio selbstsicher. Meades Lächeln wurde noch freundlicher, noch ermutigender. »Fünf im Boot der *Amistad* und drei in dem der Brigg.«

Dann rief Baldwin Burnah in den Zeugenstand. Dieser

hatte jetzt Wollhosen und ein Hemd an. Er hatte einen roten Schal wie einen Turban um den Kopf gewickelt. Der Gerichtsdiener ließ ihn einen Eid schwören, den er ganz offensichtlich nicht verstand. Dann wurde ihm die Frage vorgelesen.

»Wie viele Schwarze befanden sich zum Zeitpunkt der Festnahme am Ufer?«

Ängstlich und durch die vielen weißen Gesichter vor ihm verwirrt, warf Burnah dem Gerichtsdiener einen hilflosen Blick zu. Er verstand nicht so viel Englisch.

»Haben wir denn keinen Dolmetscher?« fragte Richter Judson ungehalten.

Wieder erklärte Baldwin, daß James Covey in New Haven krank zurückgeblieben sei und daß John Ferry sich als unfähig erwiesen habe.

Der Gerichtsdiener versuchte, die Frage mittels Zeichen zu erläutern. Burnah begriff nicht und schüttelte den Kopf. Dann wiederholte Leutnant Meade die Frage für Antonio auf spanisch. Antonio wandte sich mit einer Mischung aus Englisch, Spanisch und Mendi an Burnah.

Die Anwälte beider Seiten beugten sich nach vorn und warteten auf seine Antwort.

»Acht«, brachte er zögernd hervor.

Die Sache war hoffnungslos. Ohne einen Dolmetscher war es müßig, die anderen Afrikaner in den Zeugenstand zu rufen. Trotzdem wurden die Aussagen von Antonio und Burnah zugelassen.

Mit der Zuversicht derjenigen, die den Sieg in Reichweite glauben, erhob sich Holabird, um den Forderungen der Staatsanwaltschaft Nachdruck zu verleihen.

»Euer Ehren, der spanische Gesandte hat bei der Regierung der Vereinigten Staaten offiziell eine Forderung geltend gemacht, in der behauptet wird, daß die *Amistad* mit Fracht und Sklaven Eigentum spanischer Bürger ist und von einer bewaffneten Brigg unserer Navy in Besitz genommen und in den Zuständigkeitsbereich dieses Gerichts gebracht wurde unter Umständen, die es der Regierung zur Pflicht machen, dafür zu sorgen, daß Schiff und Ladung unverzüglich ihren wahren Eigentümern zurückerstattet werden, wie es der Vertrag mit Spanien fordert. Ich bitte daher darum, daß das Gericht, falls es diese Forderung für berechtigt erachtet, anordnet, Schiff, Ladung und Sklaven den Eigentümern auszuhändigen, womit auch unseren Verpflichtungen Spanien gegenüber Genüge getan wäre und das Ansehen der Regierung gewahrt bliebe.«

Die Wirkung dieser Rede auf Richter Judson war deutlich. Mit ihr waren die Ansichten der Exekutive in diesem Fall dreist zusammengefaßt worden – Ansichten, die Van Buren bei seinem Treffen mit Holabird in Albany sicher persönlich dargelegt hatte. Richter Judson brauchte nur eine Anordnung zu erlassen, und der Fall wäre abgeschlossen und die Afrikaner dem Zugriff der Abolitionisten entzogen.

Aber noch bevor diese Worte verklungen waren, hatte sich Baldwin erhoben und bat nachdrücklich darum, die Verhandlung zu vertagen, bis James Covey sich erholt hatte und wieder als Dolmetscher dienen konnte, wenn Cinqué selbst vor dem Gericht aussagte. Den Spaniern war jedes Privileg gewährt worden. Stand den Schwarzen nicht wenigstens das Recht zu, vom Gericht angehört zu werden?

Die Vertagung wurde aber nicht aufgrund von Baldwins Bitte beschlossen, sondern weil General Isham wegen eines Notfalls nach Hause mußte.

Eine kleine, nervöse Gruppe versammelte sich an diesem Nachmittag im Gerichtssaal, um zu hören, wie die Aussage von Richard Robert Madden zu Protokoll genommen wurde. Er, der hochrangige Vertreter einer hoch entwickelten Kultur, saß auf demselben Stuhl, auf dem der Wilde Burnah am Morgen Platz genommen hatte. Er war über 1000 Kilometer weit gereist, um dabei zu helfen, daß einer Gruppe unwissender Afrikaner Gerechtigkeit zuteil wurde, und dieser selbstlose Einsatz zum Wohl anderer beeindruckte zumindest einen Teil der Zuschauer. Ruhig und geduldig wartete er, bis er Gelegenheit bekam zu sprechen.

Ihm gegenüber saß Staatsanwalt Holabird, dessen Geist so schwerfällig war wie sein Körper und dessen Vorstellungen von Gerechtigkeit von den Vorurteilen des Landes geprägt waren, in dem er lebte.

Mit der Geschicklichkeit eines Mannes, der seit langem Erfahrung darin hat, Aussagen zu Protokoll zu geben und aufzunehmen, erzählte Dr. Madden von seiner Arbeit am Gericht der Mixed Commission in Sierra Leone und Havanna und von seinem Besuch bei den Schwarzen im Gefängnis von New Haven. Dann nahm er eine Übersetzung der *traspasos* von der *Amistad* in die Hand und spielte damit, während er erklärte, was die Begriffe *bozal* und *ladino* bei den Sklavenhändlern in Kuba bedeuteten.

»Nach meinen Gesprächen mit den Afrikanern von der *Amistad* bin ich mir sicher, daß es sich um *bozales* handelt und daß die Bezeichnung *ladino* auf dem Paß ein Betrug ist, für den das Haus Martínez und die, die für sie arbeiten, verantwortlich sind.«

»Haben Sie schon mal einen kubanischen Barracoon besucht?« fragte Holabird.

»Oft – in Havanna, in Matanzas, in Santiago de Cuba.«

»Wie viele gibt es in Havanna?«

»Sechs oder sieben.«

»Wann haben Sie zum letzten Mal einen besucht?«

»Am 24. September. Ich bin nach Misericordia gefahren, dem Barracoon, in dem auch die Afrikaner der *Amistad* gefangen gehalten worden sind. Der Barracoon wird von einem Mann namens Riera verwaltet. Da Riera nicht da war, konnte ich mit seinem Oberaufseher sprechen, der mir mitteilte, daß die Gefangenen der *Amistad* von einem Mann aus Puerto Principe gekauft worden seien.«

Unter den Zuschauern machte sich leichte Unruhe breit. Seine Aussage war für den Fall vielleicht von Bedeutung. Dr. Madden bemerkte das wachsende Interesse und fuhr mit ruhiger, beherrschter Stimme fort.

»Als er auf ihr Schicksal zu sprechen kam, sagte der Oberaufseher: ›Qué lastima …! Wie schade …!‹ Ich hielt dies für ein Zeichen von Menschlichkeit und fragte erstaunt, was er meine. ›Wie schade, so viele Sklaven zu verlieren‹, erläuterte er. ›Sie werden in den Vereinigten Staaten sicher hingerichtet.‹«

Holabird erkannte, daß die Aussage dieses einen, kleinen und ruhigen Manns viel Sympathie für die Schwarzen geweckt hatte. Immer wieder stellte er im Kreuzverhör dieselben Fragen und versuchte, den Zeugen unzuverlässig wirken zu lassen und einen Vorwand zu schaffen, der erlauben würde, die ganze Aussage zu verwerfen. Gegen eine Behauptung nach der anderen erhob er Einspruch, aber Richter Judson ließ die Aussage gelten, allerdings unter dem Vorbehalt, daß man über ihre Zulässigkeit zu einem späteren Zeitpunkt entscheiden würde.

Später, später, immer später, dachten sich die Freunde der Afrikaner, während sie weiter verbissen Widerstand leisteten und die Afrikaner im Gefängnis von New Haven vor Kälte bibberten.

Als er seine Aussage beendet hatte, verließ Dr. Madden mit Lewis Tappan das Gericht. In der Kutsche nach New Haven und auf dem Boot nach New York beratschlagten sie, was Dr. Madden noch würde tun können, um den Afrikanern zu helfen.

»Ich werde Van Buren besuchen«, erklärte Madden. »Ich glaube zwar nicht, daß das helfen wird, aber ich werde ihn besuchen. Es wird ein höfliches Treffen sein, bei dem alle Bitten, die ich vorbringe, stillschweigend abgelehnt werden. Aber ich werde ihn besuchen. Und ich werde auch Fox besuchen. Er wird sich alles anhören, was ich zu sagen habe.«

»Und wenn Sie wieder nach England kommen?«

»Wenn ich wieder dort bin, werde ich der Queen Bericht erstatten. Ich zweifle nicht daran, daß sie Van Buren eine Botschaft wird zukommen lassen. Wenn es England gegen Spanien heißt, wird sich Van Buren vielleicht für die Seite mit dem größeren Gewicht entscheiden.«

XVI

»Gebt uns frei!«

Der Winter, ein kalter, trostloser, grimmiger Winter, während dem sich auf dem Green der Schnee türmte und in den Zellen nachts das Wasser in den Eimern gefror. Der Winter wurde zu einer Prüfung für die Seelen und Körper der Afrikaner. Sie redeten und träumten von den trockenen, warmen Dezemberabenden im Land der Mendi – bei ihnen die Erntezeit. Sie hatten Angst davor, einen Erntetanz zu tanzen, und ihre Erntelieder waren leiser als der eisige Wind draußen in den Ulmen. Sie baten darum, vor der nächsten Regensaison nach Hause gehen zu dürfen.

»Wartet das Palaver im Januar ab«, sagte ihnen Lewis Tappan. »Dann dürft ihr nach Hause.«

Sie beschafften sich heimlich Wein aus Colonel Pendletons Schankraum, um sich das Blut zu wärmen. Sie erhielten mehr Decken, in die sie sich jetzt Tag und Nacht einhüllten. Trotzdem beschwerten sie sich über die Kälte. Es war für sie eine Zeit des Elends und der Verzweiflung. Es ist besser zu sterben als ewig zu frieren, sagten sie.

»Es wäre für sie besser, als Sklaven nach Havanna zurückzukehren, als den Winter hier in Neu England durchmachen zu müssen«, behaupteten die Freunde der Spanier.

Während die Afrikaner im Gefängnis zitterten, arbeiteten ihre Freunde an ihrer Verteidigung und trafen Vorbereitungen, die manchmal völlig sinnlos wirkten, weil der Präsident mit einem einzigen Beschluß ihre Anstrengungen zunichte machen und die Afrikaner nach Havanna schicken konnte.

Nachrichten aus Washington sickerten nach New Haven durch. Die Entscheidung Richter Judsons, die Sitzung zu vertagen, hatte im Büro des Präsidenten für Unzufriedenheit gesorgt. Sowohl Van Buren als auch Forsyth hatten gehofft, daß der Prozeß in Hartford dieses Ärgernis aus der Welt schaffen würde und daß das Problem gelöst und vergessen sein würde, wenn der Präsidentschaftswahlkampf losging. Sie hatten ihrem Unmut darüber Ausdruck verliehen, daß Judson ihre Anweisungen in dieser Angelegenheit ignoriert hatte. Ihm mußte bewußt gewesen sein, was die Vertagung für die Wahlen im November bedeuten konnte. In New Haven baten Freunde von Van Buren ihn öffentlich, zu bestreiten, daß er Judson zu beeinflussen versucht habe, aber sie warteten vergebens auf seine Stellungnahme.

Lewis Tappan brachte Baldwin eine Abschrift vom Gutachten des Justizministers Grundy, das endlich auf Wunsch Van Burens veröffentlicht worden war. Es war eine Bewertung des Falls, die die Freunde der Afrikaner zutiefst empörte. Grundy war der Ansicht, daß eine direkte Übergabe nicht möglich sei, weil nicht alle Besitzer des Schoners sich in den Vereinigten Staaten aufhielten. Der Fall hatte sich zu einem Streit zwischen zwei Regierungen entwickelt und sollte daher eher von einem Regierungsvertreter als von einem Gericht entschieden werden. Den Schwarzen war der Bruch spanischer Gesetze vorgeworfen worden, deshalb sollten sie vor ein spanisches Gericht gestellt werden. Selbst wenn sie keine Sklaven waren, würde man ihnen damit seiner Meinung nach kein Unrecht tun. Er glaubte, daß die einzige Lösung die wäre, die Schwarzen an den spanischen Gesandten zu übergeben, damit dieser sie nach Havanna transportieren ließ.

»Mein Bruder meldet, daß Van Buren und Forsyth mit Grundys Gutachten sehr zufrieden sind«, teilte Tappan Baldwin mit. »Und es gefällt sicher auch dem Chevalier de

Argaiz und allen anderen, die mit Señor Ruiz sympathisieren.«

Den Abolitionisten und Freunden der Afrikaner hingegen gefiel es nicht. Es war ein Gutachten, mit dem der spanische Gesandte besänftigt werden sollte, und sie konnten nichts Menschliches darin entdecken …

Señor Vega besuchte Staatsanwalt Holabird im Tontine Hotel in New Haven, wo dieser an der Klage gegen die Afrikaner arbeitete.

»Ich habe den Chevalier de Argaiz gesprochen«, verkündete er. »Er ist jetzt zuversichtlich, daß es in diesem Fall bald zu einer gütlichen Einigung kommen wird. Tatsächlich ist er schon seit dem Gutachten des Justizministers dieser Ansicht. Die Regierung der Vereinigten Staaten scheint sich unserer Rechte bewußt zu sein …«

»Bei allem, was die Staatsanwaltschaft bisher unternommen hat«, rief ihm Holabird in Erinnerung, »sind wir davon ausgegangen, daß Señor Ruiz und Señor Montes die einzigen Geschädigten und ihre Besitzansprüche rechtmäßig und belegbar sind …«

»Aber der Fall ruht trotzdem in den Händen eines kleinen Richters an einem niedrigen Gericht.«

»Richter Judson wird zweifelsohne sein Gericht für nicht zuständig erklären, sobald die Sitzung eröffnet ist. Und das entspricht auch dem Willen des Präsidenten, da bin ich mir sicher.«

»Das wurde auch dem Chevalier de Argaiz mitgeteilt, als er Außenminister Forsyth am 29. Dezember einen Besuch abstattete. Ihr Treffen fand in ausgesprochen harmonischer Atmosphäre statt, und Mr. Forsyth erklärte dem Gesandten, daß es keinen Zweifel daran gebe, wie das Gericht entscheiden würde. Die Afrikaner werden an den spanischen Gesandten ausgeliefert.«

»So hat man mir mitgeteilt.«

»Der Chevalier de Argaiz hat Mr. Forsyth in einem Brief um weitere Unterstützung durch die Regierung der Vereinigten Staaten gebeten. Wie Sie wissen, könnte der spanische Gesandte, sollten ihm die Neger übergeben werden, diese unmöglich nach Havanna transportieren. Die *Amistad* ist für diese Reise nicht geeignet, und es wird sicher nicht leicht sein, für die Schwarzen ein Schiff zu chartern. Der Chevalier hat Präsident Van Buren daher gebeten, die Afrikaner in einem Schiff der Marine nach Kuba transportieren zu lassen. Ich bin mir sicher, der Präsident weiß, daß ihm eine solche Maßnahme die Dankbarkeit Spaniens einbringen würde, und gleichzeitig würde sich die Regierung die Mühe ersparen, die Neger noch länger im Gefängnis unterbringen zu müssen.«

Holabird studierte einen Augenblick lang das Gesicht des Spaniers und teilte ihm dann in vertraulichem Ton mit:

»Mich haben heute aktuellere Informationen per Schiff erreicht. Der Präsident ist der Bitte bereits nachgekommen. Er hat Mr. Forsyth angewiesen, ein Schiff zur Verfügung zu stellen, und er wird Leutnant Gedney und Leutnant Meade mit den Afrikanern nach Havanna schicken, damit sie dort gegen sie aussagen. Diese Anordnungen sind geheim, und ich muß Sie zu Stillschweigen verpflichten.«

»Ich gebe Ihnen mein Wort als Gentleman.«

»Mr. Forsyth hat dem Staatssekretär für Marineangelegenheiten, James K. Paulding, geschrieben und angeordnet, daß das Schiff, das die Afrikaner nach Havanna bringen wird, bereits bei Prozeßbeginn vor New Haven ankert. Wir fürchten, daß die Abolitionisten versuchen werden, die Afrikaner zu entführen. Mr. Forsyth hat befohlen, die Schwarzen nach dem Prozeß so schnell wie möglich aus New Haven fortzuschaffen.«

»Und Señor Ruiz?«

»Ich glaube, es ist geplant, Señor Ruiz gegen Kaution freizulassen, damit er auf einem Handelsschiff nach Havanna zurückkehren kann. Ich wurde unterrichtet, daß der Schoner *Grampus* unter Leutnant Paine die Afrikaner nach Havanna transportieren wird.«

»Der Chevalier de Argaiz ist ohne Zweifel informiert worden.«

»Davon gehe ich aus. Zumindest hat Mr. Forsyth ihm geschrieben und ihm mitgeteilt, daß der Präsident seiner Bitte stattgibt. Das ist dem Präsidenten um so leichter gefallen, als man ja den Afrikanern, nachdem sie erklärt haben, keine Sklaven zu sein, vor den spanischen Gerichten Gelegenheit geben wird, ihre Anschuldigungen zu beweisen ...«

»Was können wir jetzt noch tun?«

»Wir müssen warten, bis Richter Judson entscheidet, daß der District Court von Connecticut nicht zuständig ist ...«

Lewis Tappan, der zwischen den Pflichten den unglücklichen Schwarzen und der Pflicht seiner Tochter gegenüber, die in New York an Tuberkulose starb, hin und her gerissen wurde, empfahl seiner Tochter, in der unerschütterlichen Hoffnung auf Jesus dem Tod gefaßt entgegenzusehen, und pendelte weiter zwischen New York und New Haven. Er war so besessen von dem Wunsch, die Afrikaner zu befreien, daß er deren Geschichte Fremden auf dem Boot nach New Haven und den Kunden in seinem Lagerhaus erzählte, überall um Geld zu ihrer Verteidigung bat und auf der Suche nach Freunden im Kampf gegen die Sklaverei auch den Spottrufen und Steinen in den Straßen von New York trotzte.

Er konnte sich darauf verlassen, daß Roger Sherman die juristische Argumentation vorbereitete, aber juristische Argumente genügten nicht in einem Fall, in dem Furcht und Vorurteile schwerer wogen als jedes Gefühl für Gerechtigkeit und in dem dem amerikanischen Präsidenten die Forderungen eines fremden Staats und seiner Partei wichtiger waren als die Rechte von Sklaven. Trotz der Versuche, dies zu verhindern, hatte es sich herumgesprochen, daß Van Buren an Judson geschrieben hatte. Verbittert zitierten die Freunde der Afrikaner Forsyths Anweisungen an Holabird: »Sie werden dafür sorgen, daß kein Verfahren vor Ihrem oder irgendeinem anderen Gericht das Schiff, die Ladung oder die Sklaven der Macht der Bundesregierung entzieht.« Kein juristisches Argument nützte noch was, falls Judson den Anordnungen des Präsidenten nachgab.

Gerüchte aus Washington besagten, daß die *Grampus* nach New Haven beordert worden war, um die Afrikaner nach Havanna zu transportieren. Leutnant Gedney und Leutnant Meade ließen durchblicken, daß sie nach Havanna fahren würden, um gegen Cinqué auszusagen. Lewis Tappan hörte in New York von diesen Entwicklungen und eilte wieder nach New Haven. Die Freunde der Afrikaner würden entschiedene Maßnahmen ergreifen müssen.

Auf Anweisung von Tappan trommelte Amos Townsend hundert Mann zusammen, die die Afrikaner entführen und mittels der Underground Railroad nach Norden schaffen würden, sollte es den Anschein haben, daß man sie nach Havanna schicken wollte. Townsend bemannte eine Schaluppe und ließ diese im Hafen von New Haven ankern, wo sie auf die *Grampus* wartete. Männer aus New Haven, Farmington und Hartford eilten ihm zur Hilfe, unter ihnen der Pfarrer Leonard Bacon und der Maler Nathaniel Jocelyn. Es bestand keinerlei Hoffnung, daß diese Schaluppe ein Gefecht mit einem Kriegsschiff überstehen würde, aber vielleicht konnte man die Afrikaner in Long Wharf oder mit Booten retten. Sympathisanten der Schwarzen wurden alarmiert und Quartiere, an denen man die Afrikaner würde heimlich unterbringen können, vorbereitet. In New Haven sahen die Leute voll Angst dem Prozeß entgegen, der vielleicht in einer Schlacht enden würde.

Am Abend vor der Verhandlung im District Court nahm Lewis Tappan James Covey mit ins Gefängnis. Sie saßen mit Cinqué allein in einer Zelle, die schattenhaften Gesichter von einer Kerze beschienen, und Lewis Tappan unterrichtete den Afrikaner über das kommende Palaver.

»Die *Grampus* läuft heute nacht in den Hafen von New Haven ein«, berichtete Tappan. Er beschrieb detailliert ihre Größe und Besatzung, die, verglichen mit der der Schaluppe, enorm waren. »Sie hat den Befehl, dich und deine Freunde zurück nach Havanna zu bringen, wo man euch vor Gericht stellen wird ...«

»Nein – nicht gehen nach Havanna«, protestierte Cinqué. »Cinqué haben Angst vor Havanna.« Er fuhr sich mit der Hand über die Kehle.

Tappan versuchte, ihn zu beruhigen. »Es ist besser, wenn du nicht nach Havanna fährst. Man würde dich dort umbringen. Wir müssen versuchen, dich zu retten. Mr. Baldwin wird sich darum bemühen, daß du zu deiner Verteidigung als Zeuge aussagen darfst. Verstehst du?«

Cinqué nickte.

»Er wird auch Grabo und Kimbo in den Zeugenstand rufen – und vielleicht noch ein paar von den anderen. Ihr müßt reden, um euch zu retten – um nach Afrika zu segeln, nicht zurück nach Havanna. Am besten sprichst du als erster. Und wenn dann die anderen reden, sollen sie genau das sagen, was du gesagt hast. Verstehst du?«

Cinqué ergriff Tappans Hand. »Ja. Massa.«

»Ich werde dir nicht sagen, was du erzählen sollst. Gott wird das tun.«

Als Lewis Tappan am nächsten Morgen das Tontine Hotel verließ, um zum Gericht zu gehen, traf er auf der Treppe

Kapitän Green und Peletiah Fordham, beide mit verbissener Miene und entschlossen, in dem Fall eine Entscheidung zu ihren Gunsten zu erwirken. Tappan überquerte das Village Green und gelangte zum State House, einem stattlichen, klassizistischen Justizgebäude. Jurastudenten von Yale, denen freigegeben worden war, damit sie dem Prozeß beiwohnen konnten, drängten durch die Türen. Im Gerichtssaal stritten sich Zuschauer, die bis aus Boston und New York hergereist waren, um die Stehplätze, da die meisten Sitzplätze von Frauen eingenommen wurden.

Die Anhörung wurde mit Antonios Aussage eröffnet. Er war immer der Überzeugung, daß es für ihn vorteilhafter war, den Spaniern anstatt den Afrikanern zu helfen, und bezeugte daher, daß es auf der *Amistad* viel zu essen gegeben habe und daß die Schwarzen nie mißhandelt worden seien. Er sagte aus, daß Cinqué Kapitän Ferrer getötet habe und auch ihn selbst getötet hätte, wenn Burnah nicht eingeschritten wäre.

Bei der Erwähnung von Cinqué wandten sich die Blicke der Zuschauer ihm zu, der fast vollständig in eine weiße Decke eingewickelt auf den Fersen hockte, wie er es von den Palavern in Mani her gewohnt war. Ein Dutzend Afrikaner, die sich ebenfalls in Decken gewickelt hatten und die Blicke der Weißen gleichgültig erwiderten, umringte ihn. Auf die Leute aus Neu England wirkte Cinqué wie ein dummer, unwissender Heide, kaum die ganze Aufregung wert, die wegen ihm veranstaltet wurde.

Als Antonio fertig war, verlas Staatsanwalt Holabird eine Zusammenfassung aller prozeßwirksamen Fakten, die Señor Vega, der spanische Konsul in Boston, erstellt hatte. Er betonte, daß es in Kuba kein Gesetz gebe, das den Import von Sklaven aus Afrika verbot, und daß das Gericht der Mixed Commission in Havanna nur zuständig sei, wenn die Sklaven auf hoher See aufgebracht wurden. Er wies genauestens nach, daß die Papiere der *Amistad* echt waren und den Gepflogenheiten entsprachen. Die Freunde der Afrikaner konnten miterleben, wie die Klage der Staatsanwaltschaft auf den Argumenten und Behauptungen des spanischen Gesandten errichtet wurde.

Die Anwälte der Leutnants Gedney und Meade brachten ihre Argumente vor und stellten fest, daß ihren Mandanten beim Bergegeld der höchte Prozentsatz zustehe und daß sich das Bergegeld erhöhen müsse, wenn die Afrikaner gemäß den Gesetzen Spaniens zu einem Teil der Ladung erklärt werden würden. Ihm war offensichtlich nicht klar, wie absurd es war, freie Menschen in einem Bundesland ohne Sklaverei gemäß irgendwelchen Sklavereigesetzen zu Sklaven zu erklären. Meade fehlte, und Gedney saß mit geradeaus gerichtetem Blick allein auf seinem Platz und errötete leicht über die höhnischen Bemerkungen, die um ihn herum gemacht wurden.

Gouverneur Ellsworth, der Anwalt von Kapitän Green, war als nächster an der Reihe und verlangte im Auftrag seines Mandanten Bergegeld, weil dieser die Schwarzen auf Long Island festgenommen und einen Teil der Ladung gerettet hatte. Als die Kisten voll Dublonen erwähnt wurden, brachen die Studenten aus Yale in Gelächter aus. Richter Judson ermahnte sie auf Protest von Gedneys Anwalt hin zur Ruhe. Dann fuhr Gouverneur Ellsworth fort, daß weder die Lotsen noch die Marine Bergegeld verlangen könnten dafür, daß sie ihre Pflicht getan hatten. Er sagte, falls die Regierung die Afrikaner freilassen wolle, sei sein Mandant damit einverstanden, und falls nicht, stehe ihm ein Anteil des Bergegeldes für Schiff und Ladung zu. Er betonte, daß Kapitän Green nicht davon profitieren wolle, daß man die Schwarzen zu Sklaven erkläre.

Kapitän Green heftete seinen dunklen, durchdringenden Blick auf Gedney und sah ihn an, als wolle er seine Seele ergründen, und er fand tatsächlich die Antwort auf die Frage, wie jemand für die Rettung von Menschen Bergegeld verlangen konnte: Gier. Dies alles entging Gedney nicht, genausowenig wie den Zuschauern.

Am Nachmittag ergriff Sedgwick für die Afrikaner das Wort. Nachdem er die Tatsachen präsentiert hatte, die er von den Afrikanern in Erfahrung gebracht hatte, stellte er fest, daß Ruiz und Montes keinen Anspruch auf den Besitz der Schwarzen hätten.

»Die Papiere, die sie vorgelegt haben, würden nicht einmal den Besitz eines Pferds oder eines Hunds bestätigen«, rief er.

Richter Judson mußte das Publikum wieder zur Ruhe ermahnen.

»Kein Gericht westlich von Algier würde einen Menschen aufgrund solcher Beweismittel, wie sie dem Gericht vorgelegt wurden, seiner Freiheit berauben«, fuhr Sedgwick fort.

Holabird war auf dieses Argument gut vorbereitet.

»Falls Señor Ruiz und Señor Montes tatsächlich in den illegalen Sklavenhandel verwickelt waren, ist es die Pflicht der amerikanischen Regierung, die Afrikaner den spanischen Behörden zu überstellen, damit dort ein Prozeß angestrengt werden kann. Aber das liegt außerhalb des Zuständigkeitsbereichs dieses Gerichts. Die Afrikaner müssen festgehalten werden, bis die Regierung entschieden hat, was mit ihnen zu geschehen hat. Ihr Fall ist ein Problem internationaler Diplomatie, dessen sich nur der amerikanische Präsident annehmen kann.«

Richter Judson studierte Holabirds Gesicht. Die Zuschauer betrachteten den Richter. Wie würde er auf diese offenkundige Einmischung des Präsidenten reagieren? Würde er sich als loyaler Parteisoldat erweisen oder für die Verfassung eintreten, die er zu verteidigen geschworen hatte?

Aber Holabird merkte weder etwas von den Fragen, zu denen er Anlaß gegeben hatte, noch von dem Haß, der ihm persönlich galt. Sein Blick ruhte auf Cinqué. Die Freunde der Afrikaner hatten ihn ins Gericht gebracht, damit er persönlich aussagen konnte. Nun, er sollte ruhig sprechen. Sollte dieser hundsgesichtige Affe die Abolitionisten ruhig zu Narren machen! Als Holabird sah, daß Covey nahe genug bei Cinqué stand, um für ihn zu dolmetschen, brüllte er:

»Wer hat den Kapitän getötet?«

Covey übersetzte schnell.

»Wer hat die Besatzung getötet?«

Bevor Covey fertig war, schrie er schon wieder.

»Hast du den Kapitän getötet? Hast du den Koch getötet? Hast du gedroht, den Mischlingsjungen zu töten? Hast du Señor Montes gequält?«

Als die Fragen eine nach der anderen auf ihn einstürzten und immer wütender wurden und immer näher kamen, nicht rhetorische Fragen wie die des Wuja, sondern richtige Fragen, die für ihn Leben und Tod bedeuteten, erhob sich Cinqué langsam mit verschränkten Armen, indem er das Gewicht seines aufrechten Oberkörpers mit der Kraft seiner Beine nach oben stemmte. Dann warf er die Decke zurück und stand in dem roten Flanellhemd und der weißen Hose da, die er schon auf der *Amistad* getragen hatte.

Das Gefühl, daß ihm und seinen Leuten Unrecht getan worden war und daß es ihm unbedingt erlaubt sein mußte, seine Fesseln zu sprengen und für seine Freiheit zu kämpfen, überwältigte ihn. Er zögerte nicht länger, Empörung sprach aus seinen Zügen, und er begann, gemessen und beredt die lange Geschichte von dem Zeitpunkt an, da er in Mani entführt worden war, bis zu der nächtlichen Meuterei auf der *Amistad* zu erzählen. Zuerst hielt James Covey mit ihm Schritt und jagte seine Worte wie Kugeln ins Publikum, aber mit wachsender Erregung redete Cinqué immer schneller und leidenschaftlicher, und die Worte sprudelten wie ein Wildbach aus ihm hervor. Das Publikum brauchte James Covey nicht mehr. Sie konnten Cinqués Gesicht und den Bewegungen seiner Hände, die zuschlugen oder sich wie eine Schlinge um seinen Hals legten, ablesen, daß er seinen Freiheitskampf zu rechtfertigen versuchte. Er sprach immer lauter auf mendi und ging schließlich zu Englisch über.

»Gebt uns frei! Gebt uns frei!« schrie, bat und flehte er.

Da sie von diesem Ausbruch wie von einem Blitz aus heiterem Himmel überrascht worden waren, wurde dem Richter, den Anwälten und den Zuschauern gar nicht bewußt, wie unpassend solch eine Rede vor Gericht war. Doch Holabird erkannte, welche Wirkung Cinqués Worte hatten.

»Ich erhebe Einspruch«, rief er wütend. »Schaffen Sie diesen Mann aus dem Gericht! Er wird unsere Entscheidungen unzulässig beeinflussen.«

»Dem Einspruch wird stattgegeben«, erklärte Richter Judson, aber Cinqués Worte hatten bereits gewirkt. Es gab niemanden im Gerichtssaal, der nicht gesehen hatte, was für ein großartiger Mensch er war, den man einen Wilden, einen Kannibalen, einen Nigger und ein Tier genannt hatte ... Lewis Tappan senkte dankbar den Kopf. Richter Judsons Gesicht wirkte etwas milder.

Als die Afrikaner aus dem Saal geführt worden waren, hielt Roger Sherman Baldwin eine fast dreistündige Rede zur Verteidigung der Angeklagten. Er analysierte in der ruhigen Manier eines Gelehrten die Zeugenaussagen und die Verträge, die zwischen Spanien und den Vereinigten Staaten und Spanien und Großbritannien bestanden, wobei er einige sarkastische Bemerkungen über die beiden Leutnants Gedney und Meade, die in gewinnsüchtiger Absicht Menschen zu Sklaven erklären lassen wollten, einfließen ließ.

»Ich weiß«, so schloß er, »daß Gericht und Regierung nur allzu glücklich wären, dieses peinliche Problem loszusein.

Der Plan der Regierung, die Afrikaner an die Spanier auszuliefern, würde nur deren Tod in Havanna bedeuten. Ich vertraue darauf, daß das Gericht sich von allen Beeinflussungen frei macht und diesen unglücklichen Menschen Gerechtigkeit widerfahren läßt. Für sie bedeutet Gerechtigkeit, nach Afrika, zu ihren Familien und in ihre Heimatdörfer zurückzukehren und dort in Freiheit ihr eigenes Leben zu leben. Ich für meinen Teil kann nicht mehr tun als die Worte Cinqués zu wiederhole: ›Gebt uns frei!‹«

Als Baldwin mit seiner Rede fertig war, bedeckte Richter Judson einen Moment lang sein Gesicht mit der Hand. Dann vertagte er ohne aufzusehen mit ergriffener Stimme die Sitzung auf den folgenden Montagmorgen.

Währenddessen lag im Hafen von New Haven schon die *Grampus.*

Als Staatsanwalt Holabird sein Zimmer im Tontine Hotel betrat, erwartete ihn dort bereits Leutnant Paine von der US Navy. Paine zeigte ihm den von Präsident Van Buren persönlich unterzeichneten Erlaß, mit dem Marshal Wilcox befohlen wurde, die Afrikaner an Leutnant Paine auszuliefern.

»Dieser Erlaß ist ungültig«, erklärte Holabird sofort. »In ihm steht, daß die Afrikaner wegen eines Prozesses vor dem Circuit Court in Gewahrsam genommen worden sind. Es handelt sich aber um den District Court. Die Abolitionisten könnten das ausnützen.«

»Was sollen wir tun?«

»Beschaffen Sie sich einen neuen Erlaß.«

»Haben wir dazu Zeit?«

»Von Freitag bis Montag. Ingersoll könnte es schaffen, wenn wir ihn sofort darauf ansetzen.«

Holabird schrieb hastig einen Brief an John Forsyth und legte den zu korrigierenden Erlaß bei. Ingersoll nahm das Nachtschiff nach New York.

»Die Abolitionisten dürfen davon nichts erfahren«, warnte Holabird. »Sie haben schon für genügend Schwierigkeiten gesorgt.«

Am Montagmorgen unternahm Lewis Tappan in der Kälte einen Spaziergang nach Long Wharf, um sich die *Grampus* genauer anzusehen, die dort vor Anker gegangen war. Nicht weit entfernt von ihr lag eine Schaluppe, die nur auf ein Signal vom Ufer wartete, um die Afrikaner zu retten. Am Hafen, um das Village Green herum und in der Nähe von Hotel und Gefängnis warteten die Männer, die Amos Townsend zusammengerufen hatte, auf das Urteil des Richters. Sollte er gegen die Afrikaner entscheiden, waren sie bereit, eigenhändig für Gerechtigkeit zu sorgen.

Schon lange vor Eröffnung der Gerichtssitzung versammelten sich die Zuschauer im State House. Sie hatten die *Grampus* im Hafen von New Haven gesehen, sie hatten Verwandte und Freunde, die die Schaluppe bemannten. Sie kannten Van Burens Meinung und wußten, daß Ingersoll sich auf geheimnisvoller Mission in Washington befand. Sie wußten, daß es um mehr als eine Handvoll Afrikaner ging: Es wurde über das Schicksal einer ganzen Nation entschieden.

»Werden die Afrikaner ihren Besitzern ausgeliefert oder der spanischen Regierung oder werden sie freigelassen?« fragten sich die Leute.

Und sie fragten sich ganz nüchtern: »Was passiert, wenn unsere Justiz nicht mehr unabhängig ist? Wenn der Präsident einem Richter befehlen kann, wie er zu urteilen hat?«

Ingersoll kam aus Long Wharf und drängte sich durch die Menge zu Holabird. Er reichte ihm das Dokument.

»Man hat es korrigiert«, flüsterte er.

Holabird gab die Nachricht an Leutnant Paine weiter, der im Gerichtssaal mit einem bewaffneten Trupp von der

Grampus wartete. Die Freunde der Afrikaner machten sich auf den Kampf gefaßt, der jetzt unvermeidlich schien.

Richter Judson eröffnete mit ausdruckslosem Gesicht die Sitzung vor einem Publikum, das den Saal bis in den letzten Winkel füllte. Feinde der Afrikaner, Freunde der Afrikaner – aber die Afrikaner selbst fehlten. Cinqués Rede habe für zuviel Aufregung gesorgt, so hatte Richter Judson entschieden. Zu was für Aufregung würde es erst kommen, wenn er sein Urteil verkündete?

Richter Judson räusperte sich. Die Zuschauer drängelten nach vorn, dann kehrte Ruhe ein. Das Papier in seiner Hand zitterte leicht, und seine Stimme ertönte laut.

»Der District Court von Connecticut ist in dieser Sache zuständig, da der Schoner im juristischen Sinne auf hoher See aufgebracht wurde.«

Seine Worte verblüfften die Zuhörer. Beide Parteien hatten gehofft, daß er anders entscheiden würde. Aber er fuhr fort:

»Der Klage von Thomas R. Gedney vor dem District Court von Connecticut wird stattgegeben. Sie haben Anspruch auf Bergegeld, und es wird eine Schätzung in Auftrag gegeben. Ein Drittel des Gesamtwerts wird als angemessen und rechtmäßig erachtet.«

Señor Vega protestierte bei Holabird flüsternd, aber Holabird beachtete ihn nicht.

»Green und Fordham aus Sag Harbor, die behaupten, Schiff und Ladung als erste in Besitz genommen zu haben, können diese Behauptung nicht beweisen. Ihre Klage wird daher abgewiesen.«

Kapitän Green blickte zu Kapitän Fordham. »Und was ist mit den Dublonen?« flüsterte Kapitän Fordham, worauf ihn der Richter zur Ruhe mahnte.

»Ruiz und Montes, vertreten durch den spanischen Gesandten, haben keinen Anspruch auf Besitz der Afrikaner, da es sich bei diesen ohne Zweifel um *bozal*-Neger handelt, also Neger, die vor kurzem entgegen den Gesetzen Spaniens aus Afrika importiert worden sind.«

Señor Vega erhob sich, um zu protestieren, aber Richter Judson befahl ihm, ruhig zu bleiben. Der Spanier stand da und starrte den Richter wütend an.

»Der Forderung des spanischen Gesandten, die strittigen Fragen von einem Gericht in Kuba entscheiden zu lassen, kann nicht entsprochen werden, da diese Afrikaner gemäß spanischen Gesetzen nicht zu Sklaven erklärt und daher auch nicht für einen Prozeß angefordert werden können.«

Bei diesen Worten sprangen die Zuschauer erregt auf.

»Antonio, der ein Kreole und rechtmäßiger Sklave ist und starkes Verlangen nach einer Rückkehr nach Havanna geäußert hat, soll gemäß dem Vertrag von 1795 seinen spanischen Besitzern übergeben werden.«

Judson hielt inne und sah sich im Saal um. Seine Zuhörer wußten, daß er beim wichtigsten Punkt des Urteils angelangt war: Was sollte aus den Afrikanern werden?

»Es wird entschieden, daß die Afrikaner an den Präsidenten der Vereinigten Staaten zu übergeben sind, damit dieser sie gemäß dem Gesetz von 1818 nach Afrika bringen läßt, wo eine entsprechende Einrichtung sie in Empfang nehmen und in ihre Heimat geleiten soll.«

Auf seine Worte hin begannen die Zuschauer zu rufen, manche vor Wut, manche aus Dankbarkeit dafür, daß diesen armen Afrikanern endlich Gerechtigkeit widerfahren sollte. Richter Judson klopfte mit dem Hammer, aber das Publikum ließ sich nicht beruhigen. Die Worte, mit denen er die Sitzung vertagte, gingen im Tumult unter. Nur ein paar nachdenkliche Zuschauer studierten das Gesicht des Richters und versuchten, darin den Grund für seine Entscheidung zu entdecken. Hatte Cinqué bei ihm tatsächlich Mitleid geweckt? Hatte ihn der Druck, den das Weiße Haus ausübte, zum Widerstand gereizt? Sein ausdrucksloses Gesicht offenbarte keine Antwort, als er den Gerichtssaal verließ und sich auf den Weg zu seinem ruhigen Haus in Canterbury machte.

Holabird blieb zurück und versuchte mit lauter Stimme, Señor Vega zu erklären, daß der Fall noch nicht abgeschlossen war – daß das Weiße Haus ihn angewiesen hatte, vor dem Circuit Court Einspruch gegen das Urteil einzulegen.

Lewis Tappan begab sich so schnell wie möglich zu den Schwarzen im Gefängnis. Als er dort ankam, saßen Cinqué und sechs andere zusammen in einer Zelle. Tappan ergriff Cinqués Hand. Tränen standen ihm im Gesicht, und seine Stimme zitterte.

»Du bist frei! Du bist frei!« rief er. »Du kannst wieder nach Afrika zurück.«

Die Worte wirkten wie ein Zauberspruch. Cinqué warf sich zu Tappans Füßen nieder. Die anderen ließen sich neben ihm zu Boden fallen, und sie alle streckten die Hände nach den Stiefeln dieses großartigen Freunds des schwarzen Manns aus. Sie weinten vor Freude, und ihre Worte bildeten eine zusammenhangslose Mischung aus ihrer Muttersprache und dem erst vor so kurzem erlernten Englisch.

»Massa!« riefen sie. »Weißer Mann Massa.«

Als sie sich ein wenig beruhigt hatten, ließ Tappan auch die anderen hereinbringen und teilte ihnen die Nachricht mit. Wieder kam es zu heftigem Jubel, in dem immer wieder die Namen afrikanischer Dörfer und afrikanischer Verwandter erklangen. Dann erzählte ihnen Tappan, was es für sie bedeuten würde, nach Afrika zurückzukehren. Sie waren viele Monde lang weg gewesen und hatten viele Gebräuche der Weißen kennengelernt.

»Wollt ihr, daß ein paar eurer amerikanischen Lehrer mit euch kommen?« fragte er.

»Ja! Ja!« riefen sie.

Er deutete auf Mr. Griswold, der auf der einen Seite stand.

»Wollt ihr, daß Mr. Griswold mit euch kommt?«

Cinqué sprang auf, lief zu Mr. Griswold hinüber und warf sich wieder auf den Boden.

»Komm! Komm!« bettelte er. »Wir werden für dich sorgen. Wir werden auf dich aufpassen.«

Lewis Tappan und Griswold, zwei Visionäre, die ein Ideal vor Augen hatten und keine Kosten scheuten, es zu verwirklichen, setzten sich sofort mit den Afrikanern zusammen, um zu besprechen, wie man mit ihnen als Kernzelle eine große Missionierungsbewegung aufbauen könnte. Sie sahen weiße Männer und Frauen vor sich, die bis ins tiefste Afrika vorstießen, Kirchen und Schulen aufbauten und die Menschen bekehrten, unterrichteten und heilten …

Amos Townsend und seine Männer beobachteten, wie die *Grampus* lautlos den Hafen von New Haven verließ. Die Spannung hatte sich gelöst, aber sie mußten immer noch vorsichtig sein. Und während sie aufpaßten, arbeitete Nathaniel Jocelyn an einem heroischen Porträt Cinqués.

XVII

Westville wartet

Ihre Freude währte nicht einmal einen Winternachmittag lang. Roger Baldwin kam mit der Nachricht ins Gefängnis, daß Holabird auf Anweisung des Außenministers bereits Berufung gegen das Urteil eingelegt hatte. Holabird, treuer Parteianhänger und völlig verständnislos gegenüber Judson, genauso treuer Parteianhänger wie er, hatte mit seinen Äußerungen die Grenzen des guten Geschmacks überschritten und Judson vor einigen Zuhörern offen mit parteiinternen Konsequenzen gedroht. Richter Judsons einzige Antwort darauf war, daß er den 24. Januar für die erste Anhörung im Berufungsverfahren festsetzte.

Wie würde es in dieser Sache weitergehen? Selbst wenn der Circuit Court das Urteil des District Court bestätigte, kamen die Afrikaner nicht unbedingt frei. Ging die Regierung mit dem Fall bis vor das Oberste Bundesgericht, wie Holabird offen angedroht hatte, dann blieb ihr Schicksal weiter in der Schwebe.

Die Leute wußten genau, welcher Druck auf Judson ausgeübt worden war, damit er die Afrikaner an den Präsidenten zum Weitertransport nach Havanna übergab. Judson hatte ihm aus Gründen, die er weiter für sich behielt, widerstanden. Auch auf Richter Smith Thompson vom Circuit Court würde Druck ausgeübt werden. Die Freunde der Afrikaner fürchteten, er könnte vielleicht nachgeben. Falls er das Urteil umstürzte, würde der Fall bis vor das Oberste Bundesgericht gehen, wo Thompson wieder zu den Richtern gehören würde.

Niedergeschlagen versuchte Lewis Tappan Cinqué und seinen Gefährten zu erklären, was es hieß, in Berufung zu gehen. Sie verstanden nicht, was es mit diesem Palaver auf sich hatte, aber sie verstanden, was monatelanges Warten im Gefängnis bedeutete.

»Wir wollen nach Hause«, wiederholten sie. »Merika kalt.«

An diesem Abend beantragten Tappan und Baldwin, daß man die Afrikaner gegen Kaution entlasse, aber ihre Bitte wurde abgelehnt.

Die Nachricht von Richter Judsons Urteil verbreitete sich rasch nach Norden, Süden und Westen. Die Öffentlichkeit war in dieser Frage deutlich in zwei Lager gespalten. Einig war sich die Öffentlichkeit jedoch darin, daß die Afrikaner nicht noch länger im Gefängnis festgehalten werden sollten.

»Die Gerichte sollen an einem Fall ruhig so lange arbeiten, wie sie wollen«, sagten die Leute. »Nur sollte man die, die auf Entscheidung warten, nicht im Gefängnis lassen.«

In Washington veranlaßte das Urteil John Forsyth, zu Van Buren zu eilen, um sich neue Anweisungen zu holen. Der Präsident war gekränkt, weil seinen Wünschen nicht entsprochen worden war, und machte sich wegen der möglichen Folgen bei den Wählern im Süden Sorgen. Er hatte die Stimmung im Norden und Westen sondiert und hatte das Gefühl, daß in den freien Bundesstaaten sich die Anhänger der Sklaverei und deren Gegner immer noch die Waage hielten. Er hatte Angst, dem spanischen Gesandten gegenüberzutreten, mit dessen Besuch binnen der nächsten 24 Stunden gerechnet werden mußte.

Holabird traf sich mit Señor Vega in New Haven, um das weitere Vorgehen zu besprechen.

»Ich habe wieder von Mr. Forsyth gehört«, berichtete Holabird. »Der Präsident hat ihn angewiesen, in Berufung zu gehen und den Fall in all den Punkten, die die Afrikaner der *Amistad* und das Bergegeld betreffen, vor den Circuit Court zu bringen. Antonios Urteil wird davon ausgenommen. Es ist gut genug, um es stehen zu lassen. Er wird nach Havanna zurückgeschickt.«

»Das ist für den Chevalier de Argaiz akzeptabel«, erwiderte Señor Vega. »Aber der Chevalier ist mit dem Rest des Urteils sehr unzufrieden. Wie kommt es, daß in Ihrem Land die Wünsche des Präsidenten nicht beachtet werden?«

John, der Sohn des Präsidenten, besuchte New York und Albany und sprach offen davon, wie enttäuscht der Präsident über das Urteil war.

»Mein Vater glaubt, daß dem Fall eine große politische Bedeutung zukommt, auf die Richter Judson keine Rücksicht genommen hat«, sagte er.

Politische und persönliche Feinde griffen Van Buren in dieser Sache offen an. Die Zeitungen veröffentlichen Briefe, die Van Buren persönlich an Judson geschrieben und mit denen er ihn während des Prozesses dazu zu bewegen versucht hatte, die Afrikaner an die Spanier auszuliefern. »Solch öffentliche Einmischung der Exekutive in Angelegenheiten der Judikative erschüttert unser Regierungssystem in seinen Grundfesten, hieß es in den Leitartikeln. Ingersoll aus New Haven schrieb sofort an den Präsidenten und riet ihm, die Vorwürfe zurückzuweisen oder wenigstens seine Freunde dies für ihn tun zu lassen, bevor die ganze Angelegenheit im Wahlkampf ausgeschlachtet werden konnte. Er veröffentlichte seinen Brief und schämte sich in Grund und Boden, als der Präsident trotzdem nicht zu den Vorwürfen Stellung nahm.

Tappan und Baldwin versuchten herauszufinden, wie groß die Schwierigkeiten des Präsidenten waren, und kamen zu dem Schluß, daß sie vielleicht groß genug waren, um ihn in direkte Verhandlungen das Schicksal der Afrikaner betreffend einwilligen zu lassen. Dem Präsidenten gelänge es auf diese Weise vielleicht, so dachten sie, sich aus seiner peinlichen Lage zu befreien. Sie übertrugen die Verhandlungen Tappans Bruder Benjamin, dem Senator aus Ohio.

Nachdem er Senator Tappan wochenlang keine Audienz gewährt hatte, bat Van Buren ihn plötzlich zu sich.

»Ich habe heute morgen den Präsidenten besucht«, schrieb Senator Tappan an Lewis. »Er ist fest entschlossen, vor dem Circuit Court in Berufung zu gehen. Er läßt mitteilen, daß er zwar durchaus bereit sei, wie von Bezirksrichter Judson angeordnet zu verfahren, die grundsätzlichen Fehler in diesem Urteil aber nicht akzeptieren könne. Gegen Judsons Urteil keine Berufung einzulegen hieße, dessen Irrtümer stillschweigend hinzunehmen.«

Nachdem ihnen dieser Weg versperrt worden war, weil der Präsident es sich mit keiner Seite verderben wollte, überlegten sich Tappan und Baldwin, wie man auf Richter Thompsons Urteil reagieren würde, das für den 17. September angekündigt war.

Tappan und Baldwin waren sich während ihres langen Kampfs für die Afrikaner nähergekommen. Staples und Sedgwick andererseits hatten sich von ihnen entfernt, obwohl sie sich bereit erklärt hatten, auch während der Verhandlung vor dem Circuit Court als Anwälte zu dienen. Es war offensichtlich, daß sie in dieser Sache nicht mehr mit ganzem Herzen dabei waren.

»Sie scheinen das Problem weder vom moralischen noch vom juristischen Standpunkt her richtig erfaßt zu haben«, sagte Tappan zu Baldwin.

Ein Teil ihrer Beweisführung hatte mit den Verträgen zwischen Spanien und Großbritannien bezüglich des Sklavenhandels zu tun, und Richter Judson hatte die entsprechenden Dokumente nicht als Beweise zugelassen, weil es sich um Übersetzungen handelte, deren Wortlaut nicht offiziell beglaubigt war. Baldwin schrieb an Forsyth, um sich die Vertragstexte beglaubigen zu lassen, und bat um sofortige Antwort, erwartete aber nicht, diese noch vor Prozeßbeginn zu erhalten.

Und noch ein weiteres Problem stellte sich den Freunden der Afrikaner: Was sollten sie tun, falls Richter Thompson die Berufung sofort abwies, weil sie auf Betreiben des spanischen Gesandten und nicht der beiden Gerichtsparteien zustande gekommen war? Señor Ruiz war auf Kaution aus dem Gefängnis entlassen worden und nach Havanna zurückgekehrt. Es war unwahrscheinlich, daß er für die Verhandlung zurückkommen würde. Die Freunde der Afrikaner waren daher bereit, ihre Klage gegen ihn fallenzulassen.

Unter diesen Umständen war sich Tappan sicher, daß der Fall unabhängig von den Wünschen des Präsidenten nicht bis vor das Oberste Bundesgericht gelangen würde. Sollte sich dies bewahrheiten und Richter Thompson der Berufung stattgeben, würde es zu einem endgültigen Urteil kommen. Entschied er gegen die Afrikaner, mußte Baldwin einen Antrag auf Haftprüfung fertighaben und Amos Townsend und seine Gruppe mußten bereit stehen, um die Afrikaner heimlich nach Norden zu schaffen.

Im August 1840 wurden alle Afrikaner außer den drei kleinen Mädchen, die weiter für Mrs. Pendleton arbeiteten, nach Westville gebracht. Die Anlage dort, am Fuß des West Rock, hatte den Vorteil, daß ihnen ein großer, umzäunter Hof zur Verfügung stand, um sich im Freien zu bewegen. Sie wurden von Professor Day und seinen Kollegen vom theologischen Seminar in Yale im Lesen und Schreiben und in der christlichen Religion unterwiesen. Sie lernten eifrig und arbeiteten fleißig, wobei Cinqué sie ständig antrieb. Sein Argument war, daß alle für den Unfug eines einzigen bestraft werden würden. Er sagte ihnen auch, daß ihnen mehr Erleichterungen zuteil werden würden, wenn sie fleißig waren.

Colonel Pendleton ließ sie Holz hacken und auf den Feldern arbeiten. Das Leben wurde langweilig und verdrießlich. Es kamen nur noch selten Besucher, die ihnen Münzen und Schnupftabak schenkten, und es gab keine Möglichkeit, Wein zu kaufen.

»Sag den Merika Leuten, daß wir sehr, sehr gerne nach Hause wollen«, bat Cinqué Lewis Tappan.

Sie haßten ihre Isolation, in der es nur wenige Amerikaner gab, mit denen sie reden konnten.

»Du nicht sprechen Mendi, ich nicht sprechen Merika – ich krank, keiner mit mir sprechen«, sagten sie.

Sie entdeckten Widersprüche zwischen dem, was George Day ihnen beibrachte, und dem Benehmen der Amerikaner. Colonel Pendleton nutzte die Bereitwilligkeit, mit der sie arbeiteten, schamlos aus. Er ließ sie von früh morgens bis spät abends schuften. Er ließ sie sonntags sogar die eigene Kleidung waschen.

»Ich nicht arbeiten am Sabbath«, verkündete Konoma.

»Was kümmert einen Nigger der Sonntag?« antwortete Colonel Pendleton.

Manchmal jedoch war die einzige Antwort ein Peitschenhieb.

Zahl und Stärke der Abolitionisten nahmen zu. Das gewaltsame Jahrzehnt, das Jahrzehnt Crandalls, Garrisons, Lovejoys und Whittiers, war vorüber. Endlich konnten die Sklavereigegner Versammlungen abhalten und Zeitungen publizieren, ohne auf organisierten Widerstand zu stoßen. Abolitionisten wurden unter Umständen noch mit Eiern oder Steinen beworfen, aber im Norden und im Osten gab es keine Aufstände ganzer Gemeinden mehr gegen sie. Sie hatten ihre Abgeordneten im Kongreß und konnten Druck auf die Gesetzgebung der Regierung ausüben.

Auf Verlangen der Sklavereigegner im Kongreß wurden die wichtigsten Dokumente des Falls *Amistad* als House Document 185 veröffentlicht. Endlich war auch der Kongreß in diesen Fall verwickelt. Die Aufregung war groß. Südstaatler und Anhänger der Sklaverei wehrten sich dagegen, daß diese Schriftstücke eingebracht wurden, aber die Abolitionisten gewannen den Kampf.

Ein Sturm entbrannte um die offizielle Übersetzung der spanischen *traspasos*. Irgend jemand hatte das Wort *ladino* mit *gesund* übersetzt. Das ganze Problem, ob es sich bei den Afrikanern um *bozales* oder *ladinos* handelte, wurde durch diese Übersetzung verschleiert.

Lewis Tappan, der sich in New Haven mit Baldwin zu einer Besprechung getroffen hatte, entdeckte den Fehler.

»49 *gesunde* Sklaven«, las er Baldwin vor.

»Das ändert den ganzen Charakter«, stellte Baldwin fest. »Damit geht man dem ganzen Streit darüber, wann sie aus Afrika gebracht worden sind, hübsch aus dem Weg.«

»Wer könnte diesen Betrug begangen haben?« fragte Tappan.

»Es wird eine Untersuchung im Kongreß nötig sein, um das herauszufinden. Die einzige Möglichkeit ist, mit dem Problem zu John Quincy Adams zu gehen. Sein Einfluß im Kongreß könnte uns vielleicht nützen.«

Als Adams von der Fehlübersetzung erfuhr, verlangte er vollständige Aufklärung.

»Ich werde solch eine skandalöse Fehlübersetzung nicht hinnehmen«, schrie er wütend während einer Parlamentssitzung. »Von diesem einen Wort hängt das Leben von dreißig Afrikanern ab.«

Dann bat er um Erlaubnis, zwei Anträge verlesen zu dürfen. Einer von ihnen betraf die *Amistad* und lief der Regel zuwider, wonach im Parlament keine Bittgesuche der Abolitionisten vorgetragen werden durften. Es wurde Einspruch erhoben, aber Adams las den Antrag trotzdem vor und schrie dabei, um sich über den Lärm der Sklaverei-Befürworter hinweg verständlich zu machen. Das Parlament weigerte sich, das Gesuch anzunehmen, und Adams verließ niedergeschlagen das Kapitol, um herauszufinden, ob der *National Intelligencer* seine Bittgesuche veröffentlichen würde. Wie sonst sollte er das Volk informieren?

Genau ein Jahr nach dem ersten Prozeß in Hartford, am 17. September, verlas Richter Thompson sein Urteil, mit dem er das des District Court bestätigte. Staatsanwalt Holabird hörte es sich an und legte auf Anweisung Van Burens und Forsyhts sofort vor dem Obersten Bundesgericht Berufung ein. Die Freunde der Afrikaner wußten, daß sie sich für einen letzten Kampf zu rüsten hatten.

Das Oberste Bundesgericht würde erst im Januar, Wochen nach den Wahlen im November, zusammentreten, aber die Mitstreiter Van Burens hofften, daß das Berufungsverfahren, das sie angestrengt hatten, die Zweifel der Sklaverei-Befürworter beruhigen würde. Am Wahltag würde Van Buren an ihren Stimmen abzählen können, wie wichtig der Kampf für ihn gewesen war.

Erschöpft machten sich Lewis Tappan und Roger Sherman Baldwin auf den Weg von Hartford nach New Haven, um die Arbeit an dem Fall wiederaufzunehmen und sich auf die letzte Auseinandersetzung vorzubereiten. Niedergeschlagen teilte Tappan den Afrikanern in Westville mit, daß ihr Warten noch kein Ende hatte – daß sie noch einen weiteren, bitteren Winter in New Haven würden verbringen müssen. So viele von ihnen waren bereits gestorben. »Wie viele von uns werden noch sterben, bevor wir frei kommen?« fragten sie ihn.

In New London verkaufte Marshal Wilcox dem Urteil des District Court entsprechend die *Amistad*. Der Schoner wechselte in einem geschäftigen Hafen Neu Englands bald das Aussehen. Nur sein Name blieb noch als Symbol.

In New Haven machte das Gerücht die Runde, daß Colonel Pendleton Marghru als Sklaven für Mrs. Pendleton behalten wolle und Teme und Kene zum Verkauf anbieten würde, sobald der Prozeß vorüber war. Egal, ob man dem Gerücht Glauben schenkte oder nicht: Diejenigen, die im County House kamen und gingen, konnten sehen, daß die Pendletons vielerlei Nutzen aus den drei Mädchen und Antonio zogen.

XVIII

Die Rede eines alten Mannes

Als feststand, daß es eine Berufung vor dem Obersten Bundesgericht geben würde, trafen sich die Freunde der Afrikaner in New Haven, um ihr weiteres Vorgehen zu planen. Lewis Tappan, den finanzielle Sorgen drückten und die Krankheit seiner Tochter, die jetzt das letzte Stadium erreicht hatte, peinigte, war die beherrschende Gestalt der kleinen Gruppe in Baldwins Büro. Simeon Jocelyn und Joshua Leavitt unterstützten ihn in seiner Absicht, alle legalen Mittel auszuschöpfen. Falls dies aber nichts nützte, sollten die Afrikaner entführt und nach Kanada gebracht werden.

Staples hatte darum gebeten, von seinen Pflichten entbunden zu werden, da er dringende eigene Angelegenheiten zu erledigen hatte. Tappan hatte sowieso nicht vorgehabt, ihn weiter als Anwalt in Anspruch zu nehmen, da er mit seiner Leistung unzufrieden war und seinen Mangel an Leidenschaft und moralischen Überzeugungen nicht länger akzeptieren wollte.

»Wer wird seinen Platz einnehmen?« fragte Jocelyn.

Baldwin und Sedgwick würden bis zur Beendigung des Falls dabeibleiben. Zumindest Baldwin. Sedgwick war diesem Treffen ferngeblieben und wollte damit vielleicht zeigen, daß er keine Lust mehr hatte weiterzukämpfen. Tappan, der sich davor fürchtete, sich in einer Auseinandersetzung vor dem Obersten Bundesgericht auf ihn verlassen zu müssen, äußerte nur geringes Bedauern angesichts Sedgwicks Abwesenheit. Sie brauchten aber jemanden, der Baldwin unterstützen würde. Wer konnte ihm am besten dabei helfen, ein leidenschaftliches Plädoyer auszuarbeiten und vorzutragen?

»Rufus Choate aus Boston käme in Frage«, schlug Leavitt vor.

»Mr. Choate ist ein guter Mensch und ein fähiger Anwalt«, antwortete Baldwin, »aber sein Gesundheitszustand ist heikel, und wir werden ihn vermutlich nicht überreden können zu kommen. Und falls er uns doch hilft, bricht er vielleicht im entscheidenden Moment zusammen. Jetzt, im Alter, tritt er nur noch relativ selten vor dem Obersten Bundesgericht auf.«

»Im Moment fällt mir kein anderer ein«, stellte Tappan fest. «Wir müssen ihn also fragen. In der Zwischenzeit werden wir uns die Argumente für das Oberste Bundesgericht zurechtlegen.«

»Das Oberste Bundesgericht weist die Berufung vielleicht mit der Begründung ab, daß kein amerikanisches Gericht für den Fall zuständig ist«, warf Baldwin ein. »Oder es weist sie zurück, weil sich die Auseinandersetzung um die Afrikaner inzwischen zu einem bloßen Besitzstreit entwickelt hat. Und die Afrikaner sind dann nicht wertvoll genug, damit sich das Oberste Bundesgericht mit dem Fall beschäftigt.«

»Wieviel müßten sie denn wert sein?«

»Damit das Oberste Bundesgericht zuständig ist, müßte jeder von ihnen auf 2000 Dollar geschätzt werden. Und das sind sie sicher nicht wert. Cinqué würde auf einer Auktion in Boston vielleicht 2000 Dollar bringen – oder in New Orleans –, aber was ist mit den anderen, vor allem den Kindern?«

»Sollen wir sie schätzen lassen?« fragte Tappan.

»Ja, für den Fall, daß die Frage aufkommt – mit einer richtigen Beglaubigung durch einen zuverlässigen Gutachter.«

»Kümmern Sie sich darum?«

»Ja.«

»Sie können die nötigen Auslagen zusammen mit Ihren Gebühren in Rechnung stellen.«

Auf die Frage, um was für einen Menschen es sich bei solch einem zuverlässigen Gutachter von Menschenfleisch wohl handeln mochte, gingen sie gar nicht erst ein.

Obwohl sie alles Geschäftliche erledigt hatten, blieben sie noch ein wenig sitzen, keiner der Männer schien tatsächlich aufbrechen zu wollen. Es war eine kalte Oktobernacht, und die Stimmung war gedrückt. Sollten all ihre Bemühungen um die Afrikaner umsonst gewesen sein? Sollte dem Chevalier de Argaiz nun doch die Genugtuung zuteil werden, Cinqué und seine Kameraden an ein kubanisches Gericht auszuliefern?

»Jetzt weiß ich, wer für uns vor dem Obersten Bundesgericht die Verteidigung übernehmen sollte«, rief Baldwin mitten in die Stille hinein.

Die anderen blickten ihn fragend an und warteten.

»John Quincy Adams.«

Mit diesem Namen verschwand die Bedrückung, die sie erfaßt hatte.

»An ihn habe ich auch schon gedacht«, antwortete Tappan. »Er hat viel zur Verteidigung der Afrikaner geschrieben. Er hat im Kongreß einen Antrag zu ihren Gunsten gestellt. Aber auch er ist ein alter Mann – älter als Choate. Seit seiner Präsidentschaft ist er vor dem Obersten Bundesgericht nicht mehr aufgetreten.«

»Das spielt keine Rolle«, behauptete Baldwin. »Wenn wir ihn überreden können, werden sein Alter, seine Menschlichkeit und seine Beredtheit der Gerechtigkeit sicher zum Sieg verhelfen.«

Einstimmig wurde der Vorschlag, daß man John Quincy Adams fragen sollte, angenommen, und Lewis Tappan sollte diese Aufgabe übernehmen. Ihr Treffen endete um Mitternacht. Danach ging Lewis Tappan noch auf dem Village Green auf und ab und formulierte die Argumente, mit denen er einen ehemaligen Präsidenten überreden wollte, gegen einen Präsidenten zu kämpfen, der das in ihn gesetzte Vertrauen enttäuscht hatte.

Am Morgen des 27. Oktober 1840 nahmen Lewis Tappan und Ellis Gray Loring die Kutsche von Boston nach Quincy, wo sie John Quincy Adams ihre Bitte vortragen wollten. Die 15 Kilometer lange Fahrt gab ihnen ausreichend Zeit, zu bedauern, daß Rufus Choate ihr Ersuchen, die Afrikaner vor Gericht zu vertreten, abgelehnt hatte. Seine Gesundheit war tatsächlich angegriffen, und es fehlte ihm offenbar die Kraft, um in Washington ein Plädoyer zu halten. Außerdem hatten sie viel Zeit, um sich zu überlegen, mit welchen Argumenten sie Adams am besten würden überreden können. Auf Tappans Schoß lagen zwei Notizbücher zum Fall *Amistad,* und während sie fuhren, ließen sie den langen Kampf noch einmal Revue passieren.

Der alte Mann saß in seinem Arbeitszimmer am Schreibtisch, als Tappan und Loring hereingeführt wurden. Loring, der ihn schon seit Jahren kannte, stellte ihm Tappan vor.

Für Tappan sah er älter als erwartet aus, aber sein Griff bewies erstaunliche Energie und Lebenskraft. Sein kahler Kopf, die weißen, buschigen Koteletten, das weiße Haar, das ihm bis zum Kragen reichte, und die hängenden Schultern ließen ihn älter als 73 wirken. Aber Tappan stellte fest, daß sein Blick scharf und durchdringend war und seine Stimme ruhig und bestimmt

Adams rückte drei Stühle vor das Kaminfeuer und nahm den Besuchern gegenüber Platz. Tappan betrachtete die alte Muskete über dem Kaminsims, dann nahm er all seinen Mut zusammen und kam sofort auf das eigentliche Thema zu sprechen.

»Sie wissen, daß der Fall *Amistad* vor das Oberste Bundesgericht gebracht wird, nicht wahr?«

»Ja, und ich bedauere, daß sich der Prozeß schon so lange hinzieht. Meiner Meinung liegt der Fehler in der Rechtsbelehrung, die Richter Thompson der ursprünglichen Anklagejury erteilt hat. Die Afrikaner hätten, falls sich überhaupt eine Anklagejury gefunden hätte, die gegen sie Klage erhebt, der Piraterie und des Mordes beschuldigt und nach ihrem Freispruch freigelassen werden sollen.«

»Aber Richter Thompson war nicht der Ansicht, daß sich die Afrikaner der Piraterie und des Mordes schuldig gemacht haben«, wandte Loring ein und löste damit eine hitzige Diskussion aus.

Tappan, der sah, daß ihre Meinungsverschiedenheit sich auf juristische Probleme bezog, die nichts mehr mit dem Fall zu tun hatten, und die Folgen eines solchen Streits fürchtete, brachte hastig sein Anliegen vor.

»Mr. Staples hat sich aus der Verteidigung zurückgezogen, und wir brauchen jemanden, der ihn ersetzt«, sagte er. »Deshalb sind wir zu Besuch gekommen. Wir wollen Ihnen diese Bürde übertragen.«

Adams erhob sich, starrte aus dem Fenster, während er die anderen im Feuer nach einer Antwort suchen ließ. Nach einem Schweigen, das Tappan und Loring allmählich unangenehm wurde, kehrte er zurück und baute sich vor ihnen auf.

»Ich bin mir der Ehre bewußt, die Sie mir erweisen, aber ich muß mich unter Hinweis auf mein Alter und die drückenden Pflichten eines Kongreßmitgliedes entschuldigen.«

»Wir würden nicht viel von Ihrer Zeit in Anspruch nehmen.«

»Und ich muß auch auf meine mangelnde Erfahrung, was die formalen Besonderheiten einer Rede vor einem Richtertribunal angeht, hinweisen. Es ist mehr als 30 Jahre her, daß ich in einem Prozeß vor dem Obersten Bundesgericht aufgetreten bin.«

Nun lag es an Tappan, ihn zu überzeugen.

»Wir wollen jetzt nicht über Erfahrenheit oder Unerfahrenheit streiten«, stellte er ernst fest. »Wir bitten Sie nur darum, für diese unglücklichen Afrikaner das Wort zu ergreifen. Es geht um Leben und Tod. Schon allein Ihre Anwesenheit verhindert unter Umständen, daß die Afrikaner zurück nach Kuba geschickt werden, wo man sie vor ein spanisches Gericht stellen würde.«

»Ich bin ein alter Mann …«

»Voll Weisheit und Menschlichkeit«, unterbrach ihn Tappan. »Sie kennen Cinqués Geschichte, Sie haben ein Bild seines edlen Gesichtes gesehen. Wollen Sie, daß er in einem Gefängnis in Havanna stirbt?«

Adams wandte sich wieder dem Fenster zu, um zu verbergen, wie tief bewegt er war. Tappan und Loring blieben still. Als sie schon dachten, daß er sie vergessen hatte, drehte er sich zu ihnen um. Er sprach mit leiser, fester Stimme.

»So Gott will und meine Gesundheit es zuläßt, werde ich die Afrikaner vor dem Obersten Bundesgericht verteidigen.«

Die beiden Männer ergriffen seine Hände, und alle drei standen sie da, als beteten sie.

»Ich werde Gott, den Allmächtigen, darum bitten, daß er mein Temperament zügelt, meine Seele erleuchtet und mir Beredtheit verleiht, damit ich mich als der Aufgabe gewachsen erweise.«

Während das Feuer weiter knisterte, schmiedeten die drei Männer Pläne für die Verteidigung. Baldwin sollte den Verhandlungsschriftsatz verfassen, die erste Beweisausführung übernehmen und Adams mit allen juristischen Problemen des Falls vertraut machen. Sie kamen auch darin überein, daß sie Sedgwick nicht darum bitten würden, ihnen vor dem Obersten Bundesgericht zu helfen. Adams würde den Verlust von Sedgwick und Staples mehr als wettmachen.

Tappan ließ seine Notizbücher bei Adams zurück. Dann verabschiedeten sich Loring und er von Adams in der festen Überzeugung, daß in ihrem letzten Kampf die Gerechtigkeit den Sieg davontragen würde.

Zwei Wochen später ging John Quincy Adams um fünf Uhr morgens zum Bahnhof, um den Zug um halb sechs nach New Haven zu nehmen. Schon am Tag zuvor war er mit der Eisenbahn von Boston nach Hartford gekommen. Jetzt würde er mit ihr in New Haven rechtzeitig zum Frühstück eintreffen. Die Abteile waren kalt und schmutzig, seiner Meinung nach aber unvergleichlich besser als die Kabinen der Postkutschen, mit denen er seit seiner Jugend auf dieser Strecke reiste. Welchen Fortschritt die Zivilisation in diesen Jahren doch gemacht hatte! Die Hälfte des Wegs nach New Haven war er damit beschäftigt, verschiedene Aspekte dieses Gedankens für einen möglichen Zeitungsartikel oder eine Rede auszuwerten.

In New Haven ging er zum Tontine Hotel, nahm ein Zimmer und frühstückte. Bald nach dem Frühstück besuchte Roger Sherman Baldwin ihn im Hotel und lud ihn zu sich nach Hause in sein Büro ein. Dort sprach Baldwin bis in den Nachmittag hinein mit ihm den Fall durch und übergab ihm Abschriften des Verhandlungsschriftsatzes und der Beweisausführung. Trotzdem gab es Unwägbarkeiten, die kein Schriftsatz erfassen konnte.

Die Wahl war vorüber, und Van Buren hatte verloren. Die Whigs mit ihren Blockhütten und ihrem Apfelwein hatten Harrison zum Präsidenten gemacht. Aber der Fall würde vor das Oberste Bundesgericht kommen, bevor Van Buren sein Amt abgab.

»Vielleicht versucht er jetzt nicht mehr, sich einzumischen«, meinte Adams.

»Es könnte allerdings auch sein, daß er den Fall nutzt, um sich teuflisch zu rächen. Es ist ohnehin schon ziemlich gehässig zugegangen in diesem Prozeß, und es könnte noch deutlich schlimmer werden. Sie haben vielleicht von dem Streit gehört, den Tappan vor kurzem mit Holabird hatte.«

»Nein.«

»Während der Verhandlung vor dem District Court hat Richter Judson sich geweigert, eine Übersetzung des Vertrags von 1817 zwischen England und Spanien als echt anzuerkennen. Ich habe daraufhin sofort an Forsyth geschrieben und ihn gebeten, den Wortlaut des Dokuments zu bestätigen. Nachdem Monate ohne Antwort verstrichen waren, erkundigte sich Tappan in dieser Angelegenheit sowohl bei Holabird als auch bei Forsyth. Forsyth hatte Holabird anscheinend geschrieben, daß die Übersetzung korrekt ist. Als aber Tappan zu Holabird ging, behauptete dieser, von Forsyth nichts gehört zu haben. Und jetzt erst hat Holabird an Tappan geschrieben und ihm mitgeteilt, daß er den fraglichen Brief von Forsyth gefunden hat. Er hatte ungeöffnet in seinem Büro in Winsted gelegen. Zumindest behauptet Holabird das. Vorfälle wie dieser oder der mit der falschen Übersetzung von *ladino* sollten uns davor warnen, daß wir immer noch mit üblen Tricks rechnen müssen.«

»Wir werden der Sache mit der Fehlübersetzung noch auf den Grund gehen«, versicherte Adams Baldwin.

Aber den beiden Männern gaben die Bemühungen der Sklavereibefürworter und der Männer, die sich einen Gewinn daraus versprachen, die Afrikaner an die Spanier auszuliefern, noch viel Anlaß zur Verzweiflung.

Am Nachmittag nahm Baldwin Adams mit nach Westville, wo sie die Afrikaner besuchten. US Marshal Wilcox und Colonel Pendleton begleiteten sie. Während der drei Kilometer langen Fahrt unterzog Adams Wilcox und Pendleton einer strengen Befragung, was die Behandlung der Afrikaner anging.

Man hatte die Männer, von denen jetzt insgesamt noch 36 übrig waren, in einem zehn Meter langen und ungefähr sieben Meter breiten Raum eingesperrt. 36 Betten standen an beiden Seiten aufgereiht. Die Afrikaner waren dort sogar noch schlechter untergebracht als im Gefängnis, wie Baldwin Pendleton sofort klarmachte.

»Cinqué! Grabo!« rief Baldwin.

Die beiden Männer unterbrachen das Holzhacken und kamen in das Zimmer. Sie gaben Adams die Hand und begrüßten ihn in holprigem Englisch. Es war eine Begegnung zwischen Menschen eines Naturvolks und einem der hervorragendsten Vertreter menschlicher Zivilisation.

»Das sind die beiden Hauptverschwörer«, erklärte Wilcox.

Es war offensichtlich, daß die beiden seine Worte nicht verstanden hatten. Sie verbeugten sich vor ihm und lächelten, als hätte er ihnen ein großes Kompliment gemacht. Ihre Lehrer hatten sie nur auf Treffen mit Freunden von Lewis Tappan vorbereitet.

»Wir lesen«, verkündete Cinqué würdevoll, und sein Gesicht verriet, wie stolz er auf diese Leistung war.

Colonel Pendleton brachte eine Bibel und forderte Cinqué und Grabo auf, ihre Fähigkeiten zu demonstrieren. Mühsam buchstabierten sie ein paar Zeilen aus dem Neuen Testament. Diese Männer, der Piraterie und des Mordes angeklagt, waren wie Kinder mit einer Fibel, dachte sich Adams.

Dann gab Pendleton Ka-le eine Tafel und befahl ihm, ein paar Worte für Mr. Adams zu schreiben. Mit großer Anstrengung malte er die Worte »Ka-le«, »Mendi« und »Merika«.

»Wie schnell lernen sie?« fragte Adams.

»Nicht schnell«, antwortete Colonel Pendleton.

»Das überrascht mich nicht, so dicht zusammengedrängt, wie sie leben. Und sie haben niemanden, mit dem sie reden können. Trotzdem scheinen Cinqué und Grabo höchst bemerkenswerte Geschöpfe zu sein.«

»Sie lernen nicht besser als die anderen.«

»Und die beiden Helleren? Die beiden, die fast die Farbe eines Mulatten haben?« Adams deutete auf zwei Männer, die sich in eine Ecke zurückgezogen hatten.

»Nicht besser als die anderen.«

Adams sah sich sorgfältig die Kleider, das Bettzeug und die sonstigen Utensilien an, mit denen die Afrikaner ausgestattet waren.

»Alles nicht so, wie es sein sollte«, sagte er zu Wilcox. »Warum erlauben Sie nicht, daß ihre Freunde ihnen helfen?«

»Wir glauben, daß es so besser ist. Die Lage ist zu gespannt. Sie könnte außer Kontrolle geraten, wenn man den Abolitionisten gestatten würde, hier mit ihren Geschenken aufzukreuzen.«

Adams nahm Cinqués Hand. »So Gott will, werden wir dich befreien«, sagte er.

»Gott ist gut«, erwiderte Cinqué: ein Satz, den er im Unterricht auswendig gelernt hatte.

Dann fuhr Adams mit der Hand leicht über Ka-les Haarschopf und verließ das Zimmer.

Zurück im Tontine Hotel, arbeitete er den restlichen Nachmittag über an der Rede, die er an diesem Abend in New Haven zu halten versprochen hatte – eine Rede über den Fortschritt der Zivilisation. Sein Besuch in Westville hatte ihm viele neue Aspekte offenbart, die es zu bedenken galt.

Der November ging in den Dezember über. In ein paar Tagen würde die Weihnachtsvorfreude Washington und die

Regierungsvertreter erfassen, die dann nach Hause eilten, um das Fest mit ihren Familien zu feiern. Aber John Quincy Adams war nicht in Festtagsstimmung. Er hatte versprochen, im Januar die Afrikaner von der *Amistad* zu verteidigen – und es waren nur noch drei Wochen bis dahin. Es gab kein Zurück mehr, obwohl seine Unruhe täglich wuchs und er sich mit jedem Tag der Ehre weniger gewachsen glaubte, für diese prächtigen Menschen vor Gericht aufzutreten.

Die Nacht war dunkel und kalt – eine der Nächte, in der Männer und Frauen sich in hell erleuchteten Zimmern vor dem warmen Kamin vergruben. Sie bemerkten den alten Mann nicht, der mit gebeugtem Kopf, den Blick auf den Boden geheftet, durch die Straßen von Washington spazierte und ganz von seinen quälenden Gedanken in Anspruch genommen wurde.

Den Nachmittag hatte Adams damit zugebracht, die Dokumente aus dem Fall *Amistad* zu lesen und erneut die Arbeit durchzusehen, die er seit seiner Rückkehr nach Washington geleistet hatte. Er hatte große Anstrengungen unternommen, doch das Ergebnis war belanglos und beunruhigend.

Sein erster Besuch hatte dem Justizminister Henry Gilpin gegolten, den Van Buren ernannt hatte, nachdem Felix Grundy zurückgetreten war. Adams hatte Gilpin gebeten, Präsident Van Buren zu fragen, was er von dem Ausweg halte, das Verfahren einvernehmlich und ohne weitere Verhandlungen einfach einzustellen.

Gilpin war sofort zum Präsidenten geeilt.

»Der Präsident hat beschlossen, daß der Fall *Amistad* nicht ohne weitere Verhandlung beendet werden soll. Der spanische Gesandte besteht darauf, daß die Männer ihm als Sklaven ausgeliefert und nach Havanna transportiert werden.«

»Will der Präsident allein auf Drängen des spanischen Gesandten den Prozeß fortführen? Ist es ihm wichtiger, den Wünschen des spanischen Gesandten zu genügen, als 36 Männern Gerechtigkeit widerfahren zu lassen?« fragte Adams.

»Er will zu diesem Zeitpunkt keine Kritik auf sich ziehen. Außerdem wurde ja schon vor dem Circuit Court erfolglos versucht, den Fall niederzuschlagen.«

Doch Adams gab nicht so leicht auf.

»Ich streite dem spanischen Gesandten das Recht ab, Anspruch auf die Afrikaner zu erheben. Die angeblichen Besitzer, die Klage erhoben haben, haben gegen das Urteil keine Berufung eingelegt. Wie kann jetzt der spanische Gesandte statt ihrer Besitzansprüche an den Afrikanern anmelden?«

»Ich bezweifle, daß der Präsident Ihre Ansicht teilt.«

Es war offensichtlich, daß Gilpin die Unterredung für beendet hielt. Aber Adams hatte noch eine andere Bitte: Wenn man den Fall schon nicht niederschlagen wollte, konnte die Verhandlung dann wenigstens in der ersten Woche der Gerichtsperiode stattfinden? Adams bat Baldwin zuliebe darum, der zu Hause dringende Angelegenheiten zu erledigen hatte – und er tat es wider besseres Wissen. Er war der Ansicht, daß sie keine Einmischung in die Gerichtsdinge mehr zu fürchten hätten, wenn es ihnen gelang, die Verhandlung aufzuschieben, bis Harrison sein Amt angetreten hatte.

Nach Gilpin besuchte Adams Außenminister Forsyth. Wie er bemerkte, war Forsyth wegen einiger Bemerkungen gekränkt, die über ihn im Zusammenhang mit der Fälschung der *traspasos* durch einen Übersetzer des Außenministeriums gemacht worden waren.

Der Untersuchungsausschuß war durch das Verhör derjenigen, die mit dem Druck von House Document 185 zu tun gehabt hatten, darauf gekommen, daß ein Korrektor namens Trendholm für die Änderung verantwortlich war.

»Ich wußte nicht, was das Wort *ladino* im Zusammenhang mit schwarzen Sklaven bedeutet«, hatte Trendholm gesagt. »Ich habe vermutet, es bedeutet *gesund.* Es ist beim Drucken üblich, daß der Korrektor offensichtliche Fehler verbessert. Ich hatte nicht die Absicht, das Dokument zu verfälschen, und hätte auch gar keinen Grund dazu gehabt.«

Nachdem es dem Ausschuß nicht möglich war, die Angelegenheit weiter zu verfolgen, hatte er das Ergebnis seiner Untersuchung veröffentlicht. Doch die Regierungsgegner beschuldigten Forsyth immer noch, die Fälschung persönlich veranlaßt zu haben.

Forsyth hatte, als Adams ihn besuchte, gerade einen Kommentar von Richter William Jay gelesen, in dem die Ehrlichkeit und Rechtschaffenheit des Außenministers ernsthaft in Frage gestellt wurden. Forsyth, der wütend und gekränkt war, wollte nicht auf die Argumente hören, mit denen Adams dafür plädierte, den Prozeß ohne Verhandlung beizulegen.

»Ich bin entschlossen, die Berufung vor dem Obersten Bundesgericht auszufechten«, erklärte er. »Dort wird man den Abolitionisten Antwort erteilen.«

Adams erinnerte sich an all die Bemühungen, die er unternommen hatte, und sah keinen weiteren Ausweg. Jetzt, da er nach Mitternacht durch die dunklen Straßen lief, wußte er, daß der Fall vor das Oberste Bundesgericht kommen würde. Und wieder stand ihm wie so oft während der letzten zehn Jahre die drohende Gefahr vor Augen: Die Vereinigten Staaten bewegten sich direkt auf einen Bürgerkrieg zu. Wenn er für Cinqué das Wort ergriff, wurde seine Stimme Teil des Donnergrollens.

In seiner Angst begann er, während des Gehens mit sich selbst zu reden.

»Wie soll ich die Mittel finden, diese widerliche Verschwörung von Exekutive und Legislative aufzudecken und zu besiegen und das Leben der Verdammten zu retten? Wie soll ich die Wahrheit ans Tageslicht bringen? Wie soll ich es schaffen, diese Mißstände ohne Temperamentsausbrüche, mit Ruhe, Mäßigung, Gewandtheit und Entschlossenheit anzusprechen, damit ich nicht ständig zur Ordnung gerufen werde und dem Gegner durch meine Leidenschaft und meinen Eifer zu Vorteilen verhelfe. Von allen Gefahren, die vor mir liegen, ist die, daß ich die Beherrschung verliere, die größte ...«

Sein Spaziergang hatte ihn am Kapitol vorbeigeführt, das jetzt still und dunkel war. Dort, in dem Raum im Erdgeschoß, in dem das Oberste Bundesgericht zusammentrat, würde er sein Plädoyer halten.

»Laß mich meiner Pflicht gerecht werden!« betete er.

Weihnachten kam und ging vorüber. Adams saß in seinem Arbeitszimmer vor dem Kamin und wartete auf den Besuch des britischen Botschafters Henry Stephen Fox. Adams las noch einmal den Brief durch, in dem Fox um einen Termin gebeten und mitgeteilt hatte, daß er von seiner Regierung angewiesen worden sei, sich nach dem Schicksal der Afrikaner von der *Amistad* zu erkundigen. Dr. Madden hatte den Fall gut dargelegt. Die Geschichte von den Afrikanern hatte das Interesse der jungen Königin gefunden.

Adams wurde durch ein Klopfen an der Tür unterbrochen.

»Herein!« rief er und erwartete, daß Fox ins Zimmer treten würde.

Die Tür öffnete sich, und eine sorgfältig gekleidete, tief verschleierte Dame kam herein. Adams sprang überrascht auf und ging auf sie zu.

»Ich bin Miss Margaret Monroe Stewart«, stellte sie sich vor. »Sie kennen mich nicht, aber ich habe Sie schon oft auf dem Weg ins Kapitol gesehen.«

Adams freute sich über ihre sanfte Stimme und ihre

freundliche Art. Er gab ihr die Hand und versuchte, sie zu einem Stuhl zu geleiten. Aber sie blieb stehen.

»Ich bin mit einer Bitte zu Ihnen gekommen, Sir«, sagte sie.

»Ja?«

»Meine Schwester ist die Frau von Leutnant Gedney.«

Adams konnte seine Überraschung nicht ganz verbergen. Was hatte Gedney mit ihm zu tun?

»Er ist sehr krank«, fuhr sie fort, »und, so fürchtet meine Schwester, nicht ganz bei Verstand. Ich bin gekommen, um Sie zu bitten, daß sie bei der Verhandlung vor dem Obersten Bundesgericht Leutnant Gedney nicht allzu sehr zusetzen. Er hat wegen der Afrikaner schon viel gelitten. Meine Schwester fürchtet, daß es ihn umbringen könnte, wenn Sie zu streng mit ihm sind. Ich weiß, daß es meine Schwester umbringen würde …«

Er hat viel gelitten. Die Worte blieben in Adams' Gedächtnis haften, sie standen groß und fett den Seiten gegenüber, auf denen er vom Leiden der Afrikaner erfahren hatte. *Er hat viel gelitten.* Adams sah Cinqué auf dem Deck, wie er das Zuckerrohrmesser hob, um den Kapitän zu töten. Er sah, wie Cinqué um seiner Freiheit willen einen Menschen umbrachte, sah ihn spärlich bekleidet in seiner armseligen Zelle in einem kalten amerikanischen Gefängnis hocken. Hätte Gedney nicht Klage erhoben, hätte Cinqué längst zu Hause in Afrika sein können.

Hier aber saß eine Frau, die um Mitleid bat – Mitleid mit dem Mann, der Cinqué so sehr geschadet hatte. Adams mußte sich fragen, was Cinqué gewinnen würde, wenn man Gedney in aller Öffentlichkeit bloßstellte?

»Ich versichere Ihnen, Madam«, sagte er, nachdem er kurz nachgedacht hatte, »daß ich angemessen Rücksicht auf den Gesundheitszustand von Leutnant Gedney nehmen werde.«

Adams biß die Zähne zusammen und versperrte damit weiteren Worten, die nach draußen drängten, den Weg. Die Frau berührte seine Finger und verschwand mit einem Lächeln der Dankbarkeit.

Bevor er Zeit hatte, weiter über diesen unerwarteten Besuch nachzudenken, wurde Mr. Fox hereingeführt. Die beiden Männer, die sich schon früher begegnet waren und großen Respekt voreinander hatten, gaben sich die Hand. Adams spürte sofort, wie aufgeregt der andere war.

»Es geht das Gerücht um, daß das Oberste Bundesgericht die Afrikaner an die Spanier ausliefern wird«, erklärte Fox ohne weiteres Zeremoniell.

»Ich habe das Gerücht auch gehört.«

»Können wir etwas tun?«

»Was schlagen Sie vor?«

»Wie ich Ihnen in meinem Brief mitgeteilt habe, hat die Regierung Ihrer Majestät mich angewiesen, mich für die Afrikaner einzusetzen. Ihr Schicksal, von dem Dr. Madden berichtet hat, hat die Engländer zutiefst berührt. Wie verfahre ich in dieser Sache am besten?«

»Haben Sie schon Außenminister Forsyth geschrieben?«

»Nein.«

»Dann empfehle ich Ihnen, ihm einen Brief zukommen zu lassen, in dem Sie ihm die Wünsche Ihrer Majestät darlegen.«

Fox betrachtete Adams einen Moment lang aufmerksam.

»Ich bin eigentlich gekommen, um Sie zu bitten, mir bei der Formulierung dieses Briefs zu helfen«, verkündete er.

Adams versorgte ihn mit Papier und einer Feder. Sie arbeiteten zusammen einen Brief aus, in dem die Regierung Ihrer Majestät mit Nachdruck feststellte, Beweise dafür zu haben, daß die Afrikaner der *Amistad* entgegen allen Gesetzen und Abmachungen versklavt und von Afrika nach Kuba transportiert worden waren. Ferner faßten sie in ihrem Schreiben die Bestimmungen des Vertrags von 1817 zwischen Großbritannien und Spanien zusammen und teilten mit, daß die Regierung Ihrer Majestät am weiteren Wohlergehen der Afrikaner sehr interessiert sei.

Was Adams diktierte und Fox niederschrieb, war ein Gesuch, das Forsyth und Van Buren kaum würden ignorieren können.

»Diese unglückseligen Afrikaner sind zufällig in die Hände amerikanischer Behörden gefallen. Es wird vermutlich von der Entscheidung der amerikanischen Regierung abhängen, ob sie die ihnen zustehende Freiheit wiedererlangen oder entgegen den bekannten Gesetzen und offiziell abgeschlossenen Verträgen, die es spanischen Bürgern verbieten, weiter mit Sklaven aus Afrika Handel zu treiben, in die Sklaverei überführt werden. Die Regierung Ihrer Majestät hofft unter diesen Umständen dringend, daß der Präsident der Vereinigten Staaten sich in der Lage sieht, zugunsten dieser Afrikaner tätig zu werden und die Freiheit zu gewährleisten, auf die sie ohne Zweifel rechtmäßigen Anspruch haben ...«

Als der Brief fertig war, las Adams ihn noch mal sorgfältig durch.

»Er sollte mehr Gewicht haben als das letzte herrische Schreiben des Chevalier de Argaiz, in dem er noch einmal Besitzanspruch auf die Afrikaner erhebt. Und Argaiz besteht darauf, daß sie des Mordes angeklagt werden. Was will er auf die Fragen antworten, die wir hiermit aufwerfen?«

Washington war bereits voll von Leuten, die wegen des feierlichen Amtsantritts des neuen Präsidenten gekommen waren. Tippecanoe-Clubs aus dem Osten und dem Westen errichteten Blockhäuser auf den Straßen. Männer mit kleinen Blockhäusern und Apfelwein-Krügen in der Hand marschierten, begleitet von Kapellen, die den »Tippecanoe Slow

Grand March« spielten, durch die Straßen. Die Whigs schien im Moment das quälende Problem der Sklaverei nicht zu kümmern.

Am Samstagmorgen, dem 16. Januar, gingen Adams und Baldwin zum Obersten Bundesgericht, wo Baldwin, da der Samstag der übliche Tag für derartige gerichtliche Schritte war, wie verabredet Antrag auf Klageabweisung stellen wollte. Baldwin war sich seiner Sache ganz sicher und völlig gelassen. Adams war wie ein Schuljunge, der aufgefordert worden ist, eine Rede zu halten. Mehr als dreißig Jahre waren vergangen, seit er das letzte Mal vor dem Obersten Bundesgericht erschienen war. Obwohl Baldwin den größten Teil der Argumentation übernehmen würde, fühlte sich Adams unsicher und unzureichend vorbereitet. Er betrat den Gerichtssaal schweren Herzens, voll unverdauter Gedanken, überzeugt von der Richtigkeit seines Anliegens, aber voll Zweifel daran, ob es ihm gelingen würde, es durchzusetzen.

Als die Richter eintraten, stand Adams da und erinnerte sich an die Verbindungen, die zwischen ihm und jedem einzelnen von ihnen bestanden: Oberrichter Taney, dessen Absetzung er einmal beantragt hatte; Richter Smith Thompson, der in Adams' Kabinett gedient hatte; Richter John McLean, der Adams' Postminister gewesen war und Adams an Jackson verraten hatte; Richter Barbour aus Virginia, den Adams noch nie gemocht hatte und den er einmal als »flachstirnige Wildkatze« beschrieben hatte, »die zu nichts taugt, außer die Vereinigten Staaten in Fetzen zu reißen«.

Oberrichter Taney eröffnete die Sitzung und verkündete, daß das Gericht es für das beste halte, die Verhandlung in Sachen *Amistad* bis zum Eintreffen von Richter Story zu verschieben. Man hielt es für wünschenswert, daß alle Richter die Anhörung mitverfolgten.

Diese Verschiebung verschaffte Adams zwar kurzfristig

Erleichterung, aber das gespannte Warten war kaum weniger peinigend, als es die eigentliche Verhandlung sein würde. Baldwin und er besuchten gemeinsam Mr. Fox, der sie informiert hatte, daß er von Forsyth Antwort erhalten habe.

»Der Brief ist weniger, als wir erhofft hatten«, teilte Fox Adams mit. »Ich fürchte, der Präsident hat unseren Brief benutzt, um die Kritik zu widerlegen, die an ihm verübt worden ist. Forsyth schreibt: ›Sie müssen wissen, daß die Exekutive weder die Macht noch den Wunsch hat, in Gerichtsverfahren einzugreifen, wenn die Gerichte sich an ihren jeweiligen Zuständigkeitsbereich halten.‹«

»Ich habe nichts anderes erwartet«, erklärte Adams.

Mr. Fox las den Rest des Briefs vor.

»›Sie haben dem Briefwechsel, der als Kongreß-Dokument veröffentlicht worden ist, ohne Zweifel entnommen, daß es die Absicht des spanischen Gesandten ist, die Neger, sollte deren Auslieferung an seine Regierung angeordnet werden, auf die Insel Kuba, von wo das Schiff gekommen ist, auf dem sie gefunden worden sind, zurückzubringen und unter den Schutz der spanischen Regierung zu stellen. Und eben dort können die Fragen, die sich bezüglich spanischer Gesetze und der Verträge zwischen Spanien und Großbritannien stellen mögen, angemessen verhandelt und entschieden werden, und eben dort wird man auch der Regierung Ihrer Majestät, der Königin von England, die Möglichkeit einräumen, die Erfüllung derjenigen Vertragsbestimmungen einzuklagen, die mit dem Thema Ihres Briefs in Zusammenhang stehen.‹«

Adams nahm den Brief und las ihn noch einmal langsam durch. Dann wandte er sich an Baldwin.

»Außer uns haben die Afrikaner niemanden. Möge Gott uns die Kraft geben, sie zu befreien.«

Adams und Baldwin gingen zu einem Sitzungszimmer im

Kapitol. Als sie alleine waren, zog Baldwin einen Brief aus seinen Unterlagen hervor und gab ihn Adams.

»Dieser Brief von Cinqué zeigt, wieviel von uns abhängt«, sagte er.

Adams nahm den Brief und entzifferte die schlecht geschriebenen Buchstaben:

»Mr. Baldwin!

Lieber Freund!

Ich möchte Ihnen einen Brief schreiben, weil Sie so nett zu mir waren und die Mendi mögen. Ich denke oft an Sie. Ich möchte Ihnen etwas über Mr. Pendleton erzählen, was er den Mendi antut und wie er, als er mit Ketten hierherkam, damit ein paar Hände fesselte und sie zu fest peitschte ... Mr. Pendleton sagte, sie erzählen euch Lügen. Die Mendi gehen nicht nach Mendi zurück ... Uns geht es schlecht, und als wir nach Westville kamen, und er kam und viele von ihnen gepeitscht hat und es ist für uns nicht besser und er ist böse zu den Mendi. Wir vergeben ihm und er flucht und er peitscht uns ... Und alle lieben Sie sehr und, lieber Freund, ich bete für Sie und ich liebe Sie wirklich sehr, und Ihr Cinqué.«

Durch diesen Brief angestachelt, machten sich die beiden Anwälte daran, die Verteidigung zu organisieren.

XIX

Die Entscheidung von Washington

Am 18. Februar fuhr John Quincy Adams mit dem Abgeordneten Smith aus Indiana als Gast in seiner Kutsche zum Kapitol. Der alte Mann redete wenig, denn seine Gedanken wurden ganz vom Fall *Amistad* in Anspruch genommen. Die britische Regierung hatte die spanische Regierung in Madrid formell darum ersucht, den Anspruch auf die Afrikaner fallenzulassen und Ruiz und Montes vor Gericht zu stellen, eine Bitte, der die Spanier vermutlich nicht nachkommen würden, die aber Adams Anlaß zu interessanten Spekulationen bot.

Als sie auf dem Platz vor dem Kapitol ankamen, entdeckten sie dort eine Menschenmenge, die nicht für Tippecanoe oder Tyler demonstrierte, sondern einer Vorführung der neuen Colt-Repetierbüchse beiwohnen wollte.

»Mit dieser neuentwickelten Waffe kann man angeblich im selben Zeitram zwölfmal so viele Schüsse abgeben wie mit einer Muskete«, sagte Adams zu Smith.

»Wann soll die Vorführung stattfinden?« fragte der Abgeordnete Smith einen Mann mit einem Krug Apfelwein.

»Sie ist für Viertel vor elf angekündigt.«

»Sollen wir warten und zusehen?« fragte Adams. »Es sind nur noch fünf Minuten bis dahin.«

Sie stiegen aus der Kutsche aus, und Jeremy Leary, der Kutscher, fuhr die Zufahrt entlang wieder auf die Straße zurück. John Causten, der farbige Lakai, sprang hinten auf und blickte sich mit vor Aufregung weit aufgerissenen Augen zu der Menge um.

Adams und Smith gingen dorthin, wo die Vorführung stattfinden sollte.

»Feuer!« kommandierte jemand, worauf eine Salve loskrachte und in der kalten Luft scharf und erschreckend von den Gebäuden widerhallte.

Adams' Kutsche hatte die Straße noch nicht erreicht. Die Pferde scheuten und galoppierten los. Leary riß an den Zügeln und schrie, aber sie ließen sich nicht mehr bändigen. »Hilfe!« brüllten die Leute auf der Straße und in den entgegenkommenden Kutschen vergeblich. Die Kutsche stieß gegen den Wagen eines Postboten, der Wagenschwengel brach, die Geschirre rissen, die Kutsche stürzte um, und die Pferde rasten verrückt vor Angst davon. Der Aufprall warf Leary und Causten zu Boden.

Adams und Smith rannten zu ihnen, aber andere kamen ihnen zuvor.

»Leary ist schwer verletzt«, sagte einer der Männer zu Adams.

Causten lag ausgestreckt auf dem Boden und weinte. »Bringt mich zu meinem Onkel«, bat er.

Einige der Farbigen in der Menge kannten ihn, wußten, wo sein Onkel in Capitol Hill wohnte, und brachten ihn dorthin. Andere trugen Leary in einen der unteren Räume des Kapitols, wo sie ihn, der vor lauter Schmerzen stöhnte, hinlegten.

»Rufen Sie einen Priester!« bat er Adams.

Adams sandte nach einem Priester und vier Ärzten. Ein Marinearzt kam zufällig vorbei. Adams sah ihn und packte ihn am Arm.

»Würden Sie bitte diesen Mann untersuchen?«

Der Arzt untersuchte ihn oberflächlich.

»Ich glaube, er hat nur eine schwere Quetschung am Rücken davongetragen«, verkündete er.

Er versuchte, Leary bequem hinzulegen, aber der Verletzte preßte die Hände gegen den Unterleib und stöhnte vor Schmerz. Der Arzt untersuchte ihn weiter und entdeckte eine besorgniserregende Bauchwunde. Er befahl, daß der Mann sofort nach Hause geschafft werde.

Der Priester kam, nahm die Beichte ab und verabreichte die Letzte Ölung.

Adams blieb in der Nähe seines Kutschers, bis man ihn auf einen Wagen hob, den man mit einer Matratze, Kissen und Decken gepolstert hatte, und nach Hause brachte.

Dann ging Adams, noch unter Schock von dem Unfall und tief besorgt über das Schicksal der Afrikaner von der *Amistad,* alleine auf dem Westhof des Kapitols hin und her. Roger Sherman Baldwin entdeckte ihn dort wenig später.

»Die Mississippi-Angelegenheit ist abgeschlossen«, teilte ihm Baldwin mit. »Daniel Webster wird sich mit unserer Zustimmung zu einem Fall äußern, in dem es um ein ähnliches Problem geht wie bei uns. Die Frage ist, ob die Bundesregierung gemäß der Verfassung für das ganze Bundesgebiet den Import von Sklaven verbieten kann. Sollen wir einer Vertagung zustimmen?«

»Ja, auch wenn ich nicht glaube, daß dadurch unsere Argumente stichhaltiger werden.«

Nachdem er so von der Pflicht entbunden worden war, noch an diesem Tag die Schwarzen von der *Amistad* vor Gericht zu verteidigen, ging Adams eine Zeitlang ins Repräsentantenhaus und dann in die Bibliothek des Obersten Bundesgerichts, wo er weiter nach Argumenten zugunsten der Afrikaner suchte. Diese Suche war so gut wie sinnlos. Außer dem Fall *Antilope,* zu dem bestenfalls eine indirekte Verbindung bestand, fand Adams nichts, womit sich die Ansprüche der Afrikaner von der *Amistad* hätten rechtfertigen lassen – es gab keinen Präzedenzfall.

Er arbeitete sorgfältig bis sieben Uhr abends und ging dann nach Capitol Hill, um Causten zu besuchen, der zwar, wie Adams herausfand, Schürfwunden und blaue Flecken davongetragen hatte, aber nicht ernsthaft verletzt war.

»Gott sei Dank geht es dir besser«, sagte Adams zu Causten. »Ich fürchte, Jeremy befindet sich in einem schlechteren Zustand.«

Jeremy Learys Gesundheitszustand war tatsächlich ernst, als Adams ihn besuchte. Seinen Lippen waren stumme, gequälte Gebete abzulesen, aber er hatte kein Wort für seinen alten Freund übrig, der bis spät in die Nacht an seiner Seite saß.

Am nächsten Nachmittag ging Adams in der Dunkelheit vom Kapitol nach Hause. Er hatte sich Daniel Websters Argumentation im Mississippi-Prozeß angehört und dann noch eine Stunde lang im Parlament gearbeitet. Er kam nach sechs zu Hause an und ging sofort zu Jeremy Leary. Er wußte, das Ende war nahe. Um halb sieben starb Leary, nahezu ohne ein Geräusch von sich gegeben zu haben ...

Nach einer unruhigen, schlaflosen Nacht kehrte Adams zum Kapitol zurück. Er war völlig verzweifelt, sein Herz von Mitleid ergriffen und sein Geist verwirrt und erregt. Die Verhandlung im Fall *Amistad* sollte an diesem Morgen eröffnet werden. Wie sollte er den Schwarzen helfen, wenn er so niedergeschlagen und geistesabwesend war?

Er entdeckte Baldwin auf dem Kapitol.

»Leary ist tot«, erklärte er. »Wären Sie damit einverstanden, daß wir das Gericht bitten, die Verhandlung auf Montag zu verschieben?«

Aber Baldwin machte sich wegen einiger Fälle Sorgen, die ihn in Connecticut erwarteten.

»Es geht nicht«, sagte er. »Ich muß so schnell wie möglich nach Hause zurück.«

Sie gingen gemeinsam zum Sitzungssal des Obersten Bundesgerichts im Erdgeschoß des Kapitols. In dem mit einer gewölbten Decke versehenen Raum drängten sich die Zuschauer, die von der Bekanntheit, die der Fall in der Öffentlichkeit erlangt hatte, angelockt worden waren. Besucher der feierlichen Amtsübernahme des Präsidenten, Männer in der robusten Kleidung des Westens und hier und da eine Frau oder ein Indianer hatten sich unter das Washingtoner Publikum gemischt, bis kein Platz mehr war zwischen den mit Büchern vollgestellten Wänden. Leute, die mit der Pracht Washingtons nicht vertraut waren, deuteten auf die farbigen Basreliefe, die Justitia mit ihrer Waage und die sonnengekrönte Ruhmesgöttin darstellten – und beide nicht so eindrucksvoll und aufrecht waren wie die schlichte Marmorbüste von Oberrichter Marshall rechts neben dem Kamin.

Als die Sitzung eröffnet und der Fall aufgerufen wurde, erhob sich Adams und stand den Richtern gegenüber, die in ihren Roben würdevoll hinter den Mahagonitischen saßen. Das Licht der Ostfenster, das durch die durchsichtigen Gardinen ein wenig gedämpft wurde, strahlte fast zu hell auf seinen Kopf und seine Schultern.

»Mein Freund und Diener Jeremy Leary ist gestern abend gestorben«, erklärte Adams. »Das Begräbnis findet heute um drei Uhr nachmittags statt. Ich bitte das Gericht, die Verhandlung von heute zwei Uhr bis Montag zu unterbrechen.«

»Einverstanden«, antwortete Oberrichter Taney für das Gericht.

Adams und Baldwin waren davon ausgegangen, daß sie wegen ihres Antrags auf Einstellung des Verfahrens das Eröffnungs- und das Schlußplädoyer würden halten dürfen. Aber Oberrichter Taney entschied anders.

»Da die Frage nach der Zuständigkeit des Gerichts von der Erörterung der Hauptpunkte des Falls nicht zu trennen ist, obliegt es dem Staatsanwalt, die Verhandlung, in der er Berufung gegen das Urteil des Circuit Court einlegt, zu eröffnen und zu beschließen.«

Adams zog sich zu seinem Tisch innerhalb der Gerichtsschranken zurück. Justizminister Gilpin trat ins Sonnenlicht und begann mit einer Darstellung der Fakten, die von der Registrierung der *Amistad* bis zu den im House Document 185 erfaßten Schriftstücken reichte. Das ungeduldige Publikum hörte sich diese Darstellung von Dokumenten, die es alle schon aus der Zeitung kannte, an und fragte sich, warum die Regierung solch einen farblosen Mann gewählt hatte, um ihre Sicht des Falls darzulegen. Erleichtert verließen die Zuschauer den Gerichtssaal, als die Sitzung um zwei Uhr vertagt wurde.

Um vier marschierte Adams in Jeremy Learys Begräbnisprozession mit, die zu der neuen katholischen Kirche St. Mathews führte und vor allem aus Mitgliedern der Roman Catholic Temperance Association bestand, der katholischen Abstinenzbewegung, der Leary angehört hatte. Adams setzte sich zu seiner Frau auf eine Kirchenbank und hielt den Kopf gesenkt, während Vater Donelan seinen Text verlas:

»O ja, er ist uns rasch genommen worden, damit nicht Bosheit seine Einsicht trüben und Betrug seine Seele betören konnte.«

Adams wohnte der Messe bei und hörte sich die Worte des Priesters an, aber es waren die Gedanken an die Vergänglichkeit des Lebens, die Unausweichlichkeit des Todes und das Jüngste Gericht, die ihn beschäftigten. Und er maß seinen eigenen Glauben an dem des gläubigen Jeremy Leary.

Nach dem Begräbnis auf dem neuen Friedhof der Kirche fuhr Adams mit seiner Frau und Mrs. Smith nach Hause, war aber zu tief in seinem Schmerz versunken, um sich an der Unterhaltung zu beteiligen.

Als Adams am Montagmorgen zum Kapitol ging, war er vollkommen verwirrt – so verwirrt, daß er nur beten konnte, seine Geistesgegenwart während der Verhandlung wiederzuerlangen. Der Tod Jeremy Learys hatte ihn völlig durcheinandergebracht – und er brauchte mehr Zeit, um wieder zu sich zu kommen.

Am Abend zuvor, gegen Mitternacht, hatte er seine Ausführungen zwar immer noch nicht fertig gehabt, aber ihm war immerhin die Idee für eine improvisierte Rede gekommen, die sowohl auf die Argumente des Justizministers, mit deren Darlegung gerade erst begonnen worden war, als auch auf die Roger Sherman Baldwins eingehen würde, die erst noch ausgeführt werden mußten. Spät nachts hatte er noch begonnen, die Dokumente, die er zu benutzen hoffte, zu numerieren und seine Notizen in einen vagen Zusammenhang zu bringen.

Jetzt, am Montagmorgen, kurz vor der Verhandlung, erkannte er, daß neun Zehntel dessen, was er geschrieben hatte, Papierverschwendung waren und weggeworfen werden mußten.

Das Publikum, das bei der Sitzungseröffnung zugegen war, spiegelte die ganze Vielfalt Amerikas wider und bestand sowohl aus Zuschauern, die aus reiner Neugierde gekommen waren, wie auch hitzköpfigen Vertretern beider Seiten im Konflikt um die Sklaverei. Einige der wichtigsten Figuren in diesem langen Kampf fehlten jedoch. Ruiz und Montes widmeten sich wieder ihren Geschäften in Kuba und vertraten Firmen, die mit Sklaven handelten. Lewis Tappan war in New York und versuchte, sein Handelshaus vor dem Ruin zu bewahren. Die Afrikaner selbst, deren Schicksal hier entschieden werden sollte, warteten in Westville, nachdem alle Versuche, wenigstens einigen von ihnen die Erlaubnis zu verschaffen, dieser Verhandlung als Zuschauer beizuwohnen, fehlgeschlagen waren. Als Baldwin das Publikum musterte, entdeckte er, daß sich mehr Südstaatler und Sklaverei-Befürworter darunter befanden, als es in Hartford oder New Haven der Fall gewesen war. Er sah auch, daß der Chevalier de Argaiz eine spanische Delegation mitgebracht hatte, um ihr zu zeigen, wie ein hohes amerikanisches Gericht sich darum bemühte, schwarzen Sklaven Gerechtigkeit widerfahren zu lassen.

Oberrichter Taney erklärte die Sitzung für eröffnet. Als erster legte Justizminister Gilpin die Argumente der Staatsanwaltschaft im bisherigen Verfahren gegen Cinqué und die anderen auf dem Schoner *Amistad* festgenommenen Afrikaner dar. Zwei Stunden lang erörterte er den Fall von Richter Judsons Anhörung auf der *Amistad* bis zur Berufung, die gegen das Urteil des Circuit Court eingelegt worden war. Und in allen diesen Ausführungen konnte Adams kein einziges neues Argument und keine einzige neue Gesetzesinterpretation entdecken.

Gilpin kam zur Zusammenfassung und war immer noch nicht von dem Kurs abgewichen, den Adams und Baldwin vorhergesehen hatten.

»Ich behaupte«, sagte er, »daß die *Admistad* ein korrekt registrierter spanischer Schoner war, der in der Küstenschiffahrt zwischen mehreren Häfen Kubas tätig war, daß die Pässe der Passagiere vom kubanischen Generalgouverneur korrekt ausgestellt worden sind und die Schwarzen unzweifelhaft als Eigentum von Ruiz und Montes ausweisen, und ich behaupte auch, daß dieses Gericht mit Rücksicht auf das gute Einvernehmen zwischen den Nationen die Gültigkeit dieser Schriftstücke nicht in Frage stellen oder bewerten darf.«

Dann verlas er vor einem inzwischen wachgerüttelten Publikum die Gesetze und internationalen Vereinbarungen, die seine letzte Behauptung belegten. Wie Adams bemerkte, versuchte er mit keinem Argument zu zeigen, daß das Besitzrecht durch die Meuterei unbeeinträchtigt geblieben war.

»Ich bestehe darauf«, schloß Gilpin, »daß die Neger ihren Besitzern zurückerstattet werden und daß das Urteil des Circuit Court, der sie für frei erklärt hat, wieder aufgehoben wird.«

Im Publikum kochten Anhänger beider Seiten vor Erregung, durften sich aber zu keinen stärkeren Gefühlsäußerungen als rot angelaufenen Gesichtern und blitzenden Blicken hinreißen lassen. Adams und Baldwin verspürten einige Erleichterung – kein neues Argument war angeführt worden. Der Verhandlungsschriftsatz, den Baldwin vorbereitet hatte, deckte alle von Gilpin aufgeworfenen Fragen vollständig ab.

Als nächster ergriff Baldwin für die Afrikaner das Wort, und er hielt eine vernünftige und eloquente, aber viel zu milde und zurückhaltende Rede. Adams hörte ihm zu und wunderte sich, warum sein Plädoyer nicht leidenschaftlicher war. Baldwins Ausführungen waren so freundlich und rücksichtsvoll, daß die Zuschauer, die gerade wachgerüttelt worden waren, wieder einschliefen.

Baldwin stellte sorgfältig die Rechte der Afrikaner dar. Dann analysierte er die Entscheidung des District und des Circuit Court und lobte die dort gefällten Urteile.

Adams fand durchaus, daß Baldwins Argumentation beeindruckend war – und unter günstigeren Umständen vielleicht sogar überzeugend gewirkt hätte. Aber er machte sich immer noch Sorgen. Im Gerichtssaal und außerhalb herrschten viele Vorurteile. Die Regierung versuchte, auf die Richter Einfluß zu nehmen. Adams fürchtete immer noch, das Gleichgewicht könnte sich zuungunsten der Afrikaner verschieben.

Als er auf die Meuterei selbst zu sprechen kam, verteidigte Baldwin entschieden das Recht der Afrikaner auf Notwehr, aber er drückte sich vorsichtig aus, um nicht die Befürchtungen und Vorurteile der Südstaatler zu wecken. Er mußte auf die Südstaatler Rücksicht nehmen, die auf dem Richterstuhl saßen oder im Senat und Repräsentantenhaus ihre Unterstützung der Sklaverei proklamierten.

Als er auf die Frage nach der Gültigkeit der *ladino*-Pässe des Generalgouverneurs zu sprechen kam, sagte Baldwin nur wenig. Adams versuchte, ihn auf sich aufmerksam zu machen, und hoffte, daß er Cinqués und Grabos Zeugenaussagen einflechten würde, aber Baldwin hielt sich zurück.

Baldwin kam ruhig zum Ende seiner Rede – zu ruhig für Adams' Geschmack. Die Stimmung war gedämpft, als die Sitzung vertagt wurde. Das Publikum verließ leise den Saal und war enttäuscht, als wäre der Text einer großen Tragödie mit monotoner Stimme heruntergeleiert worden.

Am nächsten Morgen fuhr Adams, dessen Aufregung allmählich zur unerträglichen Qual wurde, in einer Mietkutsche zum Kapitol und nahm einen ungeordneten Haufen von Büchern mit, die er vielleicht würde brauchen können. Er verfügte noch nicht einmal über das Skelett seiner Argumentation. Aus Rücksicht auf dessen Familie hatte er wertvolle Zeit darauf verwandt, Jeremy Learys Nachlaß zu ordnen.

Im Gerichtssaal drängte sich die bisher größte Zuschauermenge. Das Gerücht war umgegangen, daß an diesem Tag John Quincy Adams sein Plädoyer für die Afrikaner halten würde. Freunde und Feinde der Schwarzen und Freunde und Feinde von Adams zwängten sich in den kleinen Raum. Adams war überrascht, wie wenige Frauen dem Wetter und der Kritik getrotzt hatten, um dem Prozeß beizuwohnen. Er war erfreut, Daniel Webster unter den Zuschauern zu entdecken.

Adams sah zu, wie die Richter nacheinander hereinkamen und auf ihren Stühlen hinter den Mahagonitischen Platz nahmen: Der vorsitzende Oberrichter Taney in der Mitte und die Richter Story, Thompson, McLean, Baldwin, Wayne, Barbour und Catron neben ihm. Richter McKinley hatte keiner der Sitzungen im Fall *Amistad* beigewohnt. Adams bemerkte, daß sein Stuhl wieder leer war.

Richter Taney eröffnete die Verhandlung und wandte sich dann direkt an Adams:

»Das Gericht ist bereit, Sie zu hören.«

Adams erhob sich. Die quälende Aufregung, die in ihm seit dem Tag, da er sich in Quincy Tappan und Loring gegenüber verpflichtet hatte, immer weiter angewachsen war, hielt bis zu diesem Augenblick an. Dann fiel sie von ihm ab. Seine Mutlosigkeit war verflogen. Nach einem dankbaren Blick gen Himmel wandte er sich an die Richter.

»Euer Ehren, bei der Betrachtung dieses Falls trösten mich in meiner Bedrückung, die ich aus persönlichen Gründen und meiner Mandanten wegen empfinde, zwei Tatsachen: Zum einen ist das Anrecht meiner Mandanten auf Leben und Freiheit bereits von meinem gelehrten Freund und Kollegen so klug und umfassend verteidigt worden, daß mir kaum etwas zu sagen übrigbleibt und jeder meiner Fehler, jede meiner Ungeschicklichkeiten sofort auf den wahren Grund zurückgeführt werden wird.«

Die Blicke des Publikums wanderten von Adams zu Baldwin, der an seinem Tisch vor einem Stapel Papieren saß. Hatte dessen Milde nur getäuscht? War sein Plädoyer doch gewichtiger gewesen, als sie gedacht hatten?

»Und zweitens tröstet mich der Gedanke, daß dieses Gericht Gerechtigkeit wird walten lassen. Und wenn ich so etwas höchst Triviales feststelle, steht es mir vielleicht gerade in diesem und keinem anderen Fall zu, dem Gericht die Frage zu bedenken zu geben, was Gerechtigkeit eigentlich ist. Gerechtigkeit ist, so wird es in Justinians Rechtskommentar von vor 2000 Jahren definiert – und alle, die sich mit den Menschenrechten auskennen, sind immer noch dieser

Ansicht –, Gerechtigkeit, meine Damen und Herren, ist der unveränderliche und unaufhörliche Wille, *jedem das ihm zustehende Recht zukommen zu lassen.*«

Er donnerte den Richtern und dem Publikum diese Worte um die Ohren und wartete dann ab, bis sie ihre volle Wirkung entfaltet hatten. Es waren glühende Worte, und es war offensichtlich, daß Adams Feuer gefangen hatte, derart war er von der Berechtigung seines Anliegens überzeugt.

»Und von den Richtern, vor denen zwei Parteien stehen, verlangt die Gerechtigkeit, daß sie jeder Partei ihr Recht zuteil werden lassen und daß sie die Rechte einer jeden Partei schützen und verteidigen. Diese Feststellung ist wichtig, denn ich trete hier in Vertretung von 36 Personen auf, und Leben und Freiheit eines jeden einzelnen dieser Individuen hängen von der Entscheidung dieses Gerichts ab.«

Ruhig, aber voll tiefem Mitgefühl erzählte er, wie die Afrikaner 18 Monate lang aufgrund verschiedener Anklagen im Gefängnis festgehalten worden waren – und die Kinder, ganz ohne Anklage. Bei dieser Ungerechtigkeit wurde er wieder lauter. Anwälte und Zeugen, Sklaverei-Befürworter und Sklaverei-Gegner sahen einander an. Hier war das leidenschaftliche Plädoyer, das die Freunde der Afrikaner erhofft und deren Feinde gefürchtet hatten. Die Spanier starrten verständnislos auf diesen alttestamentarischen Propheten, der im blendend grellen Licht stand. Die Regierungsvertreter wurden weiß vor Wut.

»Wenn ich behaupte, ich tröste mich mit dem Gedanken, daß ich vor einem Gericht stehe, das Gerechtigkeit wird walten lassen, dann werde ich zu dieser Feststellung gezwungen, weil, wie ich zeigen werde, eine andere Einrichtung des amerikanischen Staats sich in dieser Angelegenheit zutiefst ins Unrecht gesetzt hat.«

Jetzt war sie ausgesprochen, vor dem Obersten Bundesgericht der Vereinigten Staaten, und würde von den Zeitungen im ganzen Land wiederholt werden: die bittere Kritik an den heimlichen Machenschaften, mit denen ein armseliger Mensch seinen Posten im Weißen Haus zu behalten und eine Gruppe armseliger Politiker und bezahlter Helfershelfer an der Macht zu bleiben versucht hatten. Die Tage dieses armseligen Menschen waren gezählt, die Möbelpacker standen bereit, um seine Besitztümer abzutransportieren, aber die Handvoll Männer, für deren Verurteilung er sich eingesetzt hatte, schwebten immer noch in Gefahr.

»... und die Personen, die ich vertrete, stehen vor diesem Gericht, von dessen Entscheidung ihr Schicksal abhängt, während die Regierung dieses Landes sowie die einer ausländischen Nation mit aller Macht gegen sie intrigieren. Ich werde mich nicht nur gezwungen sehen, die Art und Weise, wie sich die Regierung in diesem Fall verhalten hat, zu untersuchen und dem Gericht zur Bewertung vorzulegen, sondern auch die Berechtigung und die Motive dieser höchst ungewöhnlichen Einmischung in einen Prozeß hinterfragen, in dem zwei Parteien ihre jeweiligen Rechte einklagen.«

Die Ausdauer der Zuschauer war nicht vergebens gewesen. Sie würden miterleben, wie ein Präsident über einen anderen richtete. Sie sahen, wie Justizminister Gilpin angesichts dieser Angriffe errötete. Als einem der Lakaien Van Burens hatte ihm jetzt die letzte Stunde geschlagen.

»Bedrängt den gestürzten Mann nicht zu sehr!« Adams rief dieses Shakespeare-Zitat Gilpin zu. Er ließ es seine Wirkung entfalten und wandte sich dann wieder den Richtern zu.

»Es ist mir daher ganz besonders unangenehm, daß es mir unter den bestehenden Umständen unumgänglich ist, vor diesem Gericht und vor der gesamten zivilisierten Welt die Regierung wegen ihres Verhaltens in diesem Fall anzuklagen. Aber ich muß es tun. Diese Regierung ist immer noch an der Macht und unterliegt damit immer noch der Kontrolle dieses Gerichts. Das Leben und die Freiheit aller meiner Mandanten hängen von ihren Entscheidungen ab.«

Ein Murmeln, eine leichte Nervosität, die sich unter den Zuschauern breitmachte, veranlaßten die Richter, sofort mit aller Strenge für Ruhe zu sorgen. Der Kurs, den Adams eingeschlagen hatte, konnte durchaus zu einer offenen Auseinandersetzung führen. Ohne weiter darauf zu achten, fuhr der alte Mann mit seiner Rede fort, als formten sich die Worte von selbst in seinem Mund. Unter den wütenden Blicken der Richter kehrte wieder Ruhe ein. Freund und Feind waren gezwungen, ihn bis zu Ende anzuhören.

»Und wenn ich nicht auf die Maßnahmen eingehen würde, die die Regierung ergriffen hat, würden die, die keine Gelegenheit hatten, sich mit dem Fall zu beschäftigen, und vielleicht sogar das Gericht selbst sich in dem Glauben wiegen, daß nichts Ungehöriges geschehen ist und daß der Partei, die ich hier vertrete, durch die Exekutive nicht geschadet wurde. Indem ich zur Verteidigung der Rechte meiner Mandanten diese Beschuldigung oder Anklage erhebe, werde ich mich jetzt dem Briefwechsel zwischen dem Außenminister und dem Botschafter Ihrer katholischen Majestät, der Königin von Spanien so, wie er dem Kongreß offiziell mitgeteilt worden ist, näher widmen.«

In der ersten Stunde seiner Rede hatte Adams seine aufsehenerregendste Behauptung aufgestellt. Der Effekt war so dramatisch gewesen, wie ihn sich ein Freund der Afrikaner nur hatte wünschen können. Dann, als er sich sicher war, daß die Aufmerksamkeit der Richter und der Zuschauer ihm gänzlich gehörte, ging er daran, die Regierung zur Rechenschaft zu ziehen.

Er beschuldigte die Regierung, in allen Vorgängen, die diesen Fall betrafen, Gerechtigkeit durch Sympathie für die Spanier einerseits und Antipathie für die Afrikaner andererseits ersetzt zu haben, durch Sympathie für die Weißen und Antipathie für die Schwarzen. Er erinnerte seine Zuhörer daran, daß eben diese Gefühle von Sympathie und Antipathie fast die ganze Nation beherrschten.

»Ich kenne kein einziges Gesetz, außer diesem einen, auf das ich mich vor diesem Gericht nicht berufen kann, kein Gesetz, keinen Erlaß, keinen Verfassungsartikel, keinen Kodex, keinen Vertrag, der auf das Vorgehen von Exekutive und Judikative anwendbar wäre, außer diesem einen Gesetz ...«

Er deutete auf eine Kopie der Unabhängigkeitserklärung, die an einer der Säulen des Gerichtssaals hing.

»Dieses eine Gesetz, von dem Euer Ehren ständig zwei Kopien vor Augen haben! Ich weiß von keinem anderen Gesetz, das auf den Fall meiner Mandanten zuträfe, außer dem Naturgesetz und dem Gottesgesetz, auf das unsere Verfassungsväter die Existenz unserer Nation gegründet haben. Die Umstände sind so einzigartig, daß dieser Fall in keinem Kodex und in keinem Vertrag vorhergesehen wurde. Und ich bin zuversichtlich, daß eben jenes Gesetz, soweit es auf meine Mandanten anwendbar ist, auch das Gesetz sein wird, gemäß dem der Fall von diesem Gericht entschieden wird.«

Nachdem er dieses Gesetz fest in den Köpfen seiner Zuhörer verankert hatte, zog er die Regierung streng zur Rechenschaft, weil sie die Freiheit des Individuums mißachtet hatte. Dann gab er einen Überblick über die weitere Argumentation:

»Insgesamt beruht meine Forderung, der Berufung nicht stattzugeben, auf der Tatsachenbehauptung, daß das Vorgehen der amerikanischen Regierung und des amerikanischen Staats von vornherein unrechtmäßig war. Schon die erste Tat, das Aufbringen des Schiffs und die Festnahme der Männer durch einen Offizier der Navy, war illegal. Die gewaltsame Festnahme dieser Männer oder eines Teils von ihnen auf dem Boden des Staates New York war illegal. Nachdem das Schiff in den Zuständigkeitsbereich des District Court von Connecticut gebracht worden war, wurden diese Männer zuerst im Zuge eines Strafverfahrens wegen Mord und Piraterie festgenommen und eingesperrt. Dann wollte Leutnant Gedney sie zu Waren erklären lassen, damit er für sie Bergegeld verlangen könnte, und auch wegen dieses Verfahrens wurden sie vom Marshal in Gewahrsam genommen. Außerdem erhoben noch Ruiz und Montes Besitzanspruch auf sie.«

Nach diesem Überblick begann Adams seine Belege dafür anzuführen, daß die Exekutive versucht hatte, Druck auf die Judikative auszuüben. Er las die brieflichen Zusicherungen vor, die Forsyth dem Chevalier de Argaiz gegenüber gemacht hatte, er wies auf die Bereitschaft der Regierung hin, den Spaniern Anwälte zur Verfügung zu stellen, wohingegen den Afrikanern diese Art von Hilfe verweigert worden war, und enthüllte die ganzen erbärmlichen Abmachungen zwischen Holabird und dem Weißen Haus. Und als letzter Beweis diente ihm die *Grampus,* die auf Anordnung der Regierung im Hafen von New Haven gewartet hatte, um die Afrikaner für die Spanier nach Havanna zu transportieren.

Adams redet viereinhalb Stunden lang. Dann, bevor er auch nur bei der Hälfte seiner Erörterung angelangt war, wurde die Sitzung vertagt. Als er den Zuschauern hinterhersah, die den Saal verließen, hatte Adams das Gefühl, daß er den Erwartungen der Öffentlichkeit nicht gerecht geworden war. Andererseits wußte er, daß er nicht völlig versagt hatte. Der Regierung würde es nicht leichtfallen, einige der Fragen, die er aufgeworfen hatte, zu beantworten.

Das war der Mittwoch. Es wurde Montag, bevor Adams wieder vor das Oberste Bundesgericht trat – nach einer Verhandlungspause zu Ehren von Richter Barbour, der Mittwoch nacht im Schlaf gestorben war. Der Tod hatte Richter Barbour, einen der Richter aus den Südstaaten, vor denen die Freunde der Afrikaner Angst gehabt hatten, regelrecht aus dem Weg geräumt.

Während dieser kurzen Erholungspause versuchte Adams, an seiner Rede zu arbeiten, aber er war zu sehr mit Gedanken an die Vergänglichkeit des Lebens beschäftigt und wurde außerdem durch viele Kleinigkeiten abgelenkt. Das Kapitol war voll Menschen, die sich um Ämter und Gefälligkeiten bemühten und sich dafür einsetzten, daß die Whigs von ihrem Wahlsieg ebenso profitieren würden, wie es die Demokraten getan hatten. Verzweifelt forderte Adams sie auf wegzugehen. Seine Unterstützung würde ihnen eher schaden denn nützen. Aber als er am Sonntag mit seiner Frau ins Kapitol zum Gottesdienst ging, waren die Bänke mit jenen angefüllt, die gekommen waren, um sich Vorteile zu verschaffen. Es war eine Zeit der Begrüßungen und Verabschiedungen, aber Adams war zu sehr mit seiner Rede für die Afrikaner beschäftigt und zu empört über die Bettler im Kapitol, als daß er sich lange unter die Menschen gemischt hätte.

Dann stand er wieder vor dem Obersten Bundesgericht. Die Zuschauermenge war kleiner, und seine Kraft hatte nachgelassen. Richter Barbours Tod lastete auf den Richtern ebenso wie auf dem Publikum und weckte düstere Vorahnungen in ihnen. Als er sich erhob, galten Adams Gedanken Barbour und Leary.

Adams redete mehr als vier Stunden lang, analysierte noch einmal die Hauptpunkte dieses Falls und betonte Details, die Baldwin zu oberflächlich behandelt hatte. Aber er spürte, daß seine leblose Stimme bei den Leuten nichts bewirkte. Die Last, die er auf sich genommen hatte, war auf einmal unerträglich schwer.

Er hatte vorgehabt, den Fall *Antilope* detailliert als einen verwandten Sachverhalt darzustellen, erkannte aber plötzlich, daß die Zeit an diesem Tag für solche Ausführungen zu knapp war – und daß er ein müder, alter Mann war. Er verfügte weder über die Kraft noch den Willen, die Zeit des Gerichts auch noch einen dritten Tag in Anspruch zu nehmen. Bei der wenigen ihm verbliebenen Energie mußte er sich beeilen.

Er wandte sich abrupt von den Argumenten ab, die durch zu häufige Wiederholung schon abgegriffen waren, und fügte mit leiserer Stimme eine persönliche Bitte an – eine Bitte, die zum Abschiedswort eines alten Mannes wurde, der tapfer gekämpft hatte.

»Euer Ehren, am 7. Februar 1804, vor jetzt mehr als 37 Jahren, wurde ich als Anwalt für dieses Gericht zugelassen, und diese Zulassung habe ich immer noch. Fünf Jahre danach bin ich zum letzten Mal als Verteidiger und Anwalt der Gerechtigkeit vor diesem Gericht aufgetreten. Kurze Zeit darauf wurde ich mit anderen Pflichten betraut – zuerst in fernen Ländern, dann wieder hier, in unserem eigenen Land, aber in anderen Funktionen.

Ich ahnte nicht, daß ich noch mal von meinem Recht Gebrauch machen sollte, vor diesem Gericht als Anwalt aufzutreten. Aber das Schicksal hat es so gewollt – und jetzt bin ich hier noch einmal erschienen, um mich für die Gerechtigkeit und die Freiheit und das Leben meiner Mitmenschen einzusetzen. Ich stehe erneut, und wie ich glaube, zum letzten Mal vor diesem Gericht …

Ich stehe vor demselben Gericht, aber nicht vor denselben Richtern, und ich habe auch nicht mehr dieselben Helfer und dieselben Gegner. Lasse ich meinen Blick über die Gesichter derer gleiten, denen heute Ehre und das Vertrauen der Öffentlichkeit zuteil werden, suche ich vergebens nach den angesehenen und verehrungswürdigen Männern von damals. Marshall, Cushing, Chase, Washington.

Wo sind sie? Wo ist der beredte Staatsmann und gelehrte Jurist, der mir zur Seite stand? Wo ist der gegnerische Anwalt? Wo ist der Gerichtsdiener? Der Marshal? Wo sind die Ausrufer? Herrje, selbst einer der Richter, die hier über Leben und Tod gebieten und vor denen ich die ängstliche Rede begonnen habe, die jetzt ein vorzeitiges Ende nimmt, fehlt bereits! Wo sind sie alle? Verschwunden! Verschwunden! Alle sind sie verschwunden ...«

In der kurzen Pause, die Adams machte, war das Schluchzen einer Frau zu vernehmen.

»Sie sind verschwunden, nachdem sie zu ihrer Zeit und in ihrer Generation diesem Land treu gedient haben. Wegen des ausgezeichneten Charakters, den sie hier im Leben, soweit ich weiß, immer bewiesen haben, hoffe ich demütig, nein, vertraue ich frohen Mutes darauf, daß sie uns nur verlassen haben, um mit himmlischer Glückseligkeit belohnt zu werden.

Und jetzt, da ich mich endgültig von diesem Gericht und Euch ehrenwerten Richtern verabschiede, kann ich nur inbrünstig hoffen, daß jedes Mitglied dieses Gerichts vor dem letzten und höchsten Richter über so wenige menschliche Schwächen wird Rechenschaft ablegen müssen wie jene berühmten Toten und daß Sie alle, jeder einzelne von Ihnen, nach einem langen, untadeligen Leben in dieser Welt an den Toren zur nächsten mit den lobenden Worten empfangen werden: Gut gemacht, braver und treuer Diener! Tritt ein und genieße die Freuden des ewigen Lebens!«

Der alte Mann verbeugte sich tief vor Richtern und Zuschauern. Dann verließ er, ohne noch das Ende der Verhandlung abzuwarten, den Gerichtssaal und ging langsam nach Hause.

Über eine Woche lang erlebte Adams das Durcheinander in Washington anläßlich des Amtsantritts des neuen Präsidenten und nahm an gesellschaftlichen Veranstaltungen und den Sitzungen des Repräsentantenhauses teil, hatte dabei aber immer das Gefühl, für die Afrikaner nicht sein möglichstes getan zu haben.

Dann, am Morgen des 9. März, stand er früh auf und ging zum Kapitol. Man hatte ihm gesagt, daß die Entscheidung des Gerichts in Sachen *Amistad* an diesem Morgen verkündet werden würde.

Nur eine kleine Gruppe von Menschen wartete im Gerichtssaal, als Richter Story das Urteil verlas. Seine Stimme war leise, doch seine Worte sind für die Geschichte der menschlichen Rechtsprechung von großer Bedeutung. Er bestätigte die Urteile des District und des Circuit Court, nur nicht in bezug auf die Afrikaner. Er hob die Entscheidung auf, die Afrikaner vom Präsidenten der Vereinigten Staaten nach Afrika zurückschicken zu lassen, erklärte sie statt dessen für frei und wies den Circuit Court an, ihre unmittelbare Entlassung aus dem Gewahrsam des US Marshal in die Wege zu leiten.

Adams nahm diese Worte bescheiden zur Kenntnis und beugte dankbar den Kopf. Im ganzen Süden wurden Sklaven verkauft, von ihren Familien getrennt, geschlagen und erniedrigt. Im ganzen Land gab es zwei Rechtssysteme – eines für Weiße, ein anderes für Schwarze. In diesem einen Fall nun hatte die Gerechtigkeit die Oberhand behalten und die Menschlichkeit einen Sieg davongetragen. Adams hob den Kopf und trug ihn hoch, als er an den Befürwortern der Sklaverei vorüberging, die seinen Namen zischten. Und er war zuversichtlich, daß die Zeit noch kommen würde, da das Recht nicht mehr von der Hautfarbe abhing.

Im Sitzungsraum des Gewerbeausschusses, allein und dem Lärm von Lob und Kritik entrückt, schrieb er zwei Briefe: einen an Baldwin und einen an Tappan.

An Tappan schrieb er:

»Die Gefangenen sind frei!

Der Teil des Urteils des District Court, mit dem sie dem Präsidenten der Vereinigten Staaten überantwortet wurden, damit er sie nach Afrika zurücktransportieren läßt, ist aufgehoben worden. Sie sollen sofort aus dem Gewahrsam des Marshal entlassen werden – in die Freiheit.

Die restlichen Entscheidungen der unteren Gerichte sind bestätigt worden.

Herzlichen Dank – ich danke Ihnen im Namen der Menschheit und Gerechtigkeit!«

Und an Baldwin schrieb er im wesentlichen dasselbe und fügte noch hinzu: »In großer Eile und mit großer Freude.«

XX

»Von Grönlands eis'gen Bergen«

Als er Adams' Brief in der Hand hielt, gab es für Tappan kein Geschäft mehr, das wichtig genug gewesen wäre, um ihn in New York zu halten. Und welches Geschäft hätte auch wichtiger sein sollen, als dafür zu sorgen, daß Cinqué und seine Gefährten in Westville freigelassen wurden und dem grausamen Colonel Pendleton entkamen? Welch größere Freude konnte es geben, als Cinqué mitzuteilen, daß er endlich frei war und in keinem amerikanischen Gefängnis mehr festgehalten werden durfte?

Tappan nahm das Boot nach New Haven und von dort die Eisenbahn nach Hartford, wo er sich zu Richter Thompson begab, um die Anordnung abzuholen, daß die Afrikaner aus dem Gewahrsam des Marshal zu entlassen seien. Am nächsten Morgen war er wieder auf dem Weg nach New Haven. Es war der 15. März, eine Ahnung von Frühling lag in der Luft, und Sleeping Giant Mountain wurde allmählich von den Farben der Erde und der Bäume belebt. Der Frühling rüttelte auch den alten Mann aus der Melancholie seines eigenen Herbsts. In der Eisenbahn, die durch die hübschen Täler Connecticuts rollte, träumte er von einem neuen Leben in Afrika – er träumte, und während er träumte, summte er die Erweckungshymnen seiner Kindheit.

In New Haven mietete er vor dem Tontine Hotel eine Kutsche, die von einem Farbigen namens George Phillips gelenkt wurde. Er besuchte Roger Sherman Baldwin, und zusammen fuhren sie nach Westville. Auf dem Weg dorthin erzählte Phillips, was er vor dem County House in Westville beobachtet hatte, während er dort mit seiner Kutsche wartete. Er hatte gesehen, wie der Barkeeper den Afrikanern Honigwein und Rum verkaufte. Erst am Sonntag zuvor hatte er gesehen, wie Mrs. Pendleton Antonio kräftig auspeitschte, weil er nicht die Schuhe ihres Kinds gebürstet hatte.

In Westville empfing Colonel Pendleton sie ohne jede Herrlichkeit und führte sie in das Klassenzimmer, wo die Afrikaner gerade Bibel-Unterricht erhielten.

»Cinqué!« rief Tappan leise.

Cinqué, der vorgelesen hatte, sprang von seinem Platz am Boden auf und rannte zu Tappan. Er fiel auf die Knie und ergriff Tappans Hand.

»Cinqué«, sagte Tappan und zeigte ihm das Papier, auf dem ihre Entlassung angeordnet wurde. »Du bist frei!«

»Papier lügt manchmal«, stellte Cinqué mißtrauisch fest.

»Diesmal nicht, Cinqué«, versicherten ihm Tappan und Baldwin. »Du bist endlich frei.«

»Frei!« rief Cinqué den anderen Afrikanern zu. »Wir sind frei.«

Er ließ sich zu Boden fallen und umarmte Tappans Beine. Grabo, Kimbo, Foone – sie alle fielen um die beiden Männer herum auf die Knie.

»Gehen wir nach Hause?« fragte Cinqué.

Cinqué lachte wie ein glückliches Kind.

»Wir fahren nach Mani. Nach Hause zu Freunden – zu Tafe. Keine Kälte mehr … keine Peitsche mehr.« Er wechselte in die Sprache der Mendi, und bald lachten die anderen mit ihm.

James Covey schüttelte Tappan und Baldwin die Hand und bot ihnen an, so lange für sie zu arbeiten, wie sie ihn brauchten.

»Wann fahren wir?« fragte Cinqué.

»Bald, bald«, versicherte ihm Tappan. »Sobald wir ein Schiff haben und euch auf die Reise vorbereitet haben.«

»Dann segeln wir nach Osten«, verkündete Cinqué stolz.

Professor Day trat vor.

»Wir sollten unseren Dank kundtun dafür, daß sie erlöst worden sind«, erklärte er.

Er gab mit erhobenen Händen den Rhythmus vor und begann, eine Hymne zu singen. Wie gut trainierte Soldaten stellten sich die Afrikaner ihm gegenüber auf und sangen Isaac Watts Verse:

»Les' ich erst, daß mir gehören,
Himmelsvillen, prächtig anzuschauen,
Trenn' ich mich von einer jeden Furcht
Und wisch' die Tränen aus den Augen.«

Tappan und Baldwin stimmten in den Gesang mit ein, und dann sprach noch jeder von ihnen ein Dankgebet. Doch trotz ihrer leidenschaftlichen Gebete und ihres freudigen Singens wirkten die Afrikaner nicht ganz so ausgelassen, wie Tappan erwartet hatte. Insgeheim wußte er, was sie dachten. Ihnen war die Freiheit schon so oft versprochen worden. Nach dem Treffen würde Tappan weggehen, und sie würden wieder Colonel Pendleton gehören.

Als sie ihre Danksagung beendet hatten, stand Professor Day zwischen den Afrikanern.

»Ich bin überzeugt«, erklärte er Tappan, »daß diese Kinder die Fesseln des Heidentums und des Islams abgeworfen haben und volle Christenfreiheit erlangt haben.«

Tappan und Baldwin überließen die Afrikaner ihren Gebeten und Unterrichtsstunden und kehrten nach New Haven zurück. Dort riefen sie so viele Freunde der Afrikaner zusammen, wie sie konnten, und überlegten mit ihnen, wie man für die Schwarzen sorgen würde, bis sie nach Afrika zurückgebracht werden konnten.

Die Gemeinde von Farmington hatte angeboten, die Schwarzen unterzubringen – die Männer in einem Schuppen, der für sie auf der Farm von A. F. Williams gebaut werden würde, und die drei kleinen Mädchen im Haus von Edward Deming. Deming hatte auch angeboten, in der Wohnung über seinem Laden einen Schulraum einzurichten. Aber wie lange sollten sie bleiben?

»Ich bin dafür, sie mindestens noch ein Jahr in Amerika zu behalten, damit sie noch eingehender im christlichen Glauben und in der christlichen Lebensweise unterrichtet werden können«, sagte Lewis Tappan. »Das ist nötig, um sicherzustellen, daß sie nicht zu den Gebräuchen und Glaubensvorstellungen der Eingeborenen zurückkehren. Wir müssen ihre Herzen fest in Gott verankern. Wir müssen auch Pfarrer und Lehrer ausbilden, die mit ihnen nach Afrika gehen. Der Name Jesu muß in großen Lettern geschrieben werden, wenn man ihn in der Dunkelheit Afrikas sehen soll.«

Im Anschluß an das Treffen gingen die Freunde der Afrikaner durch New Haven und sammelten Geld, um die Schwarzen für ihren Aufenthalt in Farmington auszurüsten. Die Freunde in Farmington hatten angeboten, sie unterzubringen, damit war aber noch nicht für Essen und Kleidung gesorgt. Bis zum Einbruch der Dunkelheit hatten sie genug Geld gesammelt, um Handschuhe und Socken und auch noch zwei Meter »Löwenfell« für die Schwarzen zu kaufen, das sie auf der Reise nach Farmington würden um sich wickeln können.

Das Problem mit Antonio und den drei kleinen Mädchen war noch nicht gelöst. Tappan wollte Amos Townsend vom Gericht zum Vormund der kleinen Mädchen erklären lassen. Er war ein Junggeselle und Kassierer der New Haven Bank, und er hatte den Afrikanern zuverlässig geholfen, was alles ihn allerdings kaum zum Vormund qualifizierte, wie einige Kritiker meinten.

Tappan besuchte Antonio und fand ihn bei der Arbeit in dem Schankraum, der zum County House gehörte. Jetzt, da er sich nicht mehr in der Gunst Leutnant Meades und der Spanier sonnen konnte, hatte Antonio seine Arroganz den Afrikanern und ihren Freunden gegenüber eingebüßt. Er wußte jetzt, daß er auf die falsche Seite gesetzt und verloren hatte. In seiner Verzweiflung lieferte er sich ganz der Gnade dieses fremden, freundlichen Herrn aus.

»Das Urteil stellt fest, daß du nach Havanna zurückgeschafft werden sollst«, erklärte ihm Tappan. »Willst du das?«

»Nein nein!« rief Antonio. »Ich will hierbleiben – bei dir. Mrs. Pendleton hat mich letzten Sonntag geschlagen. Ich will nicht zurück nach Havanna. Ich will kein Sklave mehr sein.« Er deutete auf das »F«, das Vicente und Jacinto auf seine Haut gebrannt hatten.

»Vertraust du mir?« fragte Tappan.

»Ja, ja.«

»Morgen nachmittag fahre ich mit Cinqué und den anderen Afrikanern mit der Eisenbahn nach Farmington. Am nächsten Morgen besteige ich hier in New Haven die *Barber Hill* nach New York. Wenn du auf diesem Schiff bist, werde ich dir helfen und dafür sorgen, daß du in New York bei Freunden unterkommst.«

Antonio bettelte darum, mit nach Farmington genommen zu werden, aber Tappan blieb hart. »Ich kann dir nur helfen, wenn du Pendleton und Wilcox entkommen bist.«

Dann ging Tappan in Begleitung von Townsend und James Covey zur Wohnung von Colonel Pendleton, um die drei Mädchen in seine Obhut zu nehmen. Mrs. Pendleton bat sie herein und ließ sie mit Marghru, Teme und Kene sprechen. Als sie erfuhren, daß sie von hier, dem einzigen Zuhause, das sie in Amerika kannten, fortgeschafft werden sollten, begannen sie zu weinen und darum zu bitten, bei Mrs. und Miss Pendleton bleiben zu dürfen.

In diesem Augenblick platzte Colonel Pendleton herein. Tappan zeigte ihm die Gerichtsanordnung, die Townsend zum Vormund der Mädchen erklärte, und verkündete, daß sie die Mädchen mitnehmen würden.

»Ich weigere mich, sie auszuhändigen«, schrie Pendleton. »Ich werde nicht erlauben, daß sie mein Haus verlassen.«

»Sie sind frei.«

»Frei, damit sie mit seltsamen Gesellen wie Ihnen mitgehen – frei, um die Mündel eines alten Junggesellen zu werden – frei, um der Brutalität eines Cinqué ausgeliefert zu werden! Der Teufel allein weiß, was passiert, wenn sie mit Ihnen mitgehen.«

Tappan blieb auch angesichts dieser Vorwürfe gelassen, gab nicht nach und hielt Pendleton weiter das Schreiben des Gerichts zum Lesen hin.

»Wir verlangen, daß Cinqué mit ihnen reden darf.«

»Ich verbiete Ihnen allen, mit den Mädchen zu reden«, schrie Pendleton.

Nachdem er festgestellt hatte, daß ihm sowohl die Gerichtsanordnung als auch das Gespräch nichts genutzt hatten, ging Tappan, der überzeugt war, daß Colonel Pendleton aus den Mädchen Sklaven machen wollte, zum County Court von New Haven, dem Kreisgericht, und stellte dort Antrag auf Entlassung der Mädchen im Zuge eines Haftprüfungsverfahrens.

Nach dem großen Ernst, mit dem der Fall *Amistad* vor dem Obersten Bundesgericht der Vereinigten Staaten verhandelt worden war, wurde die ganze Angelegenheit jetzt plötzlich vor dem County Court von New Haven zu einer Opera buffa, in der Colonel Pendleton als Clown auftrat und die Herausgeber der rivalisierenden Zeitungen von New Haven beide Parteien zu einem erbitterten Kampf aufstachelten. Erschöpft rafften sich die Freunde der Afrikaner zu einer weiteren Auseinandersetzung vor Gericht auf.

Das Verfahren wurde um drei Uhr nachmittags mit C. A. Ingersoll als Anwalt Colonel Pendletons eröffnet. Die Sache hatte sich schnell herumgesprochen, und jeder in New Haven, der Bett oder Geschäft zu verlassen imstande war, drängte sich in dem Gerichtssaal des Parlamentsgebäudes. Studenten von Yale versammelten sich auf dem Green und pfiffen, als Lewis Tappan das Gericht betrat.

Colonel Pendleton, Mrs. Pendleton und Miss Pendleton hatten die kleinen Pendletons und Marghru, Teme und Kene dabei und betraten mit großem Pomp den Gerichtssaal. Colonel Pendleton grinste breit und zwinkerte seinen Freunden zu, seine Frau verbeugte sich und lächelte, als hätte sie einen persönlichen Triumph errungen. Auf der anderen Seite des Raums runzelten Tappan und Townsend mißbilligend die Stirn. Neben ihnen saßen zwei Damen aus der Abolitionisten-Bewegung mit langen, ernsten Gesichtern und grauen, langweiligen Kleidern, die darauf warteten, die Mädchen in ihre Obhut zu nehmen, sobald Townsend die Vormundschaft antreten durfte.

Baldwin, der die Verhandlung für die Freunde der Afrikaner eröffnete, schlug vor, daß man ihnen erlaube, sich mit den Mädchen frei und ungehindert zu unterhalten, um festzustellen, ob sie tatsächlich aus freien Stücken bei den Pendletons bleiben wollten, und um ihnen zu erklären, warum Townsend sie Colonel Pendleton wegnehmen wollte.

Nachdem diesem Antrag stattgegeben worden war, wurden Cinqué und James Covey zum Zeugenstand gebracht. Entgegen den Einwänden Ingersolls durfte Cinqué den Mädchen erklären, was sie mit ihnen vorhatten.

Cinqué begann ruhig, von der Großzügigkeit der Freunde der Afrikaner zu erzählen und von ihren uneigennützigen Bemühungen, den Schwarzen zur Freiheit zu verhelfen. Ihm wurde warm um das Herz bei diesem Rückblick über die vergangenen beiden Jahre, seine Stimme wurde lauter, seine

Gesten wurden leidenschaftlich. Beredt versuchte er, die Mädchen davon zu überzeugen, daß Colonel Pendleton ihr Feind und Mr. Tappan ihr Freund waren.

Als er fertig war, wurden Kin-na und Professor Day aufgerufen, um seine Erläuterungen noch weiter auszuführen.

»Wollt ihr bei Colonel Pendleton bleiben oder mit Mr. Townsend mitgehen?« fragte Baldwin schließlich.

Marghru begann heftig zu weinen.

»Wir haben Angst vor Mr. Townsend«, schluchzte sie.

»Warum?«

»Ein Weißer hat uns gesagt, daß wir ausgepeitscht und als Sklaven verkauft werden würden.«

Colonel Pendleton errötete unter den Blicken des Publikums. »Wie konntest du nur!« zischte Mrs. Pendleton.

Als Marghru sich ein wenig beruhigt hatte, gab Mr. Ingersoll sich große Mühe damit, zu beweisen, daß Mrs. Pendleton den Mädchen eine Mutter und Miss Pendleton ihnen eine Schwester gewesen waren. Er versuchte zu zeigen, daß sie unter der Aufsicht Mr. Pendletons keinerlei moralischen Schaden gelitten hatten. Sie waren im Wohntrakt der Familie untergebracht gewesen, der vom öffentlichen Teil des Hauses und dem Schankraum abgetrennt war.

»Mrs. Pendleton hat ihnen ausgezeichneten Unterricht in allen Hausarbeiten erteilt«, fügte er hinzu.

Diese Feststellung sorgte unter den Zuschauern für Heiterkeit. Baldwin nutzte die günstige Stimmung.

»Mrs. Pendleton hat die Mädchen tatsächlich in allen Hausarbeiten unterrichtet – damit sie für sie und ihre Familie als Sklaven arbeiten, die mit Schlägen und Peitschenhieben gefügig gemacht werden. Und auch Colonel Pendleton hat von diesen unglücklichen Menschen profitiert. Bis es ihm verboten wurde, hat er eben diese Mädchen als Kannibalen ausgestellt und dafür Geld kassiert. Er hat Wachsfiguren von ihnen anfertigen und diese im ganzen Land zeigen lassen. Aber er hat nie eine Abrechnung vorgelegt. Und auch jetzt will Colonel Pendleton die Kinder nur behalten, um von ihnen zu profitieren.«

Noch bevor Baldwin zu sprechen aufhörte, war klar, daß die Sache gelaufen war. Zu viele der Zuschauer hatten ein paar Shilling gezahlt, um sich die Afrikaner anzusehen. Zu viele von ihnen hatten gesehen, wie Colonel Pendleton und seine Frau mit der Peitsche zuschlugen.

Nachdem der Richter entschieden hatte, daß die Mädchen nicht mehr der Obhut Colonel Pendletons unterstanden, nahmen sich Townsend und die beiden abolitionistischen Ladys ihrer an und zerrten sie durch einen Mob pfeifender Yale-Studenten hindurch vom Parlamentsgebäude weg zu einer Kutsche. Die Mädchen schrien und wehrten sich.

Als sie die Kutsche erreicht hatten, riß sich Marghru los und rannte zu dem einzigen Zufluchtsort, den sie kannte – dem Gefängnis. Sie rannte mit fliegenden Röcken quer über das Green, und ihre entsetzten Schreie lockten die Leute aus Läden und Häusern hervor. Townsend und die beiden Damen waren ihr dicht auf den Fersen. Ihnen folgte ein keuchender und fluchender Colonel Pendleton. Marghru war schnell, aber sie holten sie am Rand des Greens ein, wo nur noch die Church Street sie vom Gefängnis im County House trennte.

Sie schleppten das schreiende Mädchen zurück zur Kutsche und fuhren sofort zum Zug, wo schon die anderen Afrikaner darauf warteten, nach Farmington gebracht zu werden. Aus dem Parlamentsgebäude und von den Straßen kamen die Einwohner New Havens zum Bahnhof, um auch diesen letzten Akt des Dramas mitzuverfolgen.

Bevor der Zug losfuhr, fand Colonel Pendleton Simeon Jocelyn in der Menge und versuchte, ihm fünfzig Dollar in die Hand zu drücken. Jocelyn nahm das Geld, mit dem Pendleton sich ein reines Gewissen zu kaufen versuchte, nicht an. Colonel Pendleton, der entschlossen war, sein Ansehen in der Stadt wiederherzustellen, spendete die fünfzig Dollar dann dem Fonds, der für die Pflege der Armengräber eingerichtet worden war.

Endlich waren die Afrikaner wieder alle beisammen und auf dem Weg nach Farmington. Viele ihrer Freunde fuhren mit ihnen.

»Jetzt sind wir glücklich«, verkündete Fuleh. »Ihr wollt uns Gutes tun, und wir wollen euch Gutes tun.«

Die Freunde planten die Versammlung, die sie gleich nach der Ankunft in der First Church von Farmington abhalten würden. Man würde mit den Afrikanern ein Gott-Palaver veranstalten, Geld für die Missionsstationen sammeln und Missionare rekrutieren, die mit den Schwarzen nach Afrika zurückkehren sollten.

Ein Gedanke störte sie dabei. Die afrikanischen Namen waren heidnische Namen. Sie würden in einer neuenglischen Kirche scheußlich und verrucht klingen.

»Eine verwässerte Lehre ist eine andere Lehre«, argumentierten sie unter sich. »Wir sollten die Lehre Christi nicht dadurch verfälschen, daß wir bei der Taufe heidnische Namen zulassen.«

Während sie im Zug nach Farmington fuhren, gaben sie den Mendis daher christliche Namen. Ihr Anführer sollte, so kamen sie überein, den Namen behalten, den ihm die Spanier gegeben hatten: José Cinqué. Sie gingen durch den Waggon, teilten die neuen Namen zu und versuchten, die Afrikaner damit vertraut zu machen. Marghru wurde zu Sarah Kinson, Kin-na zu Lewis Johnson, Ka-le zu George Lewis. Konoma wurde nach einem bekannten Bürger Farmingtons, Henry Cowles, benannt. Aus dem gleichen Grund wurde aus Faquanah Alexander Posey. Teme und Kene verwandelte sich zu Ehren der beiden abolitionistischen Damen in Maria und Charlotte.

Es war dunkel, als sie in der Kirche von Farmington ankamen. Es war schon ein Gottesdienst im Gange, und die Kirchenlieder und Gebete vermischten sich mit der frischen Frühlingsluft.

Professor Day führte die Afrikaner in den vorderen Teil der Kirche zu den Bänken, die für sie reserviert waren. Die Gemeindemitglieder starrten auf ihre schwarzen Gesichter und ihre bizarre Kleidung. Die Mütter umklammerten ihre Babys und wollten verhindern, daß die tätowierten Kannibalen durch solche Leckerbissen in Versuchung geführt wurden.

Jetzt, da sie die Afrikaner unter sich wußten, wuchs ihr missionarischer Eifer, und ihre Gebete und Lieder wurden noch lauter. Lewis Tappan hielt eine Rede und beschrieb die Missionsstationen, die auf afrikanischem Boden errichtet werden würden. Dann sprach Cinqué und flehte sie an, Missionare zu schicken. Die kleinen Mädchen sangen ein Kirchenlied, um zu zeigen, wie schnell die Schwarzen den christlichen Glauben annahmen.

Dann erhob sich die ganze Gemeinde und sang unter Simeon Jocelyns Anleitung:

> Von Grönlands eis'gen Bergen,
> Von Indiens Korallenstränden,
> Wo im heißen Licht die Quellen
> Goldnen Sand umspülen,
> Von den Ufern alter Flüsse
> Und der Wüsten Palmoasen
> Ruft man uns zu kommen
> Und Christenheil zu spenden.

Und während sie sangen, gelobten Männer und Frauen, die ihr Dorf in Neuengland noch nie verlassen hatten, in Afrika an der Sklavenküste zu arbeiten und zu sterben.

Am nächsten Morgen fuhr Lewis Tappan auf der *Barber Hill* nach New York. Antonio war nicht an Bord. Hatte er sich schließlich doch entschlossen, nach Havanna zurückzukehren? Tappan glaubte es nicht. Colonel Pendleton hatte sicher seine Flucht vereitelt. Vielleicht würde seinetwegen noch eine weitere Reise nach New Haven nötig werden.

Tappan hielt sich erst seit ein paar Stunden in seinem Büro in New York auf, als ein farbiger Bote zu ihm kam und ihm mitteilte, daß ein Negerjunge namens Antonio an Bord eines Schiffs im New Yorker Hafen sei und ihn zu sich bitte. Tappan machte sich sofort auf den Weg zu den Docks, entschied sich aber auf dem Weg, jemanden anderen hinzuschicken – und Antonios Spuren zu verwischen. Er besuchte einen farbigen Freund, ein Mitglied des Committee on Vigilance, und erklärte ihm die Umstände.

»Wir müssen Antonio sofort verstecken«, berichtete ihm Tappan. »Die Spanier werden bald mit der Verfolgung beginnen.«

»Hat sich die Underground Railroad erst einmal seiner angenommen, kriegen sie ihn bestimmt nicht mehr.«

Als Tappan in sein Büro zurückkehrte, warteten dort bereits US Marshal Wilcox und Señor Vega auf ihn.

»Wo ist Antonio?« fragte Wilcox.

»Ich weiß es nicht«, antwortete Tappan.

»Wissen Sie, daß er in New Haven weggelaufen ist?«

»Ja, aber nicht wann und wie.«

»Er ist auf einem Schiff nach New York gefahren. Er muß sich in New York aufhalten. Wissen Sie, wo?«

Tappan schwor der Wahrheit entsprechend, daß er Antonio nicht gesehen habe und weder den Namen noch den Zielhafen des Schiffs wisse, auf dem sich dieser befand.

Señor Vega hatte sich lange genug zurückgehalten.

»Das werden Sie uns büßen«, drohte er. »Der Chevalier de Argaiz hat Ihrem Außenminister Daniel Webster geschrieben. Er fordert, daß Antonio den spanischen Behörden in Havanna ausgeliefert wird. Er macht Ihre Regierung für die ganze Sache verantwortlich.«

»Wir müssen ihn finden«, bestätigte Wilcox. »Wir sind verantwortlich.«

»Dann müssen Sie New York sorgfältig absuchen!« stellte Tappan trocken fest. »Vielleicht finden Sie ihn. Wenn Sie mich jetzt bitte entschuldigen würden ...«

Sie machten sich auf den Weg, wohl wissend, daß Antonio sich schon außerhalb ihrer Reichweite befand. Er war sicher schon auf der langen Reise nach Kanada, wurde in Speichern oder Kellern versteckt und von Menschen weitergereicht, die die Gerechtigkeit liebten und das ganze System der Sklaverei haßten.

Von diesem Tag an hat man von Antonio nie wieder etwas gehört.

XXI

Merika-Männer

Farmington, Connecticut, ein Dorf in Neuengland mit weißen Häusern inmitten grüner Felder, einer spitzgiebeligen Kirche, die den Mittelpunkt des Gemeindelebens bildete, und vielen angesehenen Bürgern, die an der Underground Railroad mitwirkten, erschien den Freunden der Afrikanern als ein idealer Ort, um die Schwarzen noch ein Jahr lang auszubilden und in religiösen Dingen zu unterweisen. Das ganze Dorf würde für die Schwarzen eine Schule sein – ein anschauliches Beispiel für die christliche Lehre und die Moralvorstellungen Neuenglands.

Die Afrikaner arbeiteten, redeten und lachten mit den Dorfbewohnern, aber sie waren nicht glücklich. Man hatte ihnen ihre Freiheit versprochen, man hatte ihnen gesagt, daß sie nach Afrika zurückkehren dürfen. Jetzt war von einem weiteren Jahr in Amerika die Rede, einem weiteren langen Winter in Neuengland. Sie waren jetzt nicht mehr im Gefängnis, aber sie genossen weniger Freiheit als unter Colonel Pendleton. Dort hatten sie manchmal ein Glas Wein kaufen oder ihre Schnupftabaksdosen auffüllen können. In Farmington achteten sowohl die Religionslehrer, die zu ihrer Unterweisung engagiert worden waren, als auch die Dorfbewohner selbst Tag und Nacht darauf, daß sie nicht die Bar im Elm Tree Inn besuchten und vom schmalen, geraden Weg abwichen, der in den Himmel der Puritaner führte, oder gar zu ihren heidnischen Riten zurückkehrten oder moslemische Gebete in den Mund nahmen. Manchmal bat man sie, dem neugierigen Publikum zuliebe ein Lied der

Mendi zu singen, aber wenn sie am Abend vor lauter Heimweh einen der Gesänge ihres Volkes anstimmten, sorgten die Religionslehrer sofort dafür, daß sie sich statt dessen an einem christlichen Kirchenlied versuchten.

Cinqué ärgerte sich darüber mehr als die anderen. Während zweier Jahre, die ganze Reise, die Meuterei und die Zeit im Gefängnis hindurch war er ihr Anführer gewesen. Zwei Jahre lang hatte er ihnen mit einer Verzweiflung fertig zu werden geholfen, von der ihre weißen Wohltäter nie etwas ahnen würden – sie, die nie als Sklaven in Ketten gelegen hatten und nie die Geißel eines Sklavenhändlers zu spüren bekommen hatten. Jetzt sah er, wie er allmählich entmachtet wurde und zwei farbige Religionslehrer und ein graubärtiger Gott an seine Stelle traten.

»Wir wollen nach Hause«, sagte er jeden Tag zu den Religionslehrern.

»Bald, bald«, antworteten sie ihm.

Man hatte ihnen einen strengen Stundenplan auferlegt. Sie arbeiteten jeden Tag auf den Feldern, sagten ihre Lektionen auf und nahmen an langen Versammlungen voll Gebeten und Gesängen teil. Abends und sonntags wurden sie in den Kirchen von Neuengland und New York vorgeführt, wo sie aus der Bibel lasen, englische Worte buchstabierten und die von James Covey genehmigten Lieder der Mendi sangen – all dies, um das Geld zu sammeln, mit dem ihr Rücktransport nach Afrika sowie eine Missionsstation finanziert werden sollten.

Einer dieser Ausflüge führte sie nach New York City, wo man sie für 50 Cent pro Person im Broadway Tabernacle auftreten sehen konnte. Am Abend gingen sie in die Colored Baptist Church in der Pearl Street. Der Anblick Hunderter freundlicher, schwarzer Gesichter weckte in ihnen das Gefühl, zu Hause zu sein und nicht bloß vorgeführt zu werden, und veranlaßte sie zu einer beeindruckenden Demonstration ihrer Fähigkeiten.

»Woher weißt du, daß du eine Seele hast?« wollte der farbige Pastor von Cinqué wissen.

Cinqué nahm eine Bibel und hielt sie mit dramatischer Geste hoch.

»Dieses Buch sagt, daß ich eine Seele habe, die ewig lebt, ewiglich, für immer und alle Zeiten.«

Dann bat der Pastor Kin-na, zur Gemeinde zu sprechen.

»Ihr seid schwarz«, sagte er, »und ich auch. Ihr habt eine Seele und ich auch. Jesus ist für uns alle gestorben. Gott hat uns allen dasselbe Blut gegeben. Wenn wir Ihn lieben, kommen wir nach dem Tod in den Himmel. Sind wir böse, landen wir in der Hölle.«

Auf seine Worte wurde ihm mit »So ist es, Bruder«, »Amen« und »Geheiligt sei Sein Name« geantwortet. Die Gemeinde wurde auf einmal von brennendem Glauben erfaßt.

Der Pastor, der die Leidenschaft seiner Gemeinde sofort spürte, rief: »Wir wollen ihnen die Hand reichen und sie als Glaubensbrüder willkommen heißen!«

Irgend jemand begann »We're Marching Through Emmanuel's Land« zu singen. Farbige Brüder und Schwestern reichten sich die Hände und umarmten einander. Die Gottesdienstbesucher, die sich bislang so gesittet verhalten hatten, bekannten schreiend und rufend ihre Liebe zu Gott, ihre Liebe zu den Afrikanern und ihr Mitleid mit den unglückseligen Fremden. Diese herzliche, leidenschaftliche Form von Religiosität entsprach viel mehr dem Geschmack der Afrikaner als die in den kalten, freudlosen Kirchen Neuenglands.

Als der Gefühlsüberschwang sich gelegt hatte, baten die Afrikaner darum, bei ihren neuen Freunden bleiben zu dürfen, bis sie nach Hause konnten. Aber das Mendi-Komitee, über das wilde Verhalten seiner Schützlinge schockiert, schickte sie sofort nach Farmington zurück.

Währenddessen arbeiteten die Mitglieder des Komitees weiter daran, die Afrikaner wie geplant zusammen mit ihren Lehrern nach Afrika zurückzuschicken. Da sie sich weigerten, Geld von Missionars-Gesellschaften anzunehmen, die in irgendeiner Weise mit Sklavenbesitzern zusammenarbeiteten, und auch die American Colonization Society wegen der Unterstützung, die sie in den Südstaaten fand, ablehnten, waren sie auf die Spenden von Einzelpersonen und Abolitionisten-Organisationen sowie das Geld, das sie mit den Vorführungen einnahmen, angewiesen.

Geld war inzwischen schon fast ein zweitrangiges Problem, da sich die Transportfrage als sehr schwierig herausstellte. Das Komitee hatte Angst, die Afrikaner auf einem privaten Schiff zurückzuschicken, weil die Spanier es vielleicht aufbringen würden, um die Schwarzen nach Havanna zu verschleppen. ›Wie sehr würden sich doch die Spanier freuen, wenn sie Cinqué in Ketten durch die Straßen von Havanna führen könnten!‹ dachten sie sich.

Sie baten John Tyler um Unterstützung, der nach dem Tod Harrisons Präsident geworden war, und ersuchten ihn, die Schwarzen auf einem Schiff des African Squadron, des Geschwaders, mit dem die Vereinigten Staaten zuletzt die Sklavenküste zu patrouillieren geholfen hatten, nach Afrika transportieren zu lassen. Aber Tyler, der aus Virginia stammte, war langsam und vorsichtig und fürchtete die Befürworter der Sklaverei. Er hielt die Freunde der Afrikaner so lange hin, bis sie schließlich bezweifelten, daß er ihnen helfen würde.

Da die britische Regierung sich in diesem Fall als sehr kooperativ erwiesen hatte, nahm Lewis Tappan die Verhandlungen auf, um die Afrikaner zu britischen Staatsbürgern erklären zu lassen. Die Spanier würden es nicht wagen, ihnen etwas anzutun, wenn sie britische Pässe hätten. Die Briten waren zu dieser Hilfe bereit, dieses Verfahren erforderte jedoch, daß die Schwarzen sich mindestens 60 Tage lang auf Jamaika aufhielten – Zeit, die das Komitee nicht opfern wollte.

Im Juli besuchte Tappan die Afrikaner in Farmington, wo er sie lustlos und niedergeschlagen vorfand.

»Wir nach Hause wollen«, sagte ihm Cinqué. »Wir nicht wollen Winter in Farmington warten.«

Tappan hielt eine Besprechung mit den Lehrern ab. Sie kamen überein, daß es besser wäre, die Afrikaner ungeachtet aller Risiken jetzt nach Hause zu bringen. Einige von ihnen würden vielleicht einen weiteren harten Winter in Neuengland nicht überleben. Und was den Unterricht anging, so konnte dieser auch auf dem Schiff nach Afrika stattfinden.

William Raymond und seine Frau hatten sich ebenso wie James Steele, ein feuriger, junger Mann, der an einem Lynchmord in Oberlin beteiligt gewesen war, bevor er sich der Religion zugewandt hatte, bereit erklärt, die Mendi als Missionare zu begleiten. Sie waren Prediger und Abolitionisten, die in ihrem Kampf gegen die Sklaverei bis auf die Höhe von Philadelphia vorgedrungen waren. Henry und Tamar Wilson wollten ebenfalls mitkommen. Sie waren die farbigen Lehrer, denen der Religionsunterricht in Farmington übertragen worden war.

Im August wurde Lewis Tappan benachrichtigt, er solle sofort nach Farmington kommen. Foone war in Pitkin's Basin ertrunken, als er mit den anderen Afrikanern beim Schwimmen war. Er sollte auf dem Riverside Cemetery in Farmington beerdigt werden, und man wollte, daß Tappan die Grabrede hielt. Als er in Farmington ankam, erfuhr er, daß Foone ein anständiges Begräbnis erhalten würde und daß ein Steinmetz bereits an dem Grabstein aus weißem

Marmor arbeitete. Traurig hielt Lewis Tappan die Rede, traurig trugen Foones weiße Freunde ihn in Farmington zu Grabe.

Sein Tod brachte für das Mendi-Komitee neue Probleme mit sich.

»Ich glaube, es war Selbstmord«, sagte Henry Wilson zu Tappan. »Und das glauben auch die Leute, die die näheren Umstände kennen.«

»Wieso?«

»Bevor er zum Schwimmen ging, hat er gesagt ›Foone viel Heimweh. Foone sterben und seine Mutter sehen.‹ Er war ein ausgezeichneter Schwimmer, und er wäre sicher nicht ertrunken, wenn er es nicht gewollt hätte.«

Ob Selbstmord oder nicht, unmittelbar nach seinem Tod entschied das Komitee, die Mendi – die 35, die noch übrig waren – vor dem ersten Schnee nach Sierra Leone zu schicken.

Nachdem sie nicht mehr an die Hilfe durch die amerikanische Regierung glaubten, charterte das Komitee die *Gentleman*, um die Afrikaner in ihre Heimat zu transportieren. Sie ließen das Schiff in der Nähe von Staten Island vor Anker gehen und beluden die Stauräume mit landwirtschaftlichen Geräten, Kleidung, Büchern, Lebensmitteln – allem, was ihrer Meinung nach nötig war, um ein Jahr lang eine Missionsstation aufrechtzuerhalten.

Am 17. November gingen die Afrikaner in die First Church von Farmington zu ihrem Abschiedsgottesdienst. Das Ereignis war öffentlich angekündigt worden, und die Kirche war mit Freunden der Afrikaner gefüllt. Dr. Hawes predigte über den Text »und hat aus einem Blute alle Völker der Menschen geschaffen, auf daß sie das Antlitz der Erde bewohnen«. Dann sangen sie alle zusammen: »Von Grönlands eis'gen Bergen«. Kein Auge blieb trocken, weder bei den Weißen noch bei den Schwarzen. Dann gingen die Afrikaner mit ihren weißen Freunden zum Hafen, wo schon ein Kanalboot auf sie wartete, das sie nach New Haven bringen würde. Es war Zeit für die Geschenke geworden, und die Afrikaner erhielten Kleider, Teppiche, Schmuck und Geld.

In New York brachte man sie in den Broadway Tabernacle zu einem weiteren Abschiedsgottesdienst. Wieder war die Kirche voll, und Hunderte warteten draußen, um bei ihrer Ankunft einen Blick auf die Afrikaner und die Missionare zu erhaschen.

Simeon Jocelyn sprach im Namen des Mendi-Komitees, erzählte die seltsame Geschichte der *Amistad* und legte die Pläne für die Missionsstation dar. Kin-na hielt eine Rede auf englisch und erwies sich als guter Schüler. Marghru las den 80. Psalm vor. Dann sangen sie ein Lied der Mendi, ein Lied, auf das sie vor lauter Heimweh zu weinen anfingen. Cinqué hielt eine kurze Predigt auf mendi. Während er redete, antworteten die Mendis lebhaft in der Art, wie es die Gemeinde der Colored Baptist Church getan hatte – zu lebhaft für den Geschmack der weißen Zuhörer.

Es wurde Zeit, die Versammlung zu beenden – und für die letzte Vorführung der Mendis für ihre amerikanischen Freunde. Jemand hatte vorgeschlagen, daß man zum Abschluß »Auld Lang Syne« singen sollte – »Auf Wiedersehen, Freunde«. Die Missionare widersetzten sich entschieden der Idee, ein weltliches Lied darzubieten, und bestanden auf »Les' ich erst, daß mir gehören«. Schließlich wurde ein Kompromiß gefunden, und die 35 Mendis sangen

»Les' ich erst, daß mir gehören
Himmelsvillen, prächtig anzuschauen,
Trenn' ich mich von einer jeden Furcht
Und wisch' die Tränen aus den Augen ...«

Und sie sangen diesen Text zur Melodie von »Auld Lang Syne«.

Am 26. November bei Sonnenuntergang schleppte ein Dampfschiff die *Gentleman* zum Quarantäne-Hafen in der Nähe von Staten Island.

»Das Abendrot bedeutet guten Wind für die Reise nach Afrika«, sagten die Matrosen.

Auf dem Weg zum Quarantäne-Hafen versammelten sich die Mendis mit Lewis Tappan, Simeon Jocelyn, Joshua Leavitt, Amos Townsend und A. F. Williams in der Kabine der *Gentleman.* Sie beteten, sangen Kirchenlieder und erflehten füreinander immer wieder Gottes Segen.

Lewis Tappan stellte sich vor sie und hielt eine Abschiedsrede. Er sprach noch einmal von all den traurigen Erlebnissen, die sie durchgemacht hatten. Er sprach von dem Vertrauen, das ihre amerikanischen Freunde in sie setzten.

»Ihr fahrt nach Afrika zurück, um eine Missionsstation zu errichten und um eurem Volk mitzuteilen, daß Gott gut ist. Wir haben euch für den Anfang viel mitgegeben. Die Ladung dieses Schiffs ist für diesen Zweck bestimmt. Ihr werdet die Lehre Christi allen Völkern verkünden. Und gleichzeitig werdet ihr den Leuten Englisch beibringen und ein Handwerk. Ihr habt Missionare, die euch helfen werden.« Er wies auf Mr. und Mrs. Raymond, James Steele, Henry und Tamar Wilson. Mrs. Ramond trug ein kleines Kind im Arm. »Sie kommen in ein fremdes Land. Ihr müßt sie beschützen und ihre Führer sein. Wenn Gott mit euch ist, wer kann da gegen euch sein?«

»Wenn wir in Sierra Leone haltmachen und nicht direkt nach Mendi fahren, was werden da der englische Gouverneur und seine Beamten tun?«

»Sie haben Anweisung, euch so zu unterstützen, als wäret ihr auf einem britischen Schiff.«

»Nun, wir danken dir dafür.«

»Wir haben bestmögliche Vorsorge getroffen für eure Reise nach Mendi.«

»Wenn wir in Mendi ankommen und Mr. Raymond und den Lehrern etwas zustößt, dann wende dich an mich.«

Nachdem Cinqué damit die Verantwortung für die Missionare übernommen hatte, gab ihm Tappan die Hand.

»Wir werden für Mrs. Raymond und die Mädchen ein Haus bauen«, fuhr Cinqué fort. »Dann gehen alle nach Hause und besuchen Vater und Mutter und bringen sie mit sich, um bei den Lehrern zu leben, und Cinqué ist Gouverneur.«

Dann sprach Kin-na.

»Wir tun es, wie Cinqué sagt. Wir alle tun, was er sagt. Ich klein – Cinqué groß. Cinqué weiß. Cinqué großer Mann. Er uns alle befreit. Er Präsident.«

»Ja«, jubelten die anderen. »Cinqué, der Präsident der Armen.«

Die Weißen waren verlegen und schwiegen unbehaglich, da beugte Cinqué den Kopf.

»Unser Vater, der du bist im Himmel«, begann er.

Die Weißen staunten über seine Worte und seine Gesten. Sein Pathos, sein Zartgefühl, seine imponierende Beredtheit überraschten sie. Er würde seinem Volk sicherlich ein guter Anführer sein und würde die Vorteile bestimmt nicht ausnutzen, die ihm eingeräumt wurden.

Als der Schlepper bereit war, die Trosse loszumachen, gingen sie alle für ein letztes Lebewohl an Deck. Die Afrikaner und ihre Lehrer standen noch einmal beisammen und sangen »Von Grönlands eis'gen Bergen«. James Covey, der sie begleiten würde, war bei ihnen. Lewis Tappan und Simeon Jocelyn hatten Tränen auf den Wangen und im Bart.

Cinqué hatte das Gesicht dem Sonnenuntergang zugewandt, und seine Haut glänzte schwarz vor dem purpurroten Himmel im Westen. Das Pathos dieses Augenblicks erfüllte ihn immer noch. Er hob eine Hand und dankte im Namen der Afrikaner ihren amerikanischen Freunden für alles, was sie getan hatten.

»Merika-Männer sind gut. Merika-Männer sind freundlich. Wir danken Gott für Mr. Tappan. Wir danken Gott für die Merika-Männer. Merika-Männer, wir danken euch.«

Die amerikanischen Missionare rückten mit ruhigen, entschlossenen und gutmütigen Gesichtern enger zusammen. Sie vertrauten auf Gott, aber es machte sie trotzdem traurig, ihre Freunde und ihre Heimat verlassen zu müssen. Um sie herum kauerten die Mendis, die glücklich waren, endlich zurückzukehren, und weinten, weil sie sich von ihren Freunden trennen mußten.

Tappan und Jocelyn schüttelten allen noch mal die Hand und kletterten in das Boot. »Es wird ihnen sicher nichts passieren«, meinten sie. »Es ist unwahrscheinlich, daß Gott sie so weit hat kommen lassen, um sie jetzt noch zu vernichten.«

Während sie sich Manhattan näherten, sahen sie, wie sich die *Gentleman,* die die Fackel des Glaubens nach Afrika tragen sollte, allmählich in der Dunkelheit verlor.

Zwei Wochen lang kämpfte sich die *Gentleman* durch Stürme und schwere See. Das Wetter war so schlecht, daß die Afrikaner unter Deck bleiben mußten und die Missionare keinen Unterricht und keine Gottesdienste abhalten konnten. Als sie die Middle Passage erreicht hatten, stießen sie auf heftige Gewitter. Einmal wurden sie von einer riesigen Welle getroffen, die die Afrikaner zu Boden warf und sie mit Wasser übergoß. Das sowieso nie besonders große Vertrauen, das sie in die Missionare hatten, begann zu schwinden. Sie begannen auch, an dem Kapitän zu zweifeln. Würde er sie tatsächlich nach Hause bringen?

Mit der Hilfe Grabos und Kimbos durchforschte Cinqué

den Laderaum und untersuchte die Waren, die ihnen ihre Freunde mitgegeben hatten. Es war eine wertvolle Ladung. Würde der Kapitän nicht mehr verdienen, wenn er sie und die Schwarzen an Sklavenhändler verkaufen würde?

Dann erreichten sie warme, ruhige Meeresbreiten, und die Stimmung besserte sich sofort. Die Afrikaner beobachteten tagsüber die Sonne und wußten, daß sie nach Osten segelten, und nachts zeigten ihnen die Missionare, wie man sich an den Sternen orientieren konnte. Und auch nachts segelten sie nach Osten. Vor ihnen, nur noch wenige Tage entfernt, lag Afrika, ihre Heimat. Sie ertrugen geduldig die vielen Unterrichtsstunden.

Dann erwachten sie eines Tages und entdeckten, daß sich ihr Kurs geändert hatte und daß sie nicht mehr nach Osten, sondern nach Süden segelten. Beunruhigt gingen sie zu Mr. Raymond.

»Fahren wir nicht nach Afrika?«

»Nicht direkt«, antwortete er. »Wir müssen die Kapverdischen Inseln anlaufen, um frisches Wasser an Bord zu nehmen. Unsere Vorräte sind verdorben.«

Aber Cinqué wollte diese Erklärung nicht glauben.

»Wir trauen dem Kapitän nicht«, sagte er. »Wir glauben, er ist ein sehr schlechter Mensch. Wir glauben, er bringt uns woandershin. Wird er uns und die farbigen Lehrer verkaufen? Der Kapitän würde euch ein Faß Geld für uns geben.«

Mr. Raymond lachte über diese Befürchtungen. James Covey erzählte ihnen, was für gute Menschen der Kapitän und die Missionare waren. Cinqué war nicht davon überzeugt.

»Der Kapitän hat gesagt, daß dies ein Schiff ohne Alkohol ist«, stellte er beunruhigt fest.

»Ja.«

»Ich kann dir Rum zeigen.«

»Wo?« fragte Mr. Raymond ungläubig.

Cinqué führte sie zu einem Laderaum, der dem, in dem

die Waren der Missionare verstaut waren, gegenüberlag. Dort zählte Mr. Raymond hundert Faß Rum. Überrascht und voll Sorge rief er die anderen Missionare. Der Kapitän hatte sie getäuscht. Wie konnten sie Enthaltsamkeit predigen, wenn sie Rum nach Afrika transportierten? Wie konnten sie sicher sein, daß der Kapitän nicht mit einer Ladung Sklaven zurückkehren würde?

»Vertraut ihr dem Kapitän nicht?« fragte Cinqué.

»Wir müssen ihm vertrauen.«

»Warum segeln wir dann nicht nach Afrika?«

»Ich habe dir doch schon erklärt, daß wir Wasser aufnehmen müssen.«

Trotz Mr. Raymonds Versicherungen war den Afrikanern unwohl zumute. Und ihre Unruhe nahm noch zu, als sie in Santiago auf den Kapverdischen Inseln einliefen. Sie sahen dort amerikanische, spanische und portugiesische Sklavenschiffe im Hafen vor Anker liegen, die darauf warteten, rasch zur Sklavenküste hinüber zu segeln und Ladung an Bord zu nehmen. Die Afrikaner bereiteten sich darauf vor, erneut um ihre Freiheit kämpfen zu müssen.

Die *Gentleman* ging im Hafen Porto Prayo vor Anker, und eine Menge Eingeborener kam ihr in Booten entgegen, um ihnen Früchte und Hühner feilzubieten. Der Anblick der vielen schwarzen, freundlichen Gesichter ließ die Afrikaner einen Moment lang ihre Ängste vergessen.

Cinqué und Kimbo gingen in den Laderaum, holten Waren hervor, die für die Missionsstation bestimmt waren – Äxte, Hämmer, Tuch –, und waren schon dabei, mit den Eingeborenen zu verhandeln, als Mr. Raymond sie entdeckte.

»Was tut ihr da mit diesen Sachen?« rief Mr. Raymond.

»Wir tauschen sie gegen Früchte.«

»Das sind nicht eure Sachen. Wer hat euch erlaubt, sie einzutauschen?«

»Niemand. Sie gehören mir. Ich bin der Gouverneur, und Mr. Tappan hat mir die Sachen gegeben.«

»Du hast ihn falsch verstanden«, widersprach Mr. Raymond. »Alle Sachen im Laderaum sind für die Missionsstation bestimmt. Und ich entscheide. Nichts gehört dir, außer wenn ich es dir gebe.«

»Mr. Tappan hat alles mir gegeben«, rief Cinqué wütend. »Ich bin Gouverneur der Mendi und der Merika-Männer. Mr. Tappan hat das gesagt.«

Mr. Raymond entriß Cinqué ein paar Werkzeuge und schickte ihn unter Deck.

»Ihr werdet schon sehen, wer hier das Sagen hat«, erklärte er.

Während dieses ganzen Tags lagen sie im Hafen, und die Mannschaft brachte Fässer mit frischem Wasser an Bord. Die Missionare ließen die Afrikaner, vor allem Cinqué, der in seiner Koje schmollte, nicht aus den Augen. Mr. Raymond ging an Land und tauschte für sie Früchte ein. Er ließ ihnen eine gute Mahlzeit zubereiten und sang und betete anschließend mit ihnen. Aber trotzdem blieben auf beiden Seiten Mißtrauen und Unbehagen zurück.

»Mr. Raymond tut nicht, was Mr. Tappan sagt«, wiederholte Cinqué immer wieder mürrisch.

Grabo entschlüpfte den Missionaren während der Gebete und tauschte seinen Mantel gegen drei Hühner ein, eine Provokation, die die Missionare wütend machte und die Zustimmung der Afrikaner fand.

Der Streit ging noch weiter, nachdem sie den Anker gelichtet hatten und wieder auf Ost-Kurs Richtung Sierra Leone gegangen waren. Mr. Raymond, der das Vertrauen der Afrikaner wiedergewinnen wollte, ließ sie noch mehr beten und singen. Aber etwas war verlorengegangen. Mr. Raymond fürchtete, daß es der Glauben war.

Als sie endlich in Sichtweite der Berge von Sierra Leone

kamen, wußten die Afrikaner endlich, daß sie sich tatsächlich der Heimat näherten. Sie lachten, spielten, sangen Lieder der Mendi und purzelten wie Kinder über das Deck. Plötzlich benahmen sie sich den Missionaren gegenüber wieder freundlich und zutraulich.

»Wir sind heute sehr glücklich«, offenbarten sie Mr. Raymond wiederholt.

Burnah berührte ihn am Arm.

»In Merika habe ich jeden Tag geweint, weil ich meine Mutter sehen wollte«, gestand er. »Jetzt bin ich hier. Ich will nicht mehr zurückblicken.«

XXII

Afrikas goldner Sand

Am 15. Januar 1842 ging die *Gentleman* in Freetown an der Mündung des Sierra Leone vor Anker. Beamte der britischen Regierung stellten ein Gebäude zur Verfügung, in dem die Mendis untergebracht werden konnten, ließen die Waren an Land schaffen, ohne Zoll für sie zu erheben, und versuchten, den Afrikanern in jeder nur möglichen Weise die Rückkehr in die Heimat zu erleichtern. Die drei weißen Missionare machten gerne von der Gastfreundschaft der Amerikaner Gebrauch, die in Freetown wohnten. Henry und Tamar Wilson, die immer noch wegen der Konflikte an Bord der *Gentleman* verstört waren und nicht mehr glaubten, daß die Weißen sich an die Arbeit mit Schwarzen würden gewöhnen können, beschlossen, sich von ihnen zu trennen. Nach einem Abschiedsgebet an Bord des Schiffs machten sie sich auf den Weg nach Liberia, um als Missionare in Monrovia zu arbeiten.

Mr. Raymond hatte einen triumphalen Einzug in Freetown geplant. Als er aber vom Hafen aus nur ein paar Holzgebäude, in denen die Regierungsbeamten und Händler wohnten, und Hunderte von planlos zusammengewürfelten Grashütten sah, änderte er sein Vorhaben. Aber es sollte doch ein großer Auftritt werden. Er und Mrs. Raymond würden vorneweg gehen und die Afrikaner ihnen in Zweierreihe folgen, und sie würden alle »Von Grönlands eis'gen Bergen« singen.

Sie stimmten entschlossen das Lied an und begannen, auf das Gebäude des Gouverneurs zuzumarschieren. Bald waren sie von Hunderten von Mendis umringt. Einige waren aus Sklavenschiffen befreit worden, andere waren zum Handeln nach Freetown gekommen. Die meisten von ihnen trugen die Tracht ihres Landes, ein Tuch, das um die Hüfte geschlungen wurde und vorne und hinten herabhing. Ein paar hatten blaue oder weiße Baumwolltücher über die Schultern geworfen. Die Afrikaner von der *Amistad,* die unter ihnen nach Freunden und Verwandten suchten, begannen, sich ihrer Kleider zu entledigen, um ihre Grisgris-Narben und ihre Stammestätowierungen zu zeigen. Die Missionare trieben sie entsetzt zusammen und erinnerten sie streng an die Versprechen, die sie in Amerika abgelegt hatten. Die Afrikaner zogen daraufhin ihre Kleider wieder an und marschierten, immer noch mit einem dünnen Firnis Zivilisation überzogen, inmitten einer Menge schreiender Afrikaner nach Freetown weiter.

In dem Haus, in dem sie vorläufig untergebracht waren, entdeckte Mr. Raymond, daß einige der Afrikaner von der *Amistad* bereits desertiert waren, unter ihnen Grabo, der es eilig hatte, sich wieder dem Handel mit Kamholz und Elfenbein zu widmen, und Kimbo, der in Campbell Town, dem Schwarzenviertel, einen trinken gehen wollte. Mr. Raymond, über ihr Verschwinden enttäuscht und durch die ersten Stunden in Afrika bereits desillusioniert, beschloß, den anderen den freien Kontakt zu den Mendis vor dem Haus zu gestatten. Das Band, das in Farmington geknüpft worden war, würde halten, so hoffte er.

Unter den Mendis vor dem Haus entdeckten die Afrikaner von der *Amistad* viele Freunde und Verwandte, und sie erfuhren, daß die drei Jahre ihrer Abwesenheit für die Mendis eine harte Zeit gewesen waren. Es hatte einen erbitterten Krieg zwischen den Mendis und den Timmannees gegeben – einen Krieg, in dem Hunderte von Dörfern verwüstet und in dessen Verlauf viele Männer, Frauen und Kinder auf beiden Seiten in die Sklaverei geführt worden waren. Die einzigen Gewinner waren die Sklavenhändler gewesen.

Cinqué entdeckte den Mann seiner Schwester. Sie gingen feierlich aufeinander zu und ließen die Finger knacken.

»Wo ist mein Vater?« fragte Cinqué.

»Verschleppt worden.«

»Tafe?«

»Verschleppt worden.«

»Meine Kinder?«

»Genauso.«

Zum ersten Mal seit Havanna weinte Cinqué wieder. Er war aus der Sklaverei zurückgekehrt, und seine Familie war inzwischen versklavt worden. Vielleicht waren sie während des Transports gestorben, vielleicht schufteten sie sich auf einer Zuckerrohrplantage zu Tode. Er ging zu Mr. Raymond und erzählte ihm, was er erfahren hatte.

»Ich muß nach Mani«, fügte er hinzu. »Ich muß mich um das Dorf meines Vaters kümmern.«

»Noch nicht«, erklärte Mr. Raymond traurig.

Mr. Raymond machte sich darüber Sorgen, was er in dem Bericht schreiben sollte, den er mit dem Kapitän der *Gentleman* nach Hause zurückschicken würde. Sollte er die Wahrheit über die Desertion der Afrikaner mitteilen? Er konnte regelrecht hören, wie sich die Feinde der schwarzen Rasse darüber freuen würden. Er konnte sehen, wie die Zeitungen Vorwürfe gegen die Abolitionisten erheben würden. Es war eine schwere Entscheidung, aber er meldete wahrheitsgetreu all die desillusionierenden Erfahrungen, die er gemacht hatte.

Am 4. Februar fuhr ein kleiner Voraustrupp in einem normalen Walboot nach Kaw-mendi, um einen Platz für die Missionsstation zu finden, denn es war klar, daß die ganze Sache umsonst gewesen sein würde, wenn sie noch länger in

Freetown blieben. Außer Mr. Steele, dem einzigen Weißen, waren noch Cinqué, James Covey und Burnah dabei.

Sie machten in York halt, einer Missionsstation, die die Methodisten für die befreiten Sklaven eingerichtet hatten, auf den Banana Islands, wo sich Thomas Caulker, das Oberhaupt der Sherbro Bulloms, niedergelassen hatte, und auf Sherbro Island, wo die erste Siedlung der American Colonization Society ein Jahr lang vor sich hin gedämmert hatte, bis sie schließlich den listigen Eingeborenenhäuptlingen zum Opfer gefallen und endgültig eingegangen war. Sie hörten, daß Don Pedro Blancos Sklavenhandlung von den Briten zerstört worden war und daß ein berühmter Sklavenhändler namens Canot jetzt in Cape Mount friedlichen Geschäften nachging.

In Yingin auf Sherbro Island entdeckte Burnah seine Schwester, die ihm erzählte, daß seine Mutter in einem Dorf am Jong lebte, das auf dem Weg nach Kaw-mendi lag.

Als sie in dem Dorf ankamen, früh am Morgen, erzählten Freunde von Burnah ihm, daß seine Mutter in den Wald gegangen sei, um Feuerholz zu holen. Sie schickten einen Boten los und setzten sich, um zu warten. Steele ließ sich mit geöffnetem Notizbuch auf einem Stuhl nieder, Burnah und Cinqué hockten sich auf eine Bank der Eingeborenen unter einigen Orangenbäumen.

Nachdem sie eine Stunde gewartet hatten, hörten sie jemanden auf der anderen Seite eines Hauses in ihrer Nähe laut stöhnen und dann ein lautes Krachen, als das Bündel Feuerholz, das Burnahs Mutter auf dem Kopf getragen hatte, zu Boden fiel. Burnah hörte es, rührte sich aber nicht. Dann kam seine Mutter langsam mit zum Kopf erhobenen Händen um das Haus herum, schluchzte herzzerreißend und zitterte, als sähe sie ein Gespenst.

Sie lief nicht direkt auf ihren Sohn zu, sondern ging um ihn herum zur gegenüberliegenden Seite und weinte und stöhnte dabei ständig und stieß kurze Rufe aus. Burnah bewegte sich nicht, sondern blieb, von seinen Gefühlen überwältigt, wie versteinert stehen. Sein Kopf ruhte auf seiner Hand, sein Ellenbogen auf dem Knie. Die Tränen flossen ihm über das Gesicht, und er seufzte von Zeit zu Zeit.

Endlich wandte sich die Mutter ihrem Sohn zu. Er war tatsächlich noch am Leben und saß jetzt vor ihr. Mutterliebe überschwemmte sie wie eine Sturzflut. Sie ließ sich der ganzen Länge nach vor ihm in den Sand fallen und umfaßte seine Knöchel. Sie schien schreckliche Schmerzen durchzustehen und rollte von einer Seite zur anderen und gab immer noch Klagerufe von sich. Es war ein langer Kampf, und Steele, der diese durch kein Raffinement und keine sozialen Zwänge unterdrückte Darbietung von Gefühlen nicht mitansehen wollte, wandte sich ab. Nachdem eine beträchtliche Zeit verstrichen war, erhob sich die Mutter, umarmte ihren Sohn, rieb lange nach Art der Mendi ihre rechte Handfläche an der seinen und sagte immer wieder »Willkommen!«

Cinqué, tief bewegt von dieser Szene, beschloß, über Kaw-mendi hinaus zu reisen, sein Dorf Mani zu besuchen und nachzusehen, ob es nicht etwas gab, das ihn an seinen Vater oder Tafe erinnerte. Aber Mr. Steele wollte es ihm nicht erlauben.

Sie fuhren mit ihrem Boot einen Arm des Jong hoch nach Kaw-mendi, wo der berühmte Häuptling Charles Tucker lebte. Es war Steeles Plan, Tucker eine ansehnliche Summe dafür zu zahlen, daß er ihre Vorräte holte und in Kaw-mendi für sie eine Missionsstation errichtete. Aber Charles Tucker war ein verschlagener und gieriger Mann, der gut Englisch sprach und Erfahrung im Handel mit den Weißen hatte. Er nannte seinen Preis und verlangte so viel Rum und Tabak, daß die Missionare ihre ganzen Vorräte würden opfern müssen. Er sorgte für ihr Wohlergehen, ließ an einem Tag eine Ziege schlachten, ein Schaf am nächsten und ein

Schwein am übernächsten, aber er hatte kein Interesse an den Anliegen der Missionare. Auch er war in den Sklavenhandel verstrickt und hatte bereits zu viel Geld damit verdient, um sich zu wünschen, daß die Weißen ihn beendeten.

Am Ende des dritten Tages war klar, daß sie nicht damit rechnen konnten, sich bald in Kaw-mendi niederzulassen. Steele verabschiedete sich niedergeschlagen von Charles Tucker und kehrte nach Freetown zurück.

Dort stand es schlecht um die Mission. Alle Afrikaner bis auf zehn hatten Mr. Raymond verlassen. Um diese bei sich zu halten, war er nach York gezogen und hatte die leeren Gebäude der Weslyan-Mission übernommen. Ihre einzige Hoffnung bestand jetzt darin, sich auf Sherbro Island niederzulassen und dort in geringerem Umfang zu arbeiten, bis mehr Missionare aus Amerika nachkommen konnten.

Eines Morgens war Cinqué ohne Vorwarnung verschwunden. Er hatte seine Kiste voll Kleidern mitgenommen und den Teppich, der ihm in Farmington geschenkt worden war. Und er hatte sich auch einen Goldring angeeignet, der Marghru gehörte.

»Er hat uns betrogen«, sagten die Missionare zu den anderen Afrikanern. Und sie fragten sich, ob von einem Kind des Dschungels etwas anderes zu erwarten gewesen war. Sie trösteten sich mit den Geschichten von Afrikanern, die nach Jahren der Erziehung und Ausbildung in England zu ihrem alten, heidnischen Leben zurückkehrten, kaum daß sie Afrika wieder betreten hatten. Sie trösteten sich mit dem Gedanken, daß der Mensch im Naturzustand selbstsüchtig ist und daß Cinqué in Amerika zu sehr verwöhnt worden war. Sie rechtfertigten sich gegenseitig für ihr Verhalten, aber insgeheim wußten sie, daß man das Band, das in Porto Prayo zerstört worden war, nie mehr würde erneuern können.

Nachdem er Sherbro Island verlassen hatte, machte sich Cinqué durch den Dschungel auf den Weg in das Oberland nach Mani, wobei er allen Kämpfen aus dem Weg ging und immer nach Neuigkeiten über sein Dorf und seine Familie fragte. Und dann stand er eines Tages dort, wo das Dorf gewesen war. Brandflecken markierten die Stellen, an denen die Häuser und der Raum für die Palaver gestanden hatten. Der Dschungel hatte ein Jahr Zeit gehabt, die Reisfelder zu überwuchern. Eine unheimliche Stille ließ Cinqué sich abwenden. Es stimmte: Seine Familie und Freunde waren tot oder als Sklaven verkauft worden.

Auf dem Weg zurück nach Sherbro betrank sich Cinqué mit Palmwein und verfluchte die Missionare und den Gott der Weißen. Er machte einen Umweg, um Birmajas Dorf zu besuchen und sich an dem Mann zu rächen, der ihn hatte entführen lassen. Aber auch die Rache blieb ihm verwehrt. Von Leuten, denen er vereinzelt begegnete, erfuhr er, daß auch Birmaja in die Sklaverei verkauft worden war. Um sich von seinem Kummer und seiner Einsamkeit abzulenken, schloß er sich einer Bande Mendis an, die davon lebten, die Reisenden auf den Eingeborenenpfaden zu überfallen.

Eines Morgens kam Cinqué nach Bonthe auf Sherbro Island, wo die Missionare ihr Lager aufgeschlagen hatten. Ihm folgte eine Frau, die einen Lendenschurz und Marghrus Ring trug. Er hatte sich seiner amerikanischen Kleider entledigt und sich eine blaue Baumwollrobe übergeworfen. Man hätte ihn kaum von den Hunderten von Schwarzen unterscheiden können, die in der Missionsstation kamen und gingen.

»Das ist Tafe«, stellte er seine Frau vor.

Zuerst glaubten die Missionare, daß er seine Frau wiedergefunden habe. Doch dann erzählte er ihnen von seiner traurigen Reise nach Mani. Auf dem Rückweg hatte er unter den Leuten auf der Straße diese Frau namens Tafe getroffen und beschlossen, sie zu heiraten.

»Das können wir nicht dulden«, rief Mr. Raymond wütend. »Ich muß dir ganz offen sagen, daß du dich niederträchtig verhalten hast. Du bist unehrlich. Du hast Marghrus Ring genommen und andere Dinge, die dir nicht gehören. Du bist zügellos und betrunken. Du bist nicht mehr zum Anführer geeignet.«

»Mr. Tappan sagt, Cinqué ist Gouverneur von seinen Leuten.«

»Du kannst nicht mehr Anführer sein, ganz egal, was Mr. Tappan gesagt hat. Wenn du bleibst, mußt du wie die anderen auf dem Bauernhof arbeiten. Ich werde dir nicht erlauben, diese Frau zu heiraten. Ich werde dir kein Geld dafür geben. Du mußt dieses schlimme Leben beenden und zu Gott zurückfinden.«

Genausogut hätte er dem Schlamm auf Sherbro befehlen können, zu weißem Sand zu werden.

Cinqué und Tafe lebten ein paar Tage lang außerhalb der Missionsstation – lang genug, damit die Missionare erkennen konnten, daß er sich mit einer selbstsüchtigen, besitzgierigen Frau zusammengetan hatte. Sie überzeugte ihn davon, daß er es nie zu Geld bringen würde, wenn er für wenig Lohn in der Missionsstation arbeitete, und daß ihre gemeinsame Zukunft im Handel liege. Sie brauchten nur einen Vorrat an Waren, mit dem sie anfangen konnten.

Sie schwatzten den Mendis, die der Missionsstation die Treue hielten, Kleider und Geld ab. Sie machten Marghru, Teme und Kene mit Bun-du angst, der rituellen Beschneidung. Das war für die Mädchen, die so lange in Amerika gewesen waren, eine schreckliche Drohung. Sie hatten Schauergeschichten über das gehört, was angeblich in besonderen Häusern außerhalb der Dörfer stattfand. Sie hatten gesehen, wie junge Mädchen, jünger als sie selbst, nackt und eingeölt von singenden und tanzenden Frauen durch das Dorf geführt wurden. Die Missionare verboten diese Zeremonie, aber die ängstlichen Mädchen hatten Cinqué und Tafe bereits die meisten ihrer Geschenke und Kleider aus Amerika gegeben.

Eines Tages brachen Cinqué und Tafe, ohne sich von den Missionaren verabschiedet zu haben, auf und brachten ihre Waren mit Booten und Trägern in das Gebiet um Kaw-mendi. Von dort aus unterhielten sie bald profitable Handelsbeziehungen zu Charles Tucker.

Bald erreichten auch die Missionsstation Gerüchte. Cinqué hatte an der Küste gegenüber von Sherbro eine Bande verstreuter Mendi zusammengetrommelt. Seine Handelsniederlassung war größer und prächtiger als die Charles Tuckers. Sein wachsender Einfluß führte zu Konflikten mit den anderen Häuptlingen. Er ließ feste Verteidigungsanlagen errichten, machte Gefangene und verkaufte sie als Sklaven, um sich die Dinge leisten zu können, die er haben wollte. Die Gerüchte besagten, daß er wie ein weißer Händler lebte, wie Pedro Blanco, und von den Erfahrungen profitierte, die er in Neuengland gemacht hatte, und sich mit dem Geld, das er aus dem Sklavenhandel gewann, Macht und Waren kaufte …

Wie soll man dieses Durcheinander weiter entwirren?

Vierzig Jahre lang unterhielt die American Missionary Association – so nannte sich das Mendi-Komitee schließlich – Missionsstationen bei den Mendis. Die Station auf Sherbro Island wurde für die Mendis zu einem Zufluchtsort und zu einem Grab für die Weißen, die in diesem ungesunden Klima Gottes Wort predigten. Obwohl ein Drittel der Weißen, die dorthingingen, starben, errichteten die Missionare in Bonthe eine Kirche, Schulen und Bauernhöfe. Und da sie immer noch weiter ins Landesinnere vordringen wollten, bauten sie in Kaw-mendi eine noch größere Station.

Aber es war ein hartes Leben für diese Amerikaner. Fieber und Durchfall kosteten sie viel Kraft. Unwissenheit und Aberglaube wichen nur langsam dem Christentum und der Schulbildung. Sie beobachteten, wie die Afrikaner von der *Amistad* ihnen eine Zeitlang treu blieben und dann wieder zu Heiden wurden und im Dschungel verschwanden.

Von den Schwarzen dieser Gruppe erwies sich Marghru als die anhänglichste. Sie kehrte in die Vereinigten Staaten zurück und studierte am Oberlin College. Dann kam sie wieder nach Afrika und wurde Vorsteherin der Missionsschule von Bonthe.

Schließlich wurden die Anstrengungen zu groß. Die American Missionary Association mußte ihre Missionsstationen und die Arbeit in ihnen an eine andere Organisation, die United Brethren in Christ, übergeben. Aber das war nicht das Ende der American Missionary Association. Da sie vom Ergebnis ihrer Bemühungen in Afrika enttäuscht war, wandte sie sich dem amerikanischen Süden und der Ausbildung der Schwarzen zu, die nach dem Bürgerkrieg plötzlich freigelassen worden waren. Sie bauten dort Schulen und Colleges für Schwarze auf. Unter anderen verdanken Howard, Hampton, Fisk, Atlanta, Tallandega, Tillotson und Tougaloo ihre Entstehung der American Missionary Association und einer Handvoll Mendis.

Und Cinqué?

Cinqué profitierte lange von der Ausbildung, die die Weißen ihm hatte zukommen lassen. Er wurde zu einem der wichtigsten Häuptlinge seines Volkes. Der Name Cinqué war bei den Timmannees und den Bulloms und bis tief ins Land der Mandingo hinein gefürchtet.

Aber es gab noch etwas, das der weiße Mann ihm während des langen Wartens in New Haven und Farmington geschenkt hatte.

Als er ein alter Mann geworden war und sich dem Tod

näherte, erinnerte er sich daran, wie Foone gestorben und den Riten der Weißen gemäß beerdigt worden war. Er erinnerte sich daran, wie er einst selbst deren Glauben angehört hatte. Er erinnerte sich daran, daß die Weißen dieses Glaubens während eines Teils seiner Reise seine Freunde und Beschützer gewesen waren.

Nur von den Männern begleitet, die sein aus einem Kapokbaum geschnitztes Kanu paddelten, setzte er 1879 wieder nach Sherbro und der kleinen Missionsstation in Bonthe über. Hier sprach er mit Ehrwürden Albert P. Miller, einem jungen Mann, der gerade aus Amerika eingetroffen war, einem der letzten Vertreter der American Missionary Association in Afrika. Er erzählte langsam die Geschichte seiner Reise von Mani nach Mani und berichtete von den wundervollen Dingen, die die Merika-Männer für ihn getan hatten.

»Cinqué gekommen, um zu sterben«, stellte er am Ende seiner Geschichte schlicht fest.

Und er war nicht zu früh gekommen. Innerhalb einer Woche war er tot, der letzte der Schwarzen von der *Amistad.*

Man begrub ihn auf dem kleinen Friedhof im hinteren Teil der Missionsstation zwischen den Gräbern der weißen Missionare. Dann versammelten sich an einem heißen Nachmittag die Mendis der Missionsstation um sein Grab herum und wohnten Ehrwürden Millers Gebet und der Begräbniszeremonie bei. Stumm standen sie dabei, als der Sarg hinabgelassen wurde, stumm hörten sie zu, wie Ehrwürden Miller ein bißchen Erde auf den Sarg streute und »Asche zu Asche, Staub zu Staub« murmelte.

Dann gingen sie gemäß einem Brauch, den ihnen die Missionare nicht genommen hatten, langsam um das Grab herum, und jeder warf einen Stein hinein und rief:

»Mach's gut, hörst du!«

Nachwort

Von dem ersten Moment an, da ich von Cinqué und der *Amistad* gehört hatte, faszinierte mich das dramatische Potential dieser Geschichte. Erste Nachforschungen überzeugten mich davon, daß es eine Geschichte war, die ich erzählen mußte. Als ich mich dann dieses Projekts angenommen hatte, jagte ich jeder kleinsten Information hinterher und reiste dabei von Hartford, Connecticut, nach Washington, D. C., und Nashville, Tennessee.

Als ich die Fakten gesammelt hatte, mußte ich entscheiden, wie ich sie aufbereiten würde. Es blieben bald nur noch zwei Möglichkeiten: Erstens eine vollkommen sachliche, mit Fußnoten und Quellenverweisen versehene Darstellung, in der auch die wichtigsten Dokumente mitabgedruckt würden, oder zweitens die dramatisierte Wiedergabe in Form einer Erzählung. Ich habe mich für letzteres entschieden.

Die ganze Geschichte beruht auf Regierungsdokumenten, Gerichtsprotokollen, offiziellen und privaten Briefwechseln, Tagebüchern und Zeitungsberichten. Meine maschinegeschriebenen Abschriften dieser Quellen sind Teil der *Amistad*-Sammlung in der New Haven Colony Historical Society Library geworden. Alle wichtigen Details der Geschichte lassen sich anhand von Dokumenten belegen.

Um die Geschichte in dramatischer Form aufzubereiten, mußte ich einige Dialoge erfinden und gelegentlich für einen szenischen Hintergrund sorgen. Die Dialoge entstammen zum größten Teil den Gerichtsprotokollen oder, in umformulierter Form, den Tagebüchern und Zeitungsberichten. Diese Methode läßt sich dort am deutlichsten erkennen, wo ich von John Quincy Adams' Tagebuch Gebrauch gemacht habe. Im restlichen Dialog, der vor allem der Überleitung dient, habe ich versucht, so wenig wie möglich vom Quellenmaterial abzuweichen.

Es ist unmöglich, hier allen Personen und Einrichtungen zu danken, einige müssen aber im folgenden trotzdem besonders hervorgehoben werden:

Die New Haven Colony Historical Society wegen der großen Hilfe mit dem Material zu New Haven und der *Amistad*; die Bibliothek des Obersten Bundesgerichts der Vereinigten Staaten wegen des vollständigen Protokolls der verschiedenen Prozesse gegen die Afrikaner von der *Amistad*; die Library of Congress wegen der Erlaubnis, Lewis Tappans Tagebücher und Briefe zu benutzen; die Bibliothek der Yale University wegen der Erlaubnis, Roger Sherman Baldwins Unterlagen einzusehen, und die American Missionary Association wegen der Abschriften von Briefen und Berichten der Mendi-Missionsstationen.

William A. Owens
Rockland Road,
Sparkill, New York

Chronologie

April–Juni 1839: Cinqué wird entführt und von Blanco in Lomboko gekauft, dann an Alvarez verkauft (Kapitel 1). Cinqué wird auf dem portugiesischen Sklavenschiff *Tecora* von Afrika nach Kuba gebracht (Kapitel 2).

Juni 1839: Cinqué und andere, die meisten Mendis, werden in Havanna von Ruiz gekauft (Kapitel 3). Der Schoner *Amistad* segelt mit 53 Sklaven und deren Besitzern Ruiz und Montes an Bord von Havanna aus Richtung Guanjana (Kapitel 4).

Juli 1839: Auf Betreiben Cinqués kommt es auf der *Amistad* zu einer Meuterei. Die Aufständischen töten den Kapitän und übernehmen das Kommando über das Schiff (Kapitel 4).

Juli–August 1839: Cinqués Befehl, das Schiff nach Afrika zu steuern, wird von Montes hintertrieben. Das Schiff wird vor der amerikanischen Küste gesichtet. Erste Versuche der Kontaktaufnahme (Kapitel 5).

August 1839: Die *Amistad* wird von der Brigg *Washington* vor der Küste von Long Island aufgebracht. Die Afrikaner werden festgenommen und mit dem Schiff nach New London gebracht (Kapitel 6). Auf der *Washington* wird unter dem Vorsitz von Richter Judson eine gerichtliche Anhörung abgehalten. Die Afrikaner werden in das Gefängnis von

New Haven gesperrt, um vor den Circuit Court gestellt zu werden (Kapitel 7–9).

September 1839: Lewis Tappan und andere gründen das Komitee der Freunde der Afrikaner von der *Amistad*. Der Circuit Court tritt in Hartford zusammen, um unter dem Vorsitz von Richter Thompson über den Fall *Amistad* zu entscheiden. Alle Verfahren in Zusammenhang mit diesem Fall werden an den District Court überwiesen (Kapitel 10–12).

Oktober 1839: Professor J. W. Gibbs schafft es mit Hilfe des Mendi-Dolmetschers James Covey, mit den Afrikanern zu sprechen. Sie erhalten Englisch- und Religionsunterricht (Kapitel 13). Ruiz und Montes werden von Cinqué, Fuleh und Foone in New York wegen Körperverletzung und Freiheitsberaubung angeklagt (Kapitel 14).

November 1839: Der District Court tritt in Hartford zusammen, um über die Afrikaner zu entscheiden. Der Prozeß wird vertagt (Kapitel 15).

Januar 1840: Der District Court tritt in New Haven unter dem Vorsitz von Richter Judson erneut zusammen. Die Regierung legt gegen Judsons Beschluß, daß die Afrikaner dem Präsidenten ausgehändigt werden sollen, damit dieser sie nach Afrika zurückschickt, Berufung ein, und der Fall kommt vor den Circuit Court (Kapitel 16).

August 1840: Die Afrikaner werden nach Westville gebracht.

September 1840: Richter Thompson vom Circuit Court bestätigt das Urteil des District Court. Die Regierung legt Berufung ein, und der Fall geht vor das Oberste Bundesgericht (Kapitel 17).

Oktober 1840: John Quincy Adams erhält den Auftrag, die Afrikaner vor dem Obersten Bundesgericht zu vertreten (Kapitel 18).

Februar–März 1841: Der Fall *Amistad* wird vor dem Obersten Bundesgericht verhandelt. Baldwin und Adams verteidigen die Afrikaner. Das Gericht ordnet die sofortige Freilassung der Afrikaner an (Kapitel 19).

März–November 1841: Die entlassenen Afrikaner werden nach Farmington gebracht, wo sie weiteren Unterricht erhalten sollen. Das Mendi-Komitee plant, in Afrika Missionsstationen zu gründen (Kapitel 20).

November 1841: Die überlebenden Afrikaner segeln in Begleitung von Missionaren an Bord der *Gentleman* nach Afrika zurück (Kapitel 21).

Januar 1842: Die Afrikaner kommen in Sierra Leone an. Die Missionare stoßen auf Schwierigkeiten (Kapitel 22).

HEINZ G. KONSALIK

Der Meister großer Unterhaltung –
brisant, spannend und immer mitreißend

43766

43767

42926

43192

GOLDMANN